KB035536

바로 그 시간

바로 그 시간 전성욱 평론집

첫판 1쇄 펴낸날 2010년 9월 30일

지은이 전성욱
펴낸이 강수걸
펴낸곳 산지니
등록 2005년 2월 7일 제14-49호
주소 부산광역시 연제구 거제1동 1493-2 효정빌딩 601호
전화 051-504-7070 | **팩스** 051-507-7543
sanzini@sanzinibook.com
www.sanzinibook.com

ⓒ전성욱, 2010

ISBN 978-89-6545-119-8 93810

* 책값은 뒤표지에 있습니다.
* 이 도서의 국립중앙도서관 출판시도서목록 (CIP)은 e-CIP 홈페이지
 (http://www.nl.go.kr/cip.php)에서 이용하실 수 있습니다.
 (CIP 제어번호 : CIP 2010003315)

산지니평론선·6

전성욱 평론집

바로 그 시간

산지니

차례

활자들 아래의 자유

아름다움에 평생 깊이 헌신함으로써 얻게 되는 지혜는 다른 어떤 진
지함으로도 흉내 낼 수 없다고 나는 감히 말한다. ―수전 손택

1

문학은 자유다. 이때 그 자유란 이른바 지리멸렬한 이념으로서의 자
유는 아니다. 나른한 말의 기교와 섣부른 투쟁의 구호로부터 언어의 마
술적 힘을 옹호하는 것, 그것이 바로 문학의 자유며 그 이행이다. 문학
의 자유를 지탱하는 언어의 마술적 힘은 일상의 지루한 반복 속에서 반
복 불가능한 그 무엇을 발견할 때 비로소 뿜어져 나온다. 그러므로 문
학의 자유란 결국 진부함을 견디는 일이다. 진부함을 떨쳐낸 영원한 자
유의 순간을 어떤 시인은 '눈길 속의 황홀한 시간' 이라 표현했다. 그리
고 글쓰기란 그 시간에 대한 지극한 헌신이라고 했다.

나는 시간이나 축내려고 글을 쓰는 것이 아니다.
지나간 시간을 다시 살려고 글을 쓰는 것도 아니다.
나는 시간이 나를 통해 살도록 되살아나도록 하기 위해 글을 쓴다.

—옥타비오 파스, 「바로 그 시간El mismo tiempo」에서

　나의 글쓰기가 이와 같았으면 좋겠다. 시간에 대한 헌신을 통해 우리는 '바로 그 시간' 안에서 언제나 자유로울 수 있기 때문이다. 그러나 진부함을 견뎌 아름다움을 응시하는 '눈길 속의 황홀한 시간'은 누구에게나 쉽게 찾아오지 않는다. 아름다움이 정치적인 것으로 세속화될 때 그 응시의 눈길은 황홀이 아니라 적의로 타오른다. 그러므로 나에게 가장 충만한 삶의 순간이란 아직 도착하지 않은 미래의 시간이다. 그러므로 나는 아직 비평이 그 어떤 세속의 진부한 괴로움마저도 이겨낼 수 있는 황홀한 글쓰기라고 감히 말하기가 어렵다.

　비평이란 무엇인가. 그것은 타자와의 교감이다. 그러나 타자는 내가 아니므로 그 교감의 시간들은 쉽게 불화로 얼룩진다. 비평은 타자와의 어긋남, 바로 그 불일치로부터 시작된다. 그래서 나는 타자와의 순정한 만남을 낭만적으로 이상화하는 '공감의 비평'에 반대한다. 물론 그 공감이 타자를 자기의 동일성으로 환수하는 난폭한 것이 아니라 서로의 다름 속에서도 애써 공통성을 찾아 연대하려는 적극적인 의지의 표현이라면 또 모르겠지만. 그러나 이 같은 공감의 비평에 대한 기대는 이념과 제도의 교묘한 개입 속에서 얼마나 쉽게 배반당하는가. 그럼에도 비평은 아름다움에 헌신하는 지극한 마음을 잃지 말아야 한다. 이처럼 비평은 불화 속에서도 화해에 도달하려는 애타는 열정이다.

　비평은 사실 소통의 중개자라기보다 갈등과 분쟁의 당사자다. 그래서 우리들의 비평이란 그 공평무사의 이상에도 불구하고 언제나 이전

투구다. 사실 지금의 비평들은 타자를 향한 연민이나 공포, 환대나 멸시도 아닌 다만 자기에 대한 더없는 사랑의 표현이 되어가고 있다. 그러므로 오늘의 비평에 진정으로 필요한 것은 자애로운 사랑이 아니라 자기로부터의 망명이다.

비평은 소설이나 시에 대해 이차적으로 존재한다. 비평은 무엇에 대한 논평으로써만 존재하는 글쓰기다. 그러나 비평은 스스로 창작이라는 자의식을 키워 예술로 대우받기를 바랐다. 그리고 어느 순간 작가의 죽음 위에서 모든 글쓰기는 인용의 직물이 되었고, 드디어 비평은 일차적인 것으로 비약했다. 지금 저 죽음의 굿판 위에서 춤추는, 묘기에 가까운 비평의 수사들은 스스로 신의 언어를 말하는 예인의 자부심으로 충만해 있다. 비평이 일차적이 되어야 한다고 하는 저 열망은 창작과 비평이라는 본말(本末)의 형이상학에 구속되어 있다. 이제 그 관념의 형이상학이 해체될 때 비평의 이차성이란 더 이상 부차적이거나 열등한 것의 표지가 아니다. 그러므로 이제 비평은 다시 이차적인 것의 자리로 되돌아와 성실한 독자의 자리를 회복해야 한다.

비평은 적대로 정의되는 정치적인 것의 한가운데서 이루어지는 글쓰기다. 그러므로 비평은 그 자체로 그렇게 아름다운 무엇이라고 말하기 어렵다. 하지만 문학은 이 진부하고 야비한 일상에서 자유를 이행함으로써 아름다움에 노날하는 놀라운 언어적 실천이 아닌가. 문학의 자유란 김수영의 말처럼 "자유의 서술도 자유의 주장도 아닌 자유의 이행"(「시여 침을 뱉어라」) 그 자체다. 바로 그 서술과 주장 사이에서 이행을 촉구하는 것, 그것이 내가 비평가로서 해야 할 가장 큰 일이라고 믿는다.

2

　여기에 실린 글들은 지난 사 년여의 시간 동안 썼던 글들을 알뜰하게 모아 엮은 것이다. 대폭적인 수정으로 거의 대부분의 글들이 처음의 모습과는 많이 달라졌다. 출판사와의 약속이 없었다면 아마도 나는 이 책을 내지 못하고 언제까지나 퇴고에 매달려 있었을 것이다. 이번에 첫 평론집을 묶어내는 과정은 글에 있어 완성이란 무엇인가를 끊임없이 자문하게 만든 값진 배움의 시간이었다.

　오래 묵은 글들을 솎아내, 다듬고 고쳐서 내용에 따라 다섯 부분으로 나누었다. 1부 '지역과 세계'는 일종의 총론으로 오늘의 우리 문학이 처한 조건과 맥락을 살펴본 글들을 묶었다. 자본주의의 심화가 가져온 세계체제의 변환 속에서 국지적 변화의 다발로 드러나는 지역의 삶과 문학에 대해 사유해보았다. 2부 '매체와 주체'는 그 변화에 대한 사유의 연장으로 디지털 매체가 가져온 문학의 질적 변화와 새로운 주체 구성의 문제에 대해 천착한 글들을 모았다. 3부 '작가와 정치'는 정치적 독법으로 읽고 쓴 작가론들이다. 에크리튀르 그 자체가 일종의 정치라고 할 때 굳이 이 글들에 정치적 독법이라는 표현을 쓰는 것은 일종의 동어반복이다. 하지만 작가들에 대한 내 해석의 정치를 강조하고 싶어 굳이 그렇게 이름 붙였다. 4부 '보편과 타자'에는 작품론을 묶었다. 형이상학적인 근원으로서의 보편은 이들 작품들을 가로지르는 핵심적인 개념이다. 보편에의 매혹과 미망이 가져온 타자들의 곤혹에 대해 생각해보았다. 5부 '소설과 사회'는 일 년 동안 연재했던 소설 계간평을 한자리에 모은 것이다. 작품이 발표되었던 당시의 사회적 맥락을 고려하면서 한국소설의 유형학을 탐색해보려고 했다. 고바야시 히데오는 월평이나 계간평 따위의 평론을 엉터리라고 비하했지만, 나에게 계간평 쓰기의 엄청난 노동은 특이한 것들의 공통성을 살피는 중요한 성찰의 계기가 되었다.

지금은 종언과 파국의 풍문으로 소란스런 이행의 시기다. 여기 실린 글들은 그 급박한 변화에 대한 내 나름의 사유를 담고 있다. 사람들은 흔히 비평을 위기의식의 산물이라고 하는데 평론집을 묶어내면서 이제야 그 의미를 분명하게 알 것 같다.

3

이 모자란 책 한 권도 무수히 많은 인연의 공덕으로 겨우 나올 수 있었다. 그러니 고마운 마음을 적어 마땅히 그 인연에 머리 숙여야 한다. 먼저 나를 있게 해준 부모님께 감사드린다. 책을 좋아하셨던 아버지는 세상을 너무 일찍 떠나셨다. 하지만 살아계셨다면 그 누구보다도 아들의 첫 책을 대견해하셨을 것이다. 어머니에게 막내인 나는 이래저래 언제나 걱정거리다. 이 책이 당신에게 작은 위안이 될 수 있다면 좋겠다. 아버지를 대신해 키워주신 형님과 형수님께 이 자리를 빌려 감사드릴 수 있어 행복하다. 다섯 누이들에게 나는 무정한 동생이다. 그래도 마음으로 응원하는 당신들이 있어 언제나 든든하다. 성포에게도 고마움과 미안한 마음을 전한다. 멀리서 유학 중인 아내 김정은은 스스로 백아의 종자기가 되어주지 못함을 탄식했지만 금슬(琴瑟)이란 곧 거문고와 비파의 어우러짐이 아니겠는가. 그리움 속에서 가슴이 얼얼한 이 마음이 아마 사랑일 것이다. 그리고 살뜰하지도 못한 사위를 언제나 사랑으로 믿어주시는 장인 장모님께 감사드린다.

이 책으로 오랜 시간을 함께 보낸 내 친구 이성태와의 약속을 지킬 수 있게 되었다. 되돌아보면 우리가 보냈던 시간들은 진정으로 무모했지만 또 얼마나 순수하고 아름다웠던가. 그 시간들로 해서 지금의 내가 있다. 후배 윤인로에게도 고마움과 애틋함을 전한다. 나의 외로움을 헤아려주는 인로가 있어서 나는 좀 더 잘 견딜 수 있었을 것이다.

『오늘의문예비평』 선배님들께 진심으로 감사드린다. 그들이 없었다면 이 책은 나올 수 없었다. 어려운 가운데서도 언제나 서로에게 큰 버팀목이 되어주고 있는 『오늘의문예비평』 편집위원 동료들 허정 · 김경연 · 박대현 · 손남훈 선생님과 김필남 편집장님께 고마운 마음을 전하고 싶다. 그리고 인간적인 다정함과 학문적인 성실함으로 가르치고 이끌어주신 모교의 은사님들께 고개 숙여 감사드린다.

경영상의 어떤 도움도 되지 못할 책을 기꺼이 출간해주신 강수걸 사장님께 마음 깊이 감사드린다. 거친 글들을 매끄럽게 다듬어 편집해주신 김은경 팀장님과 깔끔한 장정으로 멋진 책을 만들어주신 권문경 디자이너에게도 감사드린다.

2010년 9월
전성욱

1부

지역과 세계

세계문학의 해체

1. 이행의 시대

세계는 단지 하나의 '이름'에 불과한 것이 아니다. 그것은 현실을 장악하고 대중을 구속하는 강력한 역능의 '정치'를 구성한다. 전지구적 질서로 구축된 '세계'는 자본주의로의 거대한 전환을 배경으로 탄생했다. 그것은 '세계경제(world-economy)'라는 하나의 체제로 작동한다. 하나의 체제로서 '세계'는 다수의 정치적 단위와 문화적 이질성이 공존하는 복합체이다. 하지만 그것은 경제직 분업을 통해 자본의 끝없는 축적을 가능하게 하는 기반으로 작동함으로써 그 모든 문화적 '차이'들을 자기동일성의 논리 안에서 추상적으로 통합해버린다. 자본주의적 세계체제로의 전지구적 전환을 일컫는 '세계화'는 지구의 자원과 에너지, 노동력과 자본을 편파적으로 절취하는 부당한 힘의 행사를 통해 전개되었다. 그 편파적 힘의 구심적 장소는 지구의 서쪽 반구에 집중되었고, 나머지 장소는 착취와 수탈, 계몽과 선교의 대상으로 규정되었다.

'세계'라는 이름에는 서구가 비서구를 발명하고, 그 사이에 차별의 경계를 설정하여, 타자화된 비서구를 지배하고 수탈해온 패권적 역사의 흔적이 아로새겨져 있다. 그러므로 세계화란 곧 강요된 서구화다. 서구화는 서구적 문명의 강제적 이식과 확장이라는 방식으로 전개되었고, 이 과정은 복음의 전파 혹은 문명화, 다시 말해 근대화로 받아들여졌다. 서구화와 근대화의 등가어인 세계화는, '세계'라는 추상적 보편주의가 전지구적으로 관철되는 인식론적 패러다임을 제공함으로써, 비서구를 서구적 보편에 미달하는 존재로 강등시켰다. 이 같은 형이상학적 조작은 현실정치에 투사되어 막강한 실효적 힘을 행사해왔다.

　근대 세계체제의 탄생과 더불어 고안된 '국민국가(nation-state)'는 주권국가다. 베스트팔렌조약의 체결(1648)을 통해 서구의 근대적 국가들은 서로의 배타적인 주권을 인정하는 '국가 간 체제'를 성립시켰다. 유럽의 역사적 맥락에서 탄생한 주권국가로서의 국민국가들은 국가 간의 배타적 주권을 공인하는 것처럼 행세하였지만, 실제로는 약육강식과 적자생존을 원리로 하는 사회진화론의 논리로 암약했다. 서구 강대국의 식민지 쟁탈전과 서세동점의 제국주의적 팽창은, 세계체제를 구성하고 있는 서구적 주권국가의 비정한 실체를 그대로 드러냈다. 구획과 포섭, 배제와 추방의 비식별역을 통해 스스로의 힘을 정의하는 '주권(sovereignty)'이란 서구적 근대의 정치적 논리가 가진 야만성을 고스란히 함축하고 있다.

　세계체제를 구성하는 국민국가는 '서구', '근대'의 가장 치명적인 폭력성, 다시 말해 모든 활달한 생명력을 자기증식의 에너지로 절취하는 자기중심주의를 특징으로 한다. 이런 맥락에서 '국민국가의 구성원리'를 '주체의 논리'라고 본 사카이 나오키의 관점은 대단히 적확하다.[1] 서구적 근대화로서의 세계화가 가진 자기중심주의와 이로부터 발생하는 야만적 폭력에 대항하기 위해서는, 국민국가의 논리에 대한 비판과 함께 그 구성 원리인 '주체의 문제'를 탐구하지 않을 수 없는 것이다.

세계체제는 주권권력의 행사를 통해 세계시민들의 생명력인 그 활력(puissance)을 탈취해왔다. 근대의 국민국가들은 표상정치라는 교묘한 상징조작을 통해 대중을 '국민'으로 주체화함으로써 그들의 자발적 동원을 이끌어냈다. '국민'의 결속을 공고히 하고 그들의 애국심을 관리하기 위해서 국민국가는 '충성과 반역'의 이항체계를 통해 끊임없이 내·외부의 적대를 발명한다. '국민'이라는 정체성의 틀을 뒤흔드는 위험한 존재인 이주자, 부랑자, 범죄자, 실업자, 빈민은 일종의 '비국민' 혹은 '난민'으로 규정되어 따로 관리된다. 국민으로의 주체화는 이 같은 난민들의 존재를 통해 자기 존재의 동일성을 구성하고 또 강화한다. 국민과 난민의 경계 구획은 포섭과 배제라는 배타적 기제를 작동시킨다. 이를 통해 국민의 동원과 희생을 적극적으로 유인하는 동시에, 위험한 존재로 규정된 비국민들을 배제하고 억압하고 수탈함으로써, 국민과 비국민의 적대적 대립체계는 국민국가의 견고한 기반을 구축한다.

국민으로 주체화된 대중들은 그들의 절취된 활력을 '숭고한 희생'이라는 레토릭으로 기만하는 국민국가의 선전과 선동에 쉽게 이끌려왔다. 그것은 국민국가의 권력 행사가 종교적 숭배의 메커니즘으로 작동함으로써 국민을 신도화해 왔기 때문이다. "'국가교'의 구조가 특정 국가에 대한 신앙이 아니라 국민국가의 일반적인 구조라고 가정한다면, 여기서 빠져나가는 것은 그리 쉬운 일이 아니다."[2] 하지만 오늘날

---

1) 사카이 나오키·니시타니 오사무, 차승기·홍종욱 옮김, 『세계사의 해체』, 역사비평사, 2009, 73쪽.
2) 다카하시 데쓰야, 이목 옮김, 『국가와 희생』, 책과함께, 2008, 219쪽.

국민국가와 그 구성 원리로서 '대중의 국민화'는 탈신화화되고 있다. 근대화 프로그램의 작위적 역사가 드러나면서 그 강력했던 교권적 지위도 서서히 쇠퇴하고 있는 것이다. '국민이라는 괴물'의 탄생비화가 폭로되는가 하면, 국민국가는 '상상의 공동체'에 불과하다는 비판적 인식이 일반화되었다. 다시 말해 국가와 국민은 탈주술화의 과정을 거쳐 세속화되고 있다.

국가주권과 통일적인 공간, 그리고 국민의 동일성이라는 삼위일체로 이루어진 국민국가 시스템이 초국가적인 조직에 의해 권력과 기능을 박탈당할 뿐 아니라, 다른 한편으로는 국경 안의 지역적인 사태에 대해서도 실질적인 권력독점과 역사적인 특권을 상실했다. 그리하여 중층적으로 정체성의 심각한 동요가 일어났고, 이것이 지정(地政)문화적으로 복잡하게 굴절되면서 잡종적인 공간을 창출하기에 이른 것이다.[3]

바야흐로 국민국가의 주권적 지배력이 약화되고 있는 지금은 세계체제의 질적인 변화가 일어나고 있는 이행의 시대다. 인종·젠더·계급의 엄격한 선분적 분할을 통해 행사되었던 근대의 완고한 정체성 정치는 쇠락하고 있다. 이러한 질적 변화의 의미는 1989년 현실사회주의의 붕괴를 자유주의 이데올로기의 승리가 아닌 그것의 패배로 읽어냈던 월러스틴의 '자유주의 이후'의 세계체제에 대한 분석을 통해 보다 분명하게 드러난다.[4] 월러스틴에 따르면 현실사회주의의 붕괴는 세계체제의 구조적 안정성을 뒤흔들어놓았던 1968년 세계혁명의 연장으로

3) 강상중·요시미 슌야, 임성모·김경원 옮김, 『세계화의 원근법』, 이산, 2004, 29쪽.
4) 이매뉴얼 월러스틴, 강문구 옮김, 『자유주의 이후』, 당대, 1996 참조.

이해된다. 그러므로 현실사회주의의 몰락은 '역사의 종말'이 아니라 자유주의 이데올로기의 우월성을 통해 지탱되던 자본주의 세계경제에 타격을 준 사건으로 설명할 수 있다. 다시 말해 그것은 냉전체제로 유지되던 세계체제의 구조적 안정성의 지각변동을 의미한다.[5]

냉전체제의 종식은 미국의 헤게모니를 강화시키기는커녕 미국이라는 일국 주도의 세계경제에 큰 위기를 불러왔다. 자본축적의 안정적인 틀이 흔들림으로써 이 '역사적 자본주의'는 이윤추구의 주된 장을 생산의 영역에서 금융투기의 영역으로 재편한다. 인류는 그야말로 이윤보다 이자에 집착하는 투기의 위험한 생존 공간 안으로 포획되어 들어간 것이다.

안토니오 네그리와 마이클 하트는 세계체제의 이 같은 질적 전회를 『제국』(2000)과 『다중』(2004) 등의 저작을 통해 가장 명쾌한 언어로 서술하고 있다. 그것은 '제국주의'에서 '제국'으로의 전환이라는 명제로 요약된다. 주권형태의 이행에 관한 이 같은 정식화는 지구적 규모로 전개되고 있는 신자유주의 경제체제에 대한 인식론적 관점의 차이를 내포한다.[6]

---

5) 샹탈 무폐 역시 공산주의의 붕괴가 '정치적인 것'의 조건인 적대(민주주의와 전체주의의 대립)의 소멸을 통해 민주주의의 위기를 불러왔다고 본다.("정치 선선의 부재는 정치적 성숙의 기호이기는커녕 민주주의를 위험에 빠뜨릴 수 있는 공허함의 징후다.", 샹탈 무폐, 이보경 옮김, 『정치적인 것의 귀환』, 후마니타스, 2007, 17쪽) 그래서 그는 새로운 '정치 전선'(적대)의 생성을 오늘날 민주주의의 당면한 과제로 제기한다.

6) 안토니오 네그리의 열렬한 옹호자인 조정환은 신자유주의적 지구화를 바라보는 관점의 차이(제국주의론과 제국론)를 '사회와 그것의 운동을 바라보는 관점의 차이'로 규정한다. 그에 따르면 그 두 관점의 차이는 다음과 같이 드러난다. 주체들의 역동적 투쟁을 간과하고 자본의 객관적 자기운동에 집중하는 '제국주의론'은 생산된 가치의 양적 이동에만 관심을 가질 뿐 그것의 발생에 관한 문제를 소홀히 하고 국민국가의 낡은 틀을 쉽게 승인한다는 점에서 한계를 드러낸다. 반면 '제국론'은 세계의 역사적 주체로서 다중의 활력과 능동적 구성력을 적극적으로 인정하는 낙관적 전망의 담론으로써 긍정된다.(조정환, 「제국주의인가 제국인가」, 『제국기계 비판』, 갈무리, 2005 참조)

"제국으로의 이행은 근대적 주권의 황혼기에 나타난다."[7] 따라서 근대적 국민국가의 주권은 이전과 같은 형식으로는 더 이상 그 영향력을 발휘할 수 없다. 힘들의 다원적 네트워크로 구성되는 제국의 시스템에서 미국의 헤게모니는 더 이상 일관된 형태로 관철되지 않는다. 새로운 주권형태는 물리적 영토에 제한받지 않는 지배력을 행사함으로써 더 파괴적인 역능을 발휘한다. 제국의 지배는 물리적 통치의 수준을 훌쩍 뛰어넘어 지적, 감성적 통제의 형식으로 대중의 생명력을 관리한다.

더욱 강력해진 주권지배의 형식인 제국의 등장은 '다중(multitude)'이라는 새로운 계급구성의 역사적 계기와 무관하지 않다. 제국의 탄생은 다중의 등장에 대한 일종의 반작용이다. 다중은 제국에 구속되어 있으면서도 끊임없이 제국을 허무는 '위험한 계급들'이다. "그들은 정체성 되기를 그만두고 특이성들이 된다."[8] 그들의 존재론적 특이성은 혼돈이고 무질서이며, 잡종이고 이질성이다. 구속되어 있으면서 해탈하는 존재인 다중은 이 절망적 세계에 대해 가장 희망적인 존재로 등장한다. 소통과 협력의 '떼 지성'으로 존재하는 다중은 특이성 속에서도 공통된 것을 추구함으로써 코뮌적 기획의 열망을 강력하게 암시한다. 『다중』의 저자들은 책의 말미에서, 그 열망을 다음과 같이 대단히 유려한 감성적 문장으로 표현하고 있다.

우리는 이미 오늘날 시간이 이미 죽은 현재와 이미 살아 있는 미래로 갈라져 있다는 것을, 그리고 그 둘 사이에서 입을 벌리고 있는 심연이 거대해지고 있다는 것을 인식할 수 있다. 머지않아 하나의 사건이 그와 같은 살아 있는 미래 속으로 우리를 화살처럼 쏘아 넣

---

7) 안토니오 네그리 · 마이클 하트, 윤수종 옮김, 『제국』, 이학사, 2001, 17쪽.
8) 안토니오 네그리 · 마이클 하트, 조정환 · 정남영 · 서창현 옮김, 『다중』, 세종서적, 2008, 177쪽.

을 것이다. 이것은 사랑의 진정한 정치적 행동이 될 것이다.[9]

새로운 지배의 형식이 구성되고 있는 국민국가의 황혼기, 이 이행의 시대에 역사적 주체로 등장한 다중이 열어갈 문학의 형상은 과연 어떠한 것일까. 서구가 편향적으로 독점해왔던 '세계'를 해체(탈구축)하고, 바른 의미에서의 공평무사한 세계를 재구축하기 위해서는 냉철한 분석과 더불어 저 긍정과 희망의 미래에 대한 열정의 감성이 필요할지도 모른다. 이때 문학이 그 누군가에게 긍정과 희망의 열정을 자극할 수 있다면 '살아 있는 미래' 속에서 우리는 기꺼이 서로를 사랑할 수 있을 것이다.

2. 공모의 관계에서 배치의 문제로

널리 알려진 바대로 우리가 지금 '문학'이라 일컫는 것은 근대의 피조물이다. 그것은 근대 국민국가의 성립과 밀접한 관련을 맺고 있다. 한문문학에서 국문문학으로의 이행은 민족어로서의 '한국어'를 문학이라는 근대의 제도적 글쓰기 속에 자리 잡게 만드는 고투의 과정이었다. 그것은 단순히 한문에서 국문으로의 언어적 진환이 아니라 중화수의적 세계관으로부터의 힘겨운 결별이었으며, 더불어 서구적 근대와의 접속이라는 문명사적 격변의 의미를 갖는다.

'한국어'의 '발견'은 한국근대문학의 성립을 위한 필요조건이었다. 한국어는 선험적으로 존재하는 자명한 언어가 아니라 외국어를 타자화함으로써 탄생한 일종의 인공적 담론이다. '한국어라는 사상'은 하

---

9) 위의 책, 424쪽.

나의 이데올로기로서 근대 국민국가의 구축과 국민의 구성이라는 주체화의 역사적 과정에 적극적으로 개입했다.[10] 국어는 민족을 상상하게 하는 유력한 기제였기에 근대계몽기의 위정자와 개화 지식인들은 국어의 확립에 많은 노력을 기울였다.

한국어의 성립에 있어 중요한 대목은 서구라는 보편을 먼저 상정함으로써 한국어라는 민족어를 대타적으로 정립할 수 있었다는 사실에 있다. 번역은 한국어를 자각하는 계기가 되었다. 번역은 "이중언어 간의 의미의 이식이 아니라 이중언어라는 관계를 만들어내는 작업"[11]이다. 따라서 한국어는 서양이라는 보편적 실체를 상정한 형이상학의 논리 속에서 탄생한다. '한국어의 자각' 이란 민족의식의 구성을 위한 방편임에도 불구하고, 기실 그것은 스스로를 서구라는 보편주의적 실체의 한 '대상' 으로 자리매김하는 과정이었던 것이다. 여기서 우리는 민족과 세계가 결국은 하나의 유기적 대립의 쌍으로 공모하는 '근대화=서구화=세계화' 의 논리를 다시 확인하게 된다.

한국어를 물질적 기반으로 탄생한 '한국근대문학' 에는 '세계' 라는 개념이 함축하고 있던 서구중심주의의 패권적 맥락이 고스란히 반영되어 있다. 우리에게 세계문학이란 결국 유럽의 일부 국민문학들에 다름없는 것이다. 마르크스가 "국민적 일면성과 제한성은 더욱더 불가능하게 되고, 많은 국민적, 지방적 문학들로부터 하나의 세계문학이 형성된다"[12]고 말했을 때도, 그것은 아마 자본주의가 성숙했던 유럽의 문학이 세계화된다는 의미였을 것이다. 하지만 괴테가 예감했던 세계문학이란 결코 그런 것이 아니었다.

---

10) '국어' 라는 이데올로기의 정치적 구성력에 대해서는 이연숙, 고영진 · 임경화 옮김, 『국어라는 사상』, 소명출판, 2006 참조.
11) 사카이 나오키 · 니시타니 오사무, 앞의 책, 117쪽.
12) 칼 마르크스, 김태호 옮김, 『공산주의 선언』, 박종철출판사, 1998, 9쪽.

그러나 우리 독일인은 자신의 환경이라는 좁은 테두리를 벗어나지 못한다면 너무나 쉽게 현학적인 자만에 빠지고 말겠지. 그래서 나는 다른 나라의 책들을 기꺼이 섭렵하고 있고, 누구에게나 그렇게 하도록 권하고 있는 걸세. 민족문학이라는 것은 오늘날 별다른 의미가 없고, 이제 세계문학의 시대가 오고 있으므로, 모두들 이 시대를 촉진시키도록 노력해야 해.[13]

민족의 편협한 울타리를 넘어 능동적 소통과 교류로 만들어가는 세계문학에 대한 괴테의 구상은 지금에도 여전히 큰 울림을 준다. 하지만 민족문학의 특이성을 서구문학이라는 보편으로 일반화하는 오늘날의 세계문학은 괴테의 이상을 점점 더 불가능한 것으로 만들어가고 있다.

민족문학의 특수성은 세계문학이라는 보편의 장에 통합됨으로써 근대문학으로 성립했다. 그러므로 '민족문학과 세계문학'은 주인과 노예의 변증법에 다름없는 관계다. "노벨상 수상을 기원하고 자국 문학의 보편성을 확인한다는 것이 사실은 문학의 민족주의 경향을 강조하는 기이하고도 예상치 못한 길이라"[14]고 한 카자노바의 지적은 민족문학과 세계문학의 이 기묘한 동맹관계를 예리하게 폭로한다.

국민국가가 상상의 공동체로 세속화되었던 것처럼, 근대문학(국민문학, 민족문학)은 이제 종언의 대상으로 추락했다. 근대문학이 극복의 대상이 되었다면 그것은 근대문학이 지탱해야 할 국민국가라는 지반의 심각한 요동으로부터 비롯된 것이라 할 수 있다. 그러나 근대문학의 해체를 필연적으로 만드는 더 분명한 맥락은 국민국가와 세계체제의 유기적 관계에 의존했던 지구적 질서의 새로운 이행과 변동에서 찾아

13) 요한 페터 에커만, 장희창 옮김, 『괴테와의 대화 1』, 민음사, 2008, 323~324쪽.
14) 파스칼 카자노바, 최미경 옮김, 「문학의 세계화의 길, 노벨문학상」, 『경계를 넘어 글쓰기』(김우창 외), 민음사, 2001, 334~335쪽.

야 할 것이다. 민족문학과 세계문학이라는 상호 의존적 대립항을 통해 서로의 존재를 공고하게 뒷받침해주던 문학의 질서는 이제 새로운 국면으로 접어들고 있다. 그것은 월러스틴이 지적했던 '자유주의 이후'의 세계체제의 위기를 가리킬 수도 있고, 아니면 네그리와 하트가 제기했던 '제국'으로의 전환이라는 맥락 속에서의 어떤 국면을 의미하는 것일 수도 있다. 어쨌든 근대문학과 세계문학의 공모관계는 더 이상 유지될 수 없게 되었으며, 그 공모에 기반을 둔 세계체제의 문학은 이제 해체될 수밖에 없는 운명에 이르렀다.

대립하면서 공모하는 '적대적 공범관계'로서의 민족문학과 세계문학, 이 양자의 변증법적 종합은 한국의 근대문학이 지향해야 할 분명한 이상이었다. 하지만 그 이상은 한갓 이데올로기적 허상에 지나지 않았다. 근대문학사의 왜곡은 바로 저 이데올로기의 가공할 폭력성으로부터 비롯된 것이다. 민족문학론은 서구 중심의 세계사에서 배제되고 수탈당해온 '민족'이라는 가상의 희생자를 담론화함으로써 이 담론에 반하는 모든 논리를 반민족적(비윤리적)인 것으로 몰아붙이는 대단히 폭력적인 이데올로기로 기능해왔다. 김우창의 지적처럼 "민족문학론은 상당히 오랫동안 절대적 권위를 가지는 말, 그 말만 나오면 손 들고 말 못하는 언어"[15]였던 것이다.

민족의 존엄성과 생존 자체가 위협받는 절박한 위기에 직면하여, 우리 민족의 문학은 문학으로서 성립하기 위해서라도 이러한 민족적 위기에 대한 인식에 뿌리박지 않을 수 없다는 것이다. 이러한 민족적 위기의식이야말로 민족문학 개념의 현실적 근거이자 그 존재가치를 이루는 것이다.[16]

---

15) 김우창 외, 『행동과 사유』, 생각의나무, 2004, 220쪽.
16) 백낙청, 「민족문학의 현단계」, 『민족문학과 세계문학 2』, 창작과비평사, 1985, 12쪽.

민족문학론의 이 엄혹한 역사적 당위 앞에서 누가 감히 비판과 부정의 반론을 언급할 수 있었겠는가. 물론 백낙청이 제기하고 있는 저 민족문학론의 당위는 당시의 역사적 현실에 대한 전략적 맥락에서 이해되어야 한다. 하지만 제국주의의 희생자로 타자화된 '민족'은 숭고한 주체로 신화화되었으며, 이 신화는 국민을 통합하고 국가를 강화하는 내셔널리즘의 가장 원초적 형식으로 지배체제에 환수되었다. 민족문학론의 지지자들이 가졌던 그 정의롭고 순수한 열정에도 불구하고 현실에서 그것은 의도하지 않은 폭력적 결과들을 가져왔던 것이다.

반체제적 문학은 척도와 규준으로 적분된 다수의 체제에 대해 미분적으로 응전하는 소수적 문학이다. "소수적인 문학이란 소수적인 언어로 된 문학이라기보다는 다수적인 언어 안에서 만들어진 소수자의 문학이다."[17] 민족문학과 그것이 공모하고 있는 세계체제의 문학이 '다수적인 언어'의 '안'을 정의한다면, 세계문학의 해체는 바로 이 안으로부터 '바깥'으로의 원심적 탈주를 통해 이루어질 수 있을 것이다. 따라서 다양성과 이질성을 용납하지 않는 무서운 동일화의 기제인 세계문학은 낯설고 이질적이며 구체적이고 감각적인 삶의 생명적 에너지를 표현하는 소수적 문학으로 전유되어야 한다.

다수적인 것에 의해 정의되는 소수적 문학은 지배하는 다수의 포획으로부터 탈주하는 능동적 활력을 통해 드러난다. 그러므로 다수적인 것으로 정의되는 세계문학의 위력은 소수문학의 활력을 자극하는 중요한 바탕이다. 하지만 다수적 문학과 소수적 문학의 관계를 세계문학과 민족문학의 공모관계와 동일한 것으로 유추할 수는 없다. 공모의 관계로 유기적으로 얽힌 민족문학과 세계문학의 배치가 다수적인 것이라면, 소수적 문학은 이러한 관계의 배치를 뒤흔들고 허무는 혼돈 그 자체다.

---

17) 질 들뢰즈 · 펠릭스 가타리, 이진경 옮김, 『카프카』, 동문선, 2001, 43쪽.

카프카는 독일어로만 글을 썼으며, 자기 자신을 분명하게 독일 작가로 간주했음을 기억해야만 한다. 그러나 그가 체코어로 자신의 책들을 썼다고 잠시 상상해 보자. 오늘날 누가 그를 인정하겠는가? 카프카에게 세계적인 의식을 불어넣기 전에 막스 브로트는 무려 20년 동안, 그리고 가장 위대한 독일 작가들의 도움으로 막대한 노력을 했음에 틀림없다! 프라하의 어떤 출판업자가 체코인 카프카의 것으로 추정되는 책들을 출간하는 데 성공하였다고 하더라도, 그와 같은 조국의 누구도(다시 말해 어떤 체코인들도) "우리가 알지 못하는" 머나먼 나라의 말로 쓰인 이 괴상한 텍스트들을 세상에 알리는 데 필요한 권위를 갖지 못했을 것이다. 아니, 만약 그가 체코인이었다면 오늘날 그 누구도 카프카를 알지 못했을 것이다.[18]

밀란 쿤데라는 문학의 가치를 규정하는 힘의 역학관계를 비판하려고 여기서 카프카를 이야기한다. 그리고 이런 비판이 서구중심주의에 사로잡힌 세계문학론의 허구성에 대한 어떤 진실을 명쾌하게 고발하고 있는 것도 사실이다. 하지만 쿤데라의 저 언급은 "소수적인 문학이란 소수적인 언어로 된 문학이라기보다는 다수적인 언어 안에서 만들어진 소수자의 문학"이라는 들뢰즈·가타리의 빛나는 통찰을 다시 한번 분명하게 확인시켜준다는 점에서 중요하다. 카프카는 다수의 언어인 독일어로 작품을 썼던 독일인이었지만 소수어인 체코어와 이디시어의 관계 속에서 독일어를 구사함으로써 소수적 문학에 이를 수 있었다. 그러니까 카프카는 '독일인'이어서가 아니라 '체코의 독일인'이었기에 소수적인 문학에 도달할 수 있었던 것이다. 아마도 그가 '독일의 체코인'이었더라도 사정은 마찬가지였을 것이다. 독일인이냐 체코인

---

18) 밀란 쿤데라, 박성창 옮김, 『커튼』, 민음사, 2008, 53쪽.

이냐는 소수적 문학에 이를 수 있는 근거가 아니다. 문제의 핵심은 국적이나 민족에 있지 않으며 소수냐 다수냐에 있지도 않다. 중요한 것은 이 둘의 관계의 배치다. 그러니까 세계문학의 해체는 바로 그 배치의 문제를 통해 사유되어야 한다.

3. 탈구축과 재구축: 세계문학사를 보는 눈

근대문학은 국민국가의 문학이며 그것은 민족문학의 형식으로 전개되었다. 제국주의적 침탈로 인한 식민지 경험과 국제적 냉전체제의 결과로 빚어진 민족의 분단, 그리고 이러한 역사의 질곡을 헤치며 민주주의를 구축해온 한국의 근 · 현대사는 '민족'의 부정성을 의심하기보다는 그것을 신화화하는 방향으로 흘러왔다. 그리하여 한국문학의 다수는 내셔널리즘을 동원과 수탈이 아니라 희생과 저항의 숭고미로 채색함으로써 국민국가의 논리에 복무했다. 한국근대문학의 이런 성격은 근대 세계사 전개의 결과라고 할 수 있다. 따라서 한국근대문학(국민문학 · 친일문학 · 민족문학 · 민중문학)의 해체적 독법은 곧 근대 이후의 세계 질서에 대한 강력한 저항의 한 방법일 수 있다. 현재의 삶을 규정하는 총체적 기원으로서의 세계체제를 해체하기 위해서는 자국문학을 향한 비판적 극복이 우선되어야 하는 것이다(자기 극복을 통해 타자를 끌어안는 것, 즉 극기복례(克己復禮)! 여기서 예(禮)는 타자에의 윤리다). 그러므로 세계문학의 해체는 곧 자국문학의 해체로부터 출발한다. 그러나 자국문학은 세계문학의 지정학 속에서 탄생한 것이므로 세계문학의 해체라는 작업은 자국문학의 해체와 (비)동시적인 역설 안에서 이루어질 수밖에 없다.

'제3세계 문학론'이나 '동아시아 문학론'은 민족문학론의 이론적 빈틈을 보완하고 그 한계를 돌파하기 위한 일종의 대안담론으로 제기되었다. 이 두 담론의 지지자들이 곧 민족문학론의 열렬한 옹호자들이라는 사실은 그런 사정을 충분히 헤아릴 수 있게 해준다. '민족'이라는 담론으로는 더 이상 유럽의 문화적 패권주의와 미국 중심의 일방적 세계화에 맞설 수 없다는 것이 분명해졌다. 그리고 민족이라는 협애한 관념은 한국문학이 세계문학의 일원으로 당당히 참여할 수 있는 기회를 봉쇄하는 족쇄가 되었고, 때로 그것은 내부적으로 편협한 국수주의로 비난받는 치욕의 근거가 되기도 했다. 민족문학론자들은 이 이중의 난제를 해결하기 위해 서구 제국주의 지배를 받았던 식민지국가들과의 연대를 개념화하면서 제3세계 문학론의 입론에 나서게 되었다.

"민족주의와 국제주의의 결합은 바로 오늘날 제3세계론의 핵심을 이루는 것"[19]이라는 백낙청의 언급은 민족문학과 세계문학의 매개자로서 제3세계 문학론의 의미를 분명하게 규정한다. 그러나 "지난 수세기간 세계를 지배해 온 서양 산업문명의 전개와 그에 따른 범세계적인 역학의 논리와 진상을 제3세계 민중 일반의 입장에서 보아야 할 것을 강력하게 요구"[20]하는 제3세계 문학론의 의의는 무엇보다 서구적 세계화에 대한 '대항담론'이라는 데에서 찾아야 할 것이다. 자본주의적 세계경제의 수탈에 대한 '반체제 운동'으로서 제3세계의 민족해방 운동은 자폐적 엘리트주의로 타락하던 서구적 모더니즘의 병폐를 넘어서는 진보적 활력의 미학적 감수성을 일깨우면서, 소수적 문학의 가능성을 폭발시키는 계기를 제공해주었다. 그러나 제3세계 문학론은 그 의의와 가능성에도 불구하고 실질적인 작품의 번역이 뒷받침되지 못한 채 추상적인 담론의 차원을 맴돌았다.

---

19) 백낙청, 「제3세계의 문학을 보는 눈」, 『제3세계 문학론』(백낙청 외), 한벗, 1982, 17쪽.
20) 김종철, 「제3세계 문학과 리얼리즘」, 『제3세계 문학론』(백낙청 외), 한벗, 1982, 25쪽.

70년대의 민족문학론이 제3세계 문학과의 올바른 연대를 인식한 것은 앞 시기의 민족문학론이 가지지 못한 최대의 행운인 점은 의심할 여지가 없다. 그러나 제3세계에 대한 관심이 라틴아메리카·아프리카·아랍 등에 치우쳐 있는 것은 문제이다. 관심의 초점을 우리가 바로 소속해 있는 아시아, 더 구체적으로는 동아시아에 두어야 할 것이다.[21]

　동아시아 담론은 소박한 동양 예찬론이나 전통의 부활을 부르짖는 복고주의에서부터, 동북아시아 삼국의 문화적 연대론이나 국제적 지정학 속에서 동아시아의 정치적 복잡성에 대한 분석에 이르기까지 그 스펙트럼의 분광은 다채롭다. 하지만 지금 여기서 말하는 '동아시아 문학론'은 제3세계 문학론의 한계를 보완하면서 민족문학론의 질적 비약을 기획하는 진보적 문학론으로 제출된 것이다.

　　동아시아문학론은 우선 한·중·일 세 문학이 서구적 근대와 부딪치면서 걸어왔던 고민의 도정을, 그 차별성을 상호 존중하면서도, 일종의 수평적 비교의식 아래 함께 검토함으로써, 서구라는 기원의 숭배 속에 서로 영향의 우선권을 아웅다웅 다투는 제국주의적 담론인 비교문학과, 국제적 고리를 끊고 자국문학을 자국문학 안에서만 접근하는 '우물 안 개구리' 식의 반제국주의적 담론인 내재적 발전론을 넘어서자는 것이다.[22]

　제3세계 문학론과 동아시아 문학론은 '서구열강에 의해 식민화되었

　21) 최원식, 「민족문학론의 반성과 전망」, 『민족문학의 논리』, 창작과비평사, 1982, 368쪽.
　22) 최원식, 「동아시아문학론의 당면과제」, 『생산적 대화를 위하여』, 창작과비평사, 1997, 419쪽.

던 비서구' [23]라는 역사적 공통성을 공유한다. 따라서 두 담론 모두 서구화, 근대화로서의 세계화에 대한 비판의식을 핵심으로 한다. 아울러 두 담론은 '세계문학'의 대자적 존재로 구속되어 있던 '민족문학'의 폐쇄적 논리에 대한 자기반성의 표현이라고도 할 수 있다. 다시 말해 제3세계 문학론과 동아시아 문학론은, 논리적 함정을 자각한 이후 민족문학 진영의 이론 전회를 표현하고 있는 것이다. 여전히 내셔널리즘에서 벗어나지는 못하고 있지만, 아나키즘의 낭만적 감상을 거부하고 세계체제의 엄연한 현실을 인정하는 실사구시의 관점은 세계사의 해체에 대응하는 이들의 확고한 신념을 짐작하게 해준다. 이들은 세계체제에 포획된 민족문학론의 진보적 활력을 회복하기 위해 민족문학론 자체를 폐기하기보다는, 제3세계 문학론과 동아시아 문학론이라는 새로운 담론을 재구축하는 것으로 대응했다. 여기서 우리는 이 모든 진보적 역량을 결집해 재구축의 방법으로 서구 중심적 세계체제의 질서를 넘어서려고 고투했던 조동일이라는 한 '문제적 개인'을 떠올리지 않을 수 없다. 그러니까 한국의 지성사에서 '조동일'이라는 이름에는 당대의 시대사적 사명과 열망이 응축되어 있다고 하겠다.

민족문학론을 중심에 두고 제3세계 문학론과 동아시아 문학론의 문제의식을 비판적으로 수용하면서, 서구 중심의 세계문학사를 해체하고 새로운 세계문학사의 전개를 서술한 조동일의 작업은 오늘날의 세계체제에 대한 가장 적극적이고 능동적인 비판적 실천이다.

조동일은 고향인 경북 영양군 일대의 구비문학(서사민요·인물전

---

23) 물론 여기서 일본은 예외적이다. 하지만 전후의 이른바 GHQ(미점령군 총사령부)의 통치는 이후 종속적인 미일관계의 배경이 되었다. 일본은 한국, 대만과 함께 대미 종속이라는 공통의 역학관계 속에서 분석될 수 있는 것이다. 이시카와 마쓰미의 『일본 전후 정치사』(박정진 옮김, 후마니타스, 2006)는 전후의 일본 정치가 미국의 영향력 속에서 보수화로 정착되어가는 과정을 잘 보여주고 있다. 그런 의미에서 2차 대전 이후 전개된 한국, 대만, 일본의 정치사는 유사성을 공유한다.

설)에 대한 연구로 학문적 여정을 시작한다(그의 학문은 원심적 방향으로 확대된다). 이후 보편이론의 정립을 실천하기 위해 서구의 구조주의 방법론에 음양론과 이기론이라는 동양철학을 결합하여 한국 소설사의 전개를 독자적으로 서술하고(『한국소설의 이론』, 1977), 나아가 한국문학의 갈래이론을 구축한다.(『한국문학사의 갈래이론』, 1992) 이러한 연구성과를 밑거름으로 한국문학에서 갈래 체계의 변천을 사회사적 요인으로 풀어낸 역작이 전6권으로 구성된 『한국문학통사』(1982~1988)다.

『한국문학통사』의 서술에 이르는 작업이 민족문학론의 빛나는 업적이었다면 『동아시아문학사비교론』(1993), 『동아시아 구비서사시의 양상과 변천』(1997), 『하나이면서 여럿인 동아시아』(1999) 등의 저작에는 동아시아 문학론의 문제의식이 반영되어 있다. 그리고 제3세계 문학에 관한 국내외의 방대한 연구논저들을 해제한 『제3세계문학연구입문』(1991)에는 제3세계 문학론의 중요성에 대한 인식이 자리 잡고 있다. 한 개인의 연구라 믿기 힘든 이 열정적인 작업들은 민족문학사에서 문명권문학사로 시각을 확대하고, 나아가 여러 문명권의 문학사를 총체적으로 통합함으로써 세계문학사의 전개과정을 밝히는 긴 여정으로 이어졌다.

조동일은 제1세계의 서구중심주의와 제2세계의 도식적 유물결정론을 비판하면서 기존의 세계문학사 서술이 가진 문제점을 지적하고(『세계문학사의 허실』, 1996), 각각의 문명권 문학에 대한 구체적 실상을 연구하여(『공동문어문학과 민족어문학』, 1999; 『문명권의 동질성과 이질성』, 1999), 마침내 『세계문학사의 전개』(2002)로 그 긴 여정을 마무리했다.[24] 조동일

---

24) 세계문학사를 새로 쓰는 조동일의 일생 작업은 안타깝게도 큰 반향을 이끌어내지는 못했다. 그의 연구는 흔히 시대착오적인 거대서사로 비판되곤 한다. 그것은 '일반적 원리'에 집착하는 그의 구조주의적 방법론에 의해 거의 필연적으로 나올 수밖에 없는 비판이라고 하겠다. 그러나 그의 연구들이 서양의 학문에 대한 강박증적 방어에 지나지 않는다

은 그 기나긴 여로를 통해 "제1세계 · 제2세계 · 제3세계의 인류가 서로 다르지 않고 각기 이룬 문화와 이념이 대등한 의의를 가진다는 사실을 입증"[25]하고자 했다. 인류의 역사가 대등하다는 것은 고대의 열등생이 중세를 선도하고, 중세의 열등생이 근대를 선도하는, 후진이 선진이고 선진이 후진이 되는 역사전개의 기본원리인 '생극론(生克論)'의 정립을 통해 이끌어낸 통찰이었다.[26]

조동일의 세계문학사 연구에서 핵심적인 대목은 서사시와 소설의 관계를 해명하는 부분이다. 서사시에서 소설로의 이행을 살피는 일은 세계체제의 구성과 변동을 서사라는 인류의 보편적 양식, 다시 말해 문학의 장 안에서 다시 확인하는 것이다. 조동일은 소설의 발생과 전개에 대한 거시적 틀을 『소설의 사회사 비교론』(2001)으로 정리했다. 이는 루카치, 바흐친, 모레티 등의 소설론자들이 공통적으로 천착했던 문제이기도 하다.[27] 그들은 서사시와 소설의 관련양상을 통해 소설의 발생과 그 장르적 성격을 규명하고, 이를 통해 세계체제의 형성과 변동에 대한

는 이진우의 비판(이진우, 「세계체제의 도전과 한국 사상의 변형」, 『한국인문학의 서양 콤플렉스』, 민음사, 1999 참조)은 한국의 반지성주의를 드러내는 왜곡된 형태의 전형적 비판으로 생각된다. 니시타니 오사무는 사카이 나오키와의 대담에서 서구의 지식인들과 대등한 문제의식을 공유하는 비서구 지식인들이 '아, 원숭이가 그리스어를 말하기 시작했다' 라는 표현으로 희화화되는 것을 지적한다.(『세계사의 해체』, 208~209쪽 참조) 한국 지식인들의 서양콤플렉스는 이처럼 동료들의 연구를 멸시하는 지성사의 왜곡으로 드러나기도 한다. 그러므로 조동일을 서양에 대한 과도한 대타의식에 사로잡힌 지식인으로 지목한 이진우의 비판은 그 자신에게로 돌아가야 할 것이다. 그 과도한 대타의식이란 세계체제의 반주변부 국가 지식인들이 처한 불행한 조건이라고 해야 할 것이다.

25) 조동일, 『세계문학사의 전개』, 지식문화사, 2002, 7쪽.

26) 조동일, 「생극론의 역사철학 정립을 위한 기본구상」, 『한국의 문학사와 철학사』, 지식 산업사, 1996 참조.

27) 김태환은 서사시에서 소설로의 장르 이행문제를 통해 '소설 장르 진화의 모델'을 재구성하겠다는 야심찬 연구에서, 그 대상으로 루카치, 바흐친, 쿤데라, 모레티의 이론을 순차적으로 검토하면서도 이 분야의 방대한 선행연구를 내놓은 조동일에 대해서는 전혀 언급하지 않았다. 조동일은 정말 '그리스어를 말할 수 있는 원숭이'에 불과했던 것인가.(김태환, 「서사시에서 모더니즘으로」, 『문학의 질서』, 문학과지성사, 2007 참조)

사유로까지 나아갔다.

　루카치는 소설을 '근대의 시민서사시'로 규정한 헤겔 미학을 받아들여, 서사시의 지위를 근대의 소설이 '결여의 형식'으로 이어받았다는 견해를 『소설의 이론』에서 전개했다. 서사시에 총체적으로 구현되어 있던 '선험적 고향'의 상실을 드러낸 것이 소설이므로 '결여'는 곧 소설의 운명으로 표현된다. 훗날 선험적 고향이라는 형이상학적 관념론은 마르크스주의 역사철학을 통해 극복되지만, 고대 그리스의 서사시를 소설의 기원으로 보는 서구중심주의를 해결하지는 못했다. 루카치의 소설론은 비서구의 소설이 서구의 근대소설을 이식함으로써 성립할 수밖에 없다는 논리를 뒷받침한다.

　바흐친은 서사시와 소설이 고대에서부터 현재에 이르기까지 공존해온 것으로 보았다. 그는 서사시와 소설의 서로 대립적인 장르 성격에 주목하면서, 특별히 소설이 가진 창의적인 성격들을 해명하는 데 많은 주의를 기울였다. 완결된 공식 언어를 구사하는 고급문학으로서의 서사시, 그리고 민중들의 비공식적이고 다성적 언어, 그 열린 형식으로 특징지어지는 저급문학으로서의 소설의 대비는, 소설이야말로 경직된 세계체제에 대응하는 가장 위대한 서사형식이라는 것을 암시하고 있다.

　모레티는 루카치와 바흐친을 창의적으로 사유해 새롭고 독창적인 논의를 전개한다. 그는 『근대의 서사시』(1996)에서 서사시가 소설로 이행했다는 루카치의 견해를 거부하고, 서사시와 소설이 공존해왔다는 바흐친의 견해를 따른다. 하지만 서사시의 고급성을 비판하면서 개방적이고 다원적인 소설의 저급성을 높이 평가했던 바흐친과는 달리, 서사시의 진화가 가져온 결과가 흔히 우리가 모더니즘 소설이라 부르는 것의 실체라고 하면서, 괴테의 『파우스트』, 바그너의 『니벨룽겐의 반지』, 조이스의 『율리시즈』, 마르케스의 『백년 동안의 고독』을 '근대의 서사시'로 정의한다. '근대의 서사시'는 총체성을 잃어버린 현대사회의 개인을 그리는 근대소설과도 다르며, 영웅적 개인을 찬미할 수 없다는 점에서는 전통적인 서사시와도 구분된다. 근대소설과 고대의 서사시가 민족적이라면 근대의 서사시는 초민족적(전지구적)이다. 루카치와 마찬가지로 '근대소설'이 고대의 서사시가 가졌던 총체성을 잃어버렸다고 지적하면서도, '근대의 서사시'는 새로운 형태의 총체성, 다시 말해 "이질적이지만 강제적으로 통합된 현실의 알레고리"로서 "자본주의 세계체제에서 상상할 수 있는 가장 추상적인—아마 가장 충실한—형태의 '총체성'"[28]을 표현할 수 있다고 했다.

모레티가 전개한 '근대의 서사시'론은 서양의 근대소설이 몰락한 사실을 인정하면서, 소설의 몰락을 가져온 서구의 역사적 현실(세계체제)을 극복할 수 있는 대안적 논리로 구상되었다고 여겨진다. 그런 의미에서 그의 이론은 근대소설의 몰락을 가져온 서구적 근대의 한계를 돌파하려는 서구 내부의 이론적 고투를 표현한다.

조동일은 소설 발생의 시기를 근대로 한정하는 루카치나, 고대로까지 소급하는 바흐친의 견해 모두를 거부하고, 소설은 '중세에서 근대로의 이행기'에 시작되었다는 전혀 다른 생각을 이끌어냈다.[29] 그러나 보다 진전된 모레티의 소설론을 간과함으로써, 결과적으로 루카치와 바흐친에 대한 비판 그 이상의 사유에까지 이르지는 못했다. 그것은 그의 작업이 소설의 발생과 그 전개에 대한 문학사적 연구에 한정되어 있었기 때문이다. 그 결과 문학사적 맥락에 국한된 범위 안에서만 '서구'와 '근대'의 문제를 다룰 수 있었고, 구체성의 현실 속에서 세계체제의 변동에 대한 비판적 이론을 구성할 수 없었던 것이다. 조동일이 적극적

---

28) 프랑코 모레티, 조형준 옮김, 『근대의 서사시』, 새물결, 2001, 353쪽.
29) 조동일, 「서사시의 전통과 근대소설」, 『한국문학과 세계문학』, 지식산업사, 1991 참조.

으로 나서 실천적 맥락을 강조한 것은 근대 서구소설의 파탄에 대한 제 3세계 소설의 응전이라는 문제로 제한된다.

> 제3세계에서는 소설이 "신이 버린 세계의 서사시"가 아니고, "떠나간 신을 다시 찾는 서사시"이게 한다. 유럽소설이 위기에 빠져 타락하고 해체되고 있을 때 제3세계의 소설은 소설 본래의 긴장을 차원 높게 갖추고, 서사시의 이상주의를 되찾기까지 한다. 현실을 있는 그대로 묘사하는 데 그치지 않고 있어야 할 것을 추구하면서 그 둘이 분리되지 않게 한다고 했다.[30]

법 없는 세계의 혼란을 반영하는 것이 '정신증'이라면 신이 떠나버린 세계의 서사시는 망상이나 환각을 그 증상으로 드러낸다. 반대로 없는 법을 다시 만들어내야 한다는 강박이 '도착증'이라면 제3세계 소설은 '서사시의 이상주의'라는 법을 구하기 위해 끝없이 방황해야 할 운명이다. 서구소설의 몰락을 비서구소설의 수립으로 응전하는 조동일의 소설론은 이처럼 거대서사의 구축에 대한 강박을 드러낸다.

조동일의 세계문학사론이 현실의 미시정치에 관여하지 않는 것은, 그의 연구가 대단히 거시적이고 또 지극히 아카데믹한 맥락에서 이루어졌기 때문이다. '학문은 이론을 다루고 비평은 실천을 다룬다'는 고답적 인식에 사로잡혀 있던 그에게 "문학비평이든 문학연구이든 문학에 관한 일체의 논의는 생업을 위해 필요한 것이 아니고, 문학은 무엇이며, 어떻게 존재하며, 어떤 방향으로 나아가야 하는가라는 절박한 물음에 대한 해답으로 필요한 것이다."[31] 그의 작업들은 바로 이 같은

---

30) 조동일, 『소설의 사회사 비교론 3』, 지식산업사, 2001, 258쪽.
31) 조동일, 「문학비평과 문학연구」, 『우리 문학과의 만남』, 기린원, 1988, 31~32쪽.

고고한 상아탑의 평온 속에서 이루어진 것이다. 서구중심주의의 극복이라는 열정에 사로잡혀 있었던 조동일은 어느 때인가부터 세속의 정치적 감수성을 잃어버리고 '언어의 감옥'에 갇힌 수인처럼 이론의 보편성에 포박되어버렸다. 이 문제적 개인은 세속적인 삶을 담아내는 문학을 탈속의 방법으로 연구하는 그 어긋남에 대해 깊게 생각하지 않았던 것이다. 세속의 이웃들에 대한 공감이 없는 문학만큼이나 그러한 공감에 무딘 문학연구란 위험하다.

그럼에도 우리들은 조동일의 세계문학사론이 서구중심주의적 세계문학사 서술의 왜곡을 넘어서려는 뜨거운 열정의 산물임을 부정할 수 없다. 서구문학사를 탈구축하면서, 비서구문학의 재구축으로 새로운 세계문학사의 생성을 꿈꿨던 그의 못다 이룬 바람은, 지금의 우리들에게 풀기 어려운 하나의 과제로 남겨졌다. 세계문학의 해체는 탈구축과 재구축, 그 끊임없는 부정과 생성의 지난한 과정 속에서 이루어진다. 그러므로 우리는 탈영토화와 재영토화 사이를 오가는 영원한 탈주 속에서, 그 끝없는 유목의 길을 떠돌아야만 하는 것이다.

4. 탈주하는 한국문학

이인직의 『혈의 누』(1906)에는 청일전쟁이라는 국제적 분쟁의 소용돌이 속에서 겪는 김관일 일가의 이산과 재회, 그 우여곡절이 조선과 일본, 미국을 무대로 펼쳐져 있다. 『무정』(1917)의 마지막 장은 시카고 대학의 4학년생인 형식과 선형, 독일 유학을 끝내고 이들과 함께 시베리아 철도로 귀국할 예정인 병욱, 동경상야 음악학교를 우등으로 졸업하고 귀국을 기다리고 있는 영채의 소식을 전하고 있다. 이들 작품에서 서양은 그 자체로 개화(서구화)와 계몽(근대화)을 표상한다. 한국근대문학의 탄생은 이처럼 서구적 근대를 전혀 거리낌 없이 동경하는 가운데 이루어졌다. 하지만 이후의 한국문학사는 서구적 근대의 수용과 극복, 비판과 성찰의 고투 그 자체였다. 그러나 지금 우리는 근대 이후의 세계를 열어갈 신생의 사유를 어느 정도 이끌어내고 있는가. 여전히 근대적 패러다임에 구속된 해방의 기획으로는 언제까지나 이 물음 앞에서 떳떳할 수 없다.

지금 한국문학에서는 여러 형태의 이주자들을 쉽게 찾아볼 수 있다. 국경을 넘어 들어오는 이들 입국자들은 국민국가의 자기동일성을 훼손하는 불편한 존재들이다. 그러나 이들은 노동력 이동의 자본주의적 현실을 고발하는 연민의 대상으로 자주 그려지곤 한다. 이런 식의 빤한 표상화 속에서 그들의 구체적 삶은 쉽게 왜곡된다. 이들은 우리와 다른 이질적 외모, 언어, 문화 그 자체로 이 지구적 삶의 안락함 뒤에 숨겨진 공모와 배제의 야비한 미시정치를 폭로하는 타자들이다. 그 타자들과의 적대가 만들어내는 새로운 정치의 지형을 담아내기 위해 문학은 새로운 표현의 방법들을 능동적으로 실험할 수 있어야 한다. 그런 의미에서 기층문화의 활달한 형식과 세계에 대한 폭 넓은 역사인식을 절묘하게 결합해, 새로운 서사의 실험을 시도하고 있는 황석영의 최근 작품들은 그 한계 속에서도 암시하는 바가 크다.

황해도 진지노귀굿의 형식을 빌려, 좌우 이념대립에 희생된 역사의 원령을 불러와 그 넋을 달래는 『손님』(2001)의 미학적 발상은 탁월하다. 원한의 역사를 만든 것이 서양에서 들어온 기독교와 마르크스주의, 그 사랑의 종교와 해방의 사상이었다는 역설은, 저 서구적 보편이 냉전체제의 한반도라는 특수한 조건 속에서 무서운 폭력으로 변질되어가는 것을 극명하게 보여준다. 판소리와 무가의 서사로 전하는 '심청'의 이야기를 서세동점의 세계화가 강요되던 19세기 동아시아로 그 무대를 옮겨와, 몸 파는 여자 심청의 편력기로 새롭게 구성한 『심청, 연꽃의 길』(2007) 역시, 제국주의라는 거시적 힘이 한 여자의 일생을 어떻게 몰아가는지를 대단히 섬세한 필치로 그려냈다. 여기다 무속신화의 일종인 '바리데기'를 국경을 넘어 이동하는 '바리'라는 한 여자의 이야기로 새로 써 한국 기층문화의 형식으로 담아낸 『바리데기』(2007)까지 보탠다면, 황석영의 일련의 작업들이 분명한 의도와 철저한 기획 속에서 이루어진 것임을 알 수 있다.[32] 하지만 황석영의 이런 미학적 실험들은 도착이 아니라 하나의 출발이다.[33] 현실은 여전히 야비함으로 가득 차 있고, 새로운 리얼리즘의 창안은 아직 실현되지 못했다.

임박한 파국은 신생의 징후이고, 낡은 것의 붕괴는 재생의 계기로 역전될 수 있다. 지금 세계는 혼돈스런 이행의 열병을 앓고 있다. 낡은 것이 허물어진 자리에는 아직 그 정체를 알 수 없는 무수한 혼돈의 잠재성이 가득 채워져 있다. 한국문학은 자폐적 고립과 깊이에의 탐구 사이에서, 퇴폐와 전위, 타락과 저항 사이에서 격렬하게 흔들리고 있는 중

---

32) 황석영은 최원식과의 대담에서 '동도서기론'의 발상을 뒤집어 서구적인 내용을 우리의 이야기 형식으로 풀어내는 이른바 '서도동기론'을 제시한다. "자신의 문화적 근거를 가지고 밑에서부터 끓어오르는 힘으로서 세계적인 보편성으로 되살려 내"는 이런 작업을 일컬어 '신명 리얼리즘'이라고 했다. 『손님』, 『심청, 연꽃의 길』, 『바리데기』에는 새로운 리얼리즘을 만들어내고 싶다는 그와 같은 뜻이 반영되어 있는 것이다.(황석영·최원식, 「대담: 황석영의 삶과 문학」, 『황석영 문학의 세계』, 창비, 2003, 51~62쪽 참조)

33) 작가의 작품 외적 언행이나 언론과의 지나친 접촉 때문에 그의 의도가 오해되거나 작품이 오독되는 상황들이 자주 있다. 그의 작품들이 민족적 형식의 사적 전유를 통해 '전도된 오리엔탈리즘'의 함정에 빠졌다는 식의 비판 역시 마찬가지다("리얼리즘을 서구적 양식으로 보면서, 동아시아의 새로운 서사양식을 창출해야 한다는 황석영의 관점은 '전도된 오리엔탈리즘'이라는 혐의에서 자유롭지 않다."(권성우, 「서사의 창조적 갱신과 리얼리즘의 퇴행 사이―황석영의 『바리데기』론」, 『낭만적 망명』, 소명출판, 2008, 160쪽) 하지만 황석영은 서구적 리얼리즘과 동아시아적 형식을 대립항으로 놓고 사유한 적이 없다. 그의 기획은 앞서 대담의 인용에서 보았듯이, 오히려 그 둘의 통합을 통해 새로운 리얼리즘을 구축하는 것이다). 틀에 구속되지 않는 작가의 자유로운 발언과 행동은, 그것이 아무리 당대 사회의 통념과 어긋나더라도 간단하게 매도되어서는 안 된다. 작가의 언동에 대한 지나친 반감은 황석영의 문학적 실험들을, 기껏 노벨상을 노린 꼼수 정도로 오독하게 만든다.

이다. 그것은 아마 새롭게 진화한 세계체제로의 편입을 표현하는 동시에 그 체제에 대한 전복의 한 증상을 드러내고 있는지도 모른다. 경계에 구속됨이 없는 자유로운 상상의 그 위험한 모험들이 건강한 열병의 한 증상이었으면 좋겠다.

국가와 민족에 헌신하는 멸사봉공의 논리는 숭고한 희생이나 순국이 아니라 다른 국가와 민족에 대한 야비한 폭력에 지나지 않았다. 이제는 우리와 그들 사이의 적대 속에서 진정한 사랑의 실천을 고민할 때다. 내 삶에의 충실한 헌신이 나 아닌 누군가의 삶을 존중하는 것과 조화롭게 되는 것, 그것이 곧 이 세계에 대한 사랑의 실천이다. 세계문학의 해체란 피 튀기는 투쟁 속에서도 바로 그 '세계에 대한 사랑'의 문학을 건설하는 일이다.

추종과 배반

─ 일본이라는 매혹과 미혹

1. 이론의 판타스마고리아

'한국근대문학' 이란 무엇인가. 자명한 것으로 받들어졌던 '한국' 도 '근대' 도 '문학' 도 모두 한갓 환각의 구성물이었음이 드러난 마당에, 다시 그 텅 빈 기표를 붙들고 있는 '나' 는 누구인가. 자명했던 믿음만 큼이나 그 모든 것이 환각이었다는 폭로가 가져온 배반의 감정은 격렬 할 수밖에 없었다. '한국' 이든 '근대' 든 끝장나도 좋으니 제발 활자들 에 기대어 울고 웃던 밤, 그 정열의 시간들, 흠모와 질투와 자기 비약의 시간들만큼은 환각이 아니었다고 믿고 싶었던 것일까. 하지만 '문학' 이야말로 한국과 근대를 지탱하는 위대한 지렛대였다는 엄혹한 진실 앞에서 나는 우두망찰할 수밖에 없었다. 문학이란 정말로 동경과 좌절, 희망과 초월이기는커녕 철도나 우편과 다를 것 없는 메마른 제도에 불 과한 것이었을까.

영원불멸하는 진리에 대한 견고한 믿음과 동경을, 그 기원의 자리까 지 파고들어가 그것이 결국은 역사의 조건과 사람들의 열정이 빚어낸 관념의 '구조'였다고 과격하게 폭로해버리는 이론들이 밀려들어왔다. 불과 얼마 전까지만 해도 '구조'의 맹신자였던 나는 그 폭로의 이론들이 가져다준 카타르시스에 쉽게 매혹(끌림)되거나 미혹(홀림)되어버렸다. 그리하여 나는 곤혹스러웠다. 내가 동경하던 대상들의 몰락이 가져온 상실감의 크기만큼이나 한 시대에 대한 내 믿음의 구조가 붕괴되는 파멸의 희열도 컸다. 한마디로 '나'는 '세계'와 함께 몰락했고 그리하여 나는 그 혼란스러움에 쉽게 도취되었던 것이다. 구조의 '이념'은 탈구조의 '이론' 앞에서 속수무책이었고 그 사이에 낀 나는 어찌할 바를 몰랐다. 사정은 지금도 크게 달라진 것이 없다. 여전히 나는 재현과 표현 사이, 리얼리즘과 모더니즘 사이, 구조주의와 포스트구조주의 사이, 구성과 해체 사이, 구상과 추상 사이, 종언과 재생 사이, 그리고 그 모든 것의 신념과 논리 '사이'에서 진부하게 방황하고 있다. 그러나 그 '사이'란 양극단의 이분법을 통해 실체로서의 절대적 진리를 구성하는 환각의 공간, 즉 지(知)의 매트릭스일 뿐이다. 의지와 열정, 치기와 분노로 가득했던 나의 부끄러운 글들도 돌이켜보면 그 사이의 방황과 혼란 속에서 줏대 없이 쓰인 것임을 고백하지 않을 수 없다.

내가 '사이'에서 머뭇거리는 동안 세상은 빠르게 변해갔다. 특히 구조의 속박을 당차게 해탈하는 입장들의 전투적인 진군은 위협적이었다. '구조'와 '주체'의 획고함에 내한 맹신을 일종의 우상숭배로 뒤집어버리는 그 입장들의 거칠 것 없는 행보가 나에게는 전위적인 혁명 그 자체로 받아들여졌다. 다른 많은 이들과 마찬가지로 나는 정교하고 세련돼 보이는 그 '이론'의 매력에 중독되었다. 롤랑 바르트, 자크 라캉, 미셸 푸코, 자크 데리다, 줄리아 크리스테바, 장 프랑수아 리오타르, 장 보드리야르……. 이 이름들은 저 하늘의 반짝이는 별들처럼 아득한 무엇이었고 우리 시대의 공부란 저 이름들을 따라 헤매는 것으로 시작되었다. 발터 벤야민, 한나 아렌트, 위르겐 하버마스, 피에르 부르디외,

니클라스 루만, 알랭 바디우, 질 들뢰즈, 슬라보예 지젝, 안토니오 네그리, 자크 랑시에르, 조르조 아감벤……. 이 이름들 역시 저들 이름의 맥락 안에서 더불어 흠모하고 사숙해야 할 위대한 계보로 자리 잡았다. 우리에게 니체, 프로이트, 마르크스 이후의 '이론'을 공부한다는 것은 결국 저 모든 이름들의 언저리를 배회하는 것이었다. 물론 남루한 우리 공부의 길목에는 여기 거론하지 않은 수많은 이름들이 즐비하게 늘어서 있다. 그 길목엔 우리가 미처 살피지 못하고 성급하게 지나쳐온 오래된 이름들이 먼지를 뒤집어쓰고 낡은 비명을 살짝 드러내고 있다. 우리는 또 과거의 어떤 이름들을 되불러 호명하거나 새로운 이름들을 그 위대한 계보에 등록함으로써 '이론'을 구성하고 탐닉하면서 공연히 자만하거나 혹은 자학할 것이다.

저 이름들의 계보는 우리 공부의 고고학적 기원이 숨겨온 세계 이해의 과도한 '욕망'과 빈곤한 '방법(이론, 철학, 사상)' 사이의 괴리라는 비루한 실체를 폭로한다. 다시 말해 우리 인문학의 비루한 실체를 생산하는 것은 다름 아니라 세계 이해의 과도한 욕망과 빈곤한 방법이라는 저 진부한 변증법이다. 세계 이해의 빈곤한 방법을 초과하는 세계 이해의 비대한 욕망. 이 욕망은 자본주의의 소비욕망과 질적으로 유사하다. 그러므로 저 이름들이란 결국 프라다와 루이비통, 구찌와 샤넬, 페라가모와 버버리, 불가리와 크리스챤 디올의 다른 이름일 뿐이다. 저 이름들의 위대한 스펙터클은 우리의 지적 '충동(Pulsion)'을 환기시키는 '오브제 a'다. 만족을 몰라 언제나 허기를 느끼게 만드는 저 이름들의 매혹은 우리의 지적 공허감을 깊게 만든다.

자본의 유혹에 쉽게 매혹당하는 대중들처럼 이론을 명망가의 이름으로 소비하는 우리 시대의 공부는 이처럼 위태롭다. 물론 소비가 자본의 일방적인 유혹으로 결정된다는 발상이 소비 욕망의 복잡한 메커니즘을 지나치게 단순화하는 것처럼, 공부의 어떤 편향을 이처럼 쉽게 질타하는 것은 환원론의 폭력을 수반한다. 하지만 희소가치의 명품을 대량의 모조품으로 소비하는 것처럼, 저 이름들의 코드로 조합된 엇비슷한 글들이 대량으로 복제되는 우리 인문학의 현실은 위태로움을 넘어 천박한 지적 풍토로 분명하게 자리 잡았다.

자본의 신천지 파리의 아케이드 아래에서 벤야민은 "대중을 움직이는 것은 항상 어떤 것이 진리이기 때문이 아니라 언제나 그것이 유행이 되기 때문이다"[1]라고 한 독일의 극작가 칼 구츠코브의 한 구절을 떠올렸다. 구츠코브의 이 문장은 웹 서핑을 통해 정보를 수집하고 그것으로 지식의 기초를 구성하는 우리 시대의 지적 풍토에 대해서도 어떤 진실을 암시해준다. 하지만 더 중요한 통찰은 구츠코브의 문장에 달린 벤야민의 주석에서 찾아야 할 것이다.

> 그런데 대중을 선도하는 것은 매번 최신의 것이지만 그것이 대중을 선도할 수 있는 것은 이 최신의 것이 실제로는 가장 오래된 것, 이미 존재했던 것, 가장 친숙한 것의 매개를 통해 나타나는 경우에 한해서다. 이러한 극劇, 최신의 것이 이런 식으로 이미 존재했던 것을 매개로 만들어지는 방법이 패션 본래의 변증법적인 극을 이룬다.[2]

새것과 오래된 것, 낯선 것과 낯익은 것의 변증법. 이 변증법은 오래된 것을 새롭게 만들고 익숙했던 것을 낯설게 느끼게 만드는 알라딘의 요술램프다. 철학계의 록스타로 불리며 열광적인 독자들을 거느리고 있는 슬라보예 지젝의 그 대단한 인기 역시 저 요술의 변증법에서 유래하는 것은 아닐까. 라캉의 난해한 정신분석학을 대중문화에 쉽게 적용

---

1) 칼 구츠코브, 『파리에서 온 편지』; 발터 벤야민, 조형준 옮김, 『아케이드 프로젝트 I』, 새물결, 2005, 245쪽.
2) 위의 책, 245쪽.

해 풀어내는 현란한 글쓰기와 헤겔, 칸트의 재사유를 통해 구성해낸 그의 이데올로기 이론이 가진 실천적 에너지가 바로 예의 그 '패션 본래의 변증법적인 극'이다. 안토니오 네그리와 가라타니 고진 역시 마르크스주의자로서 각각 스피노자와 칸트를 재해석함으로써 하나의 패션을 창안한 사례들이라 할 수 있겠다. 벤야민의 역사철학과 칼 슈미트의 정치신학에 대한 통찰을 바탕으로 '벌거벗은 생명'에 가해지는 주권의 권능(예외상태)을 탐구한 아감벤 역시 같은 맥락으로 바라볼 수 있다(샹탈 무페, 에티엔 발리바르, 자크 랑시에르와 같은 이름들과 함께 오늘날 '정치철학'은 담론지형의 대세로 자리 잡았다).

이 요술의 변증법은 우리를 매혹/미혹/곤혹케 하는 '새로운 패션의 기원적 좌표'가 낡고 오래된 것에 있음을 알려준다. 그것은 일자적(一者的) 근원으로서의 어떤 실체로 복귀한다는 원시반본(原始返本)의 논리와 다르다. 벤야민이 '실제로는 가장 오래된 것, 이미 존재했던 것, 가장 친숙한 것'으로 묘사했던 '낡고 오래된 것'이란 그런 형이상학적 실체가 아니라 구체적 사건들의 개별적 특이성들이 보존되어 있는 역사의 순결한 지(知) 그 자체이다. 그러므로 이 '순결한 지'에 대한 뿌리 깊은 공부야말로, 새것의 욕망에 들뜬 패션으로서의 지를 향한 과잉 충동을 절제하는 하나의 방법일 수 있는 것이다. 그렇다면 그 '순결한 지'의 원천은 무엇인가. 여기서 우리는 '고전'에 대한 사유로 이동하게 된다.

고전이란 전통의 다른 이름이다. 전통은 현재와의 길항을 통해서만 지속될 수 있다. 달리 말해 '지금-시간'과 삼투하지 못하는 전통은 쉽게 '단절'된다. 따라서 고전이 정전으로서의 지위를 얻기 위해서는, 그 텍스트가 박제된 이데올로기적 규범을 배반하면서 끊임없이 재해석될 수 있는 해석의 여백들로 충만해야 한다. 그런데 전통에 대한 우리들의 태도는 지나치게 변덕스럽다. 지금은 상식적인 이야기가 되었지만, 이미 오래전에 오르떼가 이 가세트는 전통을 뒤틀고 조롱함으로써 자기의 형식을 정의하는 현대예술의 등장에 주목했다.

    사실 미적 쾌락의 요인으로 과거의 예술을 공격하며 우롱하는 그 부정적인 기분을 고려하지 않는다면 낭만주의에서부터 오늘날까지의 예술의 궤적을 이해할 수 없을 것이다.[3]

'순결한 지'의 원천인 고전을 등한시하고 최신 동향에 예민한 오늘날의 풍조는 오르떼가가 열렬히 옹호했던 '예술의 비인간화', 즉 모더니즘 시대의 종언과 관련이 있다. 정보의 파편들을 패스티쉬하여 지식을 편집하는 포스트모더니즘의 지적 풍토는 더 이상 전통을 파괴 혹은 조롱의 대상으로 상대화하지 않는다. 전통 혹은 고전은 이따금 '복고'라는 형식으로 차출될 뿐 진지한 응대의 대상이 되지 못하는 것이다. 수전 손택의 말마따나 "엄숙하고 난해한 '모더니스트' 미술과 문학은 시대에 뒤떨어진 것이고, 젠체하는 사람들이 공모해 만든 것으로 생각"[4]될 뿐이다. 이 같은 지금 우리의 풍조는 오르떼가가 우려했던 '대중의 반역'이라는 파국의 한 양상을 반영한다. 정보의 스크립터가 지식의 대가를 능가하는 이 시대에 학문(독서와 글쓰기, 비평과 연구)이란 진지한 무엇이 아니라 유쾌한 놀이다.

고전은 더디게 읽고 오래 궁구해야 하는 점수(漸修)의 공부를 요구한다. 그러나 그런 지루한 공부법을 견디기에는, 우리들은 이미 디지털의 놀라운 효율에 쉽게 길들여져 버렸다. 그러니 단번에 나서 대가의 글쓰기를 흉내 내고픈 우리 세대의 성급함 속에서 고전이란 얼마나 막막하고 또 지겨운 텍스트인가. 그래서 우리는 고전과 '직접' 만나지 못

3) 오르떼가 이 가세트, 안영옥 옮김, 『예술의 비인간화』, 고려대학교출판부, 2004, 61쪽.
4) 수전 손택, 홍한별 옮김, 「아름다움에 대하여」, 『문학은 자유다』, 이후, 2007, 31쪽.

하고 언제나 누군가의 해석이라는 '매개'를 거쳐 그것과 만난다. 무모한 수고로움 대신, 역시 효율을 좇는 것이 우리들의 공부를 규정한다.

우리에게 근대적 학문이 박래하여 자리 잡는 시기는 제국주의에 침탈되는 때와 겹친다. 메이지 유신 이후 일본이 축적한 고전 연구의 성과들을 별다른 비판이나 저항 없이 수용했던 우리 학문의 식민주의적 역사는, 고전 그 자체보다는 고전에 대한 새로운 해석들의 동향에 민감한 풍토를 만들었다. 그리하여 '원본적 사유의 부재'는 우리 학문의 식민성을 정의하는 핵심적인 종차가 되었다.

번역어로 사유하고 번역된 개념으로 텍스트를 읽고 쓰는 인문학계의 오래된 서양 콤플렉스는 '탈식민지 지식인'의 형상에 대한 요구나 식민성의 자각과 우리 인문학의 글쓰기를 성찰하는 방향으로 표출되기도 했다. 이론의 타자성이 뚜렷하게 의식될수록 '우리'라는 주체를 향한 자기동일성의 욕망도 굳건해졌으며, 동시에 그런 욕망의 비루함에 대한 냉소도 널리 퍼져갔다. 참을 수 없는 이론에의 매혹과 견디기 힘든 이론으로부터의 모멸감이 동시에 '우리'를 압박해 들어왔던 것이다. 매혹과 모멸로 뒤틀린 이론에의 집착은 서구적 근대의 유입이 시작된 이후 변하지 않는 하나의 심리적 상흔으로 자리 잡았다. 고전이 서구의 정전을 표상하고, 그것을 수용하여 해석하는 방법마저도 외래의 것을 따르는 한국의 지성사는 제국과 식민, 이식과 자생, 타자와 우리의 가름 속에서 줄곧 파열되어올 수밖에 없었던 것이다.

2. 우편적 존재론: 번역으로서의 '근대', 매개된 '방법'

여기서 하나의 문건을 떠올려보아도 좋을 듯하다. 때는 바야흐로 중일전쟁 이후 태평양전쟁이 고조되어가던 1942년. 동아 신질서의 건설

을 통해 팔굉일우(八紘一宇)의 이상을 실현하고 구미제국의 근대를 초
극함으로써 인류사의 대역전을 모색하던 일본은 고도 국방국가 건설
을 목표로 신체제 수립에 온 힘을 기울이고 있었다. 바로 이 시기에 경
성제대 영문과 출신으로 당대 최고의 엘리트 비평가 그룹에 속해 있던
최재서는 『국민문학』(1941~1945)을 통해 일본의 신체제 수립에 적극적
으로 참여했으며, 그 시기의 주된 논평을 모아 『전환기의 조선문학』
(1943)이라는 평론집을 엮어낸다. 이 평론집에 실려 있는 글 중 특히 눈
길을 끄는 것이 「새로운 비평을 위하여」(1942)다.

　이 글은 신체제의 수립이라는 당면한 목표를 위해서, 문예비평에 있
어서도 메이지 유신 이래로 서양에서 수입하거나 모방해온 서구적 근
대의 사상과 이론을 초극하여 일본적 사고방식을 수립해야 한다는 것
을 논점으로 하고 있다. 서구적 근대의 초극이 일본적 가치체계의 수립
을 통해 가능하다고 본 최재서는 이를 위해 우선적으로 비평의 서양의
존성을 해결해야 할 과제로 제시한 것이다. 그래서 그는 "마치 여자의
의상이 파리나 뉴욕을 중심으로 급변하는 유행의 장을 연출한 것처럼,
문예비평도 파리나 런던이나 모스크바를 중심으로 한 유행을 좇아왔
던 것"이라고 비판하면서, '우리 자신의 문제'를 찾아 '우리 자신의 사
고방식'으로 비평의 서구의존을 극복할 것을 요청한다.[5] 같은 맥락에
서 그는 "오늘 우리의 입장에 근거한 국문학사를 써야 한다는 것은 물
론이고, 그와 동시에 우리의 입장에서 세계문학사"(65쪽)를 기술함으로
써 '우리'의 시각으로 세계문학을 재인식해야 한다고 했다. 여기서
'우리'란 참으로 당혹스러운 호명이 아닐 수 없는 것이, 동조동근론에
근거를 둔 내선일체의 논리가 바로 그 '우리'를 규정하고 있기 때문이
다. 파리, 런던, 모스크바를 타자화함으로써 일본과 조선은 '우리(동아

---

5) 최재서, 노상래 옮김, 「새로운 비평을 위하여」, 『전환기의 조선문학』, 영남대학교출판부,
　　2006, 65쪽.

협동체)' 로 굳건하게 하나가 되고 있는 것이다.

파리, 런던, 모스크바와 마찬가지로 동경(東京)은 조선에 있어 하나의 타자다. 내선일체의 이데올로기로도 가릴 수 없는 그 분명한 타자성은 현해탄의 심연, 즉 동경과 경성의 거리를 일깨우고 또 다른 '우리(민족)' 를 창조한다. 이처럼 한일문학의 관련양상은 '우리' 의 역설 안에서 일종의 아포리아를 구성한다. 최재서의 저 평문은 이 아포리아를 일깨움으로써 하나의 물음을 유도한다. 한국문학에 있어 일본은 무엇인가?

한국의 근대문학이라는 것이 실은 일본의 메이지 · 다이쇼를 이식한 것에 지나지 않는다는 임화의 명제는 더 이상 새삼스러울 것 없는 분명한 사실로 받아들여지고 있다. 더 이상 내재적 발전론(자생적 근대화론) 따위의 방어기제를 필요로 하지 않을 만큼 한국의 근대성 형성에 대한 논의는 깊어졌다. 일본은 동아시아의 작은 유럽이었으며 한국의 근대는 바로 그 유사 유럽을 통해 서구적 근대를 확립할 수 있었다. '이론 이후의 삶(life after theory)' 을 고민하는 이 시기에도 한국문학은 여전히 일본의 그늘을 벗어나지 못하고 있다. 한국문학에 있어 가라타니 고진이라는 한 인물의 존재감이 그러한 현실을 분명하게 드러낸다. 가라타니는 『일본근대문학의 기원』을 통해 근대문학의 탄생신화를 해부함으로써 '근대' 와 '문학' 그리고 '네이션' 의 허구성과 그 이데올로기를 충격적으로 고발했다. 이 저작은 곧이어 한국에서 유사한 방법론에 기댄 비슷한 연구들을 재촉함으로써 격렬한 반응을 불러일으켰다. 『근대문학의 종언』은 『일본근대문학의 기원』이 국문학 연구의 영역에서 미친 영향만큼, 아니 그보다 훨씬 폭발적인 방식으로 한국의 비평계를 술렁이게 했다. 종언의 선언 이후 한국 비평가들의 평문에는 가라타니의 망령이 유령처럼 들러붙기 시작했다. 이른바 '새것과 오래된 것, 낯선 것과 익숙한 것의 변증법' 을 통해 서양의 이론들을 자기의 방식으로 전유한—이 전유를 그는 '트랜스크리틱'이라고 부른다—일개 지식인으로서 가라타니 고진이라는 이 일본의 좌파 비평가의 영향력이란 무엇인가. 그리고 그가 낳은 '기원'과 '종언'의 쌍생아 앞에서 한국문학이 이처럼 격렬하게 요동하는 이유는 도대체 무엇일까.

내가 나 아닌 세계와 만나는 과정이 노예와 주인의 대결에 유비될 수 있다면 그 만남이란 언제나 '충돌'일 수밖에 없다. 때문에 바로 그 충돌을 통해 전개되어온 한국의 지성사는 주인과 노예의 변증법 안에서 언제까지나 주인에 대한 선망에 깊이 사로잡혀 있었다. 어떻게 우리에게는 위대한 '이름'들로 기억되는 그 '주인'을, 데리다는 대담하게도 아무것도 아니라고 감히 말할 수 있었을까.

프로이트나 하이데거 그리고 다른 사람들의 가르침에 귀 기울이고자 할 때 그들이 말하고 쓰는 것을 듣기 위해 내가 뭔가를 말해야 하는, 단순히 받아들이는 것이 아니라 내 차례가 되어 뭔가를 써야 하는 지점이 있습니다. 그리고 일단 쓰게 되면 뭔가 다른 것을 말하게 되고, 뭔가 새로운 것, 뭔가 다른 것이 존재하게 되며 이것이 제가 이해하는 충절입니다. 이것이 이론과 철학과 문학의 충절이고, 예컨대 결혼 같은 일상생활에서의 충절이기도 합니다. 동일한 것을 그대로 반복할 수는 없고 발명해야만 합니다. 타자의 타자성을 존중하려면 뭔가 다른 것을 행해야만 합니다.[6]

데리다에게 이론과 철학과 문학, 나아가 일상의 삶에 대한 충절은 '충성과 배반의 관계'를 통해 이루어지는 것이었다. 그것은 방법에 대한 일방적인 충성과 추종이 아니라 추종과 배반, 다시 말해 '따름과 따

---

6) 자크 데리다, 강우성·정소영 옮김, 「이론을 좇아서」, 『이론 이후 삶』(자크 데리다 외), 민음사, 2007, 24쪽.

르지 않음, 승인과 대체 사이의 희한한 동맹관계'라고 정의되는 '연기서명(連記署名, counter signature)'의 역설로 표현된다. 바로 이 연기서명을 통해서만 동일한 것의 반복이 아닌 타자의 타자성에 대한 존중에 이를 수 있는 것이다.

일본은 서양으로부터 발신된 우편을 한국으로 전하는 일종의 매개자였다. 목적지에 도달할 수 없는 가능성 자체로서 존재의 방식을 드러내는 우편의 존재론(데리다, 『우편엽서』)을 따를 때, 스스로 사유하는 방법의 빈곤과 연기서명의 역설을 꿈꾸기 어려운 우리의 비루한 처지는 일본과의 그 우편적 관계로부터 비롯된다고 할 수 있을 것이다. 따라서 일본을 욕망(매개)함으로써만 존재할 수 있는 한국문학이라는 허약한 주체의 비밀을 확인하는 것은 한국의 문학계가 가라타니 고진이란 한 인물에 편집증적으로 집착하는 까닭에 대한 하나의 해명이기도 하다. 이렇게 '이론'이란 무엇인가에 대한 물음은 우리에게 '일본'에 대한 존재론적 물음과 겹쳐진다.

일본의 근대가 '번역된 근대'라고 한다면, 한국의 근대는 서구를 먼저 받아들인 일본을 매개로 한 '중역된 근대'다. 전혀 경험해본 적 없기에 정체를 알 수 없는 그 무엇은 호기심과 두려움이라는 양가적 정서를 동시에 불러일으킨다. '흑선(黑船)'의 표상으로 출현했던 낯설고 기괴한 서구적 근대에 어떻게 반응했는가에 따라 이후 동북아시아의 역사는 전혀 다른 방향으로 전개되었다.

일본은 서세동점의 국제적 기류를 동북아시아의 어느 나라보다 일찍 예감하고, 서구 열강이 일본을 식민지화하기 전에 먼저 강력한 근대 국가를 구축했다. 근대적 네이션을 탄생시키는 과정은 서양에 대한 정보를 절실하게 요구했고, 이는 곧 국가적인 번역사업의 배경이 되었다.[7] 서양의 정보뿐 아니라 모든 외래적인 것들을 받아들이는 일본문화론의 핵심은 '빈 중심'이라는 말로 요약할 수 있다. 마루야마 마사오는 개별 사상들의 좌표축이 되는 중심원리의 부재를 들어 일본사상의 '빈 중심'적 성격을 지적한 바 있으며(『일본의 사상』), 롤랑 바르트 역시 그의 유명한 일본론(『기호의 제국』)을 통해 일본문화의 특성을 '비어 있는 중심'에서 찾았다. 이는 오타쿠계 문화에 대한 탁월한 분석(『동물화하는 포스트모던』)을 통해 일본문화의 동물적 속성을 파헤친 아즈마 히로키에게서도 반복된다. '중심의 결여'는 빈 중심으로서의 그 결여를 채우는 포스트모던적 문화의 조건이라는 것이다. 쉽게 말해 변방의 섬나라 일본은 확고한 주체라는 것이 존재하지 않았기 때문에 타자에 대해 그만큼 개방적일 수 있었다는 것이다(타자에 대한 개방성은 때로 타자에 대한 무지나 무시 혹은 무책임으로 드러나기도 한다. 이런 사정은 전후 일본의 전쟁책임에 대한 태도에 고스란히 담겨 있다). 빈 중심의 문화가 타자를 배척하지 않고 흠모하는 방향으로 전개될 때, 빈 중심에는 타자를 향한 열정과 욕망으로 가득 찬다.

서구문명을 소개해 일본의 근대계몽에 앞장섰던 후쿠자와 유키치는 미국까지 긴 항해를 하는 것이 어쩌면 대단히 위험스러울 수 있었던 그 시절, 미국행 배에 오르던 때를 떠올리며 "서양에 대한 나의 신념이 뼈에 사무쳐 있었기 때문에 조금도 무섭다고 생각한 적이 없었다"[8]고 회고한 바 있다. 새로운 세계에 대한 강렬한 호기심은 '신념'의 형식으로 후쿠자와의 내면에 자리 잡았던 것이다. 일본이 "마치 한 몸으로 두 인생을 겪는 것 같고 한 사람에 두 몸이 있는 것 같은"[9] 문명의 격변기를 당차게 헤쳐 나갈 수 있었던 것은, 바로 그 같은 신념이 당대의 시대정신으로 굳건하게 자리 잡고 있었기 때문이다. 신념이 구축한 일본적 문

---

7) 메이지 유신 당시 동아시아의 국제 정세와 일본에서 서구적 근대의 번역이 이루어진 배경에 대한 설명으로는 마루야마 마사오 · 가토 슈이치, 임성모 옮김, 『번역과 일본의 근대』, 이산, 2000, 12~24쪽 참조.

8) 후쿠자와 유키치, 허호 옮김, 『후쿠자와 유키치 자서전』, 이산, 2006, 134~135쪽.

9) 후쿠자와 유키치, 정명환 옮김, 『문명론의 개략』, 홍성사, 1987, 9쪽.

명의 감각은 서양이라는 두렵고 낯선 타자를 매혹과 동경의 대상으로 뒤바꾸어놓았다. 흑선의 공포로 출현했던 서구적 근대에 대한 적대와 두려움은 그 신념을 통해 극복될 수 있었던 것이다.

중국에도 무술변법이 있었고, 옌푸와 량치차오처럼 서양을 적극적으로 받아들여야 한다고 외쳤던 계몽 사상가들이 없지 않았다. 하지만 난징조약과 청일전쟁을 거치면서도 중국은 여전히 중체를 지키는 데 급급했고, 서양을 그저 군함과 철도라는 실용의 차원에서만 받아들이려고 했다. 조선에도 갑신정변이 있었고, 김옥균과 유길준이 있었지만 조선의 역사는 이들의 편이 아니었다. 한마디로 중국과 조선에는 후쿠자와의 그 '신념'과 같은 것을 현실화할 토대가 전혀 마련되어 있지 않았던 것이다. 그만큼 우리는 수구적인 틀 안에 갇혀 있었고, 그 결과 우리는 일본이라는 중개자를 통해서 서양과 만날 수밖에 없었다. 물론 그 이식의 과정 안에는 일본이 서양을 받아들이면서 겪었던 정신적 고투와 번역어 성립의 지난한 사정들이 빠져 있다. 중역된 근대의 가장 큰 결점은 바로 이 같은 피동성, 다시 말해 서양이라는 대상과의 직접적인 만남에서 오는 긴장감과 갈등, 교섭과 화해의 과정이 결여될 수밖에 없다는 데 있다. 어떤 의미에서 한국지성사의 빈곤은 여기서부터 비롯되었는지도 모른다.

해방 후 한국의 대학에서 '현대문학'이 국어국문학의 학제로 자리 잡는 데 크게 기여했던 전광용은 그의 주요 연구 분야인 '신소설 연구'를 시작하게 된 계기를 다음과 같이 밝혔다.

그것은 8·15의 감격과 흥분의 열광이 점차 가라앉아가면서, 日帝에 의하여 폐허화된 자기 문화유산을 되찾아 다시 가꾸고 이룩해가야 하겠다는 역사적 및 시대적 당위의 염원이 팽배해갈 무렵, 그 일환으로 국어국문학 분야에도 이 열망의 불길이 點火됨에 따라, 그

러한 현실적 상황에 照應된 영향력과 필자 스스로의 自意的 선택 의
식이 부합된 결과에 연유한 것이었다.[10]

한국문학연구에서 이와 같은 민족주의적 열정은 일본이라는 타자를
통해 적극적으로 조장되었다. 국문학은 언제나 외부의 타자를 통해서
만 스스로를 구축해왔다. 국문학은 타자를 발명하고 부각시킴으로써
네이션을 강화하는 핵심적인 기제로 작동해왔던 것이다. 이른바 고전
문학 연구의 타자가 중국이었다면 현대문학 연구의 타자로서 일본은
가히 절대적인 위치를 차지한다. 하지만 이제 외부와의 적대를 통해 내
부의 존재론적 동일성을 구성하는 국문학의 독아론적 논리는 더 이상
유지되기 힘들다.[11] 네이션, 국가, 자본주의를 회의하고 그 너머의 상
상력이 증폭되고 있는 지금, 여태껏 이들의 지렛대 역할을 해왔던 국문
학의 위상 역시 회의와 극복의 대상으로 전회하지 않을 수 없게 된 것
이다.

국문학 이데올로기의 부정성을 가장 명징하게 드러낸다고 할 수 있
는 민족주의와 국가주의에 대한 비판적 인식은 어느 순간부터 국문학
을 '사명감'의 대상에서 '극복'의 대상으로 탈바꿈시켰다. 여기서 우
리는 임지현의 『민족주의는 반역이다』(소나무, 1999)에서 보았던 강렬한
인상과 베네딕트 앤더슨의 『상상의 공동체』(나남출판, 2002)가 미친 엄청
난 영향력을 다시 떠올리지 않을 수 없다. 지금은 상식이 되어버린 이
야기들이지만, 이 저작들은 '민족'이라는 숭고한 실체가 실은 대단히
위험스러운 이데올로기적 관념이었음을 폭로함으로써 민족주의와 결

---

10) 전광용, 『신소설 연구』, 새문사, 1986, 2쪽.
11) '국문학'의 근대주의적 한계들을 비판한 작업으로 다음과 같은 글들을 참조할 수 있다.
    김철, 「'국문학'을 넘어서」, 『국문학을 넘어서』, 국학자료원, 2000; 강명관, 『국문학과
    민족 그리고 근대』, 소명출판, 2007.

부된 신성화된 가치 체계들을 비판적 회의의 대상으로 뒤바꾸어놓았다.[12] 민족주의가 파시즘의 온실이었다는 논리는 그 온실 속에서 자란 국문학을 전혀 다른 시각으로 해석하게 만들었다.

근대문학으로서의 한국문학 그리고 그것의 학적 체계인 국문학을 해체적 시각으로 재해석하는 데 가라타니 고진의 『일본근대문학의 기원』은 강력한 촉매역할을 했다. 가라타니의 이 문제적 저작은 임지현과 앤더슨의 저작보다도 한국의 문학계에 먼저 당도한 것이었다. 한국의 문학연구는 결국 일본의 앞선 연구를 언제나 조금 늦게 따라가고 있는 것이다. 그러니까 한국의 문학연구는 늦게 도착한 일본의 방법론을 반복하고 있는 셈이다. 일본의 사상적 동향이 한국의 문예비평과 문학 연구를 매개적으로 조정하는 그 강렬한 영향력은 아직도 여전한 것으로 보인다.[13]

---

12) 국문학의 '근대성'에 담긴 내셔널리즘을 반성적으로 되돌아보는 데 다음과 같은 일본의 저작들이 큰 영향을 미쳤다. 후지타 쇼오조오, 이흥락 옮김, 『전체주의의 시대경험』, 창작과비평사, 1998; 코모리 요우이치 · 타카하시 테츠야 엮음, 이규수 옮김, 『내셔널 히스토리를 넘어서』, 삼인, 1999; 니시카와 나가오, 윤대석 옮김, 『국민이라는 괴물』, 소명출판, 2002 등 일본의 연구들은 근대국가의 전체주의적 성격을 예리하게 비판했다. 내셔널리즘 비판에 관한 일본의 지적 흐름은 오사와 마사치의 『내셔널리즘론의 명저 50』(김동명 옮김, 일조각, 2010)에서 그 대강을 가늠할 수 있다.

13) 1997년에 있었던 한일문학 심포지엄의 발표 주제를 비교하는 것만으로도 이 사실은 분명해진다.(제1주제: 언어변화와 문학(가라타니 고진, 「문자의 문제」; 이성복, 「인터넷의 '인', 참을 '인', 어질 '인'」), 제2주제: 윤리변화와 문학길(김원우, 「문학, 진화하는 성윤리의 감시자」; 시마다 마사히코, 「가족의 환상」), 제3주제: 미디어변화와 문학(오시로 다쓰히로, 「근대 오키나와(沖繩)문학과 방언」; 하재봉 「미디어 문학」)) 한국 쪽의 발표가 당시의 문학적 현상을 소박하게 추수하고 있는 데 반해 일본 쪽 발표는 제도로서의 근대문학이 가진 이데올로기를 다루고 있다는 점에서 주목된다. 일본 쪽의 발표가 십여년이 훨씬 지난 지금 한국문학의 주요한 연구주제가 되고 있다는 사실을 기억해두자.

3. 한국의 정신분석: 일본의 매혹, 일본이라는 미혹

한국의 근대문학 자체가 일본이라는 타자의 거울상으로 탄생했다는 사실과 함께 한국문학을 해석하는 이론과 방법에 있어서도 일본의 영향력은 절대적이다. 예컨대 박태원의 『소설가 구보 씨의 일일』을 연구한 많은 논문들이 일본의 건축가 곧 와지로에 의해 제시된 고현학(考現學, modemologie)을 출발점으로 논의를 풀어나가는 방식이 그러하다(소설 속 '구보'는 스스로 자신의 작업을 '고현학'이라 부른다). 그러나 정말 주목해야 할 것은 동구권 몰락 이후 1990년대의 한국문학연구에서 '고현학'의 매혹이 부각된 배경, 더 넓게는 1930년대 모더니즘 문학에 대한 연구의 열기가 뜨거워진 지성사적 맥락이다.

국문학 학제에서 '현대문학'은 해방 이후 비로소 자리를 잡기 시작했고 1950년대부터 1980년대까지 현대문학 연구는 주로 이광수, 김동인, 이상, 김소월, 한용운 등의 작가론·작품론을 비롯해 문학사적 연구가 주류를 이루었다.[14] 1980년대는 진보적 변혁운동의 세력화를 배경으로 월북·재북 작가의 해금이 이루어지면서 카프 및 리얼리즘문학 그리고 북한문학에 대한 연구들이 붐을 이룬다. 하지만 동구권의 몰락과 함께 진보주의적 담론이 위축되면서 문학연구의 흐름도 문학의 '일상성'에 대한 천착과 함께 1930년대 모더니즘 문학에 대한 관심으로 확대되었다. 이 같은 연구의 흐름은 2000년대에도 이어져 식민지 시대의 '풍속'에 대한 연구, 같은 맥락에서 한국의 근대 기원을 탐사하는 제도사적 연구와 개념사적 연구가 다채롭게 이루어지고 있다. 동시에 2000년대의 한국문학연구는 그동안 문학사적으로 '암흑기'로 규정되었던 태평양 전쟁기 총력전체제 문학과 함께 친일문학을 연구의 중요

---

14) 1895년부터 1990년까지의 비평 및 문학연구 논저의 사회학적 분석으로는 이선영, 『한국문학의 사회학』, 태학사, 1993을 참조.

한 테마로 확장해나간다. 뿐만 아니라 이 시기 조선의 식민문화를 제국
이라는 넓은 틀 안에서 총체적으로 해명하기 위해 제국의 구도 안에 있
었던 오키나와, 타이완, 만주에 대한 관심으로까지 연구의 시야가 넓어
지고 있다.

고현학에서 풍속사적 연구로의 이행은 그 이전 한국문학연구의 주
류를 차지하던 통시론적 문학사 구상의 논리로부터 큰 단절을 함의한
다는 점에서 그 의미는 심원하다. 문학연구가 거대서사의 구상으로부
터 멀어지면서 한국문학연구의 질적 변화가 이루어지게 되는데, 일차
자료에 대한 독해의 중요성이 커지면서 각종의 강독회가 생겨났고, 분
과학문의 체계에 속박된 문학의 자율성 논리에서 통합학문적인 문화
사적 연구로의 전회가 이루어졌다. 특히 문화연구(Cultural Studies)는
각개의 작가와 작품을 연구하던 방식에서 그들 사이의 관계와 맥락을
살피는 발생론적 과정에 대한 연구로의 전환을 자극했다는 점에서 한
국문학연구에서 적지 않은 의미를 갖는다. 이런 변화들은 개별 작품과
작가들을 동일성의 의미 맥락으로 묶어세우던 기존의 연구풍토로부터
결별한다. 이는 관념적이고 연역적인 문학사적 구상으로부터의 탈피
라고 정리할 수 있겠다. 그러나 연구방법에 있어서의 이와 같은 인식
론적 단절에도 불구하고 변하지 않는 것은 서구적 방법론과 일본적인
학문적 풍토에 대한 여전한 매혹이다. 풍속연구도 그 한 사례라 할 수
있다.

위생, 운동회, 학교, 연애, 신여성, 기생, 패션, 소리, 백화점, 기차, 광
고, 방송 등 쇄말적일 정도로 사소해 보이는 이 다양한 대상들이 '풍
속'이라는 이름으로 연구되고 있다. 이 분야에서 가장 열정적인 탐구
열을 보여주었던 누군가의 말을 빌리면 한국문학의 풍속사적 연구의
의미는 "풍속적 현상 이면에 작용하는 근대의 이념이나 근대성의 본질
보다는 이런저런 텍스트들을 통해 발현되는 현실의 변주곡적인 모습

자체"에서 찾을 수 있고 "이보다 좀 더 주목해야 할 것은 텍스트들을 가로지르며 선택되고 결합된 콘텍스트의 효과야말로 이 다양한 양상의 근원이라는 사실"[15]에 있다. 그러니까 풍속이란 근대의 도시문명이 만들어놓은 매혹적인 스펙터클 이상의 의미를 갖는다. 풍속이 놓인 자리와 그것들을 가로지르는 의미의 맥락이 만들어내는 다성악적인 효과들을 살피는 것, 이를 통해 근대를 매끄러운 구조적 틀 안에서 소박하게 이해하는 것이 아니라, 들끓는 과정 자체로서 근대가 가진 차이들의 배치를 읽어낼 수 있다는 것이 풍속사적 연구의 매력이라는 것이다.

풍속사 연구는 미시사 연구의 흐름과 푸코, 아리에스 등 신역사주의와 신문화사의 이론적 토대 위에서 이루어진 것이다.[16] 한국문학연구가 수용한 문화사 연구의 이론적 배경은 서구의 이론들이라고 할 수 있겠지만, 구체적인 문학연구의 실상에 있어서는 일본의 연구동향으로부터 직·간접의 영향을 받아왔다고 할 수 있다.[17] 청년 담론의 연구에 지속적으로 참조되어온 키무라 나오에의 『청년의 탄생』(新曜社, 1998)이라든가 일본의 근대를 구축한 표상들에 대한 연구서로 한국에도 번역된 이효덕의 『표상공간의 근대』(新曜社, 1996; 한국어 역본은 박성관 옮김, 『표상공간의 근대』, 소명출판, 2002) 등 일본의 연구들은 한국문학 연구자들에게 연구의 시각과 방법론에 적지 않은 영향을 끼쳐왔

---

15) 이경훈, 『대합실의 추억』, 문학동네, 2007, 6쪽.
16) 한국문학에서 풍속 연구의 의미와 이론적 배경에 대한 논의는 김동식, 「풍속·문화·문학사」, 『한국 근대문학의 풍경들』, 들린아침, 2005 참조.
17) 메이지 이후 일본의 근대성 형성에 대한 문화사적 연구는 일본의 식민 지배를 받았던 한국의 근대성을 해명하는 연구들과도 많은 동질성을 갖는다. 이른바 '식민지 근대'로 규정될 수 있는 한국의 근대성은 넓게 볼 때 일본의 근대성 안에서 설명될 수 있다. 따라서 일본의 모더니티 연구는 한국의 연구를 자극할 수밖에 없다. 일본의 문화사 연구의 성격을 가늠해볼 수 있는 저작으로 요시미 슌야의 『문화연구』(박광현 옮김, 동국대학교 출판부, 2008)를 참조할 수 있다. 그리고 『확장하는 모더니티』(요시미 슌야 외 지음, 연구공간 수유+너머 '일본근대와 젠더 세미나팀' 옮김, 소명출판, 2007)는 일본문화사 연구의 구체적 실상을 확인할 수 있게 해준다.

다.[18] 식민지 조선의 근대 풍경이 일본의 그것을 이식하고 재생산해 온 것이라고 할 때 일본의 근대 풍속사 연구를 참조하는 것은 어떻게 보면 필연적인 결과라고 할 수 있겠다.

오늘날 한국문학연구는 한정된 시·공간을 대상으로 한 좁은 의미의 문학주의를 넘어 연구의 영역을 문화사의 넓은 맥락으로 확장해나가고 있다. 동시에 기존의 국문학 이데올로기가 강요했던 고정관념을 훌쩍 뛰어넘는 참신한 연구들이 도전적으로 제출되고 있다. 그러나 한국의 문학연구가 일본과 유럽의 철학·이론·문학을 주인의 자리에 올려놓는 일면적인 추종의 변증법을 반성하지 않는다면 데리다가 말한 의미에서의 추종과 배반의 '연기서명'에 도달하기는 힘들다. 따라서 일본의 매혹만이 아니라 일본이라는 미혹을 동시적으로 반성하는 것은 한국문학이 연기서명에 도달하는 하나의 과정이라고 할 수 있을 것이다. 이 과정을 통해 일본이라는 거울을 깨뜨리고 그 거울의 깨진 파편 속에서 어렴풋하게나마 일본의 잔상을 확인하는 것이 가능할지도 모른다.

근대일본의 담론은 근본적으로 서양과 일본이라는 대비, 또는 좀 더 근본적으로는 중국과 일본이라는 대비에 기초하고 있다. 즉 서양이나 중국을 '거울' 삼아 반성하는 모양을 취해왔던 것이다. 그러나 나는 이것을 자민족중심주의의 한 형태에 지나지 않는다고 생각했

---

18) 일본의 근대 풍속을 다룬 저서들로 한국에 번역된 것들만 살펴보더라도 그 양이 결코 적지 않음을 알 수 있다. 번역된 저작들로는 하쓰다 토오루, 이태문 옮김, 『백화점』, 논형, 2003; 유모토 고이치, 연구공간 수유+너머 '동아시아 근대 세미나팀' 옮김, 『일본 근대의 풍경』, 그린비, 2004; 요시미 슌야, 송태욱 옮김, 『소리의 자본주의』, 이매진, 2005; 오카데 데쓰, 정순분 옮김, 『돈가스의 탄생』, 뿌리와이파리, 2006; 요시미 슌야, 이종욱 옮김, 『만국 박람회 환상』, 논형, 2007; 진노 유키, 문경연 옮김, 『취미의 탄생』, 소명출판, 2008 등이 있다.

다. 이 '거울' 속에서 생각하는 것은 진짜 반성이 아니다. 나는 그로
부터 벗어나는 방법 중의 하나가 한국을 도입하는 것이라고 생각했
다.[19)]

한국의 문학연구와 비평이 일본의 클리셰라는 의혹의 시선으로부터
자유롭기 위해서는 일본이라는 거울을 깨뜨리는 일이 선결조건으로
요구된다. 가라타니 고진의 말대로 거울 속에서 생각하는 것은 진짜 반
성이 아니기 때문이다. 가라타니는 거울단계의 극복이라는 과제를 해
결하기 위해 한국을 도입하는 '일본의 정신분석'을 시도했다. 가라타
니는 일본이라는 주체로부터 무시와 무지의 대상으로 존재하는 비루
한 타자로서의 한국을 일본의 유아주의를 극복하는 위대한 타자로 역
전시켰다. 그렇다면 우리에게 그런 타자는 무엇인가. 그것을 해명하는
것이 '한국의 정신분석'을 수행하는 중심과제다.

4. 거울 속의 나와 너

1920년대 후반에 『해외문학』이라는 잡지를 통해 일본의 매개를 거
치지 않고 외국문학(세계문학)을 식접 번역하고 소개하려 했던 젊은
연구자들(이헌구, 김진섭, 이하윤 등)이 있었다. 이들은 원문을 읽고 그
것을 한국어로 번역할 수 있을 만큼 전문성을 갖춘 외국문학자였다. 잡
지는 두 호를 끝으로 더 이상 발간되지 못했지만 이들의 일본에 대한
자의식, 즉 현해탄을 거치지 않고 외국문학을 직접적으로 받아들여야
한다는 자의식만큼은 대단한 것이었다.

---

19) 가라타니 고진, 조영일 옮김, 『네이션과 미학』, 도서출판b, 2009, 7~8쪽.

崔南善 李光洙氏들의 『靑春』을 위시하여 『創造』, 『廢墟』, 『白潮』 등 잡지를 창간하여 文學運動을 활발하게 하던 그들의 原動力과 文學的 素養과 또 이의 實踐과 敎訓은 그 거의 東京 卽 日本에서부터 胚胎된 것이었다. 그들은 모도다 朝鮮的 文學 建設을 위하여 文學青年的 野心과 熱情으로써 玄海灘을 건너갔고 다시 새로운 抱負와 理想을 가지고 漢陽城을 찾아온 것이다. 그러나 東京은 여전히 朝鮮文學의 第二産母요 溫床이었다.[20]

그러나 이들은 모두 일본유학을 통해 외국문학에 대한 지식과 원전 해독력을 키울 수 있었다. 그들의 해외문학 소양이란 것 역시도 결국은 일본의 서구에 대한 앞선 이해를 매개하지 않을 수 없었던 것이다. 이처럼 당혹스러운 한일문학의 관련양상이란 식민지 근대성의 형성과정 이라는 역사적 상황과 조건에 단단히 결박되어 있다.

한국의 근대성이 가진 식민성은 '한국근대문학'이라는 환각의 탄생과 무관하지 않다. 환각은 매혹이었으나 이제 그것은 미혹이었음이 분명해졌다. 매혹과 미혹, 그 둘은 같은 대상을 욕망하는 거울 속의 나와 너다. 그러므로 결국 우리는 환각에 붙들린 존재다. 그리하여 이제 매혹과 미혹 사이에서 우리는 곤혹스럽다.

그렇다. 구조주의와 후기 구조주의의 스승인 라캉과 알튀세르라는 "창백한 서양 아버지"의 그림자가 있다. 그러나 동시에(혹은 훨씬 많이) 절실한 체험이었다. 분명하다. 너무 늦게 태어난 이들에게 그 영원한 슬픔은 자신의 경험과 표현 사이에서 줄곧 누런 피부색 혹은 흰 피부색의 옛 스승들을 가로놓는다. 우리는 반드시 그들의

---

20) 이헌구, 「해외문학창간전후」, 〈조선일보〉, 1933년 9월 29일.

눈을 빌리거나 그들이 구성해 놓은 거울의 상을 응시해야만 한다.
우리의 초심이 깨어진 거울 밖으로 나올지라도.[21)

그렇다. 너무 늦게 태어난 우리들은 '창백한 아버지'가 만들어놓은
거울의 상을 통해 언어를 배우고 그 안에서 삶을 누릴 수밖에 없다. 그
러므로 언어의 질서에 순응하는 삶이란 언제나 '영원한 슬픔'에 복받
칠 수밖에 없는 것이다. 거울 속의 나와 너, 거울의 안과 밖으로 분열하
는 한국과 일본은 그 영원한 슬픔의 연대 속에서 뜨겁게 파열해야 한
다. 파열은 거울을 깨뜨리고, 그것은 일방적인 추종으로 현전하는 주인
과 노예의 변증법을 해체한다. 데리다가 이야기했던 동일한 것의 단순
반복 너머, 즉 '타자의 타자성을 존중'함으로써 얻게 되는 충절이란 바
로 그 해체를 통해 도달해야 할 어떤 경지를 가리킨다.

'방법(이론)'은 텍스트의 타자성에 접속하는 일종의 수단이다. 우리
는 방법을 통해 낯선 것을 익숙한 것으로 길들일 수 있다. 하지만 방법
은 그 길들임을 반성하고 익숙함의 이면에 숨죽인 낯선 것들을 원래의
자리로 되돌려놓을 수 있게도 한다. 방법이란 본래부터 혼종성을 그 특
징으로 한다. 그리고 그것은 국적과 학제의 경계를 넘어 텍스트를 향해
질주한다. 그러나 일본이라는 매개를 거쳐 들어온 방법들은 들끓는 이
론들의 이질성을 균질적인 깃으로 순화하는 분식의 과정을 겪어야만
했다. 따라서 이제 우리에게 남겨진 과제는 일본을 포함한 모든 외래적
인 것들의 우편적 존재론을 영원한 슬픔의 타자성으로 감싸 안는 것이
다. 하지만 나는 마치 거울 속에 있는 듯 여전히 거울 단계의 미숙아로
남아 있다. 그러나 바로 그 때문에 나는 인간적인 화해나 용서를 선택
하는 대신 누군가처럼 '아직 페어플레이는 이르다'고 말할 수 있는지

21) 다이진화, 주재희·김순진·임대근·박정원 옮김, 『거울 속에 있는 듯』, 그린비, 2009,
15쪽.

도 모른다.

　거울 속의 미혹과 유혹의 소환을 부단히 의식하고 각성했다. 하지만 여전히 거울 속에 있는 듯하다. 폭력을 거부하고 거기에 저항하는 것은 아직 선명한 핏자국으로 이미 거무튀튀해져 버린 옛 흔적을 용서하겠다는 뜻이 아니다. 입장의 선택과 차이, 대립의 해소와 화해는 또 다른 거울성(城)으로의 심취를 의미할 뿐이다.[22]

---

22) 위의 책, 19쪽.

부재하는 것의 공포,
지역이라는 유령

1. 지역이라는 환상

지역은 상상의 심상지리다. 지역은 또한 지(地)와 역(域), 즉 땅의 경계다. 지역은 스스로를 호명함으로써 중앙이라는 타자를 발명한다. 그리하여 지역은 역시나 주체와 타자의 경계로 이루어진 근대주의의 산물임을 드러낸다. 그러나 그 전에도 중화(中華)와 소국(小國)의 분별은 있었고 다시 그것은 경(京)과 향(鄉)의 분별로 지속되었다. 근대 이전의 지 분별지가 힘의 조화와 균형이라는 논리에서 나온 것이었다면, 오늘날 지역과 중앙의 분별은 차이를 통한 배제와 실력의 행사라는 위압적인 근대체제의 결과라고 할 수 있다. 그 폭압적인 분별지는 내지와 조선이라는 식민과 피식민의 계서적 구도를 반복적으로 재현한다.

지역은 중앙이라는 괴물에 대한 증오가 만든 관념의 공간이다. 따라서 중앙만큼이나 지역은 허구적이다. 지역과 중앙은 겉으로 대립하지만 안으로는 동일한 구조로 서로의 존재를 적극적으로 유인하는 교묘한 공모의 관계로 맺어진다. 따라서 중앙을 향한 극복의 열정은 지역에 대한 연민과 마찬가지로 부질없다. 중앙으로부터 차별과 배제의 폭력을 당했다는 지역의 피해의식은 지금 이곳의 '나'를 위안하는 '집단적 희생자 의식(hereditary victimhood)'에 불과할지도 모른다. '나'의 불안과 공포는 분열적일 정도의 복잡한 원인들로부터 만들어진 것이지만 지역과 중앙의 대립구도는 그 불안과 공포를 간단하게 해명해버린다. '지역' 또는 '중앙'은 내가 살고 있는 현실의 모순과 부정성을 한데 응고시키는 일자(一者)다. 일자로서의 중앙은 나의 무능과 내 삶의 비루함이 모두 저 '중앙' 때문에 비롯된다는 환상을 만들어낸다. 동시에 지역의 다중적 연대야말로 중앙의 헤게모니를 해체할 수 있는 거의 유일한 방법이라는 대안적 서사를 구성하는 것도 저 일자가 조장한 환상에 지나지 않는다.

지역은 없다. 그럼에도 우리는 '나'의 불행한 처지를, 현실의 두려움을 '지역'이라는 남루한 이름에 돌리곤 한다. 내(주체)가 너(타자) 없이는 불가능한 것처럼 지역은 중앙이라는 짝패 없이는 불가능한 이름이다. 지역은 중앙을 통해 스스로를 정의한다. 그렇다면 도대체 그 무시무시한 중앙이란 무엇인가? "〈중앙〉이 어딘가?/〈중앙〉은 무엇이고 누구인가?/보이지도 들리지도 않는 〈중앙〉으로부터/임명을 받았다는 이 자의 정체는 또 무엇인가?/〈중앙〉을 들먹이는 그 때문에/자꾸 〈중앙〉이 두려워진다."(장정일, 「중앙과 나」 중에서) 애초부터 중앙은 존재하지 않았기에 그것은 보일 수도 들릴 수도 없다. 하지만 보이지도 않고 들리지 않기에 그것은 현실에서 더 큰 위력을 발휘한다. 마치 존재하지 않는 유령이 두려움을 불러일으키는 것처럼. 존재하지 않기 때문에 오히려 그 비존재는 상상을 자극하고 상상은 공포를 생산하기에 이른다. 그런데 비존재로서의 지역과 중앙을 끊임없이 환기시키는 '그'는 누구인가. 정체를 알 수 없는 누군가가 우리들에게 지역의 자리를 강요하고 중앙과의 적대를 조장한다. 온통 알 수 없는 것투성이 속에서 '나'는 속고 또

속는다. 그 속음 속에서 '나'는 조금씩 휘발된다. 진짜 무서운 것은 두려움의 환상을 불러일으키는 중앙이 아니다. 수탈하는 중앙과 희생당하는 지역이라는 견고한 이분법의 신화야말로 정말 두려운 괴물이다.

2. 기호의 정치경제학: 흔들리는 기호로서의 지역

'지역'은 정말 국민국가의 내부 식민지인가. 하지만 이런 발상은 세계체제의 논리를 일국체제의 구도 안에 그대로 재현하는 일종의 환원론이다. 다시 말해 이것은 자본주의 체제의 진화와 더불어 제국주의 열강이 제3세계를 식민지화한다는 레닌의 가설이나 중심부와 주변부의 '불평등교환(unequal exchange)'을 문제 삼은 라틴 아메리카 경제학자들의 '종속이론(dependency theory)'의 구조를 반복한 것에 불과하다. 더군다나 천지사방을 가로질러 횡단하고 유목하는 자본의 놀라운 증식력은 더 이상 중앙과 지역의 경계를 용납하지 않는다. 자본주의는 전지구적 시스템이며 그래서 그것은 '세계체제'로 불린다. 물론 그 체제는 제국주의(중앙)와 식민주의(지방)라는 이항대립의 짝수체계에 대해 중심부–반주변부–주변부라는 홀수체계로 응대한다. 하지만 중간에 끼어 양가성을 갖는 '반주변부'만으로는 체제의 복잡성을 드러내기에 역부족이다. 이 황량한 시대에 이런 담대한 거대서사의 구상은 쓸쓸하다. 어쨌거나 중앙으로부터의 지역수탈이라는 논리는 설득력을 갖기엔 너무 낡고 초라하다. 첩보와 전략미사일의 효과적 운용이 승패의 중요한 변수로 작용하는 현대전에서 전후방의 개념이 무력화되는 것과 마찬가지로 네트워크화된 자본의 신체제는 중앙과 지역의 분별을 무력화시킨다.

다시, 지역은 없다. 그럼에도 불구하고 지역은 언제나 격렬한 분쟁의 장소였다. 호남의 소외의식이라든가 이른바 TK정서와 충청민심이라는 것이 한국의 현대정치를 결정하는 중요한 변수로 분석되어왔다.[1] 정치·사회·문화의 상징자본이 서울을 중심으로 한 수도권에 집중됨으로써 그 외의 '지역'들이 결핍의 공간으로 배치되는 현실은 엄혹하다. 자본주의가 공간을 재편함으로써 잉여가치를 더 효과적으로 창출한다는 것은 엄연한 사실이다. 하지만 오늘날 우리가 말하는 지역갈등, 지역문제라고 부르는 그 모든 지역모순은 지역–중앙의 '쌍형상화 도식'(사카이 나오키)이 만든 담론효과일 뿐이다. 근대 국민국가의 상상적 구성물인 이 쌍형상화 도식은 권력의 미시정치를 가동시킴으로써 지역과 중앙이라는 표상을 통해 실효적 힘을 행사한다. 따라서 지역은 기호의 정치경제학을 추동하는 중핵이다.

오늘날 중앙이라는 기의를 함축하고 있는 '서울'은 불완전한 기호다. 언젠가 그 서울은 '경성'이라는 또 다른 이름으로 만주, 타이완, 오키나와와 마찬가지로 일본제국(중앙)의 일개 지역이었던 것이다. 이처럼 중앙과 지역은 흔들림 없는 고정된 실체가 아니라 상황과 맥락 속에서 유동하는 불안한 기호일 뿐이다.

문제는 지역이 아니다.[2] 진짜 문제는 지역이라는 풍문을 만들어 그

---

1) 최장집은 '지역감정의 정치'가 서울의 초집중화와 그에 따른 지방의 배제라는 갈등구조에서 비롯되는데, 특이하게도 갈등의 분획선이 지방 대 중앙의 구도가 아니라 지방 대 지방의 대립으로 드러나는 것에 주목한다. 그는 이처럼 초집중화의 문제를 지역 간의 갈등으로 환치하는 논리가 한국 민주주의의 보수성에서 기인한다고 지적한다.(최장집, 『민주화 이후의 민주주의』, 후마니타스, 2002, 27~28쪽 참조)

2) 호남차별과 같은 지역갈등은 엄존한다. 그럼에도 '지역'이라는 심급은 계급, 인종, 젠더와 같은 일반적 문제설정과는 구별된다. 지역갈등을 사회구조의 보편적 문제로 보기에는 그것은 너무나도 심정적인 불만과 피해의식으로 왜곡되어 있다. 정서적 분노에 가득 찬 지역주의자들에게 이런 논리는 아마 더 큰 분노를 격발시킬지 모른다. 흔히 지역차별에 의한 배제라고 일컬어지는 것의 이면을 보면, 사실 그것은 사회적 계층이나 계급 혹은 성차에 의한 차별인 경우가 많다. 사회적 모순을 보편적 구조의 틀을 통해 사유하는 데 있어 지역이라는 범주는 장애가 될 수 있음을 주의해야 할 것이다.

것을 널리 고발하는 해방의 열정이다. 지금처럼 지역이라는 담론이 뜨거운 열기로 충만했던 때가 있었던가. 오늘의 현실은 지역의 소외가 아니라 지역의 번성을 증명하는 것처럼 보인다. 지역담론은 지역축제의 호황만큼 성업 중이다. 지역의 역사와 설화가 문화산업의 콘텐츠로 상업화되는가 하면 지역의 진귀한 풍물이 도시의 화려한 스펙터클과 마찬가지로 유람객의 소비욕망을 포획한다. 도시와 촌락의 차이가 무색할 정도로 지역은 이미 자본의 내부 깊숙이 포섭되어버렸다.

지역적인 가치의 발굴과 지역끼리의 연대를 주장하는 지역주의자들의 당찬 목소리는 주변부로 밀려나 시련의 세월을 보냈던 '타자로서의 지역'이라는 관념을 대변한다. 지역적인 가치(지역성), 예컨대 '부산적 가치' 혹은 '인천적 가치'라고 하는 지역의 특수성에 대한 천착은 '다른' 지역들과의 '차이'를 발명하는 자기동일성의 욕망을 드러낸다. 사실 그 지역적 특수성이라는 것은 자갈치와 해운대, 만국공원과 중국인거리와 같이 부산 혹은 인천의 정체성을 구축하는 상징적 표상이다. 그리고 네트워크화된 자본의 위력 앞에서 실천을 매개하는 힘겨운 고투를 생략한 지역의 연대란 그저 허망한 구호일 뿐이다.

그럼에도 지역은 강력한 담론효과를 발휘하면서 현실의 구체성을 압도한다. 그 중에서도 '지역문학'이라는 테제는 문학연구의 영토 확장에 대한 욕망을 해방의 수사로 교묘하게 위장한다. "지역문학에 대한 관심은 마침내 민족문학의 다양성을 되살리고 겨레문학의 가능성을 새롭게 찾으려는 학적 호기심과 모험심"[3]을 반영하고 있는 것으로 이해되곤 한다. 하지만 지역문학론의 옹호는 '민족문학'과 '겨레문학'이라는 퇴락한 성체에 기대어 '다양성'과 '가능성'의 장밋빛 미래를 소망하는 주술적 사고를 드러낸다.

---

3) 박태일, 「인문학과 지역문학의 발견」, 『한국 지역문학의 논리』, 청동거울, 2004, 96쪽.

근대문학(국민문학/민족문학/민중문학)이 종언을 고한 자리에서 다시 피어난 지역문학에의 열정이란 도대체 무엇인가. 연구자의 향토애적 사명감과 같은 연고주의만으로 그 열정을 해명하기는 어렵다. 아마도 그 열정은 지역문학 연구가 주류문학사의 서울문단주의를 극복하는 새로운 대안일 수 있다는 믿음에서 비롯된 것은 아닐까. 하지만 그런 믿음이나 바람과는 달리 '지역문학'이라는 또 하나의 호명은 문학연구의 강역을 확장함으로써 기존의 국문학을 더욱 강화시키는 결과를 불러올 수 있다. 중앙(주류문학사와 서울문단주의)의 극복은 지역의 발굴을 통해 이루어지는 것이 아니라 중앙과 지역이라는 구도 자체의 해체를 통해 이루어질 수 있는 것이다.

스스로에 대한 반성 없는 타자에의 윤리적 책임은 무모하다. 지역을 보호해야 한다는 타자에의 윤리는 그 정당성에 대한 믿음으로 인해 자기에의 반성과 성찰을 가로막는다. 타자를 향한 책임감에 사로잡힌 주체는 타자를 '우리'라는 이름으로 감싸 안음으로써 결국은 '전체'의 구상으로 나아가기 쉽다. 지역이라는 기호의 정치경제학은 바로 이들의 미시권력을 규정한다. 그리하여 그 '책임감'과 '윤리'에 대한 막연한 신념은 위험한 권력의지로 귀착될 수 있다. 그렇다면 이제 그 막연한 신념을 접고 "지역은 발명되고 타자화된 장소라는 재현의 악무한적 사슬에서 벗어나 제 자리, 제 목소리를 되찾을 필요가 있다."[4] 물론 지역이라는 허구의 처소가 되찾아야 할 '제 자리, 제 목소리'라는 것 역시 의문스럽기는 마찬가지지만, 삶의 구체성과 사건의 특이성을 살피는 것이 그 자리를 더듬고 그 목소리에 귀 기울이는 실천의 순간임을 기억해둔다.

---

4) 김양선, 「탈식민의 관점에서 본 지역문학」, 『인문학연구』(한림대학교 인문학연구소), 2003, 20쪽.

3. 제 자리, 제 목소리: 이옥의 「봉성문여」

세상의 모든 것은 시간과 공간 속에 있다. 그런데 흔히 말하는 '시간'과 '공간'이란 삶의 특이한 순간들과 존재의 구체적인 형상들을 인위적인 논리의 체로 걸러 하나의 유기적 체계 안으로 귀속시키는 근대적 개념이다. 다시 말해, 시간과 공간은 근대적으로 탄생한 것이다. 근대적 시·공간의 탄생 속에서 삶의 특이한 순간들과 존재의 구체적 형상들은 근대적 체제에 구속된다. 따라서 애매모호하고 두루뭉술한 시·공간의 불확실성은 근대적 체제에 구속된 삶을, 불안하지만 살아 있는 구체성의 터로 되돌릴 수 있도록 자극한다. 이옥의 「봉성문여」를 읽는 것은 바로 그 살아 있는 구체성의 터를 상상하기 위해서다.[5]

조선후기 성균관 상재생(上齋生) 이옥(李鈺, 1760~1813)은 그의 나이 36세 되던 1795년(정조 19년) 정조로부터 문체가 불순하다는 견책(譴責)을 받아 충군(充軍)의 벌을 받는다. 귀양살이를 하고도 행정상의 문제로 다시 삼가현으로 내려가 귀양을 산다. 이 황당하고 괴로운 상황 속에서 1799년 10월 18일부터 1800년 2월 18일까지 118일 동안의 귀양살이에서 보고 듣고 느낀 것을 적은 수고(手稿)가 「봉성필(鳳城筆)」(이 글은 후에 그의 절친한 벗인 김려에 의해 『봉성문여(鳳城文餘)』라는 책으로 편찬되었다)이다. 제목 그대로 '봉성'이라는 곳에서 적은 글이다. 글의 말미에서 「봉성필」을 술에 비유함으로써 이 글이 귀양살이의 힘겨움에서 오는 근심을 잊기 위해 쓰인 것임을 밝히고 있다.

'봉성'은 오늘날 경남 합천군 삼가면에 속하는 곳으로 이 글을 쓰고 있는 나의 고향이기도 하다. 남명 조식 선생이 터를 잡고 '뇌룡정(雷龍

---

5) 「봉성문여」는 중세에서 근대로의 이행기에 나온 텍스트다. 서구적 근대의 영향에서 자유로우면서 중세 한자문명권의 보편적 체계로부터의 부분적 일탈을 드러내고 있다는 점에서 「봉성문여」의 의미는 각별하다.

亭)'을 짓고 제자를 기르며 학문에 정진했던 곳도 여기 언저리다. 「봉성문여」는 내가 나고 자랐던 곳의 옛 풍물을 너무 핍진하게 그려내고 있었다. 시골 장터 풍경이라든가 사투리, 복식, 놀이, 인물, 민속 등 18세기 후반의 봉성의 풍속이 핍진하게 그려져 있다. 이옥이라는 이방인의 시선에 포착된 봉성은 200여 년 시간의 거리를 훌쩍 뛰어넘어 지금의 '나'에게 생생하게 되살아난다. 재도지기(載道之器)로서의 글쓰기라는 조선조 '文'의 제약에 도전하면서 사소해 보이는 일상의 여러 풍경들을 담담하게 풀어내는 「봉성문여」의 비리함은 당대의 주류 글쓰기가 빠져 있던 고루함을 당차게 넘어선다.

서울사람[6] 이옥에게 한양에서 봉성까지의 890리 먼 거리는 오히려 봉성이라는 장소를 낯설게 바라볼 수 있는 긴장감을 만들어준다. 익숙했던 세계를 뒤로하고 새로운 세계와 만나는 것은 그 자체로 하나의 문화적 충격이다. 이옥의 「봉성문여」는 그 충격의 살아 있는 기록이다. 봉성사람들의 옷차림을 보면서 "이 지방 사람들은 아마 푸른색을 천하게 여기고 흰색을 숭상하는 것 같다"[7]고 생각하거나, 이 고장의 잘록하고 뾰족한 붓 모양을 보고 "이곳 필공(筆工)들이 다 중국식을 모방하다가 제 것을 잃어버린 것이라 생각"(56쪽)하는 것, 그리고 "보통 여자 이름으로 금(琴), 매(梅), 단(丹), 월(月)이 같은 것이 많"(69쪽)은데 영남 여자들의 이름은 거의가 심(心)이라든가, 이 모두가 그 이질적 풍경에서 비롯된 문화적 충격을 드러낸다. 특히 봉성의 어린 아낙네들이 하고 있는 '생체계(生菜髻)'라는 머리 모양새를 보고 "갓 해산하고 몸을 푼지 얼마 안 된 여자 같아 보이기도 하고, 목욕하고 난 뒤 채 빗질도 하

---

6) 경기도 남양 매화산 아래(오늘날의 경기도 화성군 서쪽 일대)에 본가가 있었고 여기에 가족들이 살았지만 오랫동안 서울에서 객지생활을 했다.
7) 이옥, 정용수 역주, 『봉성에서』, 국학자료원, 2001, 21쪽. 이후 이 책을 인용할 때는 본문에서 쪽수만 밝힘.

지 않은 여자 같아 보이기도 하고, 남편에게 소박맞고 질질 짜는 여자 같아 보이기도 한다"(67쪽)는 인상적인 평가는, 서울에서 보아온 '천도계(天桃髻)'나 '등자계(鐙子髻)'와의 '차이'에서 나온 것으로, 익숙한 세계와 낯선 세계의 충돌의 한 모습을 잘 보여준다. 이곳의 여자들은 "서로 치장을 잘했다고 자랑이 대단"(67쪽)하지만 이옥이 볼 때는 단정치 못하게 보였던 것이다.

"영남지방 풍속에는 부녀자를 따라 신행(新行)가는 사람이라면 아무리 나이가 많아도 붉은 치마를 입는다. 참 진귀한 볼거리다"(74쪽)라고 그 감상을 이야기한 데서 보이듯 '진귀한 볼거리'에 대한 놀라움은 이 고장 풍속의 독특함을 강조한다. 하지만 이옥이 '진귀한 볼거리'들을 이국적 취향으로 즐기고만 있는 것은 아니다. 그의 시선에는 나름의 비평적 판단이 깔려 있다. 예컨대 대개 괴이하고 허탄한 무당들의 굿판과는 달리 "영남의 무당은 모두 이와 달라 방술(方術)을 하지 않는다"(121쪽)고 한 것은 유자로서의 이옥의 정체성이 투영된 것으로 "가히 인생을 즐기되 영남의 무당같이 할 수만 있다면 사람들을 쓸데없이 시끄럽게 하여 잠을 못 자게 하지는 않을 것 같다"(124쪽)는 감상과 함께 무속에 대한 비판적인 자의식을 드러낸다. "이 지방 풍속은 매우 무뚝뚝하다. 그래서 다투면 반드시 송사를 벌인다"(157쪽)고 한 것 역시 이곳 시정의 각박한 세태를 비판한 부분이다.

이옥은 자기에게 익숙한 세계와의 다름과 차이에만 빠져 있지 않고 세상 어디서든 관철되는 현실의 보편적 갈등에 대해서도 비판적 의식을 드러낸다. 향음주례(鄕飮酒禮)의 예법을 두고 기양의 향교에서 분란이 이는 것을 보고 이옥은 "아! 단지 개 잡을 때도 내 아직 왕도(王道)가 쉬이 바뀌는 것을 본 적이 없다. 궁벽하기 그지없는 작은 고을의 향교마저 또 어찌 서인·남인을 구분해야 하겠는가?"라고 개탄한다. 정치적 붕당의 갈등이라는 것이 후미진 시골에까지 영향을 미치고 있는 현실을 비판하고 있는 것이다.

　이옥이 겪고 바라본 봉성과 그 주변은 놀라움과 기이함의 대상이면 서 동시에 비판과 함께 따뜻한 긍정의 대상이기도 하다. 놀라움과 기이 함의 정서, 비판과 긍정의 평가를 이끌어내는 준거는 이옥에게 익숙한 세계, 즉 유교적 교양과 자기가 살던 서울의 삶과 풍속이다. 「봉성문 여」에는 이처럼 준거를 갖고 주관을 드러낸 부분이 적지 않지만 있는 그대로의 사실을 곡직하게 기술하고 있는 부분도 많다. 그 중에서도 가 장 인상적인 글은 1799년 12월 27일 정오 무렵의 장날 풍경을 묘사한 것이다. 근대적 시·공간의 개념에 포획되지 않은 삶의 특이한 순간들 과 존재의 구체적 형상들이란 이런 것이 아닐까.

　　송아지를 몰고 나온 사람, 소를 두 마리 몰고 나온 사람, 닭을 안고 나온 사람, 팔초어를 쪼개 말려온 사람, 돼지 네 발을 묶어 짊어지고 나온 사람, 청어를 묶어서 가지고 나온 사람, 청어를 묶어서 축 늘어 뜨린 채 오는 사람, 북어를 안고 대구를 가지고 나온 사람, 북어를 안 고, 대구나 팔초어까지 갖고 나온 사람, 약초를 말려 나온 사람, 바다 미역을 갖고 나온 사람, 쌀가마니를 지고 나온 사람, 곶감을 가지고 나온 사람, 두루마리 종이를 끼고 나온 사람, 수습지 한 폭을 가지고 나온 사람, 대 광주리에 무를 가득 담아 나온 사람, 풀을 든 채 짚신 을 신고 나온 사람, 짚신 신고 떡과 엿을 가지고 먹으면서 나온 사람, 단지의 목을 내어서 끌고 나온 사람, 짚으로 묶은 물건을 메고 나온 사람, 버들 상자를 짊어지고 나온 사람, 광주리와 둥구미를 이고 나 온 사람, 바가지에 두부를 가득 담아 나온 사람, 머리에 짐을 이고 지 고 나온 여자, 어깨에 짐을 멘 남자에 짐을 이고 나온 아이까지, 머리 에 인 채 왼쪽에 끼고 나온 사람, 치마에 물건을 담아 옷섶으로 잡은 채 나온 사람, 서로 만났다고 허리를 굽혀 절하는 사람, 서로 말을 나

누는 사람, 서로 성을 내는 사람, 남녀가 손을 맞잡고 좋아하는 사람, 가다가 다시 돌아오는 사람, 왔다갔다하면서 부산떠는 사람, 넓은 소매에 긴 옷자락의 옷을 입은 사람, 위에 도포를 걸치고 아래에는 치마를 입은 사람, 좁은 소매에 긴 자락 옷을 입은 사람, 소매가 좁고 짧아 자락이 아예 없는 옷을 입은 사람, 제립에 상복을 갖고 있는 나졸, 승포(僧袍)에 승립(僧笠)까지 한 스님, 평량립을 쓴 사람, 모든 여자들이 흰 치마를 입었는데 유독 눈에 띄는 푸른 치마 입은 여자, 의대(衣帶)를 한 아이, 삿갓 쓴 남자로 붉은 양털 두건을 두른 사람이 열연아홉, 목에 두른 사람이 열 두셋이다. 패도(佩刀)는 동자처럼 생긴 연약한 사람들이 또한 차고 다녔고, 여자들도 서른 이상이면 모두 검은 두건을 썼다. 흰 두건을 쓴 사람은 상(喪) 중에 있는 모양이다. 노인들은 지팡이 짚고, 어린아이들은 어른의 손을 잡고 있다. 길가는 사람들은 취한 사람들이 많아 가다가 넘어지기도 했다. 급한 일이 있는지 보이지 않을 때까지 멈추지 않고 달리는 사람도 있고, 땔감을 한 짐 지고 내 집 창문 밖에서 뵈는 담장 정면에 기대서서 쉬고 있는 사람도 있다. (101~103쪽)

현실은 스스로 그러할 뿐이라서 현실의 '그러함'과 마주하기 위해서는 몸소 체험하는 길 이외에는 따로 방법이 없다. 하지만 현실의 발랄한 생기를 언어로 담아내고픈 인간의 욕망은 역사가 생긴 이래로 한 번도 중단된 적이 없다. 그러나 살아 생동하는 현실을 언어로 재현하는 것은 언제나 무리수를 동반한다. 그래서 '표현'의 창발을 통해 '재현'의 어려움을 뚫고 현실로 다가가려는 끝없는 기투가 시작된다. 그 기투를 외면하는 게으른 글쓰기들 속에서 가끔이나마 저런 문장을 만나는 것은 반가운 일이다.

이것은 지휘자들과 그 함선의 목록을 장황하게 서술하는 『일리아스』2장의 유명한 장면을 떠오르게 한다. 비슷하게 보이지만 실제로는 전혀 다른 무수한 차이들의 반복. 주관적 논평을 자제하고 시간을 멈추어 한 장소에 깃든 삶의 구체성을 담담하게 열거하는 대담한 기술의 방법이 오묘하다. 언어의 멋을 부리기 위한 수사는 거의 없고 '무관심의 관심' 8)으로 글로 현실을 옮겨 적었다. 장면에 대한 해석을 직접적으로 드러내지 않아 무관심한 관찰자의 시선을 느끼게 하지만 사실 그 시선은 나름대로의 질서를 통해 의식된 것이다. 저 지루한 나열은 무질서하게 그냥 이어져 있는 것처럼 보이지만 사실은 그렇지 않다.

시장풍경의 나열은 엄격히 보면 네 개의 의미단위로 구성되어 있다. 먼저 '송아지를 몰고 나온 사람'에서부터 '대 광주리에 무를 가득 담아 나온 사람'까지는 시장에 나온 사람들이 가지고 나온 물건들의 목록을 제시한다. 다음으로 '풀을 든 채 짚신을 신고 나온 사람'에서부터 '왔다갔다하면서 부산떠는 사람'까지는 들고 나온 물건도 있지만 그보다는 사람들의 분주한 움직임과 동작을 열거한다. 세 번째로 '넓은 소매에 긴 옷자락의 옷을 입은 사람'에서부터 '흰 두건을 쓴 사람'까지는 사람들의 복장과 행색을 나열한 것이고, 마지막의 나머지 짧은 언급은 상황적 묘사로서 취하거나 쉬는 사람들을 그리고 있다. 현실의 무질서를 무질서한 그대로 드러내는 것이 살아 움직이는 현실의 특이성들을 생생하게 묘사하는 방법이라고 할 수 있겠지만 여기서는 난삽함을 경계했던 이옥의 유자적 면모를 충분히 이해할 수 있다.

봉성 저잣거리의 생생한 묘사와 견줄 수 있는 것이 「남정십편(南程十篇)」의 한 편인 '寺觀'에서 묘사한 송광사 나한전의 오백 나한의 모습이다. "나한전을 보니 나한은 오백으로 헤아리는데, 눈은 물고기 같은 것, 속눈썹이 드리워진 것, 봉새처럼 둘러보는 것, 자는 것, 불거진

---

8) 조동일, 「파격의 글쓰기로 국가의 법도와 맞서다」, 『의식각성의 현장』, 학고재, 2007, 219쪽.

것, 눈동자가 튀어나온 것, 부릅뜬 것, 흘겨보는 것, 곁눈질하며 웃는 것, 닭처럼 성내며 보는 것……"[9]으로 끝없이 이어지는 오백 나한의 생 김새와 표정에 대한 디테일한 묘사는, 대상을 연역적으로 규정하지 않 고 대상의 타자성을 그대로 살려 대상으로 하여금 스스로 드러나도록 하는 이옥 특유의 서술법을 잘 보여준다. 「남정십편」역시 한양에서 삼 가로의 귀양길을 기록한 일종의 여행기라는 점에서 장소감각의 섬세 함을 엿볼 수 있는 문건이다.

패사소품체라 일컫는 이옥의 문체는 이기(理氣)와 성정(性情)이라는 관념적 대상을 거부하고 인(人)과 물(物)의 활달한 기운과 그 생동하는 형상을 담아내는 데 최상의 기량을 드러냈다. 봉성의 저잣거리를 담아 낸 저 문장 역시 이옥의 글쓰기에 대한 자의식과 무관하지 않다. 동시 에 그것은 차이와 이질성을 봉쇄하고 모든 것을 주자학적 관념주의로 동일화시켰던 당시의 지배적 논리에 대한 과격한 도전이기도 하다. 유 교 이데올로기의 경직된 사유체계는 이렇게 붕괴되고 있었던 것이다. 1980년대라는 이념의 시대가 지나자 1990년대 이후 일상과 문화라는 이름으로 사소한 것들에 대한 관심의 폭발이 일어났던 것처럼 역사란 이렇게 주기적으로 반복되곤 한다.

이옥의 다른 글에서도 마찬가지지만 「봉성문여」에는 군주나 성인처 럼 권위적인 인물보다는 무당, 사당패, 기생, 도둑 등 당대의 미천한 인 물군상에 대한 관심이 두드러진다. 요순우탕으로 대변되는 군주의 이 상이나 공맹으로 표상되는 성인의 전범은 모두 관념화된 인물의 전형 이라는 점에서 비루하고 치졸한 인간의 들끓는 욕망을 반영하지 못한 다. 마이너리티에 대한 이옥의 애정은 그가 지니고 있는 구체성의 감각 을 드러낸다. 그러나 이옥은 봉성이라는 낯선 장소에서 마주치는 이름

9) 이옥, 실시학사 고전문학연구회 옮김, 『이옥전집 1』, 소명출판, 2001, 257쪽.

없는 타자들을 감히 대변하려 하지 않는다. 다만 그들의 모습을 주관을 절제하여 최대한 있는 그대로의 형상으로 그려낼 뿐이다. 이런 작법은 재현과 표현의 열정에 도취되어 타자들을 언술의 대상으로 가두어버리는 글쓰기의 위험스런 파국을 비켜가게 해주는 근거가 된다.

「봉성문여」는 다루는 대상의 소수성과 그 대상을 서술하는 서술주체의 스타일, 그리고 문체의 파격에 이르기까지 매우 흥미로운 텍스트라고 할 수 있다. 이옥은 한문으로 글을 썼지만 국문 글쓰기에 근접하는 언어적 자의식을 드러냈고 그것이 정조의 문체반정과 불화했음은 주지의 사실이다. 「봉성문여」에서 이옥의 언어적 자의식을 드러내고 있는 것이 봉성의 사투리를 일별하고 있는 '方言' 부분이다. 이옥은 여기서 소통의 어려움을 토로하면서 그 이유가 "아마 성음이 매우 급하다 보면 자못 때까치가 깍깍거리듯이 알아들을 수 없는 말이 많을 것이므로, 이해하지 못하는 것이 많은가 보다"(99쪽)고 생각했다. 봉성의 말소리가 다른 곳에 비해 상대적으로 빨라서 잘 알아들을 수가 없다는 말이다. 소통이 어려울 정도의 언어적 이질성은 그 언어공동체로부터의 소외감을 불러온다. 언어는 장소에 대한 귀속감과 밀접하게 연관되어 있다. 그것은 근대적 국민의 탄생에 있어 '국어라는 사상'의 구축이 얼마나 중요한 의미를 갖는가 하는 데서도 분명하게 확인된다. 관동대지진 때 조선인 학살을 위해 조선인을 구별하는 수단이 바로 그 '국어(표준 일본어)'였다는 사실은 '언어'와 '공동체'의 관계가 우리와 타자를 구획하는 정치적 맥락에서 이해되어야 함을 확인시켜 준다.[10] 그것은 반드시 근대정치학의 맥락이 아니더라도 마찬가지다. 이옥은 「남정십편」에서 "나는 모르겠다, 호서인이 영남인의 말을 두고 웃는 것이 옳은가, 영남인이 호서인의 말을 두고 웃는 것이 옳은가. 또 어찌 알겠는가,

---

10) 고모리 요이치, 정선태 옮김, 『일본어의 근대』, 소명출판, 2003, 291쪽.

호서인과 영남인이 우리의 말을 두고 웃지 않을지"[11]라고 하면서 방언이 불러일으키는 난처함을 표하면서도 서로의 방언을 상대적으로 인정하고 있다. 이옥의 시대에는 표준어와 방언이라는 위계적 구분 대신 한문과 국문의 구분이 더 본질적이었다. 이옥은 바로 이 위계적 언어체계에 균열을 일으켰던 인물이기에 방언의 상대성을 인식할 수 있었던 것이다.

이옥은 「봉성필」을 귀양살이 혹은 타향살이의 괴로움을 잊기 위해 지었다고 밝혔다. 그 괴로움은 서울이라는 보편의 세계, 즉 생활의 익숙한 감각이 통하고 주자학적 유교주의의 질서가 관철되는 공간으로부터의 이탈에서 비롯된 것이다(물론 그 이탈은 당대의 보편적 체계를 거스르는 자신의 글쓰기 때문이었다). 서울이라는 보편공간으로부터의 심리적 거리는 어느 시골의 낯선 풍경들을 겪고, 보고, 사유하게 함으로써 구체성의 감각을 일깨운다. 그리하여 그 구체성의 풍경들은 동시에 서울이라는 보편적 세계를 새롭게 인식하도록 이끈다. 서울과 시골, 보편과 구체, 익숙함과 낯섦, 그리움과 괴로움의 체험은 양자가 언제든 서로의 자리를 바꿀 수 있는 상대적 처소임을 깨닫게 함으로써 구체적 보편 혹은 보편적 구체라는 사유의 지평을 열어준다. 이옥은 분명 「봉성필」의 저술로 보편과 구체의 교섭을 통해 마음의 괴로움을 당당히 건딜 수 있었을 것이나.

'지역'이라는 관념을 떨치고 발 딛고 있는 '제 자리', 그곳에서 살아가는 뭇 생명들의 '제 목소리'를 듣기 위해, 그리고 근대주의적 이데올로기로부터 벗어나 구체성의 감각을 되살려내기 위해 200여 년 전 한 지식인의 노트를 꺼내 읽었다. 「봉성문여」는 '지역'이나 '국가'와 같은 개념적 틀 없이도 사건의 특이성과 현실의 구체성을 잡아낼 수 있는

---

11) 이옥, 『이옥전집 1』, 265쪽.

전위적 글쓰기의 실험이 가능하다는 것을 확인시켜준다. 익숙한 것은 편하지만 한편으로 그것은 매우 의심스럽다. 삶의 활력은 익숙함이 주는 편안함을 거부하고 기꺼이 '낯설게 하기'의 불편함 속으로 스스로를 밀어낼 때 가능한 것이 아닐까. 이옥의 「봉성문여」는 그토록 불편한 '근심' 속에서 쓰인 것이기에 200년이 지난 지금에도 다시 읽어볼 만한 글로서 살아남을 수 있었던 것이다.

4. 지역에서 구체성의 삶터로

월리엄 포크너에게 미국 남부의 미시시피 지역은 그의 작품들을 배태한 상상력의 공간이었다. 그러나 아무도 그를 '지역작가'라고 부르지 않는다. 그의 소설은 오히려 미시시피라는 국지적 공간을 벗어나 세계의 독자들에게 널리 읽히고 있다. 위대한 문학은 그런 것이다. 구체적인 삶의 터에서 상상력의 꽃을 피우지 않은 걸작이란 무엇인가. 김정한의 낙동강, 이청준과 한승원의 장흥, 이문구의 보령, 현기영의 제주도가 바로 그런 구체적인 삶의 터다. 그 터를 '지역'이라는 한정적 의미의 관념어(담론)로 제약할 수는 없다. 그것은 바다를 무대로 한 문학을 '해양문학'이라고 하거나 농민들의 삶을 다룬 문학을 '농민문학'이라고 부르는 만큼 억지스럽다. 문학에다 국적을 부여하고 그것도 모자라 거기에 행정단위로 재편된 구획의 논리를 들이대는 것은 무모하리만치 쓸모없는 짓이다. 지역문학은 없다. 아니 그런 것은 있을 필요가 없다.

이른바 중앙이라는 위상학적 개념을 통해 정의되는 서울의 삶은 그 모든 이역의 삶을 규정하는 보편적 모델이 아니다. 서울 역시 구체성의 장소이기는 마찬가지이며, 자본의 물신숭배가 강요하는 획일적인 삶의 양식이야말로 경과 향의 차이를 지우고, 우리들의 구체적 삶의 난무하고 생동하는 활력을 규정하는 무서운 보편이다. 오히려 지금이야말로 지역이라는 관념 속에서 비루한 것으로 멸시받았던 삶의 가치들이 새롭게 공인될 수 있는 시간이 아닐까. 개발에서의 소외, 차별의 만연 속에서 길러진 변두리 의식, 이런 것들은 타락한 보편의 위험한 확장을 경계하는 구체성의 감각으로 재생될 수 있을 것이다.

오늘날 '지역'은 부득이한 용어가 되어버린 것 같다. 그래서 진정으로 삶의 터를 사랑하는 사람들마저도 저 문제적인 기표를 발설하지 않을 수 없게 되었다. 하지만 진짜 문제는 지역이라는 기표가 아니라 그 안에 담긴 치욕과 분노와 투쟁과 갈등의 남루한 욕망들이다. 민족해방의 사명감이 민중해방의 책임감이, 그 빛나는 열정들의 순수함이 현실을 구출하기는커녕 문학을 구속하는 결과로 치달았던 것처럼, '지역'을 향한 뜨거운 의지는 오히려 의도를 배반하는 결과를 불러올 수 있다. 국민국가의 정치적 상상력이 탄생시킨 중앙과 지역이라는 샴쌍둥이는 현실에 대한 유용한 분석적 틀로서의 이항대립적 체계가 아니다. 그것은 오히려 국민국가의 지배체계를 강화시킴으로써 살아 있는 혼돈으로서의 현실을 정형화된 방식으로 응고시킨다.

이제 지역을 내버려두자. 삶의 복잡한 모순들을 굳이 지역의 문제인 것으로 착각하지 말자. 지금은 지역이란 이름에 담긴 모든 것들을 토해낼 시간이다. 지역으로부터 구체적인 삶의 터로 되돌아갈 시간인 것이다. 지금, 신생을 위한 파국의 시간은 임박했다.

사랑, 그 참을 수 없는 생명정치

─ 구체성의 보편과 지역의 문학

1. 소설과 정치

> 태초에 말씀이 계시니라. 이 말씀이 하나님과 함께 계셨으니, 이
> 말씀이 곧 하나님이시니라. ─ 요한복음1:1

복음서의 말씀(logos)에는 신성한 종교적 위엄이 깃들어 있다. 그러
나 '말씀'으로 번역된 '로고스'는 그저 '말하다'라는 희랍어 동사의
명사형일 뿐이다. 말을 한다는 것, 인간에게 그 이상의 신비롭고도 위
대한 우주적 '실천(praxis)'이 또 어디 있겠는가.[1] 말한다는 것은 곧 사

---

1) 인간의 '활동적 삶(vita activa)'으로서 '노동, 작업, 행위(행동, 실천)'중 '행위(praxis)'
만을 '정치적인 것'이라고 규정했던 한나 아렌트의 생각을 따른다면, 말을 한다는 그 행
위, 즉 언어의 실천은 그 자체로 대단히 '정치적인 것'이라 할 수 있다. 따라서 말하는 순
간 우리는 정치의 영역 안으로 발을 들여놓게 되는 것이다. "인간 공동체에 현재하고 필
요한 모든 활동 중에서 두 활동만이 정치적 활동으로 그리고 아리스토텔레스가 '정치적
삶'(bios politikos)으로 명명한 것을 구성한다고 여겨졌다. 그것은 행위(praxis)와 언어
(lexis)다." (한나 아렌트, 이진우·태정호 옮김, 『인간의 조건』, 한길사, 1996, 76~77쪽)

유한다는 것이며, 그것은 또한 소리의 무질서로부터 의미의 분절을 만들어내는 창조의 행동이다.

역사는 지나간 시간의 기억을 품어 현재를 반추하는 인류의 고결한 정전이었다. 반면 신생의 이야기 양식이었던 소설은 숭고하고 우아한 역사적 사건 대신 세속적인 인간의 잡사를 이야기해 '小說'이라는 이름을 얻었다. 그러나 이제 역사적 진실과 소설적 허위라는 그 오래된 분별은 더 이상 그 누구에게도 설득력을 얻지 못한다. 역사의 사실은 자명한 것이 아니었고, 소설의 허구는 의외의 진실을 드러냈다. 그리하여 소설은 말씀의 현전을 기도함으로써 불멸을 꿈꾸는 글쓰기다.

> '죽을 수밖에 없는' 인간의 과제이자 잠재적인 위대성은 존재할 가치가 있고 어느 정도 영속적으로 존재하는 것을 산출한다는 것, 즉 작업, 행위, 언어의 능력을 가진다는 점에 있다. 그래서 죽을 운명의 인간은 이것들을 통하여 자신을 제외한 모든 것이 불멸하는 코스모스에서 자신의 위치를 발견한다. 불멸적인 행위업적과 사라지지 않을 흔적을 뒤에 남길 수 있는 능력에 의하여, 인간은—개별적으로는 죽을 수밖에 없음에도 불구하고—자신의 불멸성을 획득하고 스스로를 '신적' 본성을 가진 존재로 확증한다.[2]

신의 '말씀'을 인간의 언어로 받아 적기, 그것은 소설의 오랜 미망이었다. 물론 그 미망은 현전의 불가능성 안에서 언제나 실패할 수밖에 없는 소설의 운명을 드러낸다. '선험적 고향'의 상실을 표현하는 소설

물론 아렌트에 따르면 예술작품의 창작은 행위가 아닌 작업에 해당한다. 그러나 소설의 정치성을 적극적으로 인정할 때 소설을 쓴다는 것은 사적인 것으로 정의되는 '노동'과 '작업'보다는 공적인 '행위'로 이해되어야 할 것이다.
2) 위의 책, 69쪽.

은 '총체성'이라는 본질을 추구하는 불가능한 형이상학이다. "본질은 삶이라는 숲에서 베어온 통나무를 가지고는 어떠한 비극의 무대도 세울 수 없고, 타락한 삶의 죽은 편린들을 모두 불태움으로써 짧은 불꽃과 같은 존재를 소생시키든가 아니면 이와 같은 모든 혼돈에 단호하게 등을 돌려, 완전히 순수한 본질성이라는 추상적 영역으로 도피하지 않으면 안 된다."[3] 잃어버린 본질을 찾아 헤매는 무모한 열정의 서사는 이제 '짧은 불꽃'과 '순수한 본질성' 사이에서 서성거리지 않을 수 없는 것이다. 허구의 소설이 갖고 있는 진실의 힘이란 바로 그 서성거림으로부터 나온다. 하지만 본질에 대한 의심이 늘어날수록 소설은 궁지로 몰린다. 지금 소설이 위태롭게 여겨지는 것은 근대 정치가 보여온 '본질'의 노골적 폭력성, 그 추상적 이념의 효과가 온 세상에 드러났기 때문이다.

소설, 즉 픽션(fiction)은 '만들다'는 뜻의 라틴어 'fictio'에서 유래했으며, 여기서 이야기를 작위적으로 만든다는 것은 '정치적인 것'의 핵심을 드러낸다. '작위'라는 '실천의 행위(praxis)'는 곧 정치적인 것의 중핵을 구성하기 때문이다. 이는 정치에서 도덕의 분리와 함께 '자연'에서 '작위'로의 이행을 근대정치의 기축으로 지정했던 마루야마 마사오의 생각과도 일치한다. 소설의 작위는 가짜 본질, 즉 신의 말씀을 대리 표상한다. 그러므로 작위의 이데올로기적 효과가 폭로될 때, 소설의 진실성도 의문에 붙여질 수밖에 없다. 결국 소설이란 말씀의 효과를 작위적으로 구성하는 근대 정치의 일종이었던 것이다. 따라서 지금 소설의 파국이 임박했다는 풍문들은 작위적인 이야기 구성의 실효성이 의문에 붙여지는 우리 시대의 정치적 상황을 날카롭게 예시하고 있는 것이다.

---

3) 게오르그 루카치, 반성완 옮김, 『루카치 소설의 이론』, 심설당, 1998, 41쪽.

2. 지역의 문학과 문단정치

　문단정치의 역학은 다수의 절망과 탄식을 배경으로 작동해왔다. 배제와 선택의 그 위태로운 통치술은 수도의 안과 밖을 가르고, 모든 창의적 활력을 수도의 바깥으로부터 안으로 절취한다.[4] 이 마피아적인 문단 역학은 소수의 명망가를 탄생시키는 대가로 끊임없이 다수의 작가를 변방으로 몰아낸다. '지역의 문학'이란 그 변방, 다시 말해 자기의 대지로부터 유배된 자들의 글쓰기에 붙여진 야비한 이름이다.

　사실 분별과 차별의 정체성 정치는 이윤의 축적에 결코 도움이 되지 않는다. 근대적 체제가 만들어놓았던 완고한 울타리들은 천지사방으로 유목하는 자본의 자유로운 흐름을 방해하지 않도록 신속하게 철거되고 있다. 하지만 우리는 이 철거가 억압과 배제의 폭력적 정치를 철폐하고, 우리들의 창발적 활력을 자극하는 의로운 사업이라고 쉽게 오인하지 말아야 한다. 피아를 식별하기 어려운 모호한 상황 속에서 전개되고 있는 이 변화들은, 계엄군을 해방군으로 착각하는 환상의 미시정치를 발효시키기 때문이다.

---

4) 물론 그 통치술은 지역과 중앙, 안과 밖이라는 단순한 이원적 구도의 견고한 틀(경계)을 넘어선다. 아감벤의 정치론은 지배권력으로서의 수권이 예외상태를 통해 지배 대상으로서의 호모 사케르를 구성하는 생명정치에 주목한다.(조르조 아감벤, 박진우 옮김, 『호모 사케르』, 새물결, 2008 참조) 그것은 '조에'(자연적 생명; 단순히 살아 있음 자체)와 '비오스'(개인이나 집단에 특유한 삶의 방식; 정치적으로 가치 있는 삶)를 구분하는 아리스토텔레스의 인식론이 현대에 와서 '비식별역'으로 전환되는 과정에 대한 문제의식이다. 다시 말해 현대의 정치는 자연적인 생명(삶)을 정치적인 삶으로 포획함으로써 생명 자체를 지배한다. 이것을 '생정치적 기획'이라고 할 수 있을 것이다. 아감벤의 연구에서 독특하고 또 중요한 지점은 경계의 뒤섞임, 즉 바로 그 '비식별역'이라는 것에서 찾을 수 있다. 이것은 일종의 아포리아로 드러난다. 예컨대, '포함하는 배제', '살인 가능하면서도 희생 불가능한 호모사케르', '법의 정지를 통해 법 효력의 발생' 등 다양한 양상으로 드러난다. 그러니까 아감벤은 분명한 구분과 구획에 의한 지배가 아니라 식별 불가능한 뒤섞임 속에서 발생하는 지배의 메커니즘을 이야기하고 있는 것이다.

세계는 네트워크로 이어져 하나의 촌이 되었다. 그럼에도 한 국가 안에서 중앙과 지역의 분별에 근거해 명망을 재생산하는 낡은 체계가 작동할 수 있다는 것은, 그만큼 그 문단 역학이 근대적인 정치 역학 안에 종속되어 있음을 반증한다. 그러나 이제 근대 정치의 몰락 속에서 서울 중심의 문단구조는 요동할 것이 분명하다. 하지만 그것은 차별의 철폐라기보다 이윤 창출의 강역을 넓혀 변두리 작가를 자본에 포섭하는 더 교묘한 소외의 전략일 수 있다. 그러므로 지역의 문학은 서울의 자본에 쉽게 매혹당하지 않을 방법의 창안에 골몰해야 할 것이다.

2009년, 지난 한 해 부산의 소설 작단은 그 어느 때보다 활기로 넘쳤다. 문성수의 『그는 바다로 갔다』(산지니), 김서련의 『슬픈 바이러스』(계간문예), 황은덕의 『한국어수업』(화남출판사)은 그들의 첫 소설집이었다. 정인의 『그 여자가 사는 곳』(문학수첩), 이상섭의 『바닷가 그 집에서, 이틀』(실천문학사), 전용문의 『길 위의 사랑』(해성), 조갑상의 『테하차피의 달』(산지니)과 같이 중견들의 활동도 풍성했다. 그러나 소설집의 이런 풍년에 비해 장편의 부재는 심각했다. 부산의 소설계가 드러내고 있는 장편의 빈곤은 장편을 생산할 수 없는 지역문단의 불모성을 반영한다. 전업으로 활동하기 어려운 환경적 조건, 장편 연재의 지면 부족, 지역의 작가들에게 불리한 출판계의 풍토, 이런 것들이 모여 장편 생산에 불리한 상황을 조성한다. 하지만 새로운 이윤 창출의 장소로 지역의 문학이 자본에 포섭될 때, 거대 출판자본은 지역 작가들의 정동 노동을 갈취하기 위해 다양한 공세를 펼칠 것이 분명하다. 이때 이른바 메이저 출판사들은 지역 작가들의 서울에 대한 원망(願望)을 쉽게 활용할 것이다. 그러므로 지금 지역의 문학에 요구되는 것은 명망을 좇는 추태가 아니라 다수의 문학으로부터 스스로를 배제하는 위대한 결단이다.

근대적인 문단제도의 한계가 문예지의 기능부전으로 드러나고 있는 가운데 이제 문학은 인터넷 공간의 블로그나 웹진으로 망명해가고 있다. 편파적인 영토로 분할되었던 유명 문예지들은 그 편협함만큼이나 지역의 문인들에게는 비좁았고, 이제 출판자본의 블로그나 웹진 역시 마찬가지의 차별을 이어가고 있다. 시장권력과 여기에 기생하는 문단 권력의 알력 속에서 지역의 문예지들은 일종의 해방구다. 그러니 『작가와사회』나 『좋은소설』은 부산의 작가들에게 얼마나 소중한 글쓰기의 옥토이겠는가. 이들 계간지에 실린 지역의 문학이라고 해서 지역성을 특별하게 구현하고 있는 것은 아니다. 아니 지역의 작가들에게 지역성을 요구하는 것 자체가 일종의 관념적 폭력이다. 지역성이란 지역의 특이성이 아니라 발명된 환상으로서의 관념적 보편에 지나지 않는 것이기 때문이다. 부산의 두 문예지에 실린 소설에서 나는 지역성이 아니라 정치를 읽어보려 한다. 작위로서의 소설이 폭로하고 있는 근대정치의 몰락을.[5]

3. 하나의 범주: 사랑의 정치

너무 많은 사랑들이 있어 사랑을 일반적인 종차로 정의한다는 것은 불가능하다. 하지만 사랑이란 누구에게나 묘한 끌림이 아니겠는가. 그런데 그 끌림이란 매혹의 대상으로부터 촉발된 일종의 환상이다. 중요한 것은 믿음의 실체가 작위적인 것이었음을 자각하는 데 있지 않고, 그 작위적 환상이 갖고 있는 현실적인 영향력, 그것의 메커니즘에 대한 분석이다.

---

5) 이 글은 부산작가회의의 기관지 『작가와사회』의 소설 계간평 원고로 작성되었으며 비평의 대상이 된 텍스트는 2009년 겨울호 『작가와사회』와 『좋은소설』에 수록된 모든 소설이다. 이 글에서 언급되는 '부산'이라는 이름은 하나의 고유명사이면서 동시에 세상의 모든 '다른' 장소를 가리킨다. 내가 부산을 다룬 것은 이곳이 지금 내 삶의 우발적 공간이기 때문이다.

환상은 현실을 억지로 변형시켜 나의 욕망에 현실을 굴복시킨다. 나는 언제나 사랑하는 사람과 '직접' 만나지 못하고 그 환상(콩깍지)을 '매개'로 만날 수밖에 없다(그런 의미에서 맨 몸의 직접적인 만남으로서의 '성관계는 없다'는 라캉의 전언은 대단히 중요하다). 이 매개는 자연/생명을 법으로 순치하는 폴리스(↔노모스)의 폭력적 힘을 함의하고 있다는 점에서 '정치적인 것'으로 규정될 수 있다.[6] 그러니 근대적 정치체제의 도입과 더불어 사랑('연애' 혹은 '낭만적 사랑')이라는 사상이 박래하게 되는 사정은 자연스럽다. 그리고 "낭만적 사랑의 발생은 소설의 출현과 얼마간 일치한다. 이 둘의 결합은 새로 발견된 서사 형식의 하나였다."[7] 우리는 이광수의 『무정』(1910)에서부터 이 사실을 분명하게 확인할 수 있으며, 나아가 근대소설은 곧 연애소설이자 정치소설이라는 과감한 등식에 도달한다.

안지숙의 「스토커의 문법」(『좋은소설』)이 이야기하는 것도 근대소설의 성립 이래로 되풀이되어온 바로 그 '사랑의 정열'에 대한 것이다. 무엇보다 이 소설은 그 정열의 '집착'에 대하여 이야기한다. 일인칭의 독백으로 시종일관하는 소설의 문법 자체가 대상을 향한 사랑의 열정에 사로잡힌 '스토커의 문법'을 유비적으로 표현한다. 남자에 대한 격렬한 배반의 감정과는 달리 단아한 호흡의 문장으로 서술되는 여자의 독백은 그래서 더 섬뜩하다.

타자를 향한 사랑의 이면엔 사실 강렬한 자기애가 숨겨져 있다. 그러니 자기애로부터 단 한 치도 벗어나지 못하는 타자에의 열정이란 얼마

---

6) 노모스는 '비아'(폭력)와 '디케'(정의), 이 두 가지 대립물을 역설적으로 결합시키는 힘이다. 그런 의미에서 노모스는 매개적으로 힘을 행사한다. 노모스는 폭력의 정당화를 통해 주권성을 정의하고, 따라서 법의 특수한 힘은 폭력과 정의를 결부시키는 것이다.(조르조 아감벤, 앞의 책, 84~85쪽 참조)

7) 앤소니 기든스, 배은경·황정미 옮김, 『현대사회의 성·사랑·에로티시즘』, 새물결, 1996, 84쪽.

나 기만적인가. 자기 결핍의 충족을 위해 타자를 유인하는 것, 그런 의미에서 사랑이라는 감정의 묘한 끌림은 위험한 도발이다. '근골무력증'이라는 몸의 장애(결핍)를 갖고 있는 여자에게 남자는 "내게 가장 가까이 왔던 사람이고, 내 고통을 함께했던 단 한 사람"(80쪽)이며 "내 마음속에서 강대나무로 서있는 그 사람"(80쪽)으로 이상화된다. 타자를 자기의 환상이 요구하는 존재로 치환하는 그 폭력은 스스로의 결핍을 채워 넣으려는 애타는 몸부림이다.

낭만적 사랑에 빠진 개인에게 그 사랑의 대상인 타자는, 단지 그가 딴 사람이 아닌 바로 그 사람이라는 이유 하나만으로도 자신의 결여를 메워줄 수 있는 그런 존재이다. (중략) 그런데 바로 이 결여가 직접적으로 자기 정체성과 관련되는 것이다. 그러므로 어떤 의미에서 낭만적 사랑은 불완전한 개인을 완전한 전체로 만들어주는 어떤 것이다.[8]

이러니 여자의 집착이 절박할밖에. 사람들은 누구라도 어느 정도의 집착 속에서 관계를 맺고 살지만, 그 집착이 수위를 넘을 때 관계는 병적인 것으로 타락한다.

답답해하지 말아요. 세상에는 어쩔 수 없는 일이 있는 법이죠. 그는 지금 당신 뒤에 숨어 나를 지겹고 역겨운 스토커로 몰고 있지만, 내가 그를 놓을 수 없음은 당신의 존재 깊은 곳에서 그 스스로 깨닫지 못한 채 나를 놓지 않고 있기 때문이 아닐는지요.(82쪽)

---

8) 위의 책, 91쪽.

소름끼치는 대목이다. 여자의 욕망 안에서 남자는 속수무책이다. 여자의 욕망은 집착이 되어 드디어 남자를 '당신'과 '그'로 분열시킨다. 여자는 자기가 '그'를 놓을 수 없는 이유가 '당신'의 존재 깊은 곳에 자기에 대한 사랑이 존재하고 있기 때문이라고, 그러니 어쩔 수 없이 이 상황을 받아들여야 한다고 말한다. 이로써 남자는 여자의 사랑을 거부하는 '그'와 마음속 깊은 곳에 여자를 놓지 않고 있는 '당신'으로 파열된다. 이것이 바로 사랑이라는 이름의 무서운 집착이 가져올 수 있는 가장 무서운 폭력이다. 생명(남자)을 자기의 법(사랑)으로 매개하여 존재론적으로 순치하는 끔찍한 정치.

사랑은 정치이며 그런 의미에서 그것은 일종의 사회적 시스템이다. 그래서 "사랑이라는 매체 자체는 감정이 아니라 하나의 소통이다."[9] 이송여의 「눈은 겨울에 온다」(『좋은소설』)는 바로 그 소통으로서의 사랑에 대한 짧은 소묘다.

> 관계의 시작은 소통이고 소통의 시작은 만남일진데, 공감대가 형성되어 만나게 되었고 뜨겁게 관계를 맺어온 그 남자와 왜 더 이상 소통되지 않는 걸까. 그녀는 가슴이 답답했다.(111쪽)

사랑이 소통이라면 공동의 약호체계(상징계)에 대한 구속은 사랑의 전제조건이다.[10] 공동의 약호체계를 무시하고 일방적으로 자기의 문법을 강요하는 사랑은 「스토커의 문법」에서처럼 소통의 불능으로 치달을 수밖에 없다. 소통의 기술을 익힌다는 의미에서 사랑은 학습을 필요로 한다. 루만의 말처럼 사랑이란 어디까지나 '사회문화적 진화의 가공물'이기 때문이다. 사랑은 역시 생명(자연)이 아니라 정치(작위)의

---

9) 니클라스 루만, 정성훈·권기돈·조형준 옮김, 『열정으로서의 사랑』, 새물결, 2009, 37쪽.
10) "법의 영역은 언어의 영역과 본질적으로 유사"하다.(조르조 아감벤, 앞의 책, 64쪽)

산물인 것이다. 그렇다면 우리는 무엇을 통해 사랑이라는 커뮤니케이션의 약호체계를 학습하는가.

> 사랑이라는 모험과 그에 상응하는 복잡하고 까다로운 일상적 지침은 문화적 전승, 문학적 본보기, 설득력 있는 언어 모델, 상황 이미지 등에, 간단히 말해 전승된 의미론에 의지할 수 있을 때만 가능하다.[11]

헤아릴 수 없을 정도로 많은 영화, 드라마, 대중가요에서 사랑 이야기가 반복되고 있다. 우리는 이렇게 이야기로 재현된 수많은 사랑의 사례들을 학습함으로써 그 사랑의 방식을 내면화한다. 「눈은 겨울에 온다」가 일깨워주는 것은 사랑이라는 그 소통의 문법이 인종이나 국적에 구속받지 않는 보편적 체계의 일종이라는 사실이다.

> 이 거대한 자연 속에서 누구든, 어쩌면 거만할 수가 있는 걸까.
> 한없이 왜소해져서 어디든 들어설 수야 있지만 온전히 삶을 누릴 곳 없는, 부질없이 개방되어 있는 땅인 것일까.
> 그렇다면 누구든 어느 땅에서의 삶이라면 어떠하리. 결국은 사람 개개인의 몫이며 사람과 사람이라는 관계의 문제일 뿐.(119쪽)

우리가 사는 세계는 있는 그대로의 '거대한 자연'이 아니라 법으로 지배되는 상징계의 공간이다. 상징계는 언어의 일반 규범이 관철되는 공간이다. 그러므로 그 안에서의 삶은 '누구든 어느 땅'에서든 보편적이다. 우리는 누구나 보편적인 관계의 규범 안에서 개개인의 몫을 다하

---

11) 니클라스 루만, 앞의 책, 65쪽.

며 살아간다. 따라서 장기판 위에서 말들의 기능과 역할이 그러한 것처럼 삶은 "사람 개개인의 몫이며 사람과 사람이라는 관계의 문제일 뿐"이다. 「눈은 겨울에 온다」의 여자는 하나의 사랑(소통)에는 실패했지만 이국에서 만난 또 다른 인연에 새로운 사랑의 가능성을 열어둔다. 그 사랑은 아마도 "재료가 되는 것들이 제각각 고유하게 지니고 있는 맛들의 하모니"(124쪽)를 연출하는 과일빙수 같은 것일지 모른다. 특이한 것들의 혼란스러운 어울림 속에서 만들어지는 공통적 질서!

상징계의 보편적 질서를 내면화하지 못하는 주체는 정신분열을 드러낸다. 허택의 「칫솔」(『좋은소설』)이 그것을 이야기한다. 완전한 여자의 전형인 바비 인형을 동경하는 여자는 스스로를 불완전한 여자로 인식하며 존재의 결핍감에 시달린다. 심지어 그것은 하나의 강박이 되어 여자는 "고춧가루 섞인 음식 때문에 바비 인형 같은 코가 될 수 없다고 생각"(130쪽)한다.

함께 어린 시절을 보냈던 친구와 16년 만에 만난 여자는 그 친구가 "함께 동경하며 흉내 내었던 우리의 바비 인형으로 변해 있었다"(129쪽)는 것을 깨닫게 된다. '바비 인형'이란 성적 매력의 표상이다. 바비 인형이 된 친구와 그렇지 못한 자신. 시기와 분노 속에서 여자는 친구를 향한 가학과 피학의 폭력을 통해 성적인 흥분에 도취된다. 그러나 성적 욕망이 충족되지 못할 때 여자의 정신은 병적으로 불안하다.

> 불면증에다 폭식증까지 곧 우울증까지 겹치겠는걸. 정신과 의사 진단이 몸을 가눌 수 없게 만든다.(145쪽)

> 더위에 찌든 우울증은 점점 심하게 곪아간다. 깨끗한 칫솔이 권태스럽다. 그 남자를 느낄 수 없다.(146쪽)

칫솔에 대한 여자의 페티시즘은 그녀의 욕망을 반영한다. 자기의 성적 결핍을 타자를 향한 집착과 폭력으로 해소하려 했던 여자의 기획은 실패하고 만다. 결국 식욕과 성욕의 엇갈림 속에서 여자의 자궁은 하루하루 메말라간다. 정치로서의 사랑, 소통으로서의 사랑을 거부하는 현대의 삶은 「칫솔」의 여자와 같은 분열증적인 주체를 만들어낸다. 그러나 정신분열(Schizophrenia)은 소통의 시스템을 부정한 것에 대한 체제의 형벌인 동시에, 자본의 시스템에 대항하는 하나의 유력한 방식이기도 하다는 점을 기억해두자.[12]

4. 또 하나의 범주: 기원으로서의 가족

가족은 진부하리만큼 지속적으로 이야기되는 한국소설의 묵은 주제다. 청일전쟁이라는 국제적인 분쟁을 배경으로, 한 가족의 이산과 재회를 다루고 있는 이인직의 『혈의 누』(1907)에서부터 가족은 행복과 불행의 기원적 공간으로 설정되고 있다(그 많은 신소설의 대부분은 가정문제를 다루고 있다). 가족은 우리 존재의 기원인 동시에 사랑과 위안의 처소이며, 심지어 그것은 바로 그 이유 때문에 고통과 상처, 억압과 착취의 유력한 발원지이기도 하다. 종의 보존을 위한 이기적 유전자의 실현이라는 의미에서 가족은 생물학적으로 맺어지지만, 생존과 생활의 보장을 위한 물적 토대의 한 단위라는 점에서 가족은 경제적 결사체이다. 그러나 무엇보다 가족이라는 혈맹의 공동체는 가족 구성원 누군가의 희생을 숭고한 것으로 신화화하면서 지탱될 수밖에 없다는 점에서 폭력의 공동체라고 하겠다.

---

12) 통치와 지배, 저항과 탈주가 공히 분열을 통해 표현된다는 점에서 '주권의 구조'와 '지배의 대상인 호모 사케르'는 구조적 유사성을 갖는다고 할 수 있다.

얼마나 많은 드라마와 소설이 가족의 이야기를 되풀이 변주해왔는가. 김정현의 『아버지』(문이당, 1996)에서부터 신경숙의 『엄마를 부탁해』(창비, 2008)에 이르기까지 대중들의 폭발적인 인기를 얻었던 가족 이야기의 중심엔 눈물과 감동의 애잔한 휴머니즘이 자리 잡고 있다. 부모의 희생적 삶을 순교자의 그것과 같이 숭고하게 반추하는 그 휴머니즘의 마법은 가족이라는 이름으로 자행되는 모든 폭력을 정화하는 일종의 희생제의를 연출한다.

김규나의 「테트리스 2009」(『좋은소설』)는 구속과 불행이 되어버린 가족을 두고, 도주와 순응 사이에서 갈등하는 한 여자의 이야기다. 사랑이라는 착각 속에서 가족이 탄생하고, 언젠가 그 착각에 눈뜬 사람들은 로라가 되어 인형의 집을 나온다.

> 오늘 밤 수많은 나뭇잎들은 가지를 떠날 것이다. 그러나 어떤 나뭇잎은 온힘을 다해 가지를 움켜쥘 것이다. 나는 현관을 등지고 선다. 다행스럽게도 11월이다. 11월엔 떠나든 머물든, 다만 숨죽이고 기다릴 수 있는 달이다. 통점이 사라지는 겨울이 올 때까지, 봄에 대한 기억마저 잊고 깊이 잠들 때까지, 젖은 낙엽이 쌓이고 바람이 몰아치고 그렇게 텅 빌 때까지 숨을 참으며. 가만히. 가만히. 가만히.(30쪽)

소설의 이 마지막 구절은 모호하다. 그녀는 분명 "저 문만 열고 나가면 나는 이 지루한 게임을 끝낼 수 있다"(29쪽)고 믿고 있었다. 그녀는 떠날 결심을 한 것일까. 하지만 그것이 분명하지 않다. 현관을 등지고 섰다는 표현만으로는, 떠나고 싶은 마음을 다잡고 추슬렀다는 것인지 아니면 떠나기로 결정했다는 것인지를 알 수 없다. 현관을 등진 곳은 집 안인가 밖인가. 하지만 어쩌면 바로 이 모호함 속에 담겨 있는 어떤 난감함이야말로 이 소설의 주제일지 모른다. 떠나버릴 수도, 머물러 있기도 어려운 삶의 곤혹스런 진실. 소설은 그것을 표현하려고 한 여자의 통속적인 고뇌를 그토록 장황하게 서술해야만 했던 것일까.

「테트리스 2009」의 여자는 사회적 통념에 너무 깊이 침윤되어 있어, 삶의 진부함은 소설적 진실로 드러나기보다 통속 그 자체로 머물러 있다. 여자는 가족이 부여한 '의무와 책임'으로부터 과감하게 탈주하지 못하면서("그러나 나는 오랜 세월 세뇌되어 짓누르던 의무와 책임을 벗어던질 수 없었다.", 22쪽) 다만 후회와 자책으로 번민할 뿐이다.("왜 떠날 수 없었는지 자신에 대한 원망이 시한폭탄처럼 내 목을 졸랐다.", 22쪽) 가족이라는 위험한 '환상'에서 헤어나지 못하는 여자는 심지어 스스로 자기의 사랑을 '불륜'으로 인정함으로써 가족으로부터의 일탈 대신 불행의 원인을 자기에게로 돌리는 자학을 선택한다.

> 불륜이란 결핍을 충족시키려는 욕망의 실현이다. 내 행복의 추구를 위해 또 다른 타인, 즉 결혼이란 제도적 장치가 빚어낸 부산물인 배우자의 결핍을 필연적으로 수반해야 한다.(22쪽)

지배적 이데올로기에 사로잡힌 여자의 이런 보수적 인식은 작가의 정치적 무의식을 반영한다. 작가는 결국 소설 안에서 100여 년 전 집을 뛰쳐나온 입센의 '로라'를 다시 집으로 돌려보내는 전도를 감행한다. 관광 가이드인 여자가 일을 하면서 만난 미국인 주부 '로라'는 입센의 '로라'와 마찬가지로 속박이 되어버린 인형의 집으로부터 탈주했다.("이렇게 살다 죽고 싶진 않다는 생각을 누를 수가 없었어요. 그래서 가족들에게 선포했어요. 난 더 이상 엄마노릇도, 아내노릇도 하고 싶지 않다고요.", 26쪽) 하지만 로라는 6개월 뒤 가족의 소중함을 깨닫고 환하게 평화로운 웃음을 띤 얼굴로 다시 가정으로 복귀한다. 그렇다면 이 소설의 모호한 결말 속에 남겨진 여자의 향방은 더 이상 의문의 대상이 될 수 없을 것이다.

강동수의 「7번 국도」(『작가와사회』)는 아들의 죽음이라는 하나의 충격적인 사건으로부터 이야기를 시작한다. 오래전 이혼했지만, 군에 간 아들의 사고 때문에 10년 만에 다시 만난 남자와 여자. 아들의 죽음, 그리고 되살아나는 그녀와의 옛 기억. 그러니까 7번 국도는 아들의 주검을 만나러 가는 길이면서, 동시에 시간을 거슬러 과거의 슬픈 기억을 더듬는 길이기도 하다. 그들의 사랑은 가족이라는 제도 속에서 응고되어버렸고, 이 때문에 더 이상 함께 살아간다는 것은 고통일 수밖에 없었다.

> 채경과 내가 결혼한 것은 내가 서른 넷, 그녀가 스물다섯 되던 봄이었다. 채경과 내가 결혼에까지 이르게 된 건 전적으로 그녀가 그렇게 만들었기 때문이었다. 쭈뼛거리는 나를 채경은 때로는 격정적으로 몰아쳐가며, 때로는 누나처럼 달래가면서 연애를 이끌었고 마침내 함께 예식장에 서게 만들었다.(172쪽)

결혼 자체가 전적으로 그녀에 의해서 이루어졌다고 말하는 남자의 말은 전부가 사동형 문장이다. 피동형의 남자와 능동형의 여자. 특히 결혼 전 서울의 광고회사에 다녔던 여자는 결혼 뒤에 삼 년 동안의 공부로 사법고시에 합격할 만큼 '적극적이고 활동적인 성격'이었다. 이에 반해 남자는 지극히 정주적인 인간이다. 이혼을 하고 직장을 정리한 그는 과수원을 할 생각을 했고, 지금 아들의 장례를 치르고 여자와 헤어지면서도 앞으로 지리산 골짜기에 들어가 벌이나 치고 살까 생각한다. 정주형의 남자와 유목형의 여자. 아마도 그 차이가 결별의 이유가 되었을 것이다.

결혼으로 부부가 되고 그것은 곧 가족의 탄생이다. 가족은 부부의

'일심동체'를 이념으로 강요한다. 그러니까 가족이란 동일성의 공동체인 것이다. 가족 안에서의 그 많은 갈등은 서로의 차이를 용납하지 못하는 동일성의 이데올로기를 기원으로 한다. 존재의 차이는 다툼과 결별의 이유가 되지만, 사실 그 차이는 서로를 유혹하는 에로스의 틈이다. 물론 이 에로스의 틈이란 '화성에서 온 남자 금성에서 온 여자'와 같이 남녀의 성차를 보편적인 진실로 일반화하는 젠더 정치의 형이상학과 무관한 일종의 은유다. 어쨌든 욕망이 향하는 곳이 항상 구멍이라면 그 틈새는 곧 매혹의 조건인 셈이다. 그렇다면 차이가 동일성으로 환수되고 틈이 사라질 때 서로를 향한 매혹적인 욕망은 어떻게 되는가.

> 사람과 사람 사이에는 자기장이 존재하는지도 모른다. 호감을 느끼는 두 사람이 서로를 강하게 끌어당기는 게 자력이라면, 남편과 나는 오랜 시간 함께해서 같은 극이 되어버린 것일지도 모른다. 같은 극을 갖게 되어버린 남편과 아내는 일정 거리 이내로는 다가설 수 없다. 오히려 강력한 힘으로 서로를 밀쳐 낼 뿐이다. 서로 같은 극이 되어버린 남편과 아내는 두 번 다시 남자와 여자로 돌아갈 수 없다.(「테트리스 2009」, 20쪽)

「7번 국도」의 남자와 여자는 서로 전혀 다른 세계를 갖고 있는 개별적인 단독자다. 그러나 둘의 차이는 남자의 일방적이고 편파적인 에로스의 틈새일 뿐이다. 그래서 여자에게 이 차이는 이혼을 결심할 만큼 참을 수 없는 고통이었던 것이다.("미안해요. 날…… 놔 줘요. 더 이상은 안 되겠어…….", 163쪽) 「7번 국도」의 여자는 누군가처럼 자신의 사랑을 불륜이라 자책하지 않고 당당하게 그 사랑을 선택한다. 그러나 여전히 남자는 자기중심적이고 편파적인 에로스로 충만해 있다.

떠난 아내를 생각할 때 분노보다는 의아했다. 그들 두 남녀의 마음을 물들였을 물감은 무엇이었을까. 저보다 나이가 많고 아이가 둘이나 딸린 유부녀를 사랑해 마침내 결혼까지 결심한 새 남편이란 사람의 마음속 빛깔과 무늬를 나는 알아챌 수 없었다. 호수처럼 풍파 없고 곡절 없는 결혼 생활을 작파하고는 두 아이를 버려두고 새 남자를 떠난 아내의 마음속 지도 역시 나는 그려낼 수 없었다.(164쪽)

가정을 떠나버린 여자의 선택을 이기적이라 할 수 있을까. 오히려 아직도 아내를 이해하지 못하는 남자의 게으른 무지가 이기적이다. 남자는 타자의 입장에서 사유할 줄을 모르는 인간이다. '타자의 입장에서 사유하지 못하는 무능력'(한나 아렌트), 그것이 얼마나 큰 폭력으로 전회할 수 있는가를 우리는 이미 알고 있다. 소설에서 그 폭력은 남자가 여자를 엄마로 환각하는 순간에 단적으로 드러난다. 다시 말하지만 존재의 치환만큼 무서운 폭력은 없다.

나는 채경의 가슴에 머리를 묻고 다시 꺽꺽 울음을 토해냈다. 채경은 어린애 재우듯 내 등판을 토닥였다. 그녀 역시 조용히 흐느끼기 시작했다. 환각이었을까. 채경의 가슴에서 그 옛날 아들에게 젖을 먹일 적 비릿한 젖냄새가 새 나왔다.(180쪽)

컬트의 고전이 된 데이비드 린치의 〈블루 벨벳〉(1986)은 마약 밀매업자 프랭크가 아름다운 여가수 도로시를 자신의 엄마로 환각하면서 성적으로 학대하는 충격적인 장면이 대단히 인상적이다. 여자를 모성의 판타지로 각색하는 것은 모든 마초들의 공통된 특징이다. 그래서 아이들과 남자를 떠나 새로운 삶을 선택한 그녀의 결단은 아름답다. 모성이라는 환상에 자신의 삶을 고착시키지 않고 불온한 결단을 통해 행복을 찾아 도주의 선을 그리는 「7번 국도」의 여자는 이 시대의 '로라'다.

김성종의 「바다의 침묵」(『좋은소설』)은 죽음이 임박한 한 남자의 이야기다. 김성종은 추리소설의 대가답게 하나의 의문으로 시작해 그 의문의 해결로 소설을 끝맺는다. 발신자를 알 수 없는 한 통의 휴대폰 문자 메시지 "제발 돼져라! Z"로 이야기는 시작된다. 서우엽은 한때 대기업의 마케팅 담당 이사로 밀라노에서 파견 근무를 하고 있었다.

> 한 번은 그의 아내가 친구들을 데리고 밀라노까지 쇼핑 원정을 온 적이 있었다. 그 앞에 나타난 여인들은 하나같이 탐욕스러운 눈으로 명품 구입에 대해서 일가견이 있는 그를 쳐다보면서 잘 부탁합니다 하고 말했다. 그때부터 며칠 동안 그녀들의 쇼핑 가이드를 하면서 그는 여인들의 끝없는 탐욕에 혀를 내둘렀고 나중에는 진저리를 치고 말았다. 일인당 평균 수천만 원 어치의 쇼핑을 하고서도 성이 차지 않는지 그녀들은 밀라노를 떠나는 것을 몹시 아쉬워했다. 그는 그녀들 속에 묻혀서 똑같이 행동하는 아내한테서 환멸밖에는 아무 것도 느낄 수가 없었다.(45쪽)

아내와 한국 여자들의 속물근성에 대한 이런 환멸이 회사를 그만두고 심지어 죽은 동생의 아내, 그러니까 제수씨와 몸을 섞고 연인으로 발전하는 계기로 그려져 있다. 어쨌건 남자는 이제 병든 몸으로 죽음을 앞두고 있다. 죽음을 앞둔 그는 생의 마지막에 가서 그토록 경멸했던 아버지에게 속죄한다.

> 59세에 바다에서 실종된 아버지는 평생 이런 생활로 가족들을 먹여 살렸고, 자식들을 학교에 보냈다. 그런 아버지가 너무 못나 보였고, 아버지의 몸에 배인 비린내가 싫어 그는 지금까지 아버지를 외

면한 채 살아왔던 것이다. 그런 자신이 너무 부끄러워 그는 고개를 들 수가 없었다. 바다의 침묵으로 남은 아버지. 용서해 주십시오. 그는 울컥 목이 메어왔다.(57쪽)

혼히 죽음을 앞둔 절박한 인간은 신과 같은 근원적 존재를 갈망하기 마련이다. 아마도 구원에 대한 절실함 때문일 것이다. 그러므로 그는 '돌아온 탕아'이며, '바다의 침묵으로 남은 아버지'는 곧 '하늘에 계신 아버지'다. 아버지는 가족을 위해 숭고한 희생의 십자가를 짊어지고 실종되었지만 이제 탕아의 눈물 속에서 '바다의 침묵'으로 다시 부활한 것이다. 속물이었던 그는 이제 속물인 아내와 화해할 수 있을까. 소설의 끝자락에서 저주의 문자를 보냈던 사람은 남자의 외도를 알고 있었던 그의 아내였음이 밝혀진다. 그러나 아내와의 화해는 끝내 이루어지지 않는다. 이 소설이 아내에 대한 속죄를 거부하고 아버지에 대한 속죄로 마무리 된 것은 안타깝다. 숭고한 희생자라는 형이상학적 존재가 되어버린 아버지보다는 눈앞의 비루한 속물인 아내와의 화해가 더 절실한 것이 아니었을까. 그것이야말로 자기의 오만과 속물근성에 대한 반성이자 동시에 아버지와 진정으로 화해하는 길이 아니었을까.

5. 구체성의 보편

지금 우리가 사는 세계는 아이폰의 애플리케이션만큼이나 편리하고 그 A/S 수준만큼이나 열악하다. 자본제는 편리함을 제공하면서 열악함을 방치하는 모순적인 체제다. 우영창의 「인간의 자리」(『좋은소설』), 이정임의 「반짝반짝 빛나는」(『작가와사회』), 유익서의 「형용사형 친구」(『작가와사회』)에서 볼 수 있는 삶의 우울한 풍경들은 편리한 문명의 이면을 살아가는 우리 삶의 어떤 열악함을 반영한다.

그러나 혼자 백일몽일 뿐 세상이란 시인으로서 살기에는 그렇게 호락호락하지 않았다. 호된 고생 끝에 시가 밥이 되지 않는다는 사실을 깨달았으나 그래도 그는 세상에 순응하고 아첨하는 길을 끝내 외면했다. (중략) 만약 고인이 시인으로서 살기에는 세상살이가 만만치 않다는 사실을 깨닫고 뒤늦게나마 사는 방법에 조금만 신경을 썼더라면, 저 벚나무처럼 다시 탄소동화작용이라도 해 인생의 새 에너지를 마련했더라면, 세상을 떠나는 마지막 자리가 이토록 쓸쓸하지는 않았을 게 아닌가.(유익서, 「형용사형 친구」, 155~156쪽)

문학은 정말 시대착오가 되어버린 것일까. 요즘 들어 부쩍 글쓰기 자체를 반성하는 소설들이 자주 보인다. 소설 쓰기의 어려움을 소설로 쓰는 소설들. 시인으로 사는 것이 이처럼 만만치 않음에도 불구하고 어디든 시인들이 창궐하는 이유는 무엇일까. '진짜' 시인의 언어는 자본제의 보편적 언어 규범과 자주 불화한다. 오늘날 명료한 소통에 무관심한 자기분열의 시들이 유행하는 것은 그 불화의 전면화를 입증한다. 소설에서도 발화의 양식을 뒤틀어 현실의 그 보편적 문법에 어깃장을 놓는 시도들이 지속되고 있나(1960년대의 앙티로망이나 누보로망이 그런 시도였다). 지역의 문학에서 보기 드문 것이 양식의 이런 전위다. 대체적으로 지역의 문학이 미학적으로 보수적인 것은 작품보다는 문단의 인사 관계 안에서 안주하는 지리멸렬한 지역 문단의 분위기와 무관하지 않다. 어쨌든 이런 점잖은 희망의 피력이 미친 현실에 대한 소설의 적절한 대응일 수 있을까.

그렇다, 꿈꾼다. 삶이 지속되는 한, 배변활동은 멈출 수 없다. 그러니 달빛 받아 반짝이는 내 찌꺼기들을 언젠가는 볼 수 있을 것이다. 반짝반짝, 빛나는 작은 별처럼.

다시, 엉덩이에 힘이 들어간다.(이정임, 「반짝반짝, 빛나는」, 201쪽)

이런 식의 순정한 믿음, 그리고 건강한 낙관이란 단연코 소설의 미래가 될 수 없다. 엉덩이에 힘을 주고 굵고 빛 좋은 똥을 누는 사람을 그린 소설보다, 똥 그 자체가 되어버린 구린내 나는 소설은 어떨까.

지금까지 읽어본 대로 지역의 문학이란 '지역문학'이 아니다. 지역문학은 강력한 효과를 발휘하는 일종의 지배 이념이다. 세계화는 이제 돌이킬 수 없는 분명한 현실이 되었고, 오늘날 '로컬리티' 혹은 '리저널리즘'에 대한 논의의 부상은 자본주의적 세계화의 일방적 논리에 맞서 새로운 지구적 삶을 창안하는 대안적(대항적) 세계화의 모색이라는 측면에서 이해될 수 있다. 부산에서 소설을 쓰고 읽는 것의 의미는 바로 이런 거시적 맥락 안에서 세심하게 사유되어야 할 것이다. 지역문학이라는 작위적 보편을 거부하고 지역의 문학을 구성하는 일은 부산의 약동하는 특이성 안에서 삶의 공통성과 접속하는 것이다. '지역'이라는 추상적 차원을 넘어 '지역성'이 발생하고 구성되는 구체적 맥락을 살피는 일, 그것이 바로 구체성의 보편을 실현하는 것이다.

지금 우리가 살고 있는 '현대성'의 정치적 구조를 탐구했던 아감벤은 예외상태의 논리(비식별역)로 작동하는 주권의 지배가 스스로 호모 사케르를 창출하면서 그 지배를 영속화시킨다는 사실을 폭로해주었다. 이때 우리가 사는 이 삶의 공간은 생명정치의 끔찍한 폭력이 자행되는 수용소로 드러난다. 다만 교묘한 정치적 기술이 그 끔찍함을 수용 가능한 것으로 순치시킬 뿐, 폭력의 잔혹성은 결코 제거되지 않는다. 부산에서 살며, 부산에서 소설을 쓰고, 또 부산에서 소설을 읽는다는 것은 이 무서운 현대의 정치적 삶에 적극적으로 개입하는 것이다.

누군가를 사랑하고 증오하며 관계를 맺는 '정치적인' 삶 속에서 어느
누구도 그 수용소의 끔찍한 폭력과 무관하게 살 수는 없다. 이때 '부
산' 이라는 특이성의 장소는 세계라는 공통성의 공간과 비식별적으로
관계하고 있음을 기억해야 할 것이다. 그러니까 소설은 그 특이성과
공통성을 매개함으로써, 생명정치의 폭력에 대항하는 운동에 적극적
으로 가담하게 된다. 그것이 바로 신적인 '말씀' 의 위대한 힘을 실현
하는 일이다.

2부

매체와 주체

문학의 공간

— 문예지의 공공성에 대하여

교회에서 회개할 생각을 하지 말라. 회개는 거리에서, 그리고 집에
서 하는 것이다. 나머지는 모두 쓸데없는 것이다.—영화 〈비열한 거
리〉(마틴 스콜세지, 1973)에서

1. 소통이라는 이데올로기

언어를 매개로 표현되는 문학은 언어라는 규약의 체계로부터 결코
자유로울 수 없다. 문학이 그 규약의 질서에 기꺼이 굴복하는 것은, 문
학의 열망이 곧 소통의 의지에 다름 아니기 때문이다. 문학의 내적인
열정은 소통의 의지를 외부로 관철시키는 과정에서 해소된다. 그렇다
면 이런 경우에는 어떻게 말해야 옳은 것일까?

당신을 묘사할 수 없습니다 일에 미친 여자는 매일 아침 나를 칼
위에 낳고 춤에 미친 남자는 밤마다 칼을 흔듭니다 무서워서 매일

저녁 입이 돌아가는데.
　아무 것도 발음 할 수 없습니다

　나는 귓속말의 세계에서 제외되었습니다

　(달이 뚝 떨어지는 난생처음의 새벽
　어쩌자고 이런 쓸쓸한 날에
　목이 긴 나의 귀부인은 열차를 타고
　불같은 기관사를 사랑하게 되었을까)
　　　　　　　—황병승, 「니노셋게르미타바샤 제르니고코티카」 부분,
　　　　　　　　　　　　『여장남자 시코쿠』, 랜덤하우스, 2005.

　매끈한 해석의 욕망에 저항하는 난폭한 시어들의 배치. 논리적인 해설의 언어에 길들여지기를 거부하는 거룩한 욕망. '니노셋게르미타바샤 제르니고코티카'라는 길고도 낯선 이름의 매혹. "아무 것도 발음 할 수 없는" 그 누군가를 위해 나는 그 이름을 소리 내 몇 번이고 되뇌어본다. '귓속말의 세계'에서 제외된, '묘사'도 '발음'도 할 수 없는 그 사람의 쓸쓸함이 저 낯선 이방의 이름 속에 어떤 물질성으로 새겨져 있는 것만 같다.
　이 시를 두고 '소통'의 문제를 입에 올리려는 자는 문학을 의사의 처방전 따위로 소비하려는 성급한 독자임에 틀림없다. 시인 김언이 "어떤 시든 그 시가 '존재'하는 한 소통 불능의 시는 '없다'"(「좋은 시에 대한 몇 개의 문장」, 『시작』, 2008년 겨울호)라고 자백해야만 했을 때, 이 시대의 어떤 비평들이 시인에게 소통을 추궁하며 압박을 가했으리라 짐작하기 어렵지 않다. 정말, 황병승과 김언은 타자와의 소통을 거부하고 자폐적 세계에서 독아론적 유희에 탐닉하고 있는 것일까. 이들의 시편들이 한 권의 시집으로 묶여 공간된다는 것은 일방적이고 사적인 표현의 욕망을 초과하는 소통의 몸짓 그 자체가 아닐까.

문학은 분명 언어의 규약이라는 질서로부터 출발한다. 그러나 규약의 체계라는 울타리는 투명한 소통의 근거가 아니라 월경의 위반을 감행하는 도발의 분기점이다. 문학은 대개 소통을 거부함으로써 가장 강력한 소통의 순간에 도달한다. 파란 불에 길을 건너는 우리들의 익숙한 약호감각을 뒤흔들어, 이 세계의 소통이 실은 얼마나 자의적이고 우발적인 것인가를 충격적으로 일깨우는 것, 그것이 문학의 남다른 소통법이다. 다시 말해 문학의 언어는 논증하거나 해명하는 것이 아니라 발견하고 성찰한다.

'의사소통적 합리성'(하버마스)이란 과연 보편타당한 개념인가. 그것은 결국 화행의 복잡한 맥락을 추상화시키는 우악스런 관념의 연역 없이는 불가능한 개념이 아닌가. 그럼에도 우리는 투명한 소통에의 소망을 거두지 못하고 언제까지나 타자를 향한 그리움에 애를 태운다. 이성에 기댄 논증과 추론의 기술이 타자와의 소통에 이르는 유력한 방안일 수 있는가. 타자의 낯선 얼굴과 마주하는 충만의 순간은 객관적 법칙과 논리적 수순에 따라 저절로 도래하지 않는다. 우리의 애타는 갈망이, 그 뜨거운 염원이, 언제인지를 알 수 없는 예측 불가능한 카이로스의 시간으로 잠입하여 그 비밀의 공간을 발견하는 때, 그때가 낯선 타자와 진정으로 대면하는 순간이 아닐까. 그러므로 소통은 '논증'이 아니라 '발견'이다. 그리고 그것은 '해명'이 아니라 '성찰'이다.

투명한 소통은 불가능하다. 하지만 그 불가능성의 사유를 일종의 회의론으로 여기는 이들에게 이 세계는 억견(doxa)이 판치는 타락한 곳이다. 그들은 합리적 소통의 부재가 민주주의의 실현을 가로막는다고 믿는다. 그리하여 소통은 계몽과 해방의 정치적 소명을 구현하는 민주적 실천으로 둔갑하고, 드디어 소통은 일종의 이데올로기로 자리 잡는다. 소통이라는 숭고한 이데올로기는 공공성의 환상과 결합함으로써 강력한 정치적 효과를 발휘한다. 근대문학의 영토는 바로 그 정치적 효과가 관철되는 권력의 장이다.

> 발행인들이나 화랑 경영자들의 장과 그에 상응하는 예술가들이나 작가들의 장 사이의 구조적인 상동성의 논리는 예술의 '사원상인들' 각각이 '자기의' 예술가들이나 '자기의' 작가들과 가까운 속성들을 제시하도록 한다. 이것은 신뢰와 믿음의 관계를 조장하고, 그 관계 위에 착취나 영업이 이루어진다.[1]

소통에의 열망 이면에는 이처럼 민주주의에 대한 순진한 믿음을 가장한 세속적 욕정이 꿈틀거리고 있다. 공공성의 장소라고 여겨지는 문학의 장은 사실 이윤의 축적과 상징권력의 탈환이라는 사적 욕망으로 얼룩져 있다. 작가와 비평가, 그리고 출판 편집자와 저널리즘의 치졸한 야합이 성사되는 담합의 장, 바로 그 더러운 오물 구덩이에서 근대문학의 역사는 시작되었다. '문예지의 공공성'을 사유하는 이 글은 바로 그 자리에 대한 자각으로부터 시작한다.

2. 자유주의의 이념과 공공성의 이반

많은 이들이 문학이란 무엇인가를 질문해왔다. 하지만 그 물음들은 문학의 존재론에 대한 의문의 제기가 아니라 신념이나 당위의 분명한 선언에 가깝다. 자기의 소설이 굶주린 아이에게 빵 한 조각이 될 수 없

---

1) 피에르 부르디외, 하태환 옮김, 『예술의 규칙』, 동문선, 1999, 287쪽.

다는 사르트르를 향해, 아이의 그 가혹한 굶주림을 추문으로 만들어 떠돌게 하는 것이야말로 문학이라고 응대했던 장 리카르두. 두 사람에게 문학이란 그 같은 견해의 차이로 존재한다. 그러니까 문학이란 결국 그 숱한 차이들로 공존하는 신념과 당위들의 총체다. 하지만 언제나 신념과 당위의 현격한 차이는 그 공존을 위태롭게 만든다.

자기표현의 충동에 사로잡혀 민주적 소통의 가능성을 닫아버린 탈정치의 예술을 역겨워하는 자들. 그리고 예술의 미학적 의미를 현실 개혁의 세속적인 도구로 전락시키는 프로파간다의 위험성을 경고하는 자들. 한국의 문학사(비평사)가 이와 같이 서로 다른 신념이 겨루어 다투는 논쟁사의 형식으로 전개되어왔다는 사실은, 차이의 공존으로 존재하는 문학의 이상이 실은 얼마나 허황된 이념인가를 분명하게 예시한다. 문학의 장이란 투명한 소통이 이루어지는 순결한 동화적 공간이 아니라, 이처럼 자기 신념의 정당성을 관철시키는 살벌한 투쟁의 전장이다. 그러므로 상호주관성에 바탕을 둔 의사소통적 합리성의 실현은 불가능하지만 추구해야만 하는 '규제적 이념'(칸트)일 수는 있어도 당장의 현실에서는 어디까지나 불가능한 관념에 지나지 않는다. 오히려 소통의 당위에 대한 확신은 불통의 현실을 부정하는 인식의 혼란을 부추긴다. 그리고 이와 같은 인식의 혼란이 소통불능의 문학(모더니즘)은 공공성을 배반하는 반민주적 엘리트주의라는 공식을 재생산한다. 다시 말하지만 이런 공식 앞에서 차이의 공존이라는 문학의 이념은 허망한 구호로 남는다.

의사소통의 공공성이 실현되는 공론장의 이상은 불가능한 기획이다. 하지만 그렇다고 권력투쟁의 정치적 공간을 활기로 가득 찬 생명의 장소로 전유하려는 노력들이 부질없다는 것은 아니다. 다만 내가 우려하는 것은 민주주의에 대한 지나친 신념이, 그 마키아벨리적 이전투구의 현실을 관념적으로 오도하게 만든다는 것이다. 예컨대 김현의 이런 믿음은 얼마나 순진한가.

　　공동체 의식이란, 대화에서 싹터 나오는 공감대의 확산이 발휘하
는, 같이 있다, 같이 느낀다, 같이 판단한다라는 의식이다. 비평가,
잡지 편집자가 만들어내려고 노력해야 하는 것은 그런 공동체 의식
이며, 그런 공동체 의식이 생겨나야, 작가 작품 독자의 관계는 힘있
는 문화적 사실이 될 수 있다. 동인지나 계간지의 중요성은 그것들
이 그런 공동체 의식을 만들기 쉬운 자리라는 데 있다. 이 글을 쓰면
반드시 누구누구는 읽어줄 것이고, 누구누구가 읽어준다는 것은 그
와 같은 생각을 하고 있는 독자들이 읽어준다는 것을 뜻한다라는 의
식이 글쓰는 사람에게 생겨날 수 있는 자리가 바로 동인지·계간지
들이다. 그 의식을 만들어내지 못하는 동인지나 계간지는 말의 엄정
한 의미에서 동인지나 계간지라 할 수 없다. 그것들은 단지 발표 기
관일 따름이다.[2]

　김현의 글에서 '공동체 의식'은 잠재적 가능성의 차원이 아니라 회
의불가능한 절대적 현존 그 자체다. 4월 혁명의 민주적 활력을 권위주
의적 공포정치로 회수당한 상황에서 문학을 통한 상상력의 해방을 기
획한 것이 『문학과지성』(1970년 창간)이었다고 할 때, 김현의 저 회의 없
는 신념은 넉넉히 이해가 가고도 남는다. 하지만 무엇보다 김현의 저
유려하고 매혹적인 비평의 수사가 뒷받침하고 있는 것은 전형적인 자
유주의의 이데올로기다. 공공성의 기초인 '공동체 의식'이란 '대화에
서 싹터 나오는 공감대'로부터 비롯되며, 그것은 현실의 갈등을 순조

---

2) 김현, 「문학은 소비 상품일 수 없다」, 『우리 시대의 문학/두꺼운 삶과 얇은 삶』(김현 문학
　전집 제14권), 문학과지성사, 1993, 292쪽.

롭게 조정하여 합의에 이르게 할 수 있다는 믿음에 근거한다. 물론 그 믿음은 '지성'의 담지자인 합리적 개인의 자유로운 판단능력에 대한 신뢰를 바탕으로 한다. 따라서 『문학과지성』의 창간사가 '정신적 샤머니즘'과 '심리적 패배주의'로 표상되는 반지성주의에 대한 극복의 의지를 천명하고 있는 것은 너무도 당연하다. 그와 같은 비합리적 반지성주의는 "현실을 객관적으로 정확히 파악하여 그것의 분석을 토대로 한 어떠한 결론을 도출해내는 것을 방해"한다. 현실의 패악을, 그 모순과 갈등을, 지성(합리성)의 힘으로 통어할 수 있다는 자유주의의 이념은 『문학과지성』이라는 문예지(계간지 · 동인지)의 근본적 태도를 반영한다. 그러나 우리는 세대론적 자의식으로 충만했던 그 확신에 찬 태도가, 이후 문지의 역사 속에서 결국 폐쇄성의 늪으로 익사하는 것을 지켜보지 않을 수 없었다.

비평가, 잡지 편집자는 김현의 바람처럼 '공동체 의식'이라는 이상을 위해 헌신하지 않는다. 물론 그 누구도 표면적으로 그 이상을 부정하지 못하며, 나아가 진심으로 그 이상의 실현을 위해 노력하는 이들이 분명 있겠지만, 문예지를 둘러싼 현실의 공간은 헤게모니 투쟁의 격렬한 다툼 속에서 그 이상을 배반할 뿐이다.

자유주의 이념의 유력한 비판자였던 칼 슈미트에게 '정치적인 것'의 개념은 '적과 동지의 구별'로 정의된다. 적대와 투쟁을 정치적인 것의 본질로 이해하는 슈미트에게 화해와 조정이라는 자유주의적 도덕주의는 듣기에 좋은 말의 수사에 지나지 않는다. '우리'가 아닌 '그들'은 모두 공공의 적으로 간주되며 배제와 차별, 투쟁과 폭력이라는 '예외상태'는 정치적인 것의 일상을 규정한다. 따라서 '전쟁'은 정치적인 것의 진면목을 표상하는 가장 뚜렷한 형식이라고 할 수 있다.

극단적인 정치적 수단으로서의 전쟁은 모든 정치적 개념의 기초에, 이러한 적과 동지의 구별이란 가능성이 존재하는 것을 드러내는 것이다. 따라서 전쟁은 이러한 구별이 인류간에 현실적으로 존재하는 한, 또는 적어도 현실적으로 가능한 한에서만 의미를 가진다. 이에 반하여 '순' 종교적 · '순' 도덕적 · '순' 법률적 · '순' 경제적인 동기에서 수행되는 전쟁이란 것은 모순이다. 이와 같은 인간생활의 영역들의 특수한 대립들로부터 적과 동지의 결속은 그 때문에 또한 전쟁은 도출되지 아니한다. 전쟁은 어떤 경건한 것도 아니며, 어떤 도덕적인 선도 아니며, 또한 어떤 채산성 있는 것도 아니다. 오늘날 전쟁은 이상의 어느 것도 아니다.[3]

문학의 장, 그리고 그 안에서 유력한 제도를 구성하는 문예지의 공간은 차이들이 조화롭게 공존하는 꿈같은 세계가 아니다. 오히려 그 장소는 적과 동지의 구별 속에서 암투를 벌이는 '정치적인 투쟁'(예외상태)이 일상으로 존재하는 세계다. 부르디외가 정확하게 통찰한 바대로 문학의 장은 겉으로는 '신뢰와 믿음의 관계를 조장'하면서도, 실은 '그 관계 위에 착취나 영업'이 이루어지는 위선의 결사체로 존재한다.

자유주의는 적과의 투쟁과 갈등을 의회제라는 정치적 형식을 통해 대화와 토론으로 역전시킬 수 있다고 믿는다. 그런 의미에서 김현이 바랐던 문예지의 형상은 공공성이 실현되는 의회의 알레고리로 이해된다. 그러나 전쟁이라는 정치적 현실을 의회라는 환상으로 괄호 쳐버리는 자유주의의 기획은 모든 갈등과 대립을 근엄한 도덕주의로 간단히 초월해버린다(슈미트는 바이마르 체제의 의회민주제를 정치적인 것의 반역으로 여겼다). 자유주의의 정치논리는 정치적인 것의 본질이라고

---

3) 칼 슈미트, 김효전 옮김, 『정치적인 것의 개념』, 법문사, 1992, 43쪽.

할 수 있는 적대적 투쟁을 '분열'이라는 추상적 개념으로 몰수하고, 적의를 드러내는 비판보다는 공공성의 토대인 타자에 대한 공감과 관용을 요구한다. 예컨대 '비평이란 사람을 칭찬하는 특수한 기술'이라고 생각했던 고바야시 히데오는 "사람을 헐뜯는 것은 비평가가 가진 한 가지 기술 축에도 들 수 없을 뿐만 아니라, 비평정신에 전혀 반하는 정신적 태도"[4]라고 단호하게 말할 수 있었다. 논쟁이나 비판을 세속적인 것으로 여겨 거부하는 이런 식의 정결한 비평적 태도는 김현을 비롯한 문지 에콜의 비평가들이 말하는 '공감의 비평'과 통한다. "세계와 나 사이에는 깊은 단절이 있으면 세계는 고통스러운 곳"[5]이 되어버린다. 따라서 '공감'은 바로 그 '단절'을 넘어 세계와 상호주관적으로 소통하는 적극적인 해석의 실천이다. 하지만 그 해석의 실천이 향하는 것은 세계의 고통이 아니라 세계를 고통스럽게 받아들여야만 하는 주체의 아픔이다. 김현 비평의 매혹은 타자와 마주하고 있는 바로 그 주체의 실존적 당돌함, 내밀한 자의식의 속삭임에서 발원한다. 하지만 그것은 결국 자기애의 강렬한 표현이며, 따라서 그들이 말하는 '공감의 비평'이란 평등은 없고 해석 주체의 자유만 관철되는 기만에 지나지 않는다. 이런 기만은 그들이 특별히 사악해서라기보다는 타자에 대한 사랑을 초과하는 자기애, 바로 그 나르시시즘으로 인한 무지(혹은 착오)에서 비롯된다.

　　호의적 비평을 공격하는 분들의 문제점은, 자기가 보지 못한 미덕을 다른 평론가가 지적하면 거짓말이라고 속단한다는 점이에요. 미

---

4) 고바야시 히데오, 『생각하는 힌트 (1)』, 문춘문고, 1974, 193쪽; 김윤식, 「고바야시 히데오의 무덤을 찾아서」, 『비도 눈도 내리지 않는 시나가와역』, 솔출판사, 2005, 209쪽에서 재인용.
5) 김현, 「비평의 방법」, 『문학과 유토피아』, 문학과지성사, 1980, 354쪽.

학적 관점의 차이를 문단정치의 맥락으로 코드를 바꿔버리거든요.
저는 미학적 관점 차이를 그대로 존중했으면 좋겠어요.[6]

'미학적 관점의 차이'는 정치적인 것의 감수성을 표현한다. 그러니
그 미학적인 관점의 차이가 '문단정치의 맥락'에서 다시 사유되는 것
은 너무도 당연하다. 다른 어떤 글에서 미학이 정치와 맺는 관계에 대
한 랑시에르의 통찰을 인용했던 신형철은, 저 이론들마저도 자기표현
의 욕구에 굴복시켜 수사적으로 재구성하는 부르주아적 비평의 폐쇄
적 엘리트주의를 단적으로 드러낸다(남들이 '보지 못한 미덕'을 자기
들—호의적 비평가들—은 볼 수 있다는 저 도저한 엘리트주의란 무엇
인가!). 자유주의적 비평의 가장 큰 문제는 이론이 가진 실천적 동학을
수사의 차원으로 전유해 지적 유희의 대상으로 소모시켜버린다는 데
있다. '미학적 관점 차이'의 존중을 요구하는 신형철의 비평은 정치와
미학을 의도적으로 분리시키려는(혹은 정치로부터 미학을 구출해내
려는), 그리하여 미학의 정치적 구성력을 불신하게 만드는 대단히 불
순한 정치적 효과를 초래한다. 자유주의적 비평이 내세우는 '공감의
비평'이란 결국 타자를 능멸하는 강력한 주체의 향연에 다름없는 것
이다.

『문학과지성』의 창간은 『창작과비평』을 비롯한 이른바 민족문학 진
영에 대한 대타의식으로부터 촉발된 것이었다. 이른바 문지파 1세대이
자 창간주역 4K의 한 사람인 김병익의 증언이 그것을 분명하게 환기시
켜준다.

김현에게는 당시 한창 토론되었던 참여문학론이 문제였다. 그는

---

6) 「김혜리가 만난 사람-신형철 인터뷰」, 《씨네21》, 712호.

참여문학파는 『창작과비평』이란 매체를 가지고 왕성하게 자신들의 주장을 펼 수 있지만 순수문학파는 그런 잡지가 없기 때문에 논쟁에서 여간 불리하지 않다는 것이었다.[7]

군이 말하자면, '창비'가 평등을 주조로 하고 문지가 자유를 중심으로 했다는 것, 창비가 경제와 사회과학에 큰 비중을 두었다면 문지가 역사와 인문학에 더 많은 무게를 주었다는 것, 창비가 현실 참여를 주도했다면 문지는 문학과 지성의 순수성을 옹호했다는 것, 마침내 김현이 말하듯이 창비가 실천적 이론에 기여했다면 문지는 이론적 실천에 노력했다는 것이고 그러한 대비는 나로서는 어둡고 억압적인 시대를 이겨내야 하는 두 가지 상보의 전략으로 생각된다.[8]

'지성주의'를 내세우며 창간한 『문학과지성』은 분명한 정치적 자각과 헤게모니 투쟁의 명백한 의식으로부터 출발했다. 스스로를 4·19세대(한글세대)라고 선언함으로써 배타적인 동아리의식을 구축했고, 이를 기반으로 앞 세대의 문학에 맹렬한 비판을 가했다는 문지의 폐쇄성에 대한 지적은 지금까지 숱하게 제기되고 있다. 그 중에서도 '비평의 비평'이라는 방법을 통해 '해석의 정치적 행위'가 가진 이데올로기적·현실적 영향력을 비판적으로 논구했던 황국명·민병욱의 『〈문학과 지성〉 비판』은 선구적이며 급진적인 의미를 갖는다.

결국 문학 해석의 다양한 계파들은 각자의 이념적 기구인 문학잡지 등을 중심으로 자기 영역의 정통성 증식에 부심해왔다는 것을 부인하기 어렵다. 뒷세대도 이 제도적 영역에 편입됨으로써 기득권의

---

7) 김병익, 「자유와 성찰」, 『기억의 타작』, 문학과지성사, 2009, 182쪽.
8) 위의 책, 192~193쪽.

공유와 상속자로서의 권위를 향유할 수 있을 것임에 틀림없다. 그런데 제도로서의 비평—해석을 상정할 때 보다 중요한 사실은 해석자들이 그가 속한 집단과 제도의 해석 전통, 침전된 독서 방법이나 습관, 공동의 출발점이 될 해석 범주를 위임받는다는 것이다.[9]

문예지는 해석의 정치가 작동하는 제도적 공간이다. 특히 동인지 체제로 운영되었던 문지는 '세대교체'라는 이름으로 특정한 해석의 체계를 대물림하는 퇴행적 행태로 그 '이념적 기구'를 유지해왔다. 선택과 배제의 기제를 통해 정전을 구성하는 해석의 정치는 권위적인 문학의 계보를 구축한다. 최인훈, 김승옥, 이청준, 정현종과 같은 문인들의 명망이란 물론 그들의 작가적 역량으로부터 비롯된 것이기는 하지만, 문지파의 해석이라는 정치적 지원을 통해 획기적으로 확대 · 재생산될 수 있었다. 이와 같은 정전 구성의 기제는 1975년 출판사 '문학과지성사'의 출범으로 더 확고한 것으로 자리 잡는다. 하지만 문제의 핵심은 폐쇄성 그 자체에 있지 않다.

문단정치의 폐쇄적 역학에 대한 지리멸렬한 폭로만으로는 부족하다. 그러므로 문지의 배타적 엘리트주의와 폐쇄성을 특별하게 비난하는 것은 별로 생산적인 것이 못 된다. 민병욱과 황국명의 '비평의 비평'에서부터 권성우와 강준만 그리고 『비평과전망』 동인들의 '문학권력 비판'에 이르기까지, 그 정의로운 신념의 결사항전은 사실 문단정치의 상식을 상회하는 것이 아니었고, 따라서 그것이 문단정치의 역학을 혁신하는 실천적 비평운동에 이르지 못한 것은 너무도 당연하다. 문단권력이 행사되는 문학의 장에서 특별히 누군가가 정치적이라는 이유로 비판받아야 할 근거는 어디에도 없다(해석의 정치로부터 자유로

---

9) 민병욱 · 황국명, 「장르로서의 비평의 비평」, 『〈문학과 지성〉 비판』, 지평, 1987, 28~29쪽.

운 문학권력의 외부란 과연 가능하기나 한 것일까). 그것은 문단정치의 내부에서 벌어진 내전일 뿐이다. 솔직히 그 비판과 논쟁들은 헤게모니를 탈환하기 위한 인정투쟁의 전투였고, 거기서 그들의 정의로운 신념이란 그 세속적 투쟁을 도덕적으로 정당화하는 자기기만(착각)에 지나지 않았다. 문학의 장에서 도덕이란, 음험한 권력쟁투(쾌락원칙)를 정당화하는 현실원칙에 불과하다. 적과 동지의 구별로 구성되는 정치적인 것의 실천에서, 당신네들은 정치적(권력을 가짐)이라서 비도덕적이라고 한다면, 우리는 비정치적(권력을 갖지 않음)이라서 도덕적이라고하는 괴이한 주장에 이르게 된다. 문지나 문지 비판자들이나 도덕주의라는 자기 확신에 빠져 있기는 매한가지다. 그 도덕주의가 정치의 한가운데서 정치적인 것을 비판하거나, 정치적 투쟁의 격렬한 과정에 있으면서도 대화와 토론의 점잖은 해결을 이야기하는 위선을 낳는다. 예컨대 정과리가 "여기에서 문제가 되는 것은 이러한 폐쇄성이 '공공 영역'의 구성을 방해하는가"[10]라고 반문할 때, 그것은 예의 그들의 '폐쇄성'을 '공공성'이라는 도덕적 대의로 구출하려는 시도를 하고 있는 것이다. 따라서 문지 비판의 핵심은 저 '폐쇄성' 자체가 아니라 그것을 정당화하는 위선적 도덕주의에 맞춰져야 한다.

정당과 이익집단의 사적인 이익에 복무하는 오늘날의 대의제는 자유민주주의의 공공성에 대한 믿음을 회의하게 만든다. 마찬가지로 문예지의 공공성에 대한 찬양은 시장권력에 종속되어 출판사의 이익에 복무하는 문예지의 비루한 참상을 은폐하는 정치적 술수로 읽혀진다.

---

10) 정과리, 「『문학과지성』에서 『문학과사회』까지」, 『문학과지성사 30년』(권오령·성민엽·정과리 엮음), 문학과지성사, 2005, 178쪽.

『문학동네』는 어떤 새로운 문학적 이념이나 논리를 표방하지는 않으려고 한다. 대신 현존하는 여러 갈래의 문학적 입장들 사이의 소통을 촉진하고, 특정한 이념에 구애됨이 없이 문학의 다양성이 충분히 존중되는 공간이 되고자 한다.

정말 『문학동네』는 저 창간사의 일절대로 '특정한 이념'에 구애됨 없이 문학의 다양한 입장들 사이의 '소통'을 촉진해왔는가. 사회의 모순적 구조로부터 자유로운 주체는 그 구조의 한계들을 극복할 수 있다는 숭고한 감정에 빠져들게 된다. 특정 문예지의 출현이란 항상 이런 숭고한 소명으로부터 촉발되었다. 그러므로 '문예지의 공공성'은 바로 그 '이데올로기라는 숭고한 대상'이다. 이제 사익의 충족을 도덕적으로 정당화하는 기만적인 이데올로기가 되어버린 '문예지의 공공성'은 실재를 송두리째 삼켜버리는 '환상의 돌림병'으로 떠돈다. 그러므로 우리는 불가능한 욕망의 착시효과인 '문예지의 공공성'이라는 환상을 무기력한 것으로 만들어야 한다. 대의제의 실패가 자치의 열망을 일깨우고, 재현의 불가능성에 대한 자각이 표현에의 충동을 불러일으켰다. 그렇다면 합리적 소통을 전제로 하는 자유주의적 공공성의 이데올로기에 대한 반성은 무엇을 가능하게 할 것인가.

3. 비판과 전망

근대화 과정은 "사생활 영역으로부터 나온 주체성을 문예적 공론장의 의사소통과정을 통해 확신하는 사적 개인들"[11]을 출현시켰다. 이

---

11) 위르겐 하버마스, 한승완 옮김, 『공론장의 구조변동』, 나남출판, 2001, 131쪽.

들 사적 개인들로서 부르주아 지식인들은 살롱과 커피하우스에서 정치와 예술을 토론하며 근대적 비평의 싹을 틔웠다. 이와 같은 '문예적 공론장'의 탄생은 "관청에 의해 규제되는 공론장이, 논의하는 사적 개인들의 공중에 의해 전유되어, 공권력에 대한 비판영역으로 성립되는 과정"[12]으로 이루어졌다. 초기의 공론장은 국가와 시민사회를 매개하는 제도적 장치로서의 역할을 어느 정도 떠맡고 있었던 것이 사실이다. 하지만 현대화 과정 속에서 "공론장의 영역이 계속해서 대규모로 확장되는 반면, 그것의 기능은 더욱더 무력화"[13]되고 있다. 그럼에도 하버마스는 그것이 단순한 '자유주의 이데올로기 단편 이상의 것'이라는 첨언과 함께, 정치질서의 조직원리로서 공론장의 가능성은 여전히 유효하다고 말한다. 한국 문예지의 역사 역시 어쩌면 이와 같은 공론장의 정치적 가능성에 대한 믿음으로부터 출발했다고 할 수 있을 것이다. 특히 '창비'와 '문지'로 대변되는 계간지의 역사는 한국 현대 정치사의 격동에 응전하는 문학(창작)과 지성(비평)의 실천적 개입의 역사였다. 그러나 그 실천적 개입은 주지주의적 담론투쟁의 격전으로 드러났을 뿐, 공공성이 실현되는 공론장의 이상을 충족하는 것은 아니었다.

『비평공간』을 해산했을 때, 설사 장설자가 나라고 할지라도 공동의 것이고 이미 공기(公器)이기 때문에, 마음대로 해산할 권리는 없다고 말하는 사람이 있었습니다. 그러나 시시한 평론밖에 쓸지 모르는 너희들에게 그런 소리를 들을 이유가 없다고 말하고, 단호하게 해산시켰습니다. 불만이 있으면, 너희들이 하고 싶은 대로 만들면

---

12) 위의 책, 128쪽.
13) 위의 책, 65쪽.

되지 않은가?[14]

　자못 신랄하기조차 한 가라타니 고진의 그 단호한 태도에는 문학이
세계 변혁의 이상을 실현할 수 없다는 확고한 인식이 자리 잡고 있다.
그리고 그가 『비평공간』을 '공동의 것이고 이미 공기(公器)'라는 공공
성의 논리로 전유하려는 후배들을 향해 가차 없는 비판을 보내는 것은,
아마도 공공성이라는 허구적 도덕주의로 현실의 복잡한 문제를 추상
화시키는 것을 차단하기 위해서라고 생각된다.
　분단체제 아래에서 한국의 자유주의는 왜곡된 정치적 사상이 되고
말았다. 물론 이념적 중도주의를 내세우며 진보적 사유들과 적극적으
로 대화하는 건전한 자유주의적 지식인들이 없는 것은 아니다. 한국의
담론지형에서 『문학과사회』, 『문학동네』, 『세계의문학』의 위상은 바로
이 지점에서 이야기될 수 있을 것이다. 하지만 한국의 자유주의는 경제
적 약자에 대한 배려 없이 시장만능의 무한경쟁을 옹호하는 신자유주
의나, 극단적인 친미반북의 논리로 무장한 '한국자유총연맹' 류의 극
우적 선동정치로 쉽게 회수되어버리곤 했다. 이런 처지에서 이들 자유
주의적 문예지의 공공성에 대한 천착은 언제나 그들의 의도나 기대를
저버리기 마련이다. 더군다나 이들 문예지들이 공론장의 역기능을 전
형적으로 드러내고 있는 수구 언론과 맺고 있는 관계는, 그들의 세련된
지성주의에도 불구하고 그 불온한 실체를 단적으로 노출한다.
　되풀이해서 말하지만, 정치적인 것의 개념은 적과 동지의 구별로 정
의되고, 그것은 전쟁이라는 비참한 형식을 통해 표현된다. 문학의 공간
으로서 문예지는 바로 그 이전투구의 전장이다. 그렇다면 정치에서 도
덕을 몰아내고 모든 것을 적대적 투쟁으로만 해결해야 하는가. '만인

---

14) 가라타니 고진, 조영일 옮김, 『정치를 말하다』, 도서출판b, 2010, 174쪽.

의 만인에 대한 투쟁'이라는 세속적인 폭력의 역사를 종결짓는 것은 과연 무엇으로 가능할 수 있을까. 정당정치에 의거한 대의제가 그것을 해결해주리라는 믿음은 점점 더 불가능한 것이 되어가고 있다. 바로 여기서 벤야민의 아포리즘은 우리에게 실천으로 이어질 어떤 각성(구원)의 계기를 열어준다. '법 정립적 폭력'과 '법 보존적 폭력'으로서의 '신화적 폭력'에 대해 국가와 법으로부터의 해탈이 시작되는 '신적 폭력'의 순간을 제시했던 벤야민의 아포리아는 자유주의 이후의 새로운 민주주의에 대한 풍요로운 모색의 공간을 제공한다. 이 공간에 대한 깊은 사유로부터 아렌트가 말했던 의미에서의 '행동'이 시작될 수 있을 것이다.

한국의 문예지들은 이제 『비평공간』의 전철을 따라 스스로 폐간해야만 하는가. 무엇보다 이 조악한 글을 통해 '문예지의 공공성'을 신랄하게 비판한 내가 『오늘의문예비평』이라는 문예지의 편집위원으로 일하고 있다는 역설을 어떻게 해명할 수 있을까. 그리고 나는 비평가로서의 내 사적 욕망을 이런저런 문예지의 청탁을 받아들이며 해갈하고 있지 않은가. 다시 말해 나는 그 불가능한 공공성의 기획들과 기꺼이 공모하고 있는 것이 아닌가. 고백하건데 나는 변명할 길 없는 모순에 처해 있다. 지금껏 나는 내가 비판했던 그들과 마찬가지로 공공성의 도덕을 떠벌리면서, 사실은 나의 정치적 의도를 관철시키려고 애써왔던 것이다.

우리는 매주 수요일 저녁에 모여 편집회의를 한다. 각자의 가난한 삶을 뒤로하고 함께 모여 풍요로운 미래를 꿈꾸는 것, 그것이 우리들이 만나는 이유다. 하지만 그 만남의 시간들은 대부분 이견들의 난투극으로 끝난다. 그 불편한 갈등 속에서 우리는 설득하거나 납득하고 때로는 포기한다. 우리는 그렇게 서로를 도발하고 일깨우는 회의(會議/懷疑)

의 과정들을 통해 또 한 권의 『오늘의문예비평』에 도달한다.

특이한 것들의 네트워크로 정의되는 다중. 내가 스스로 다중으로서의 특이성을 자각하고 동시에 공통적인 것이 되려고 노력할 때 우리는 '공공성'의 불가능성을 넘어 새로운 현실을 구성해낼 어떤 여지를 갖게 될지도 모른다.[15] 우리들의 편집회의는 아주 오래전 선배들이 그랬던 것처럼, 다르게 반복하면서 늘 그렇게 이어지고 있다. 그 오래된 반복의 흐름 속에서 '나'의 정치적 열망이 '우리'의 대의가 되어 '누군가'의 사적인 삶에 공명할 수 있다면, 글을 쓸 수 있는 '우리들'의 개인적 행복은 오래도록 지속되어도 좋지 않을까.

---

15) 같은 맥락에서 공공성을 "어떤 동일성(identity)이 제패하는 공간이 아니라, 차이를 조건으로 하는 담론의 공간"(사이토 준이치, 윤대석·류수연 옮김, 『민주적 공공성』, 이음, 2009, 28쪽)이라고 정의하면서, 개별성과 다원성의 가치를 공공성의 이념 안으로 끌어안으려고 하는 사이토 준이치의 '민주적 공공성'의 개념은 주목할 만하다.

블로그에 소설이 어쨌다고?

― 동물화하는 한국소설 1

1. 기술과 예술

기술은 예술의 물질적 조건이다. 벤야민의 「기술복제시대의 예술작품」이 바로 그 문제를 다루고 있다. 그 요점은 "현재의 생산 조건에서의 예술의 발전의 경향에 대한 명제"[1]라는 구절로 압축된다. 이 명제는 '현재의 생산 조건'(기술의 물적 토대 내지 환경)이 '예술의 발전 경향'(예술의 존재론적 형식)에 깊은 흔적을 아로새긴다는 사실을 지적한다. 벤야민의 역사유물론은 예술형식의 변화라는 것이, 예술의 위기를 당대의 생산력을 반영하는 기술의 혁신으로 역전시키는 과정에서 비롯되는 것임을 강조한다.[2] 여기엔 예술이 기술에 의해 일방적으로

---

1) 발터 벤야민, 최성만 옮김, 「기술복제시대의 예술작품」, 『기술복제시대의 예술작품/사진의 작은 역사 외』(발터 벤야민 선집 2), 길, 2007, 100쪽.
2) "모든 예술형식의 역사를 살펴보면 거기에는 위기의 시기가 있기 마련인데, 이러한 위기의 시기에 이들 예술형식은 변화된 기술 수준, 다시 말해 새로운 예술형식을 통해서만 아무런 무리 없이 생겨날 수 있는 효과를 앞질러 억지로 획득하려고 한다."(위의 책, 139~140쪽)

결정되는 것이 아니라, 오히려 예술이 기술의 진화를 유인한다는 예술 형식의 능동적 구성력에 대한 믿음이 깔려 있다. 그러므로 기술이 예술의 형식을 구성하는 중요한 바탕이라는 명제를 기술결정론적인 논리로 환원하지 말아야 하겠다. 기술의 발전이 예술의 변화를 촉발하는 것은 사실이지만, 때로 예술은 기술의 낙후를 극복하는 과정에서 표현의 위대한 방법을 발명하곤 했던 것이다.

근대 과학기술이 예술의 형식과 인간의 감수성에 미친 영향력을 부인하기는 어렵다. 회화와 문학은 근대 과학기술의 뒷받침 속에서 탄생한 사진과 영화라는 신생 예술과 대결할 수밖에 없었다. 회화와 문학은 그 신생의 예술과 경쟁하면서 그것들과 구별되는 미학적 개념의 차이들을 고안함으로써 독자적인 예술 영역을 열어갈 수 있었다. 모더니즘이란 바로 그 시대의 예술을 정의하는 이름이다.

이후 모더니즘이 더 이상 불가능한 곳에서 새로운 예술이 탄생한다. 예술은 이제 장인의 손에서 대중으로 넘어갔다. 숙련된 기교가 없어도 과학기술을 응용해 누구나 저마다의 예술을 창안할 수 있게 된 것이다. 예술이란 이렇듯 기술과의 관련 속에서 변해왔다. 그렇다면 근대 이전 낙후한 과학기술의 시대에 예술은 어떤 방식으로 존재할 수 있었을까. 하나의 서신을 통해 이 질문의 답을 가늠해본다.

죽음에 임박한 날 서로 알아주는 사이로 어떤 사람이 있겠습니까? 다만 천리 밖에서 공허한 편지를 부칩니다. 생사가 영원히 갈리고 나면, 이 뒤에 어찌 다시 한 글자 서신을 통할 수 있겠습니까? 만나서 할 말을 잊은 것도 아닌데, 막상 편지를 쓰려고 하니 목이 메어 아무리 쓰려 해도 쓸 수가 없습니다. 돌이켜 다시 생각해도 내 마음을 알지 못하겠습니다. 그 때문에 붓을 던지고 눈물을 뿌립니다. 이런 노경에 이르게 되면 단지 '안부'(安否) 두 자일 뿐, 달리 물을 바가

없습니다.(조식, 남명학연구소 옮김, 「성 대곡에게 드림」, 『남명집』, 한길사, 2001, 220쪽)

평생지기인 성운(成運)에게 보낸 남명의 서신에는 벗을 향한 그리움이 '천리 밖' 먼 거리만큼 절실하게 담겨 있다. 여기서 '安否'라는 두 글자의 메시지는 인편을 통해야 겨우 전달될 수 있는 낙후한 미디어에 의존한다. 이 서신이 전달되어 읽히기까지는 오랜 시간이 걸렸을 것이다. 어쩌면 그 전언은 여러 불안정한 상황들로 인해 제대로 전해질 수 없을지도 모른다는 불안과 긴장 속에서 쓰였을 것이다. 그래서 또 다른 편지에서 남명은 그 불안한 심정을 이렇게 토로한다.

양쪽에서 모두 소식이 끊어진 지 벌써 5, 6년이나 되었으니, 공과 나는 다른 세상 사람이 되었습니까? 길가다 만난 사람처럼 무관한 사람이 되었습니까? 말을 하자면 목이 메어 말이 나오지 않는다고 할 만합니다. 지난해 속리산으로 들어가는 승려가 있어 안부 편지를 띄웠는데, 도착했는지 어떤지 모르겠습니다.(조식, 앞의 책, 213쪽)

오랜 시간 서로 연락이 통하지 않아, 생사가 어떠한지조차 알 수 없는 상황에서 인편으로 보낸 편지의 답신이 없어 애를 태우고 있는 남명의 애틋한 마음이 절실하다. 남명의 이 애틋한 감성은 전근대적 기술의 한계 속에서 표현된 것이다. 고속철도와 비행기, 이메일과 휴대전화가 보편화된 현대의 삶에서는 저렇게 진한 그리움의 정서가 진귀한 것이 되고 말았다.

열악한 기술 수준이 열등한 삶의 근거가 되기는커녕, 오히려 그것은 감수성을 자극하는 강렬한 계기이자 사람이 맺는 관계의 깊이를 더하는 조건일 수 있다. 그러므로 남명의 서신이 전하는 '安否' 두 글자의 메시지는 결코 가볍지 않은 울림을 남긴다. 수천 마디의 말로도 다 풀어낼 수 없는 사무치는 마음을 저 두 글자에 오롯이 담으려 했던 남명의 편지는 그래서 한 편의 시에 육박한다. 근대적 우편제도와 통신기술의 미비는 소통의 절박함을 일깨우고 언어의 한계를 넘어서려는 의욕을 자극했다. 기술은 감성의 질을 변화시키고 그 변화는 삶에 아로새겨져 예술의 형식으로 표현된다. 『남명집』의 많은 시들이 벗에 대한 그리움과 초야에 묻혀 학문하는 것의 긍지와 자부심을 드러내고 있는 것도, 기술(생산 조건)의 남루함을 예술적으로 승화하는 비범한 삶의 능동적 표현이라고 할 수 있겠다.

  남명의 저 서신은 편지의 물리적 질감으로 전해지는 '일회적 현존성'으로서의 아우라를 보존한다. 기술의 진보를 대하는 현대인의 유력한 정서 가운데 하나는 바로 저 아우라의 상실에 대한 비애감이다. 잃어버린 것에 대한 회한의 정서는 아득히 먼 것을 동경하는 낭만주의적 감수성이다. 지금 남명의 서신을 예찬하는 것이, 근대의 기술문명으로부터 오염되지 않은 세계에 대한 동경이라는 위험스런 자연주의를 드러내기 위한 것은 결코 아니다. 독일의 미디어 비평가 노르베르트 볼츠는 이 같은 퇴행적 사유를 적극적으로 비판한다.[3] 새로운 미디어의 탄생은 돌이킬 수 없는 현실이다. 기술의 진화가 가져다준 환경의 변화는 '카오스'를 발생시키지만 볼츠에게 카오스는 질서의 대립물이 아니라 '질서의 이면이자 그림자'고 '발견되지 않은 가능성의 유희 공간'이다. 그러므로 '윤리'와 같은 전통적인 휴머니즘적 사고로 반문명론적 기술부정론을 내세우는 것은 시대착오로 규정된다. 볼츠는 기술혐오주의와 기술낙관주의라는 극단의 사유와 결별하고, 뉴미디어의 세계를 현실로 수리하면서, 그 현실의 카오스를 능동적으로 제어할 수 있어

---

3) 노르베르트 볼츠, 윤종석 옮김, 『컨트롤된 카오스』, 문예출판사, 2000 참조.

야 한다는 당위를 적극적으로 역설하고 있다.

인터넷과 스마트폰이 일상화된 뉴미디어 시대의 문학과 예술을 검토하는 데 있어 볼츠의 제안은 중요한 의미를 갖는다. 문학과 예술이 디지털을 만날 때 그것이 어떤 방향으로 나아갈지 누구도 쉽게 예측하기 어렵다. 문학과 예술은 소비주의에 중독된 대중들의 오락물로 전락할 수도 있고, 아니면 기존 매체의 한계로부터 벗어나 표현의 신경지를 여는 계기가 될 수도 있다. 문제는 결과를 예측하기 힘든 이 상황을 어떻게 통제할 수 있는가 하는, 우리 시대의 집단지성 그 역량에 달려 있다.

2. 소설과 매체

매체는 문학의 하부구조, 즉 물적 토대이다. 따라서 문학의 그 물적 기반을 탐구하는 것은 상부구조로서의 문학을 감싸고 있는 "신성한 베일을 벗겨내고 문학을 둘러싼 사회적 금기의 힘의 비밀을 폭로함으로써, 그런 금기로부터 문학을 해방"[4]시키는 일이기도 하다.

호메로스 시대의 음송에서부터 강담사와 전기수의 낭송과 구연에 이르기까지, 오랫동안 이야기는 눈으로 읽는 독물(讀物)이 아니라 들어서 감상하는 연행의 텍스트였다. 잘 알려진 것처럼 이야기의 감상을 '음독에서 묵독으로' 옮겨가는 과정은 곧 근대문학의 성립과 근대 독자의 탄생과정과 맥을 같이한다. 이 전환 과정을 이끈 새로운 양식의 이야기가 바로 소설이다. "소설을 이야기와, 또 보다 좁은 의미의 서사시적인 것과 구별 짓게 하는 것은, 소설이 근본적으로 책에 의존하고

---

4) R. 에스카르피, 민병덕 옮김, 『출판·문학의 사회학』, 일진사, 1999, 158쪽.

있다는 점이다."[5] 벤야민은 예리하게도 소설가가 이야기꾼과는 달리 스스로를 타인들로부터 고립시킴으로써 작업을 완성한다는 것을 잘 알고 있었다.

이야기꾼의 이야기는 공동체와 더불어 지속적으로 축적되어가는 것이지만, 소설가는 공동체를 의식하되 그로부터 자신을 고립시킨 상황에서 소설을 쓴다. 소설가가 스스로를 공동체로부터 이격시킬 수 있었던 것은 이야기를 청각이 아닌 시각으로 전달할 수 있는 매체의 등장 때문이었다. 인쇄매체를 통해 소설은 신문, 잡지, 동인지, 단행본 등의 형태로 공표될 수 있었다. 이로써 공동체 속에서 이야기를 읊조리며 함께 울고 웃던 이야기꾼과 달리, 소설가는 책이라는 매개를 사이에 두고 독자와의 거리를 확보하게 된다. 저자의 서명이 저작권과 작가의 권위를 표상하게 된 것도 바로 그 거리의 발명으로부터 비롯된 것이다. 소설은 독자와의 거리로부터 발생하는 단절감을 중화시키기 위해 새로운 장치를 고안해낸다. '공감(sympathy)'을 불러일으키는 재현의 서사학이 바로 그것이다. 근대 리얼리즘 소설은 그 재현의 서사학을 통해 국가와 민족을 상상하게 하는 막강한 정치적 힘을 발휘하게 되었다. 소설은 "민족과 같은 상상의 공동체를 '재현'하는 기술적 수단"[6]을 제공함으로써 근대 국민국가의 성립에 적극적으로 개입할 수 있었던 것이다.

이제 국민국가가 황혼기에 접어들자 소설도 그 존재의미가 크게 위축되었다. 소설은 국가를 성립시키거나 혹은 그 권력구조를 무너뜨릴 수 있는 것으로 받아들여졌지만, 주권국가가 그 유효성을 의심받는 우리 시대에 소설의 가치는 바닥으로 떨어졌다. 이 같은 상황 속에서도 소설은 여전히 쓰이고 읽혀 토론거리가 되고 있지만, 그것은 어디까지

5) 발터 벤야민, 반성완 옮김, 「이야기꾼과 소설가」, 『발터 벤야민의 문예이론』, 민음사, 1983, 170쪽.
6) 베네딕트 앤더슨, 윤형숙 옮김, 『상상의 공동체』, 나남출판, 2002, 48쪽.

나 제도적인 문학의 장 안에 한정된 사정일 뿐이다. 정치적 힘의 구성력을 잃어버린 소설은 남겨진 반쪽의 가치, 그러니까 오락과 여흥의 수단으로 근근이 지속되고 있는 것 같다.

대중에 반역함으로써 '대중의 반역'(오르테가 이 가세트)에 저항할 수 있었고, 이런 저항의 열정으로 대중들 속으로 파고들 수 있었던 소설의 위대한 시절은 저물어가고 있다. 이 틈에 역사의 기발한 소재를 좇는 역사소설들이 범람하고, 하이틴 로맨스와 무협소설, SF와 판타지가 독서시장을 석권하고 있다. 어떤 이들은 이 우울한 현실을 '정전(순수문학)에 대한 반역'이라는 이름으로 수리한다. 대중문학과 순수문학이라는 자의적 구획에 대한 분노가, 폄훼되었던 대중문학의 가치를 복원한다는 그 논리가, 저속한 상업문학을 전위적인 대안문학으로 오독하게 만드는 전도를 발생시킨다. 대중을 다중으로, 또 집단지성으로 재사유하는 과정에서 대중들의 비루한 소비욕망은 망각되고, 그들의 소비문화는 보수적인 주류문화에 대항하는 하위문화로까지 오인될 수 있다. '스토리텔링'이나 '디지털 문화콘텐츠'라는 그럴듯한 이름으로 문학의 상업화라는 노골적인 현실을 은폐하기는 어렵다. 대중을 불편하게 하는 문학은 줄어들고 대신 대중의 쾌락에 복무하는 문학이 늘어나는 지금, 문학의 미래는 어둡게 보인다.

포스트모던의 사회구조를 드러내는 서브 컬처에 대해 날카로운 분석을 보여주었던 아즈마 히로키의 오타쿠론은 지금 한국의 문학과 문화지형을 읽어내는 데도 큰 도움을 준다. 새로운 형식과 감수성의 출현으로 주목받고 있는 2000년대의 한국문학은 오타쿠계 문화의 여러 특질들을 두루 함축하고 있다. 오타쿠계 문화의 핵심적인 성격으로 지목되는 '시뮬라크르의 전면화와 커다란 이야기의 기능부전'은 최근 한국문학의 주요 키워드라고 하는 환상, 엽기, 팬픽, 칙릿의 유행 속에서도 확인할 수 있다. 이들은 모두 포스트모던 사회의 문화적 특징을 단적으로 드러내는 현상들이다. 하지만 정말 중요한 것은 '이야기의 기능부전'에 대한 한국문학의 응대를 해명하는 것이다.

아즈마 히로키의 논의에서 주요한 논점은 근대의 세계상과 포스트모던의 세계상을 반영하는 문화구조로 '트리 모델'과 '데이터베이스 모델'을 구분하는 데 있다.[7] 이 둘은 구조의 심층에 존재하는 이야기의 유무로 구분된다. 근대의 문화적 체계에서는 트리형 구조의 심층에 존재하는 이야기를 읽어내는 것이 중요했다. 하지만 포스트모던의 문화 체계에서는 데이터베이스형 구조의 심층에 이야기가 존재하지 않는다. 포스트모던의 문화구조는 "작품이라는 시뮬라크르가 깃드는 표층과 설정이라는 데이터베이스가 깃드는 심층"[8]의 이층구조로 구성되어 있다. 이제 이야기 대신 데이터베이스의 우열에 따라 문화의 질이 평가된다. 따라서 지금 문화의 중심은 '이야기'가 아니라 '정보'에 있다. 배수아, 서준환, 한유주가 전통적 서사구성을 거부하고 황병승, 김민정, 김이듬이 휴머니즘에 뿌리를 둔 서정으로부터 단절하는 것은 한국 문학의 중심이 이야기에서 정보로 이동하고 있음을 뚜렷하게 보여준다.[9] 히로키는 이런 이동을 코제브의 '역사종언론'에 기대어 '동물화'라는 개념으로 표현한다. 동물화란 현대사회의 심리구조가 '욕망'에서 '욕구'로 전회하고 있음을 가리킨다. 결핍이 충족되어도 채워지지 않는 것이 인간적인 '욕망'이라면, 특정 대상에 대한 결핍과 충족의 회로를 벗어나지 않는 것이 동물적인 '욕구'라고 정리할 수 있다. 타자와

---

7) 아즈마 히로키, 이은미 옮김, 『동물화하는 포스트모던』, 문학동네, 2007, 2장 참조.
8) 위의 책, 71쪽.
9) 이들의 작품이 자폐적이고 자족적인 세계에 대한 탐닉에 기울어 독자와의 '소통'을 거부하고 있다는 식의 비평적 판단은 지극히 나이브한 해석에 기초한다. '이야기'를 읽는 독법으로 '정보'를 해석하는 이런 방식의 비판들은 '의사소통적 합리성'(하버마스)에 대한 지나친 믿음에 기초하고 있다. '공공성'에 대한 그들의 건전한 기대와는 달리 지금의 현실 자체가 공공성의 기초인 소통의 가능성을 봉쇄한다.

의 관계 안에서 우위의 자리를 차지하고 싶은 경쟁의 욕망이 사라지고, 결핍의 충족에만 몰두하는 소비사회의 동물적 주체들은 이제 더 이상은 그토록 애절하게 인간이기를 요구하거나 원하지 않는다.

산업화 시대에 민중이라는 이름의 농민과 노동자, 빈민과 소수자는 사람답게 살 수 있는 인간적 권리를 요구했다. 바로 그 시대의 문화적 지향은 휴머니즘이었다. 그러나 오늘날 우리의 문학은 그런 소박한 휴머니즘에 저항하면서 유니크한 '동물적 주체'의 형상을 그려내는 데 몰두한다. 이처럼 동물화하는 한국문학은 세계의 변형에 대한 결과이다.

세계는 근대적 체제에서 탈근대적 체제로 전환되고 있다. 수목에서 리좀으로, 트리형에서 데이터베이스형으로, 욕망에서 욕구로, 이야기에서 정보로, 휴머니즘에서 뉴미디어의 세계로……. 인터넷을 비롯한 디지털 미디어는 이 거대한 전환을 매개하고 있는 핵심적 기반이다. 디지털 미디어의 등장, "그것은 근대 사회에서 우리가 알고 있고, 대대로 전달된 인간 경험의 기록을 아주 근본적으로 바꾸는 것이다. 시간과 공간, 육체와 정신, 주체와 객체, 인간과 기계들은 네트워크 컴퓨터의 실천에 의해 각각 급격하게 변형된다."[10]

먼저 컴퓨터의 등장은 글쓰기의 환경 자체를 크게 변화시켰다. 컴퓨터의 자판으로 글쓰기가 이루어지면서 작가는 자신이 쓴 글을 이전과는 아주 다른 방식으로 인식하게 되었다. 자신의 필적을 확인하면서 글을 쓰는 것과 모니터의 화면이나 프린터로 인쇄된 글을 보면서 집필을 하는 것에는 큰 차이가 있다. 이것은 단순한 인터페이스의 변화가 아니라 작가가 자기 글의 창작과정을 전혀 다른 방식으로 인식하도록 만드

---

10) 마크 포스터, 김승현 · 이종숙 옮김, 『미네르바의 올빼미가 날기 전에 인터넷을 생각한다』, 이제이북스, 2005, 14쪽.

는 '필기구의 혁명' [11]이었다. 이런 변화가 문예창작의 메커니즘을 크게 바꾸어놓았음은 주지의 사실이다.

디지털 미디어는 글쓰기와 더불어 글을 읽는 방식에도 획기적인 변혁을 시험하고 있다. 하이퍼텍스트 소설처럼 인터넷의 기술적 진화를 소설 창작에 반영해 독자가 게임을 즐기듯 소설을 감상하는 전혀 새로운 형식의 소설양식을 탄생시켰다. 하이퍼텍스트 소설은 독자가 스토리를 엮어가면서 읽기 때문에 능동적인 참여가 가능하고, 이로써 독자는 일종의 유저로서 편집적 독서(editional reading)를 경험하게 된다. 그러나 하이퍼텍스트 소설의 텍스트 개방성에 대한 높은 기대와는 달리 실제로 하이퍼텍스트 소설은 독자들에게 열린 독서의 놀라운 체험을 가져다주지는 못했다. 하이퍼텍스트 소설이 하나의 장르로서 지속적으로 창작되고 읽히기 위해서는 작가나 독자들에게 전혀 새로운 형식의 문학적 체험을 불러일으킬 수 있는 구체적인 텍스트 형식을 창안해야 할 것이다.

어쨌거나 소설은 모든 잡스러운 것들을 끌어안을 수 있는 품 넓은 장르고, 디지털 매체는 소설의 그 혼종적인 개방성을 살릴 수 있는 기술적 바탕이다. 소설과 디지털 매체, 그 예술과 기술의 만남은 지금까지의 낡고 진부한 가치와 형식들을 혁신할 수 있는 기회가 될 수 있다. 그러나 그 만남에 이윤축적의 논리가 끼어들 때 기술은 그저 소설의 상품화에 기여하게 된다. 그런데 요사이 블로그에 소설을 연재하는 또 하나의 문예 공표의 방식이 자리를 잡아가고 있다. 블로그에 소설이 어쨌다는 것일까.

---

11) 장경렬, 「컴퓨터로 글쓰기, 무엇이 문제인가」, 『디지털미디어와 예술의 확장』(피종호 엮음), 아카넷, 2006. 장경렬은 컴퓨터로 글을 쓰는 것이 글쓰기의 과정에 미친 변화들로 잦은 수정, 성취감의 박탈, 사고의 단편화, 동어반복, 완성도의 착각, 글의 비개성화를 지적한다.

3. 블로그 소설

컴퓨터의 보급이 작가들에게 '필기구의 혁명'을 가져다주었다면, 인터넷의 일반화는 '공표의 혁명'을 불러왔다. 누구라도 인터넷 게시판에 소설을 올릴 수 있게 되었고, 또 누구나 그 소설들을 마음껏 읽을 수 있게 되었다. 이는 까다로운 절차를 통해 대중들에게 전달되는 인쇄매체의 보수적이고 권위적인 공표방식과는 질적으로 다르다. 글을 써서 그것이 공표되기까지의 과정에 끼어드는 복잡한 절차들이 사라지자 놀라운 일들이 벌어진다. 쓰기와 읽기가 거의 동시적으로 이루어지면서 조회수나 댓글의 형식을 통해 독자들의 반응을 실시간으로 확인할 수 있게 된 것이다. 소설은 작가의 자기고립을 통해 대중들에게 권위를 확보할 수 있었는데, 인터넷은 작가를 광장으로 불러내 신비화되었던 그들의 권위를 탈구축했다.[12] 문단 작가들의 권위가 의심받는 자리에서 장르 문학의 새로운 우상이 탄생한다. 하이텔이나 천리안 같은 초기의 PC통신에서 활약해 인기를 누렸던 『퇴마록』의 이우혁과 『드래곤 라자』의 이영도를 시작으로, 10대 여고생으로 인터넷 게시판에 『그놈은 멋있었다』를 연재해 엄청난 인기를 얻었던 귀여니의 출현은 그 자체로 놀라운 사건이었다. 이후 『옥탑방 고양이』의 김유리와 『내사랑 싸가지』의 이햇님이 이른바 '인터넷 소설'의 베스트셀러 작가로 떠올랐다. 문학에 대한 기성의 통념에 비추어 볼 때 이들은 대단히 기이한 존재들이다. 듀나와 같은 예외적인 경우도 있지만 이들은 한국문단의 울타리 바깥에 있다. 이런 배제와 외면은 누군가의 지적처럼 한국의 '문단문학'이 하나의 동질적인 공동체로 굳건하게 자리 잡고 있다는

---

12) "연재 내내 백주 대낮에 광장에서 글쓰는 과정이 중계되는 것 같아 힘들었다"는 공지영의 토로는 이 같은 맥락에서 이해할 수 있다.(〈한국일보〉, 2009년 8월 24일)

사실에서 비롯된다. 그러나 이들은 희생자도 아니며 한국문학의 어떤 가능성도 아니다.

이제야 블로그 소설에 대해 말할 수 있다. 그런데 도대체 '블로그 소설'이란 무엇인가. 고전소설, 근대소설, 민중소설, 노동소설, 농촌소설, 전쟁소설, 해양소설 그리고 인터넷 소설……. 소설이란 낱말 앞에 붙어 있는 저 무수한 수식어들은 저마다의 이념으로 소설을 자기들 담론의 영토 안에 가두려 한다. 그렇다면 블로그 소설은 '블로그'의 이념으로 소설을 구속하는 또 다른 이름인가. 도대체 블로그에 소설이 어쨌다는 말인가. 이 물음에 답하는 하나의 방법은 '블로그 소설'이라는 것의 바로 그 이념을 파고드는 것이다.

2007년 박범신의 『촐라체』가 인터넷 포털사이트 '네이버'에 연재되어 100만 명의 누적 방문객을 기록하고, 이후 황석영이 『개밥바라기별』을 같은 포털사이트에 연재했다가 책으로 출간해 40만 부 이상의 판매고를 올리면서 블로그 소설은 우리 시대의 유력한 문화현상으로 자리 잡았다. 이우혁이나 귀여니와 같은 장르소설 작가들의 활동무대였던 인터넷 공간에 드디어 기성 문단의 작가들이 입성하게 된 것이다. 그 첫 발을 들여놓은 작가가 최인호, 한수산과 더불어 1970~80년대 소설출판계의 트로이카로 불리던 박범신이라는 사실은 이채롭다.

연재를 시작하기 전 많은 사람들이 내게 인터넷 글쓰기의 부정적인 환경을 걱정해주었다. 나는 그때마다 웃으면서 "젊은이들에게 읽히고 싶어서요"라고 대답했다. 결과는 만족스러웠다. 여론은 내가 '패스트푸드'로 가득 찬 인터넷 포털사이트에 이를테면 '한식 정찬'을 차렸고 성공했다고 지적했다. 이른바 '악플'이 전혀 없었던 것은 아니었지만 수많은 덧글과 시시각각 숫자가 올라가는 클릭 수는 쓰고 있는 나를 생생하게 만들었다. 작가는 근본적으로 독재자이다. 나는 그럴수록 더욱더 클래식한 글쓰기 방식을 고수했으며, 그 대신 인터넷 문화가 만들어주는 생생한 환경을 내 상상력의 재고에 오히려 은밀하게 활용했다.(박범신, 「작가의 말」, 『촐라체』, 푸른숲, 2008, 11~12쪽)

'작가는 근본적으로 독재자'라고 믿는, 환갑을 갓 넘긴 이 초로의 작가에게 '인터랙티브 스토리텔링'이란 가당찮은 말이다. 이 독재자로서의 작가는 상호소통적인 방식으로 댓글에 반응하기보다는 댓글과 조회수라는 독자들의 반응을 자기동일성의 회로로 환원함으로써 스스로를 '생생하게' 만든다. 물론 그 결과는 '더욱더 클래식한 글쓰기 방식을 고수'하는 것이었다. 그럼에도 포털사이트 네이버가 박범신에게 연재를 청탁한 이유는 무엇이었을까. 박범신의 『촐라체』는 인터넷이나 블로그와는 거리가 먼 '클래식한' 작가들에게도 인터넷 공간이 독자들과 만날 수 있는 훌륭한 장소가 될 수 있음을 확인시켜주었다. 문단의 원로이자 어느 정도의 대중성을 확보하고 있는 박범신이야말로 인터넷이라는 새로운 영토를 개척하는 데 가장 적합한 작가가 아니었을까.[13]

박범신의 선전과 뒤를 이은 황석영의 성공으로 기성문단의 인터넷 진출은 상업적으로 중요한 가치를 인정받게 되었다. 이후 공지영의 『도가니』, 공선옥의 『내가 가장 예뻤을 때』, 박민규의 『죽은 왕녀를 위한 파반느』, 백영옥의 『다이어트의 여왕』, 김훈의 『공무도하』, 정이현의 『너는 모른다』, 이기호의 『사과는 잘해요』, 신경숙의 『어디선가 나

---

13) 물론 이전에도 인터넷 공간에서 소설 연재라는 상업적 실험이 없었던 것은 아니다. 구효서, 박상우, 이인화, 하재봉이 연재를 했던 'e-노블타운'이 2002년 10월에 소설연재 전문사이트로 개설되었다. 하지만 유료로 운영되었던 이 사이트는 운영 문제로 2003년에 폐쇄되었다.

를 찾는 전화벨이 울리고』, 구효서의 『랩소디 인 베를린』, 김선우의 『캔들 플라워』, 오현종의 『거룩한 속물들』, 김이환의 『집으로 돌아가는 길』, 전경린의 『풀밭위의 식사』, 정도상의 『낙타』, 전아리의 『팬이야』가 블로그 연재를 끝내고 책으로 출간되었고, 이제하의 『마초를 죽이려고』, 김경욱의 『동화처럼』, 강영숙의 『크리스마스에는 홀라를』 등이 연재를 마치고 출간을 기다리거나 연재를 이어가고 있다.

블로그 소설의 탄생은 무엇보다 문단영역의 확장이라는 의미를 갖는다. 장편연재를 의욕적으로 시도하고 있는 문예지가 없는 것은 아니지만, 유효독자는 거의 없고 게다가 그 공간은 다른 많은 작가들에게 너무 비좁다. 일간지의 연재 역시 독자들의 외면으로 점점 사라지고 있기 때문에 작가들에게 새로운 발표지면의 확보는 절실한 문제였다. 여기에 포털사이트, 인터넷서점, 출판사의 사업논리가 결합되면서 블로그 소설은 한국문학에서 하나의 분명한 대안으로 떠오른다. 특히 출판사 '문학동네' 는 상업출판의 고수답게 블로그 소설의 기획과 출간에 적극적으로 나서고 있다(황석영, 공선옥, 백영옥, 김훈, 정이현, 정도상, 전경린이 블로그 소설의 연재를 마치고 '문학동네' 에서 책을 출간했다).

'문학동네' 의 이런 행보는 블로그 소설의 상업적 의의를 단적으로 드러낸다. 블로그 소설이 기존의 인터넷 소설과 달리 특정 작가들에게 편파적으로 지면을 할애하는 문예지들의 고답적인 행태를 반복하는 것은, 시장권력에 결탁한 문단권력의 여전한 영향력을 반증한다. 디지털 매체와 접속한 한국의 기성 문단이, 문학의 질적인 변환에는 거의 관심을 두지 않으면서 발표지면의 확대에만 집착하고 있는 것은, 한국 문학의 종언이 멀지 않았음을 더욱 실감하게 해준다. 인터넷 공간에서의 연재를 통해 인쇄매체로부터 멀어진 젊은 세대들을 유효독자로 포섭하려는 시장권력(출판사, 포털사이트, 인터넷서점)의 기획에 동조하는 작가들의 행태는, 비판적 성찰의 역능을 상실한 한국문학의 타락한 현재를 핍진하게 드러낸다. 그리고 그것은 작가의 권위와 명성을 유지해주던 근대적인 물적 기반의 상실을 탈근대적 시스템 속에서도 계속 지속하려는 애처로운 열정의 반영이기도 하다. 문단정치의 패권은 역사의 뒤안길로 멀어져가고 있다. 그럼에도 그것을 놓아버리지 못하는 그들의 집착이란, 지금까지 그들이 누려온 패권이 얼마나 달콤한 유혹이었던가를 반증한다.

'문학동네', '창비' 등 십여 개의 출판사와 매출 1위 인터넷서점인 '예스24'의 협력으로 만들어진 웹진 '나비'는 그야말로 시장권력과 문단권력의 합작이 이루어낸 대형 프로젝트라 할 만하다. 선택과 배제라는 필요악이 저 권력들의 자의적 기준에 맡겨질 때 또 하나의 불필요한 악이 탄생하게 되는 것이다. 차라리 정부의 산하기관인 한국문화예술위원회의 지원으로 운영하는 문학웹진 '문장'은 비교적 소홀히 대접받던 의미 있는 작가들에게 기회를 주려고 노력해왔던 것 같다. 문학은 이제 국가권력의 보호와 육성의 대상이 될 만큼 저항의 근력을 잃어버렸으며, 자본에 기생해야만 생존할 수 있을 만큼 추락했다.

예술가의 위선을 '예술은 사기'라는 등식으로 조롱하고, 기술에 대한 냉소와 멸시를 기술의 예술화로 역전시킨 백남준의 '비디오 아트'는 자본수의적 소비재(상품)를 예술의 형식으로 다시 소비함으로써 예술이 자본주의의 종속으로부터 도주할 수 있는 길을 열었다. 그러나 예술과 기술의 만남, 소설과 인터넷의 만남을 창의적으로 전유하지 못하는 우리의 현실은 문학의 몰락이 오히려 최선의 윤리가 되는 비참한 상황을 만들고 있다. 데이터베이스형 구조의 매체인 인터넷에 트리형 구조의 서사를 풀어내는 지금의 '블로그 소설'은 기술과 예술의 어긋난 만남이 가져올 임박한 파국의 한 징후를 드러낸다.

4. 소설의 동물화

　지금의 '블로그 소설'에서 기대할 수 있는 것은 거의 없어 보인다. 독자의 댓글은 블로그에 올라온 유명 작가들의 소설을 읽고 칭찬이나 격려를 보내거나 단편적인 감상을 적은 것이 대부분이다. 작가와 작품을 향해 진지한 대화의 목소리를 남기는 댓글은 찾기 힘들다. "장편 연재소설은 통상 초고가 완성되고 난 후에 연재를 시작한다"(백영옥, 《주간한국》, 2009년 9월 11일)는 말이 사실이라면, 독자들의 적극적 개입과는 무관하게 쌍방향 서사의 가능성은 이미 닫혀 있다고 할 수 있다. 일주일치의 연재분을 미리 넘겨 웹 업무를 맡은 담당자가 블로그에 소설을 게시하는 지금의 연재방식은 블로그 소설의 형식적 실험이나 서사의 혁신을 가로막는다.

　포털사이트들은 이제 기성 문단 작가들뿐 아니라 SF·판타지, 스릴러 등의 장르문학까지 포괄하는 블로그를 개설하고 있다. 예전부터 비교적 마니아들의 독립적인 사이트에 연재되었던 장르문학이 이제는 본격적으로 상업적인 콘텐츠로 관리되기에 이른 것이다. 얼마 전 포털사이트 '다음'에 『집으로 돌아가는 길』을 연재 완료한 김이환은 출판사 '위즈덤하우스'와 SBS, 영화투자배급사 '쇼박스'가 공동 제정한 1억 원 고료 '멀티 문학상'의 첫 수상자다. 이런 사실들은 블로그 소설의 정체를 뚜렷하게 드러낸다. 블로그 소설은 문학의 종언론이 떠도는 시대에 소설의 동물화를 단적으로 표현하는 하나의 유력한 현상인 것이다.

　오늘의 문예지들은 읽기 위해서 존재하는 것이 아니라 쓴 글을 싣기 위해서 발간된다. 그러니까 문예지는 독자들을 위해서가 아니라 작가들을 위해 발간되고 있는 것이다. 청탁을 통한 글쓰기의 종용과 발표지면의 제공은 작가들의 창작활동을 자극하는 문예지의 유력한 기능이다. 그러나 더 이상 독자들과의 생생한 만남을 중개할 수 없는 문예지의 기능부전은 읽기가 결여된 쓰기의 과잉을 불러왔다. 바로 여기서 결핍과 충족의 반복이라는 동물적 '욕구'의 회로가 형성된다. 쓰기의 과잉은 독자의 결핍에 대한 이상증후다. 이런 사정은 이제 '읽지 않아도 우리는 쓴다'는 폐쇄적 문학주의를 탄생시킨다. 쓸 수 있는 공간만 주어진다면 그것이 시장과 국가의 권력에 투항하는 것이라 하더라도 무조건 쓴다. 투쟁의 '욕망'은 사라지고 쓰겠다는 '욕구'의 충족만을 바라는 작가들이 늘어난다. 작가들은 동물화하고 소설도 동물화한다. 더이상 그들의 욕구를 감당할 수 없는 일간지와 문예지의 한계는 인터넷 공간의 블로그를 통해 해소된다. 한국문학은 이렇게 욕구를 충족하는 가운데 탕진되고, 그 탕진의 결과는 자본의 이윤축적에 회수된다. 인터넷의 블로그는 독자를 잃은 우리 시대의 작가들에게 일종의 망명지다. 그러나 그것은 자본에 기생하는 치욕스런 망명이며 저항의 욕망을 상실한 반동적 망명이다.

많은 독자를 만나는 것보다 좋은 독자를 만나는 것을 우선으로 여기는 작가는 드물다. 작품이 제대로 읽히는 것보다 많이 팔리는 것을 원하는 작가들이 넘쳐나는 사회의 문학에서 기대할 것은 거의 없다. 자본과 정치권력으로부터 독립할 수 있는 예술가는 얼마나 위대한가. 장 자크 베네 감독의 〈디바〉(1981)가 보여주는 것이 바로 그것이다. 기술과 자본의 유혹과 위협에 굴복하지 않는 위대한 예술은 감상자의 수가 아니라 감상의 수준과 질로 보상받는다. 블로그에 소설을 쓰면서 그 조회수에 의기양양한 이른바 한국의 명망 높은 작가들을 생각하면, 끝까지 음반제작을 거부하고 오로지 무대공연만을 고수하던 옛날 영화 〈디바〉의 프리마돈나 신시아 호킨스의 시대착오가 그립다. 예술과 기술의 만남이 빚어낼 전혀 새로운 형식의 서사는 아직 출현하지 않았다.

종말 이후의 문학

— 동물화하는 한국소설 2

1. 예술의 종말 이후

오늘날 문학은 그 존재기반인 문자언어의 영역을 횡단하면서 다른 매체와 장르로 끊임없는 변신을 기도한다. 디지털 테크놀로지의 혁신과 OSMU(One Source Multi Use)는 문학이 문자매체의 영역을 가로질러 다른 매체들과 접속될 수 있는 가능성을 열어주었다. 소설은 하나의 이야기 자원으로 문화 콘텐츠의 논리에 수렴되고, 그 지난한 창작의 과정은 스토리텔링의 도식적 틀 속에서 세속화되었다. 한 편의 잘 짜인 소설은 이제 만화, 애니메이션, 영화, 연극, 뮤지컬, 테마파크로 나날이 새롭게 변신한다. 이 변신의 연쇄 속에서 문학은 비약하든가 아니면 타락할 것이다.

기술의 혁신은 예술을 변형시키고 매체의 변화는 새로운 주체의 구성을 자극한다. 이때 낙관 혹은 비관이라는 극단의 사유는 기술의 혁신으로 도래할 미래의 모습에 대해 어떠한 진실도 알려주지 못한다. 미래의 삶이 과학기술에 의해 판가름 날 것이라는 조급한 발상은 기술결정주의적 사고에서 비롯되는 인과론의 오류를 드러낼 뿐이다. 하지만 벤야민이 우려했던 것처럼 기술이 자본이나 권력과 결합할 때 그것은 엄청난 파국의 계기가 될 수 있다. 그러므로 이런 식의 비관적인 근심에 대해서도 우리는 숙고해야만 한다.

> **진보**는 곧 뒤이어 올 잔인한 침입의 전조처럼, 그리고 부검할 시체에 먼저 손을 대는 법의학자처럼 우리에게 영향을 미친다. 그것은 개인들에게 단순히 영향을 미치는 것이 아니라 그들에게 침투한다. 그리고 진보는 우리 각자의 장애 전체(시각적, 사회적, 정신 운동적, 감정적, 지적, 성적 장애 등)를 축적하고 응축시키며, 혁신이 일어날 때마다 나타나는 과다한 피해와 함께 그 장애를 떠맡는다.[1]

비릴리오가 우려하는 것은 조지 오웰이 '빅 브러더'라는 독재자의 형상으로 경고한 바 있는 '전체주의적 기술 숭배의 독단주의'다. 기술적 진보의 '잔인한 침입'은 개인적 주체의 의식과 무의식에 다원적으로 '침투'하여 능동적 활력(생명력)을 통제하는 정치적 권능을 행사한다. 이 같은 기술의 디스토피아에 대해, 미래학자 레이 커즈와일처럼 GNR(유전공학·나노기술·로봇공학 및 인공지능)혁명과 같은 과학기술의 낙관적 전망으로 응대하는 이들도 적지 않지만, 정말 중요한 것은 기술 자체의 숭배나 비판이 아니라 그 기술이 적용되고 응용되는 '문화적 맥락'이다.

지금 기술이 예술의 텍스트에 응용되는 방식은 극히 불온하다. 팝아트라는 이름으로 자행되는 '고등 사기', 즉 예술의 기만은 포스트모던 문화의 전면화 속에서 '예술의 종말 이후'를 향해 치닫고 있다. 한때

---

1) 폴 비릴리오, 배영달 옮김, 『정보과학의 폭탄』, 울력, 2002, 44쪽.

예술의 종말을 선언했던 아서 단토는, 포스트모더니즘이라는 용어의 사용을 혐오하며 현대예술을 '예술의 종말 이후' 혹은 '동시대(contemporary)'라는 어휘로 서술한다.

그러나 이제 외피는 부서졌고, 적어도 자의식의 편린과 같은 것에 도달했으며, 역사는 종결되었다. 이전에는 미술사 스스로 짊어졌던 짐을 이제는 철학자들에게 넘겨줘 운반하도록 할 수 있다. 그리고 역사의 짐에서 해방된 예술가들은 자신이 원하는 어떤 방식으로든, 자신이 원하는 그 어떤 목적을 위해서도, 혹은 어떠한 목적도 갖지 않고 자유롭게 예술을 만들게 되었다. 이것이 바로 컨템퍼러리 미술의 징표이다. 그리고 모더니즘에 비해서는 큰 놀라움도 아닌 것이, 컨템퍼러리 양식과 같은 것은 존재하지 않는다.[2]

역사의 종언을 고한 자리에 태어난 컨템퍼러리 예술은 역사의 목적이나 특정 양식 따위에 결박당하지 않는 '자유'를 그 특징으로 한다. 그 자유의 예술적 의미는 철학자들의 해석을 기다릴 만큼 심원하다. 그러나 어떠한 기율의 지배에도 반대하는 자유는 누구나 예감할 수 있는 바와 같이 방종의 깊은 늪으로 쉽게 빠져들 수 있다.

월경과 횡단으로 특징지어지는 오늘날의 문화지형은 혼종성(hybridity)의 문화적 코드를 재생산하면서 고정된 경계와 완고한 정체성의 구조를 해체하는 방향으로 나아가고 있다. 그러나 가로지르고 유목하는 그 첨단의 문화논리가, 예의 그 방종으로 타락한 예술의 옹호로 전도될 때 예술의 종언 이후를 긍정했던 단토의 기대는 빗나가고 말 것이다. 그러므로 현대문화의 텍스트 속에서 자유와 방종의 섬세한 차이를

---

2) 아서 단토, 이성훈 · 김광우 옮김, 『예술의 종말 이후』, 미술문화, 2004, 61~62쪽.

읽어내는 것은 오늘날의 비평이 맡아야 할 공적 책무라고 할 수 있다.

'문학의 종언'이라는 풍문 이전에 이미 단토는 '예술의 종언'을, 레슬리 피들러는 '소설의 죽음'을 선언했다. 하지만 우리는 '종언'과 '죽음'이라는 극단적인 어휘에 당혹해하지 말아야 한다. 문학은 사전적인 의미에서 정말로 사망한 것이 아니다. 문학의 죽음이 뜻하는 바는 "파편화된 사회에 통일성을 부여할 수 있는 유일한 장르로서의 소설은 죽었다는 것"[3]일 뿐이다. 다시 말해 종언과 죽음은 예술의 종말을 표현하는 것이 아니라 새로운 예술형식의 탄생을 암시한다. 오르테가 이 가세트, 아서 단토, 레슬리 피들러, 존 바스, 알랭 로브그리예가 예감했던 예술의 죽음은 결국 모더니즘의 끝장이라는 한 가지 사실로 모아진다. 예술의 '독창성'이나 '천재성'과 같은 모더니즘 예술—실은 낭만주의적인 것—의 근간을 뒤흔들어버린 포스트모더니즘의 등장, 바로 그것을 두고 누군가는 슬픔을 가슴에 묻고 또 누군가는 환호하면서 죽음과 종언을 이야기했던 것이다. 하지만 가라타니 고진은 이들과는 다른 맥락에서 문학의 종언을 말한다. 그에게 '근대문학의 종언'은 "포스트모던 문학이 있다는 말도 아니고, 또 문학이 완전히 사라진다는 말도 아"니다.[4] 가라타니가 말하는 종언의 함의는 공감과 상상을 통해 정치적이고 도덕적인 권능을 발휘했던 소설이 '아이들 장난', 즉 손쉬운 오락거리로 전락하게 된 사정을 가리킨다. 그러나 가라타니 역시 이러한 소설의 오락화가 소비문화의 전면화라는 포스트모더니즘의 득세 속에서 이루어졌음을 부정하지 않는다(리스먼의 『고독한 군중』에서 가라타니가 자주 인용하는 '타인지향형'이란 주체의 내면과 도덕성을 옹호하

---

3) 레슬리 피들러, 「소설의 죽음이란 무엇이었는가?」, 『현대문학의 위기와 미래』(김성곤 엮음), 다락방, 1999, 103쪽.

4) 가라타니 고진, 조영일 옮김, 「근대문학의 종언」, 『근대문학의 종언』, 도서출판b, 2006, 43쪽.

는 모더니즘적 세계의 엘리트주의에 반대하는 포스트모더니즘의 세계
관을 지칭하는 개념이다).[5] 그리하여 이제 종언 이후 소설의 방향은 다
음과 같은 두 갈래 길로 분기할 수밖에 없게 된다.

> 소설은 점차 이 둘 중의 하나를 선택하게 되었다. 즉 소설을 써낸
> 다음에 비평가나 맹목적인 시장원리에 의해 어느 한쪽으로 분류되
> 는 것이 아니라, 아예 처음부터 분리되어 쓰여지게 되었다는 점이
> 다. 이와 같은 현상은 작가들이 미리 서로 배타적인 이 두 그룹의 어
> 느 한쪽을 의식하고 소설을 쓰게 됨에 따라—즉 가르치고 분석하고
> 해석하는 학계를 위해 쓰든지, 아니면 극장의 매표소에서 무더기로
> 소설을 파는 할리우드를 위해 쓰든지 간에—점점 더 사실이 되어 갔
> 다.[6]

문제는 '헐리우드를 위한 소설'의 과잉이 아니라 '학계를 위한 소
설'과의 의식적인 분리 속에서 소설이 창작되는 배타적인 상황 그 자
체다. 상품으로서든 예술품으로서든 시장과 평단의 인정을 욕망한다
는 점(타인지향형)에서 그 둘은 매한가지다. 문학을 욕망의 충족을 위
한 수단으로 삼고 있다는 점에서 둘은 일치한다. 그러므로 비난의 화살
을 전자를 향해서만 날리는 것은 불공평하다. 타자를 동물적 욕구충족
의 대상으로 소비하려는 충동에 사로잡힌 소설들, 이러한 소설들은 근
대적인 의미에서의 '내면'과 '주체'를 조롱함으로써 타자들의 난무 혹

---

5) "일본적 스노비즘이란 역사적 이념도 지적·도덕적인 내용도 없이 공허한 형식적 게임
에 목숨을 거는 생활양식을 의미한다. 그것은 전통지향도 내부지향도 아닌 타인지향의
극단적 형태인 것이다. 거기에는 내면이 없을 뿐만 아니라, 타자도 없다."(가라타니 고진,
조영일 옮김, 「일본정신분석」, 『네이션과 미학』, 도서출판b, 2009, 244쪽; 여기서 인용한
부분은 『근대문학의 종언』, 72~73쪽에도 그대로 볼 수 있다.)
6) 레슬리 피들러, 앞의 책, 101쪽.

은 언어의 유희로 쉽게 빠져든다. 이것은 많은 비평가들이 열광하거나 혹은 우려하는 지금 우리 문학의 실상이기도 하다.

2. 문학의 정치는 가능한가

타인지향의 극단적 형태로 표현되는 문학, 즉 종말 이후의 문학을 긍정하는 논리들은 그 문학들 속에서 '정치적인 것'의 의미를 읽어내려고 노력한다. 그들의 사유 속에서 '문학의 정치'란 "세계에 참여(engagement)한다는 의미에서 정치적인 것이 아니라, 문학이 사물들에 다시 이름을 붙이고, 단어들과 사물들 사이의 틈을 만들고, 단어들과 정체성 사이의 틈을 만듦으로써 결국 탈정체화, 즉 주체화의 형태, 해방 가능성, 어떤 조건에서 벗어날 수 있는 가능성을 만들어내는 데 개입한다는 의미에서의 정치적인 것"[7]이다. 문학이 정치적인 힘을 잃어버리고 한갓 '아이들 장난'이 되어버렸다는 가라타니의 푸념은 '문학의 정치'에 대한 이들의 믿음과 날카롭게 대립한다. 정치적인 것에 대한 정의의 차이를 드러내는 이 대립은 종말 이후의 문학에 대한 서로 다른 태도를 표명한다. 그리고 그 태도의 차이는 에크리튀르에 대한 생각의 차이이며 동시에 프루스트와 보르헤스를 읽는 방법의 차이이기도 하다.

종말 이후는 미결정의 공간이며 예감으로 느낄 수 있는 미지의 시간이므로 그 모든 생각의 차이들은 존중되어야 한다. 하지만 오늘날 문학은 점점 "우리가 살고 있는 세계를 규정하는 감성의 분할 속에 개입하는 어떤 방식, 세계가 우리에게 가시적으로 되는 방식, 이 가시적인 것

---

7) 자크 랑시에르, 양창렬 옮김, 「자크 랑시에르 인터뷰: '문학성'에서 '문학의 정치성'까지」, 『문학과사회』, 2009년 봄호, 448쪽.

이 말해지는 방식, 이를 통해 표명되는 역량과 무능들"[8]로서 존재하기를 그만두고 말들의 유희 속에서 언어를 탕진하고 있는 것처럼 보인다. 독선과 아집의 주체를 해체한다고 하면서 들끓는 타자들의 난입을 감당하지 못하는 사면초가의 문학. 그 사이에 야오이와 팬픽, 라이트 노벨과 캐릭터 소설 따위가 문학의 자리를 접수하는 것을 지켜보면서 가라타니는 아마도 어떤 피로를 느꼈을 것이다. 마찬가지로 '문학의 정치'에 대한 여전한 믿음에도 불구하고 한국문학의 현재는 빈곤하기만 하다. 솔직히 나는 한국문학에 대해 대단히 호의적인 지금 비평가들의 그 낙관이 과장되거나 과잉된 것이라고 생각한다. 그래서 나는 그들로서는 도저히 소설이라고 인정할 수 없는 그런 소설에 대해 이야기함으로써 예술의 종말 이후, 한국문학의 미래를 예감하려고 한다. 그 대상은 귀여니다.[9]

'귀여니'는 이윤세라는 한 여고생의 실존을 대리 표상했던 아바타로 등장했다. 같은 또래의 아이들은 인터넷 게시판에 올라온 귀여니의 이야기에 깊이 '공감'했다(이제 '공감'은 국민이나 민족을 상상하기

---

8) 자크 랑시에르, 유재홍 옮김, 「문학의 정치」, 『문학의 정치』, 인간사랑, 2009, 17쪽.
9) 1981년생인 귀여니(본명: 이윤세)는 충북 제천여고 2학년 때인 2001년 8월, 인터넷 다음(daum) 게시판에 『그 놈은 멋있었다』를 연재하면서 소설을 쓰기 시작했다. 당시 이 작품은 800만 건의 조회수를 기록하면서 바로 그 해에 책으로 출간되어 50만 부 이상의 판매고를 올렸다. 2004년엔 영화(이환경 연출)와 만화(김지은 그림)로도 만들어졌다. 두 번째 소설인 『늑대의 유혹』 역시 인터넷 연재 이후 2002년에 출간되어 베스트셀러가 되었다. 이 작품도 2004년에 만화(문나영 그림)와 영화(김태균 연출)로 만들어져 상업적인 성공을 거두었다. 2002년에 출간된 세 번째 작품 『도레미파솔라시도』는 2007년에 영화(강건향 감독)로 개봉되었다. 2003년엔 『천사의 향기』가 출간되고 뒤이어 『내 남자 친구에게』가 나왔는데 이 작품은 아이비전엔터테인먼트에서 소설의 판권을 구입해서 영화화를 결정했지만 아직 그 제작 여부는 알려지지 않고 있다. 2005년에도 『아웃 싸이더』가 출간되어 씨유프로덕션에 의해 드라마로 만들어진다는 보도가 있었고, 뒤이어 '영상소설'이라는 타이틀로 『다섯 개의 별』이 출간되었다. 『신드롬』은 영상, 사진, 음악을 활용한 멀티미디어 소설로 2006년 6월부터 11월까지 네이버(naver), 다음(daum), 음악 사이트 멜론에 연재되었다가 같은 해에 책으로 출간되었다. 『천사를 찾습니다』가 2008년에 나왔고 시집으로 『아프리카』(2005)가 있다.

위해 필요한 무엇이 아니라 자본주의의 한 중심을 살아가는 소비대중이 공유하는 감성 그 자체가 되었다). 귀여니가 만들어놓은 그 공감의 판타지는 십대 청소년들의 억압된 욕망이 해소되는 일종의 해방구였다. 하지만 얼마 가지 않아 그것은 어른들에게 접수되었고, 억압되었던 거친 욕망들은 거세되어 상품 속에 흔적으로만 남게 되었다. 귀여니는 그렇게 소비되어갔던 것이다.

대개의 어른들이 귀여니의 소설을 '아이들 장난'이나 '돈 되는 아이템' 정도로 생각할 때, 영화평론가 정성일은 거의 처음으로 그 가치를 긍정하면서 귀여니 현상에 진지한 비평으로 응대했다. 정성일은 귀여니의 글쓰기를 이렇게 정의한다.

> 그것은 소녀들 앞에 던져진 세계 앞에서 현실을 넘어가기 위해서, 막다른 길이라고 생각한 자기의 자리에서, 있는 힘을 다해 달려가, 저 무시무시한 실재의 심연을 단숨에 점프하여, 어른의 자리에 안전하게 착륙하기 위하여, 그녀 자신들을 보호하는 기호들의 사다리로 넘어가는 그 점프 컷으로서의 글쓰기이다.[10]

쉽게 말해 정성일에게 귀여니의 이야기는 소설이라는 하나의 장르가 아니라 '글쓰기' 그 자체였던 것이다. 그러니 그것은 문학이라는 제도의 고답적인 틀을 벗어나 하나의 '세계'로서 읽혀질 수 있게 된다. 누군가에게 그 '세계'는 무슨 의미로 존재하는가. 정성일의 관심은 바로 여기에 집중된다. 귀여니에게, 그리고 귀여니의 글에 열광하는 이들에게 그 세계는 "환상 없이 견딜 수 없는 실재를 견디기 위해 마련한 거짓말"[11]로 존재한다. 그렇다면 구성이 엉망이라거나 한국어를 파괴했

---

10) 정성일, 「21세기 소녀교본 완전정복」, 《씨네21》, 463호.
11) 정성일, 「귀여니에게 돌을 던지지 마라」, 《스크린》, 2004년 9월.

다고, 또는 표절을 했다거나 심지어 성형을 했다는 이유로 귀여니를 욕할 이유는 없다. 문제는 그런 것들이 아니라 누군가에게 왜 그런 '거짓말' 들이 필요한 것인지를 이해하는 일이다. 귀여니의 거짓말에 귀 기울여야 하는 이유가 여기에 있다.

3. 글쓰기 놀이: 공식적 글쓰기에 대한 위반

알려진 것처럼 귀여니의 글쓰기는 근대소설의 규율을 배반한다. 그런 의미에서 그 글쓰기는 일종의 아방가르드다. 하지만 그것은 미학적 전위가 아니라 도덕적 전위에 가깝다. 귀여니가 위반하려고 하는 것은 미학적 규준이라기보다는 지배체제의 보수적 도덕률이다. 사실 귀여니의 글쓰기는 한국어를 '파괴'하는 것이 아니라 그것을 '조롱'할 뿐이다. 귀여니는 글쓰기의 공식적인 규범에 대해 잘 모르거나 별 관심이 없을 따름이다. 그러므로 귀여니의 글쓰기를 근대문학의 장구한 전통이라는 지평에서 바라보는 것은 넌센스다. 그것은 이 한 대목을 통해 분명하게 드러난다.

> "가까이 와바."
> "때릴라 그러지, 때릴라 그러지.-_-"
> "빨랑 와바."
> "싫어. 너한테 맞으면 아퍼.=_="
> "너 나한테 맞어 봤냐!?"
> "아니.-_-"
> "야, 그리고 하우스가 뭐여?"
> 음허허허. -_-니가 그럴줄 알았다…….

"하우스는 영어로 병원이란 뜻이야.^ㅇ^"

"구라 깔래?"

"진짜야!"

"내가 영어로 병원이 뭔지 안다면 어쩔래."

헉. ㅇ_ㅇ 설마, 나도 모르는 걸(그렇다, 정말 모른다-_-^)!

"ㅇ_ㅇ……(쫄았음) 뭐, 뭔데!"

"넌 오늘 잘 걸렸다, 씨팔. 죽었어……." [12]

　이 대목은 귀여니의 글쓰기가 갖고 있는 전형적 특질들을 거의 빠짐없이 포함하고 있다. 먼저 묘사나 서술을 담당하는 지문이 거의 없고 대사 위주로 전개된다는 점. 서사학적으로 이것은 디에게시스(diegesis)의 절대적 결핍을 드러낸다. 이는 이모티콘의 과도한 사용이나 "(그렇다, 정말 모른다-_-^)"와 같은 지시어의 빈번한 활용으로 표현되기도 한다. 바로 이 때문에 귀여니의 이야기에는 '감정'은 있으나 '내면'은 없고, '장면'은 있으나 '사건'이 없다. 귀여니의 글은 대단히 시각적이고 또 극적이다. 서술을 통한 말하기의 방법에 비해 보여주기의 방법이 압도적이라는 것은 귀여니의 소설이 그만큼 서사적 상황의 장면연출에 기울어져 있음을 의미한다. 그 작품들의 대개가 만화, 영화, 드라마로 다시 만들어질 수 있는 것도 바로 이런 이유 때문이다. 시각성의 강조는 "야ㅏ~고ㅣ물ㅇㅣ다~.)_("," ")_〈노ㅏ아〉_〈노ㅏㅇ아"처럼 음절 단위의 글자를 비언어적으로 나누어 비주얼하게 표현하는 데서도 잘 드러난다. 근본적으로 글자의 해체나 이모티콘의 사용은 컴퓨터를 이용한 글쓰기의 특징이다(청소년은 새로운 매체에 대해 가장 우호적이고 적극적인 세대다). 이런 식의 시각적 유희는 귀여

---

12) 귀여니, 『그 놈은 멋있었다 1』, 황매, 2003, 181쪽.

니가 글쓰기 자체를 게임과 같은 일종의 놀이로 여기고 있음을 드러낸다. 그러니까 귀여니에게 글쓰기는 하나의 놀이인 것이다. 그래서 그의 글쓰기는 공식적인 글쓰기의 규율에 얽매이지 않는다. 오히려 그 규율을 위반할 때 글쓰기는 더 재미있는 놀이가 된다.

귀여니는 심지어 소리마저도 시각적으로 표현한다. 예컨대 귀여니의 소설에는 소리를 음성적으로 묘사하는 의성어와 의태어가 여기저기에 넘쳐난다. "흐흐흐._._", "아아아아아악!", "헥……헥……헥……", "뚜르르르르르 뚜르르르르르르 뚜르르르르르르 뚜르르르.", "코ㅏ당!" 등의 표현들은 마치 만화 속 장면에서 시각적으로 표현되는 의성어와 의태어를 연상시킨다. 이처럼 시각적 장면성이 강한 담론(discourse)의 구조는 귀여니 소설이 만화나 영화로 재생산되기 쉬운 근거 중 하나다.

디에게시스는 작가의 내면을 표현하는 하나의 방법인 동시에 서술과 묘사의 레토릭으로 언어의 미적 질감을 표현하는 수단이다. 귀여니의 글쓰기는 이런 것들의 불가능 속에서 인물들의 대화 위주로 전개된다. 대화 위주의 글쓰기를 통해 극적 장면 연출에 주력하는 소설은 사건의 빠른 전개로 독자들을 손쉽게 이야기의 흐름 속으로 끌어들인다. 바로 이것이 귀여니 소설이 그토록 많은 이들에게 '공감'과 '몰입'을 불러일으키는 근거다. 하지만 독자들은 공감과 몰입을 얻는 대신 장면에 대해 사유할 수 있는 해석의 여유를 잃어버린다. 귀여니의 글쓰기는 능동적인 독서 대신 독자들에게 이야기를 소비할 것을 요청하고 있는 것이다(어른들은 바로 이런 점에 주목한다).

보이는 것의 과잉은 보이지 않는 것들의 억압이나 은폐를 통해 이루어진다. 보이는 것들의 이면에는 억압된 욕망과 은폐된 무의식이 자리잡고 있다. 그러므로 귀여니의 소설에서 그 억압과 은폐의 흔적을 탐구하는 것은 그 속에 담긴 욕망과 무의식을 읽어내는 일이기도 하다.

4. 청소년 문화의 이면들

귀여니 소설은 청소년 문화의 민족지학을 구성한다. 그들만의 '환상'을 공유하는 공감의 공동체가 귀여니의 글쓰기를 지탱하는 기반이다. 때문에 귀여니의 소설은 청소년 문화의 하위문화적 텍스트로 읽을 수 있다.

귀여니의 주된 독자는 십대 후반의 여성들이다. 팬덤 문화를 주도하는 이들 세대는 새로운 매체에 대해 가장 개방적이고 문화 소비에 있어서도 주도적이다. 동시에 이들은 야오이와 팬픽, 로맨스소설과 순정만화에 열광하는, 섹슈얼리티에 민감한 세대이기도 하다. 이들의 문화적 감수성은 일본의 대중문화와도 깊게 연루되어 있다.

-_-^ -- 그놈은 이런 표정으로 날 보고 있었다. ㅠㅠ 흰 얼굴, 짧게 올려 세운 노란 머리, 쌍커풀은 없지만 커다란 눈. 일본 혼혈아처럼 생겼다. 내가 재수 없어 하는, 눈 땡그랗고 가스나들 보다 더 이쁜 그런 종류의, 일본 만화에 종종 등장하는 반항아의 전형적인 얼굴. ㅇ_ㅇ(『그 놈은 멋있었다 1』, 18쪽)

온성이가 반항적인 일본 만화 수인공 놈같이 생겼다면 이 남자애는 섹시하다.(『그 놈은 멋있었다 1』, 294쪽)

=_= 뭐야. 지가 순정만화 주인공이야? 뭐 저렇게 웃는담.-_-^(『그 놈은 멋있었다 2』, 142쪽)

1990년대 이후 지금까지 한국이 받아들인 일본문화의 대부분은 포스트모더니즘의 하위문화적 현상인 오타쿠계 문화들이 주류를 이룬다. 귀여니의 글쓰기는 그 혼종적인 문화적 교섭의 흔적을 고스란히 간직하고 있다. 순정만화의 무국적적인(비역사적인) 상상력을 통해 펼쳐지는 청년기의 사랑 이야기. 귀여니가 만든 모든 이야기들의 주제는 바로 그 청소년들의 사랑 이야기, 하이틴 로맨스다. 성과 사랑이란 문화적 이질성의 제약으로부터 자유로운 가장 보편적 주제이며, 그래서 예술의 오랜 역사에서 사랑은 언제나 중심 테마일 수 있었다.

남녀의 결연을 가로막는 장애와 그것의 극복이라는 도식은 연애소설의 공통적인 장르문법이다. 로맨스의 주인공들은 결연을 막는 여러 장애들 때문에 시련을 겪게 되지만 결국 그 시련을 견뎌 이겨냄으로써 둘의 사랑은 이루어진다. 사랑을 이루어나가는 과정이 인물들의 성장 과정으로 전개되는 하이틴 로맨스는 따라서 성장소설의 한 형식으로 표현된다. 남녀의 결연을 가로막는 장애는 일종의 성장통, 즉 입사를 위한 통과의례의 과정으로 드러나는 것이다. 연애소설의 고전이라고 할 수 있는 『춘향전』이 바로 그 전형이다.

『춘향전』의 춘향과 이도령은 이른바 재자가인형의 인물이다. 연애란 서로에 대한 성적인 매혹으로부터 가능한 것이므로 연애소설에서 인물의 성적 매력은 서사의 중요한 계기적 요소다. 이도령의 성적 매력은 여느 멜로드라마의 주인공들이 그러하듯 수려한 외모는 물론 학식과 재주 그리고 출신배경을 통해 드러난다. 반면 귀여니의 로맨스에서 남자들의 매력은 카리스마 넘치는 반항의 태도나 뛰어난 싸움 솜씨에 있다(소녀들은 나쁜 남자, 즉 반항아들에게 끌린다).

윌리스의 면밀한 민족지는 스스로를 '반항아들'이라고 부르는 남자 생도들이 학교의 권위에 끊임없이, 노골적으로 적개심을 드러내는 행동에 주목한다. 그들은 교사에게 순종하는 태도들을 '범생이들'이라고 부르고 그들과 자신들의 차이를 대비시켰다. 이 경우, 젊은이들이 모범생을 단순히 배척하고 있는 것이 아니라, 우월감을 가지고 무시하고 있다는 점이 중요하다. 그들은 '범생이들' 이 자신들과 같이 제멋대로 굴거나, 잘 나가는 여자아이들을 꼬시는 일 따위를 도저히 할 수 없다고 생각했다. 교사나 학교의 권위에 대한 저항과 모범생들에 대한 우월감을 표명하는 사회적인 기호로서, 패션과 담배, 그리고 술은 중요한 의미를 지녔다.[13]

'범생이' 와 '반항아' 의 대비로 드러나는 로맨스의 매력남은 청소년문화의 하위문화적 성격을 표현한다. 그러나 이들의 반항을 지배체제가 강요하는 규율과 질서에 대한 저항으로만 읽어서는 안 된다. 물론 이들의 반항을 일탈로 치부하는 보수적인 도덕주의는 더 나쁘다. 그 반항은 저항과 일탈을 규정하는 다수적 입장에 대한 적극적인 발언이며 실천으로 이해되어야 한다.

겉으론 거칠고 폭력적으로 보이지만 마음 깊은 곳에 아픈 사연을 숨기고 있는, 사실은 속 깊은 귀여니 소설의 남자들. 그들의 거친 태도는 연약한 내면을 숨기기 위한 자기기만이고 그 폭력과 위반의 행위들은 상처 받았던 과거에 대한 치기 어린 복수다. 『그 놈은 멋있었다』의 지은성은 이른바 꽃미남으로 상고의 '4대 천황' 중 한 명이다. 그는 어릴 적에 아버지가 에이즈로 죽어 또래의 진구들로부터 따돌림을 당했던 아픈 과거를 갖고 있다. 한예원과의 사랑은 그 고통스런 트라우마로부터 벗어나는 치유의 과정으로 전개된다. 『늑대의 유혹』의 정태성과 반해원도 출중한 외모와 넘치는 카리스마로 여학생들에게 최고의 인기를 얻는다. 그들의 거친 폭력성과 불량스러운 태도에 소녀들은 열광한다. 은성과 마찬가지로 태성에게도 어린 시절의 아픈 상처가 있다. 그

---

13) 요시미 슌야, 박광현 옮김, 『문화연구』, 동국대학교출판부, 2008, 81~82쪽.

의 아버지는 집안의 반대로 다른 여자와 결혼해버렸고, 그러니까 태성은 미혼모의 자식으로 태어난 것이다. 어렸을 때 엄마가 죽었고 태성은 외할머니의 손에서 자랐다. 아버지가 다른 여자에게서 낳은 아이가 정한경이고 그러므로 둘은 이복형제다. 그럼에도 태성은 누나인 한경을 이성으로 사랑하는데 이런 근친에 대한 병리적 애욕은 모성의 결핍에 따른 한 증상이다.

두 작품 모두에서, 아버지는 남자주인공들에게 상처를 남긴 증오의 대상이다. 바람둥이 아버지는 문란한 성생활로 에이즈에 감염되었고 그 때문에 은성은 마음에 상처를 입었다. 정태성의 마음속 상처 역시 엄마를 버린 아버지에게서 비롯된 것이다(남자들과는 달리 여주인공들은 아버지를 사랑한다). 이로써 가족은 역시 폭력이 발원하는 원초적 공간이라는 것이 분명해진다. 많은 영화들, 그러니까 〈빌리 엘리어트〉(스티븐 달드리, 2000)나 〈천하장사 마돈나〉(이해영·이해준, 2006)에서, 그리고 〈똥파리〉(양익준, 2008)에서도 아버지는 아들의 꿈을 가로막는 폭력적 힘 그 자체다. 세상의 수많은 아들들이 품고 있는 모성에 대한 선망이란 바로 그 부권으로부터의 탈주에 대한 소망에 다름 아니다. 사랑하는 여자를 통해 모성애를 대리 충족하려는 남자들의 빗나간 욕망은 그 소망으로부터 발원한다.

멜로드라마는 과도한 감정과 선정주의 같은 '과잉'을 특징으로 한다.[14] 귀여니의 모든 글들은 바로 그 과잉에 빠져 있다. 귀여니 소설의 인물들은 애욕의 화신이라 할 만큼 모두가 사랑에 열중한다. 에로스 중독자들. 그러므로 당연히 사랑의 관계도 복잡할 수밖에 없는데, 귀여니의 소설에서 삼각관계라는 연애소설의 상투적 인물구도는 사랑의 전선을 복잡하게 뒤섞고 남녀 주인공의 결합을 방해하는 가장 중요한 장

---

14) 벤 싱어, 이위정 옮김, 『멜로드라마와 모더니티』, 문학동네, 2009 참조.

애요소로서 기능한다. 『그 놈은 멋있었다』를 한 예로 살펴보면 그 복잡다단함이 금방 드러난다.

애정의 중심축은 지은성과 한예원으로 둘은 연인이다. 이 둘을 중심으로 많은 인물들이 복잡한 사랑의 굴레로 얽혀 있다. 그의 아픔을 보듬어주는 유일한 사람이었던 선배 신해빈이 사고로 죽자, 은성은 그의 연인이었던 김효빈을 보살피면서 사귀게 된다. 하지만 예원을 만난 은성은 그녀와 헤어지고 효빈은 여전히 은성을 마음으로부터 놓아주지 못한다. 효빈의 오빠 김한성은 예원을 좋아하고, 예원은 은성을 사랑하면서도 한성에게 마음이 끌린다. 사대천황의 한 명이자 은성의 친구로, 중요한 국면마다 예원에게 사건의 전개에 필요한 정보를 전하는 김현성은 효빈을 사랑한다. 예원의 단짝인 경원은 은성의 친구이자 사대천황의 한 명인 김승표와 연인이지만, 미국에 있다가 잠시 귀국한 예원의 친구 정민과 사랑에 빠진다. 여러 개의 삼각관계가 동시적으로 전개되면서 감당하지 못할 만큼 서사는 산만하다.

모든 등장인물이 이처럼 사랑에 몰두하고 있으니, 귀여니의 소설에서 삶은 곧 사랑이고 사랑이 아니라면 그 무엇도 의미가 없다. 이야기의 상황과 사건들 역시 애정관계의 배치 속에서 구성된다. 소설의 주요 무대인 학교, 술집, PC방, 노래방은 일탈의 공간이고 에로스가 범람하는 연애의 공간이다. 그 속에서 아이들은 일탈을 공모하고 위반을 실천한다. 인물들은 모두 학생이지만 학교는 공부하는 곳이 아니라 연애를 고민하는 곳 정도의 의미밖에 갖지 않는다.

어린이도 성인도 아닌 청소년의 지위는 어린이처럼 보호받지도 못하고 어른들처럼 자유롭지도 못한 이중의 구속을 만들어낸다. 그들은 가정과 학교라는 억압의 두 축을 왕복하면서 순응하거나 반항할 뿐이다. 이들에게 현실은 비식별역의 생명정치가 가동되는 수용소다. 따라서 이들은 엄혹한 현실을 피해 망명할 수 있는 상상의 영토를 필요로

하게 된다. 귀여니의 소설은 바로 그 상상의 영토인 셈이다. 억압된 욕망은 연애의 판타지 속에서 상상적으로 충족되고 은폐되었던 무의식은 의식의 수면 위에서 각성된다. 충족과 각성의 과정 속에서 아이들은 순응하거나 저항하고 좌절하거나 이겨낼 것이다.

5. 환상의 세계 너머

귀여니가 만든 상상의 세계에서 아이들은 마음껏 위반한다. 귀여니의 글쓰기는 그들의 솔직한 언어를 그대로 표현한다. 거짓말쟁이를 '구라파덕'으로, 사납게 쳐다보는 것을 '야리다'로, 출입을 거부당하는 것을 '뺀찌 먹다'로, 여자 친구를 '깔'로 표현한다. 이런 은어와 비속어로 공식적인 언어를 조롱할 때 그들은 키득키득 마음껏 웃을 수 있을 것이다. 하지만 환상 속에서의 만족은 오래가지 못한다.

> 정성일: 맨 처음 글을 올린 건 언제죠?
> 귀여니: 고등학교 1학년 여름방학 때요. 처음에는 이렇게 일이 커질 줄 모르고(ㅠ.ㅠ) 내가 걸릴 위험이 없어서 주변 인물 얘기도 넣고, 욕도 막 넣고(0_0), 아무 생각 없이 그런 거예요.[15]

인터넷 공간에 세워졌던 귀여니의 세계는 십대들의 열렬한 호응으로 어른들에게까지 알려진다. 일이 커져버린 것이다. 그 세계는 조잡했지만 해방의 열정으로 뜨거운 곳이었다. 하지만 곧이어 문화자본이 침투하면서 조잡함은 정제되고 위반의 감수성은 길들여져 체제로 환수

---

15) 정성일, 「21세기 소녀교본 완전정복」, 《씨네21》, 463호.

되었다. '걸릴 위험' 속에서 귀여니의 글쓰기는 점점 어른들의 눈치를 보게 되었고 이윤세란 아이는 돈 맛을 아는 영악한 엔터테이너가 되어 갔다.

『그 놈은 멋있었다』의 결말은 은성과 예원의 동거로 끝난다. 하지만 영화에서의 결말은 예원이 외국유학을 마치고 돌아온 은성과 로맨틱한 재회를 하는 것으로 바뀌었다. 혼전 동거는 낭만적 사랑이라는 연애의 판타지 속에서 지워져 버린다. 그 지워짐 속에서 진짜 사라진 것은 아이들이 꿈꿀 수 있었던 해방의 열정이다.

귀여니의 세계는 억압적인 현실로부터 달아나기 위해 만든 판타지의 공간이다. 극복이 아닌 도피는 승화가 아닌 회피다. 언제까지나 환상에 만족할 수는 없다. 꿈은 깰 수밖에 없고 아이는 어른이 되어야 한다. 그러므로 나는 귀여니의 세계를 긍정하고만 있을 수는 없다. 탈영토화의 공간을 재영토화하는 것은 유목하는 자본의 무서운 힘이다. 청소년 문화의 일탈마저도 체제순응적인 문화상품으로 가공할 수 있는 것이 바로 그 힘의 위력을 증명한다. '아이들 장난' 마저도 교환가치로 치환하는 무서운 시대에 문학이란 도대체 무엇인가. 예술의 종말 이후, 문학은 저 잔혹한 운명으로부터 자유로울 수 있을까.

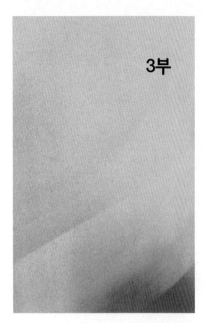

3부

작가와 정치

해석의 정치
—요산 김정한론

1. 작가연구의 방법

'작가' 는 오랫동안 문학연구의 중심축이었다. 그러나 작품을 작가 의식의 일차원적 반영으로 오독하는 지나친 환원주의가 작가연구의 위대한 전통을 훼손시키고 말았다. 신비평가들은 역사 · 전기주의 비평이 작가의 의도를 작품의 의미로 환원해버리는 논리적 왜곡 (intentional fallacy)을 저질러왔나고 탄식했다. 그리하여 문학연구의 중심은 작품 구성의 역사 · 전기적 과정에 대한 분석으로부터 작품 내부의 결(texture)을 섬세하게 읽어내는 방향으로 옮겨지게 되었다. 이러한 지적 분위기에도 불구하고, 작가연구의 풍요로운 가능성에 대한 신뢰를 거두어들이지 않았던 레온 에델은 문학연구의 영토에서 상갓집 개신세로 전락한 작가연구의 가치를 다음과 같이 옹호했다.

작품 그 자체에 주의를 기울이는 것은 훌륭한 일이다. 그러한 작

품 자체에 대한 치밀한 독해는 모든 문학연구의 출발이 되는 것이
다. 그러나 그것이 바로 문학연구의 목적이라고는 할 수 없다. **텍스**
트가 시인의 전기에 대한 '부속물'일 수 없는 것은, 그 텍스트가 시인
의 전기에 있어서 절대적인 것이기 때문이다. 그리고 작품 자체는 시
인의 독서에 대한 반영물일 뿐만 아니라 그 자신의 독특한 삶에 대
한 체험방식의 반영이기도 하다.[1](강조는 인용자)

  작가가 읽고 경험한 세계의 복합적인 구성물인 '작가의 (무)의식'은
작품에 직선적으로 반영되지 않는다. 문학은 작가의 (무)의식이나 역
사의 구조를 명징하게 '재현'하기보다는, 그것을 뒤집고 비틀어 은폐
하면서 '표현'하는 부조리한 에크리튀르다. 그럼에도 불구하고 작가
에게 체험이란 글쓰기의 주요한 원천임에 틀림없다. 일상적이면서도
역사적인 체험의 축적이 기억과 망각 사이를 오가며 작가의 (무)의식
으로 농익게 영글어 표현될 때가, 곧 하나의 작품이 탄생하는 순간이
다. 하나의 "텍스트가 시인의 전기에 있어 절대적인 것"은 바로 이 때
문이다. 오류의 기원은 '환원'이라는 '방법의 왜곡된 적용'에 있는 것
이지 작가의 역사와 전기에 있는 것이 아니다. 그럼에도 왜 저자는 죽
음의 풍문에 휩싸여 불편한 존재가 되어버렸는가.
  "텍스트의 외부에 위치하고 텍스트에 선행하는 이 인물", 즉 형이상
학적 작가라는 존재의 허구성에 대한 미셸 푸코의 비판적 논리는 레온
에델의 명제와 결코 어긋나지 않는다.[2] 역사적 존재로서의 작가를 형
이상학적 존재로 절대화하지 않는 한, 사건과 시간의 과정에 노출된 작
가의 존재는 다시 문학연구의 중요한 영역으로 복귀할 수 있다. '저자

---

1) 레온 에델, 김윤식 옮김, 『작가론의 방법』, 삼영사, 1983, 104쪽.
2) 미셸 푸코, 「저자란 무엇인가?」, 『미셸 푸코의 문학비평』(김현 엮음), 문학과지성사,
  1989, 242쪽.

의 죽음'이란 의미를 체현하는 육체로 간주되어왔던 기만적인 '작가 개념'의 파산선고이지 체험과 상상, 생활과 역사의 성실한 기록자인 작가를 부정하는 것은 아니다.

역사 · 전기주의 비평에서의 작가연구는 때때로 작가의 전기적 연대기와 관련하여 작가론의 영역을 '초기-중기-말기'라는 식의 직선적 논리로 재구성한다. 이런 통시적 구분은 작가의 존재론적 동일성(identity)을 가정하고 그것의 지속과 변화를 매끄럽게 읽어내기 위해 고안된 것이다. 이 같은 논리는 그야말로 푸코의 비판에 들어맞는 형이상학적 작가를 그대로 상정한다. 에드워드 사이드의 '말년의 양식(late style)'³⁾이라는 구상은 이런 곤혹스런 작가론의 발상으로부터 벗어나 작가론의 새 영역을 여는 계기를 마련해준다. 그것은 존재론적 동일성의 매끄러운 연속이라는 허구를 '시의성(timeliness)'의 논리로 부정하면서, 앞선 시간과의 단절과 불연속, 갈등과 불화를 부각시킨다.

에드워드 사이드는 서양 고전음악의 작곡가들을 비평하는 개념으로 아도르노가 사용했던 '말년의 양식'이라는 용어에 주목함으로써, 인생의 말년에 도달한 예술가들의 어떤 공통된 미적 자질을 탐구한다. 죽음을 앞둔 삶의 마지막 시기인 노년기는 화해와 평온함의 기운을 드러내고 말년의 예술가는 평생에 걸친 미적 기획을 완성하는 데 마지막 힘을 기울인다. 하지만 사이드가 흥미를 갖고 있는 말년의 양식은 조화와 평온, 종합과 완성을 거부하는 단절과 불연속을 통해 그 위대함을 드러낸다.⁴⁾ 비타협적인 태도와 비시의성으로 정리될 수 있는 말년의 양식은 "예술의 역사에서 말년의 작품은 파국이다"라고 결론 내린 아도르

---

3) 에드워드 사이드의 『말년의 양식』(마티, 2008)을 번역한 장호연은 'late style'을 '후기의 양식'이 아닌 '말년의 양식'으로 번역했다. 10쪽의 옮긴이 주에서 전기-중기-후기로 이어지는 연대기적 의미로서의 '후기'보다는 양식의 파국적인 면을 강조하는 '말년'이 더 적합한 번역어라고 그 사정을 설명했다. 사이드 저작의 맥락을 잘 살린 적확한 번역어라고 여겨진다.

노의 생각을 따르고 있다.[5] "말년성은 일반적으로 용인되는 것에서 벗어나는 자발적 망명"[6]이라고 했던 사이드의 말은 말년 이전에 구축된 예술가적 명망으로부터 과감하게 단절하는 말년의 위대성을 부각시킨다. 용기와 결단으로서의 '자발적 망명'은 인생의 노년 혹은 예술가적 삶의 말년에 이른 작가를 바라보는 유용한 시각을 열어줄 것이다.

2. 해석의 정치와 의미의 배치

한국 문학사에서 요산(樂山) 김정한(金廷漢, 1908~1996)은 시종일관 정신의 밀도를 보여주었던 흔치 않은 작가로 기억된다. 요산은 1936년 스물아홉의 나이로 〈조선일보〉 신춘문예에 「사하촌」으로 등단하여 일흔여덟의 나이에 「슬픈 해후」(『슬픈 해우-12인 신작소설집』(김정한 외 지음), 창작과비평사, 1985)를 발표하기까지 소설적 주제와 미학적 양식에 있어 일관성을 고수했다. 물론 이 같은 요산문학의 일관성과 연속성은 절필과 복귀 사이의 암연을 괄호 쳤다는 가정 아래서만 가능하다.

요산문학의 해석에서 절필과 복귀의 담론은 대단히 중요한 의미를 갖는다. 이는 절필과 복귀 사이의 공간을 작가적 삶의 공백으로 규정함으로써 그 시기에 끼어든 이질성을 제거하고 자기 문학의 연속성을 정초하기 위한 요산의 정치적 무의식이 반영된 결과일지 모르기 때문이다. 물론 이 정치적 무의식에는 요산의 문학을 해방 이전과 이후로 단절된 민족문학론의 연결고리로 설정하고 싶은, 1960년대 이후 민족문

---

4) 사이드의 '말년의 양식'에 대한 개념적 해설은 『말년의 양식』의 1장인 「시의성과 말년성」을 참조할 수 있다. 이 책의 나머지 글들은 슈트라우스, 모차르트, 장 주네, 람페두사, 비스콘티, 글렌 굴드 등의 예술가들의 말년의 양식을 구체적으로 분석한 비평문이다.
5) 위의 책, 226쪽.
6) 위의 책, 40쪽.

학 진영의 해석욕망이 투영되어 있다고도 볼 수 있다. 그런 의미에서 요산문학은 해석의 정치 속에서 특정한 양상으로 배치되어왔다고 할 수 있다. 다시 말해 요산에 대한 문학사적 위상 부여는 바로 이 해석의 정치가 빚은 배치의 결과인 것이다.

실제로 많은 연구자들은 요산이 1941년 「묵은 자장가」를 끝으로 절필하였다가 1966년 「모래톱 이야기」로 화려하게 복귀(부활)하는 것으로 요산문학을 연속적인 논리적 맥락 안에서 재구성했다. 그 중에서도 최원식의 깔끔한 정리는 요산 연구의 길잡이로서 되풀이 논의되고 있다.

그런데 요산의 문단 복귀는 개인적인 차원을 넘은 일종의 문학사적 사건이다. 그것은 단절된 카프전통의 복원이요, 6 · 25 이후 지하로 스민 해방 직후 좌파의 부활이요, '낙동강의 파수꾼'을 자임한 '변경(邊境)의 혼'의 중심부 진입이었다.[7]

요산의 문단복귀에 대한 최원식의 문학사적 의미부여는, 자신의 문학적 연대기를 선택과 배제의 논리로 매끄럽게 정리함으로써 저항과 투쟁으로 일관한 반골정신의 작가로 스스로를 자리매김하려 했던 요산의 욕망과 70년대 민족문학운동 진영의 욕망이 공모하는 현장을 징후적으로 드러내 보여준다. 그러므로 「묵은 자장가」(1941)와 「모래톱 이야기」(1966) 사이의 25년은 공백의 시간이 아니라 요산의 작가적 무의식을 읽어낼 수 있는 대단히 중요한 의미의 공간이다. 침묵으로 규정되었던 이 문제적 공간에서 요산은 「옥중회갑」(1946년)과 「설날」(1947) 등의 작품을 비롯해 친일논란을 불러일으켰던 「인가지(隣家誌)」(1943)를 썼다. 작품 외적으로도 이 시기의 요산은 여러 단체에 이름을 올리

---

7) 최원식, 「90년대에 다시 읽는 요산」, 『문학의 귀환』, 창작과비평사, 2001, 228쪽.

며 활발한 사회활동을 하였고, 그런 활동들이 작품의 생산에도 큰 영향을 미쳤던 것으로 짐작된다. 1947년 우익 문화단체인 전국문화단체총연합의 부산지부장으로 이름을 올렸으며 1949년에는 경상남도 국민보도연맹에 임시발기인으로 참여하기도 했다.[8] 어쨌든 요산의 문학은 그의 바람대로 이 괄호 쳐진 25년의 공백을 훌쩍 뛰어넘어 등단 무렵부터 말년에 이르기까지 일관된 문학적 논리 안에서 정리되곤 한다.

실제 요산문학은 몇 번의 침묵에도 불구하고 연속성을 지닌다. 제국과 식민지 민중의 문제, 국가와 민중의 문제는 복귀 전후 요산문학의 일관된 주제이다.[9]

요산문학의 이런 연속성을 잠정적으로 인정하게 될 때 요산문학이 갖고 있는 말년의 양식도 어느 정도 분명해진다.

사람답게 살아가라! 비록 고통스러울지라도 불의에 타협한다든가 굴복해서는 안 된다! 그것은 사람의 갈 길은 아니다.[10]

여러 곳에서 요산의 문학적 혼을 대변하는 문장으로 널리 인용되고 있는 「산거족」 속의 이 유명한 구절은 작가 스스로가 문학비 건립에 쓰일 문구로 직접 정한 것이라고 한다.[11] 요산이 구축하고 싶었던 작가로

---

8) 요산은 한 회고의 글(『낙동강의 파수꾼』, 한길사, 1978, 84쪽)을 통해 전국문화단체총연합의 부산지부장으로 이름이 오르게 된 것이 자신의 승낙 없이 임의적으로 이루어진 것이라고 했다.
9) 구모룡, 「21세기에 던지는 김정한 문학의 의미」, 『창작과비평』, 2008년 가을호, 371쪽.
10) 김정한, 「산거족」, 『김정한소설선집』, 창작과비평사, 1974, 402쪽.
11) 이 구절은 고희를 기념하는 문학비를 건립(1978년, 부산 초읍의 어린이대공원)하기 위해 소설가 윤정규 선생의 부탁으로 요산이 직접 발췌해서 건넸다고 한다. 나는 이 사실

서의 자기 정체성은 불의에 타협하지 않는 투쟁과 저항의 작가상이 아니었을까.[12] 분명한 것은 요산이 25년의 시간을 침묵의 시간으로 삭제하고 싶었을 만큼 그의 문학적 연대기에서 이 시기는 일종의 단절로 남아 있다는 사실이다. 요산은 수미일관한 연대기적 논리로 자기의 문학 세계를 정초하려는 욕망만큼이나 이 단절의 이질적 공간으로부터 눈을 돌리고 싶었던 것은 아닐까. 다시 말해 요산에게 있어 말년의 양식은 단절이나 불화가 아니라 연속성의 욕망으로 가득 차 있는 것인지도 모른다. 그 연속성의 욕망은 민족주의에 호응하는 일관된 자기 표상화의 형이상학적 욕망과 결부되어 있다는 점에서 문제적이다.[13]

요산의 문학은 자유주의적 개인으로서의 '나'를 문제 삼기보다는 억압과 수탈로 피폐해진 '대지의 저주받은 자들' 로서의 '우리' (민족·민중)에 천착한다. 착취와 수탈, 지배와 통치는 민족의 건강한 활력을 억누르고 왜곡하는 부정적 힘으로 설정되고, 이에 대한 저항과 투쟁은 절대적인 선으로 확정된다. 이런 안정적인 선악의 이분법적 구도는 해석의 잠재적 공간인 텍스트의 여백을 모두 이 일원적 구도로 채우게 만드는 폭력적인 환원론의 기제를 작동시킨다. 지배와 피지배의 이분법적 논리구도는 대부분의 요산 소설에서 가진 자와 못 가진 자, 통치 권력과 수탈당하는 민중, 남성과 여성, 정상과 장애, 문명과 자연 등

을 요산 김정한 선생 탄생 100주년을 기념하는 제11회 요산문학제의 개막식장(2008. 10. 17, 부산일보사 10층 대강당)에서 최해군 선생의 기념축사를 통해 들었다. 자택의 거실 벽에 액자로 걸어둘 정도로 이 구절에 대한 요산의 애착은 각별했던 것 같다.(최원식, 「요산 김정한 선생 방문기: 그 편안함 뒤에 대쪽」, 『민족문학사연구』(3호), 창작과비평사, 1993, 297쪽 참조)

12) 그런 의미에서 김해 출신 사회주의자 노갑용을 모델로 한 「옥중회갑」(1946)의 '노 선생'은 요산의 작가적 정체성을 구성하는 데 결정적인 중요성을 갖는다. "몸은 비록 작으나 그 자그마한 몸뚱이 속에는 조국과 민족을 사랑하는 마음이 빈틈없이 충만해 있는 것 같았다."(김정한, 「옥중회갑」, 『낙동강 1』, 시와사회사, 1994, 281쪽)

13) 요산에게 '민족'은 돌아가야 할 아득한 먼 곳의 고향이자 따뜻한 어머니의 품과 같다.

의 이항 대립적 논리로 변주된다. 이런 구도 자체가 해석의 차이들을 저 이분법적 논리 안에서 균질적인 것으로 만들어버리는 폭력의 논리 (동일성의 논리)를 재생산한다.[14] 이렇게 볼 때 요산이 시종일관 자기의 작가적 정체성으로 상상했던 반골기질의 지사적 작가상은 사실은 대단히 위험스러운 논리 안에서 구축된 것이라고 할 수 있다. 그래서 나는 요산에 대한 일반적인 평가라고 할 수 있는 다음과 같은 입장에 쉽게 동의하기 어렵다.

> 결국 말년양식은 지배적인 현실에 대한 저항이며 관습적인 질서 와의 불화라고 할 수 있다. 비타협적인 저항이라는 측면에서, 등단 작부터 요산의 소설은 말년의 양식에 속한다고 할 것이다.[15]

사이드가 관심을 갖고 있었던 것은 "조화롭지 못하고 평온하지 않은 긴장, 무엇보다 의도적으로 비생산적인 생산력을 수반하는 말년의 양식"[16]이다. 그것은 자기가 한 평생 사력을 다해 구축한 사상과 예술로 부터의 자기 배반, 혹은 자기로부터의 망명이지 단순히 부조리한 시대에 저항하는 화해불가능성의 개념으로 그 의미가 축소될 수는 없다. 물론 요산의 일평생은 불안한 근현대사의 격동 안에서 현실의 여러 어려운 상황을 맞이하고 그것을 당차게 헤쳐나가려 분투했던 삶이었다고할 수 있다. 하지만 그 분투는 투쟁과 좌절, 저항과 타협 사이의 지극히 혼란스런 고뇌 속에서 이루어진 것이지 꺾이지 않는 지조와 굽히지 않

---

14) 사카이 나오키는 이항대립의 도식적 논리구조가 근대의 한 양식으로서 폭력의 기제로 작동한다는 것을 '쌍형상화 도식'이라는 개념으로 비판한다. 이에 대해서는 사카이 나오키, 후지이 다케시 옮김, 『번역과 주체』, 이산, 2005에서 특히 2, 4, 5장을 참조.

15) 황국명, 「요산 소설의 지리적 상상력과 그 가치」, 『요산문학 100년, 21세기 생명과 평화를 찾아서(제11회 요산문학제 자료집)』, 전망, 2008, 28쪽.

16) 에드워드 사이드, 앞의 책, 29~30쪽.

는 의지의 영웅적 진군은 아닐 것이다.[17]

요산의 문학은 작가 스스로 구축한, 그리고 외부에서 조장한 일관성과 연속성의 신화적 영토로부터 스스로 망명하지 못함으로써 예술의 역사에서 말년은 곧 파국일 수밖에 없다는 아도르노의 명제를 배반한다. 요산은 오히려 자기에게 주어진 사회적 평판과 쉽게 화해함으로써 자신의 명망을 유지하려 했다. 자기부정의 위대한 길이 아니라 자기긍정의 위험한 길로 나아감으로써 요산문학에 있어 말년의 양식은 사이드가 흥미를 가졌던 그것과는 정반대의 방향으로 나아가고 말았던 것이다.

3. 정치적 해석의 양상: 가족주의와 민족주의

요산은 1977년 일흔이라는 고령의 나이에 역사 장편소설 『삼별초』를 펴냈다. 이 작품에는 한평생 일관되게 구축해온 요산문학의 논리가 장편이라는 형식 속에서 연속적으로 반복되어 있다. 따라서 『삼별초』는 요산문학에 있어 말년의 양식을 확인할 수 있는 중요한 텍스트라고 할 수 있다.

요산이 『삼별초』를 출산한 1970년대를 전후한 시기는 1930년대 전성기를 구가했던 역사소설이 또 다른 맥락에서 부활했던 때다. 1930년대의 역사소설이 천황제 파시즘의 강력한 압박을 배경으로 대중주의와 상업주의를 추수하는 방향으로 나아간 데 반해, 1970년대 전후 역사

---

17) 「끊임없는 자기 혁명을 위해」(『사람답게 살아가라』, 동보서적, 1985)는 일흔둘의 나이에, 절박한 상황을 맞이할 때마다 신념의 유지와 확대를 위해 결단을 내려온 '자기 혁명'의 삶을 되돌아보고 있는 글(수상록)이다. 하지만 이런 '자기 혁명'에의 신념은 스스로에게 부여한 주술이자 죽음을 앞둔 노년에 자기의 삶을 일관된 무엇으로 정리하려는 일종의 의욕이 아닐까.

소설의 만개는 민중주의와 민족주의에 바탕을 둔 진보적 변혁운동의 흐름 속에서 이루어졌다. 황석영의 『장길산』(1974~1984), 김주영의 『객주』(1979~1984) 등 이 시기의 역사소설은 왕조중심의 역사나 엘리트적 영웅주의보다 타락한 권력자들로부터 압제받는 민중의 절박한 삶에 더 큰 관심을 보여주었다. 요산의 『삼별초』 역시 이러한 문화사적 맥락의 영향 안에서 쓰인 작품이라고 할 수 있다.

요산에게 장편이라는 소설형식은 이례적이다. 유년기의 체험을 바탕으로 쓴 『농촌세시기』(『경남공론』, 1955~1956)가 있지만 이 소설은 전체 서사의 발단부분에 해당하는 6회분만으로 연재가 중단된 미완성 작품이다.[18] 요산의 장편부재는 오랜 교직생활을 비롯한 활발한 사회활동에서 그 원인을 찾을 수도 있겠지만, 그보다는 단조로운 이분법적 구도를 서사구성의 핵심적 원리로 하는 그의 소설작법에서 더 근본적인 이유를 찾을 수 있을 것이다.[19] 민족과 외세, 민중과 지배계급의 이분법에 바탕을 둔 소설의 서사구조는 인물의 내면과 현실의 세부를 핍진하게 드러내는 데 장애가 됨으로써 이야기가 규모를 갖추는 것을 어렵게 만들었을 것이다. 명징한 이분법의 서사는 주제를 명료하게 드러내는 데는 유리하지만 서사구성의 복합적인 요소들을 통해 유장하게 이야기를 풀어내는 데는 취약하다.

『삼별초』도 서사적 맥락에서 볼 때는 완결성을 갖추지 못한 미완의 작품이라고 할 수 있다. 이 작품이 미완으로 끝나버린 것도 예의 그 이원적 서사구조로 말미암은 것이다. 『삼별초』의 서사는 '배순나' 라는

---

18) 요산문학관이 소장하고 있는 미간행 육필 원고 상태의 미완성의 장편들로 『세월』, 『난장판』, 『잃어버린 山所』, 『낙동강』, 『마르지 않는 강』이 있다. 이 미완의 작품들은 요산이 장편 창작에 얼마나 큰 어려움을 겪었던가를 반증한다.

19) 요산의 소설이 주제의 명징성을 위해 '논평적 서술방식' 과 '이원적 대립구도' 를 기본적인 서사구성의 원리로 삼고 있다는 김준현의 분석은 설득력이 있다.(「이원적 대립 구조와 의미의 명징성」, 『김정한-대쪽 같은 삶과 문학』, 새미, 2002 참조)

여성을 중심으로 펼쳐지는 민중의 일상사와, 몽고의 간섭 아래서 정치적으로 분열·갈등하는 원종 치세의 조정의 이야기가 두 축으로 전개된다. 순나의 남편 윤석중과 오빠 배경삼은 그 두 이야기를 이어주는 매개적 기능을 담당한다. 삼별초의 병사로 부역하고 있는 윤석중과 배경삼은 둘 다 순나와는 가족관계로 연결되어 있으면서도 윤석중에 비해 배경삼의 서사적 기능은 미미하다. 하지만 윤석중도 이야기의 두 축에 어설프게 걸쳐 있기는 마찬가지다. 그래서 배순나의 이야기와 지배층의 이야기는 서로 유기적으로 연결되지 못하고 단순하게 병치되어 전개되는 듯한 느낌을 준다.

배순나를 중심으로 전개되는 이야기가 '가족사'라고 한다면 조정을 중심으로 전개되는 이야기는 '민족사'라고 할 수 있다. 앞의 이야기가 완전한 허구라면 뒤의 이야기는 어느 정도 역사적 사실에 바탕을 두고 있다. 『삼별초』는 가족사와 민족사의 병치구도를 통해 민족의 시련이 한 가족의 시련으로 이어지는 상황을 부각시킨다. 궁극적으로 이 소설은 가족이야기와 민족이야기의 결합을 통해 가해(몽고라는 외세와 고려의 사대주의적 위정자)와 피해(선량한 고려의 백성)의 이분법적 논리를 명징하게 드러낸다.

몽고의 무리한 외교적 간섭과 무력 침략은 민족을 위기에 빠뜨리는 결정적 사건이며 민족의 입장에서 외세로서의 농고는 극복되어야 할 적이다. 원종을 중심으로 한 고려의 조정은 몽고에 대한 정치적 입장에 따라 화친파와 항몽파로 나뉘어 격렬하게 대립한다. 조정의 이야기는 1부 6장부터 본격적으로 시작되는데, 1264년 5월 몽고 세조 쿠빌라이가 고려 국왕인 원종에게 몽고 조정으로 들어오라는 조서를 내려 고려의 조정은 분란이 일어난다.

원종의 입조가 결정되자 고려 권신들의 동정(動靜)도 여러 가지로 나타났다. 재추회의 때 입조를 주장하던 사람들은 입조가 무사히 끝나고 그것이 고려에 평화를 가져올 것을 바랐거니와, 입조를 반대하던 사람들 사이에는 대체로 두 갈래의 움직임을 볼 수가 있었다. 그 하나는 입조는 고려의 사직을 완전히 팔아먹는 처사라고 걱정하는 편이고, 다른 하나는 고려 사직의 안위보다 자신의 지위 확보와 권력의 강화를 꾀해 보겠다는 편이었다.

고려 사직의 안전을 진정으로 염려하는 사람으로서는 누구보다도 재상의 수반격인 이장용이었고, 역시 국가의 안보를 내세우되 내심으로는 자신의 권력 유지 내지 강화에 욕심을 두는 사람은 김준이 그 대표적인 인물이었다.[20]

힘을 모아 외세의 침략에 대항해야 할 조정은 이처럼 분열되어 있다. 조정 이야기의 중심인물인 이장용은 항몽파와 화친파 사이에서 중도적인 현실론으로 조정의 분열을 통합하고 몽고의 외교적 간섭과 무리한 요구들에 나름대로 대응하려는 노재상이다. 지사적이고 중도적인 이장용은 「옥중회갑」과 「설날」의 주인공이자 실제 모델인 노백용을 떠오르게 한다. 이장용의 현실주의적 중도론은, 김해출신의 사회주의자로서 해방 전에는 신간회에 그리고 해방 후에는 인민항쟁에 참여했던 노백용의 정치적 입장과 통하는 점이 있다. 노백용은 사회주의자이면서 동시에 민족주의자였다. 계급모순에 투쟁하면서도 민족의 환란에 대항했던 노백용의 중도론과 민족의 독립적 주체성을 유지하기 위해 몽고와의 외교적 유화정책을 추진했던 이장용의 정치적 입장에서는 서로 닮은 점을 발견할 수 있다.

요산소설의 주인공은 대부분이 여성과 노인이다. 『삼별초』의 이장

---

20) 김정한, 『삼별초』, 시와사회사, 1994, 80~81쪽. 앞으로 이 책을 인용할 때는 인용문 옆에 쪽수만 병기한다.

용은 요산의 다른 소설 속 노인들과 여러 점에서 겹쳐진다. 몽고의 간섭으로부터 국가를 지키려는 이장용의 모습에서 삶의 터전을 지키기 위해 불의와 당당히 맞서는 「모래톱 이야기」의 갈밭새 영감과 인간차별에 맞서 싸우는 「인간단지」의 우중신 노인, 그리고 빈민 산거족의 생명줄인 산수로를 지켜낸 황거칠 노인을 떠올릴 수도 있다. 또 이장용처럼 덕이 있고 속이 깊은 노인의 인물형상은 자상한 시아버지의 전형인 「옥심이」의 허서방을 비롯해 덕 있는 시아버지이자 지조 높은 선비의 모습을 보여준 「수라도」의 오봉선생에서도 이미 보았던 바 있다.

반면 이장용의 반대편에 있는 김준은 상전의 애첩과 간통했다가 귀양을 갔을 정도로 도덕적으로 타락했으며 자신의 정치적 이익을 위해서는 수단과 방법을 가리지 않는 악한이다. 조정의 수장인 원종은 분열된 조정에서 중심을 잃고 흔들리는 무력한 군왕으로 그려진다. 결국 무력한 군왕 아래에서 고려 조정의 대세는 홍대순, 홍다구, 김인준, 영녕군, 조이 등 매국노들에 의해 몽고에 투항하는 쪽으로 기울어간다. 바로 이 같은 민족의 위기 상황 속에서 삼별초의 의미가 부각되는 것이다.

지금의 원종 임금이나 김준 일파는 사실 몽고의 꼭두각시야. 겨레나 나라의 장래 같은 건 요만치도 안중에 없고 그저 자신들의 부귀영화에만 눈깔들이 뒤집혀 있는 셈이지. 그러니까 백성들의 생각과는 정반대로 몽고군이 영원히 이 땅에 주둔해 있는 게 자신들에겐 좋다는 거야. 사실 평화를 앞세우고 있지만 자기들의 이익만을 위해서 행여 몽고군이 떠날까 불안에 손톱이 안 들어가는 꼴들이지. 그러니까 몽고놈들의 영구 주둔을 합리화하기 위해서 괜히 있지도 않을 왜군의 침입을 나발 불어대는 거란 말야. 결국 이번 삼별초군의 남파는 그런 개수작의 일단이지. 쿠빌라이의 생각은 딴 데 있는데 말야. 고려는 고려대로 고스란히 집어 먹고 그 고려군을 화살받이로 내세워 일본까지 손아귀에 넣자는 꿍꿍이 셈이거든. 그러나 간대로 그렇게 되지는 않을 거다. 언제 그들이 우리를 도와준다는 구실로 이 땅에 기어들어 여진족이 한 놈도 남아 있지 않는 데도 벌써 30여 년이나 고려를 강점하고 있지 않는가 말야. 그건 드러내 놓고 말을 못해 그렇지 삼척동자도 다 알고 있을 거야.(99쪽)

삼별초의 장군 임연의 이 분노에 찬 말의 이면에는 요산이 이 작품을 쓸 당시 남한의 현실에 대한 우회적 비판이 담겨 있다. 있지도 않는 위협을 과장해가면서 영구 주둔을 합리화하는 몽고군과 자신들의 기득권 유지를 위해 몽고군의 주둔을 정당화하는 지배계급의 논리는 미군이 주둔하고 있는 남한의 현실에 대한 우회적 비판인 것이다. 다음과 같은 언급은 조금 더 직접적으로 작가의 의식을 드러내고 있다.

명목이야 여하튼 외군이 주둔하는 국가에 주권이 제대로 지탱된 나라는 역사상 일찍이 그 예가 없지 않은가? 모두 정권욕에 미친 자들의 매국행위로 끝나지 않았던가!(190쪽)

요산은 등단작 「사하촌」에서부터 「옥심이」, 「항진기」, 「모래톱 이야기」, 「인간단지」, 「산서동 뒷이야기」 등의 작품에 이르기까지 줄곧 하층 민중들의 생존의 터인 '땅'에 천착해왔다. 민중들의 농토이자 삶의 터전인 땅을 착취하려는 세력들에 대한 적대는 요산문학의 핵심적인 주제이다. 따라서 외국 군대가 주둔하는 것이 민중들의 삶터에 대한 약탈이라는 『삼별초』의 논리는 등단 때부터 지속되어온 현실비판 의식의 일관된 표현인 것이다.

무능하고 부패한 정부나 악랄하기 그지없는 몽고군이나 하층 민중에게는 별 다를 게 없는 적대의 대상일 뿐이다. 그러므로 반정부·반몽고 항쟁의 화신으로 등장하는 삼별초는 하층 민중에게 구원의 메시아다. 하지만 소설의 마지막은 멀리서 불타는 진도를 바라보는 순나의 모습을 묘사하는 것으로 끝난다. 강화도에서 자리를 옮겨 진도를 대몽항쟁의 거점으로 삼았던 삼별초가 여몽 연합군의 공격을 받고 있는 것이다. 아기장수 설화처럼 민중의 희망에 대한 좌절의 분위기를 연출하는 소설의 마지막 장면이 작가의 세계관을 반영한다고 보기는 어렵다. 이야기가 충분히 전개되지 않은 상태에게 서둘러 결말을 맺어버린 미완결의 작품이기 때문에 소설의 결말은 오히려 작가의 의도를 배반한다.

애초에 작가의 의도적인 구상은 아마도 이 소설에서 다른 하나의 이야기 축인 배순나의 가족사를 통해 민중의 끈질긴 생명력을 형상화하는 것이었을 지도 모른다. 배순나는 결혼 전에 왼쪽 다리에 생긴 이상스런 종기 때문에 시련을 겪는다. 이런 질병의 시련은 순나의 성숙을 위한 일종의 입사식(入社式)이다. 소설의 전반부는 순나의 시련과 이 시련을 극복하는 과정에 초점이 맞춰져 있다. 순나는 할머니와 함께 쌍계사로 불공을 드리러 가는 여정을 통해 지배계급의 타락과 몽고의 침략이 불러온 민중의 피폐한 현실을 깨닫게 된다. 현실의 모순에 눈 뜨는 과정으로서 순나의 여정은, 서사적으로는 앞으로 이루어질 새로운 가족구성을 위한 인연(복사마귀 아주머니와의 만남)을 맺어가는 과정이기도 하며 동시에 질병을 지유하는 육체적 성숙의 과정이기도 하다. 여행에서 돌아온 순나는 얼마 안 있어 병이 낫고, 이어 윤석중과 결혼해 아들 대갑이를 낳는다. 여행 이후 새로운 가족의 구성에 이르는 과정은 어색할 정도로 대단히 압축적으로 전개된다.

결혼을 하고 아이를 낳은 순나는 이후 소설의 전개에서 그야말로 억척어멈의 형상으로 그려진다. 순나는 베 장사, 방물장수, 옹기 장사로 전라도 일대 갈 만한 곳을 억척같이 돌아다닌다. "그래도 순나는 지칠 줄을 몰랐다. 성질이 억척보두였다."(108쪽) 심성이 굳고 억척스러운 사람을 뜻하는 '억척보두'는 요산소설의 인물들을 규정하는 중요한 술어로 여러 작품에서 빈번하게 나타난다.[21] 억척같은 여성상은 비단 배순나뿐 아니라 요산의 다른 여러 작품에서도 반복적으로 나타나는 요산소설의 중요한 특징이다. 질병도 두려워하지 않고 어머니를 간호하는「제삼병동」의 강남옥, 고된 시집살이를 묵묵히 견뎌내는「축생도」의 분통이, 한 집안 가장의 역할을 떠맡을 정도로 여장부인「수라도」의 가야부인, 외로운 박노인과 춘식에게 가정의 행복을 가져다준「뒷기미나루」의 심속득, 젊은 날의 우중신 노인을 위해 모든 것을 바쳤던「인간단지」의 아내 복둘이가 모두 그렇다.

억척어멈으로서의 배순나는 요산소설의 가부장적 논리를 단적으로 드러낸다. 남편이 부재하는 가족에서 모성으로서의 여성은 남편의 대리 보충으로 기능한다. 남편을 대신해 가족을 부양하고 남은 가족들의 정서적 불안까지도 안정시켜야 하는 모성으로서의 여성은 전쟁의 경험 속에서 억척어멈이라는 형상으로 재현되는 것이다.[22] 이때 여성의 정체성은 가족에 대한 희생과 헌신을 통해 구성된다. 순나가 결혼 전 할머니와의 여행을 통해 현실의 폭력성을 깨닫고 질병의 시련을 겪어냄으로써 강인한 여성으로 성숙하는 과정은, 결국 몽고군의 침략과 정부의 무능부패가 가져온 가족사의 시련을 극복하는 모성으로서의 억척어멈을 탄생시키는 과정이었던 것이다.

---

21) 홍수가 난 강가에서 위험을 무릅쓰고 떠내려오는 수박을 건져내려는「모래톱 이야기」의 민중들도, 산로(産勞)를 미처 풀 겨를도 없이 비를 맞아가며 논일을 하는「축생도」의 분통이도, 일제시대에 조선인들과 함께 지세와 소작료 투쟁을 벌이는가 하면 산서동이라는 새 부락을 개척하는 데 앞장섰던「산서동 뒷이야기」의 재조(在朝) 일본인 이리에 쌍도 모두 '억척보두'로 묘사되어 있다.
22) 남편의 부재와 억척어멈의 탄생이라는 공식은 민족의 수난(전쟁)을 배경으로 한 많은 소설들에 공통적으로 나타난다. 민족의 수난에 응전하는 서사적 대응물로서의 가족이야기는 그 안에 가부장적 이데올로기를 함축하고 있다.

가족주의의 이데올로기는 요산의 초기소설부터 말년의 소설에 이르기까지 변함없이 일관되는 요산문학의 어두운 함정이다. 가족을 위해 온몸으로 헌신하지만 결국은 병을 얻고 마는 강남옥(「제삼병동」)과 분통이(「축생도」), 그리고 복둘이(「인간단지」)처럼 여성의 운명은 오로지 가족을 위한 절대적 희생으로 결정된다. 억압의 근원인 가족을 떠난 여성들은 옥심이(「옥심이」)와 은파(「기로」)처럼 결국에는 집으로 복귀할 수밖에 없다. 일제 강점기와 한국전쟁을 가로지르는 가야부인의 일생은 민족사의 수난을 함께하면서 부성(父性)의 부재를 당차게 감당하는 여장부로서의 영웅적 여성상을 보여준다. 그러므로 『삼별초』의 배순나는 평지돌출한 인물 형상이 아니라 이 같은 요산문학의 일관된 흐름 속에서 종합되어 나온 것이라고 할 수 있다. 『삼별초』는 순나가 민족의 수난을 온몸으로 이겨내는 억척어멈의 강인한 모성으로 완성되는 것을 미완의 기획으로 남겨두었다. 소설이 완결되었더라면 한 가족의 억척어멈으로서 순나는 민족사의 수난을 겪어내는 민족의 성모(聖母)로 승화되었을 것이다.

민족이야기는 가부장적 논리를 바탕으로 하고 있다는 점에서 가족이야기와 동형의 구조를 갖는다. 『삼별초』에서 고려 군왕 원종은 몽고의 세조 쿠빌라이의 가계 안으로 편입된 형국이므로 민족의 아버지로 빚아들어질 수 없다. 따라서 고려 조정의 이장용은 남편 윤석중이 부재한 가족의 억척어멈 순나와 같은 처지라고 할 수 있다. 가족의 위기를 억척어멈이라는 강력한 모성의 구축을 통해 대응하듯이 민족의 위기는 민족해방을 이끌 수 있는 강력한 주체구성을 요구한다. 바로 이러한 요구에 대한 응답으로 이 소설은 대몽항쟁의 강력한 주체로서 '삼별초'의 의미를 구성하는 것이다. 그러나 민족의 항쟁을 서사화한 『삼별초』가 민족을 정당화함으로써 오히려 국가 이데올로기의 폭력을 승인하는 방식으로 변질되는 것은 아이러니가 아닐 수 없다. 고대의 역사를 민족주의의 정당화를 위해 재서사화할 때 그것이 결국은 근대적 국가의 이데올로기를 합리화하는 것으로 귀결되어버리고 마는 것이다.[23]

　민족주의 진영의 어른(상징적 아버지)으로 받아들여졌고, 스스로도 외세의 침략과 지배 권력의 야만적인 착취에 시달리는 하위주체를 대변하는 작가로 자기 정체성을 구축했던 요산에게 『삼별초』는 초지일관하는 자기문학의 정수를 드러낼 야심찬 기획의 산물이었다. 하지만 민족주의가 가진 위험한 논리들은 요산의 문학에도 그대로 옮겨진다. 말년의 양식으로서 요산문학의 요체가 반복되고 있는 『삼별초』에는 가족주의와 민족주의가 결합된 강력한 자기동일성의 논리가 일관된 형식으로 연속되고 있다.[24] 민족사의 수난과 지배계층의 탄압과 착취를 여성과 노인이라는 인물형식으로 치환하는 것은 일종의 이데올로기다. 민족의 '고결함(respectability)'이라는 신화는 여성과 노인이라는 반남성적 이미지의 창출을 통해 유지된다.[25] 강력한 남성성이 지배와 수탈의 성적 표상이라면 여성과 노인의 반남성적 표상은 그 지배와 수탈에 대항하는 저항주체의 이미지를 구성한다. 민족이라는 '상상의 공동체'가 유지되기 위해서는 많은 담론전략이 필요하지만 특히 전쟁과 같은 직접적인 물리적 폭력에 민족의 운명이 노출될 때 성정체성을 조작하는 것은 전형적인 담론전략이다. 간난고초를 견뎌낸 덕 있고 지

---

23) 역사(고대사)의 왜곡을 통해 근대 국민국가의 논리를 정당화하는 메커니즘에 대한 비판적 분석으로 이성시, 박경희 옮김, 『만들어진 고대』, 삼인, 2001 참조.

24) 1970~80년대의 민중주의와 민족주의는 모순에 가득 찬 현실에 대한 변혁이라는 진보주의적 발상에도 불구하고, 역사적 책임이라는 공적인 대의로 사적인 것들의 무수한 이질성과 그 디테일한 내면의 감수성을 억압하는 전체주의의 논리구조를 드러냈다. 요산의 문학 역시 이런 폭력적인 논리구조와 단절하지 못했던 것이다. 같은 맥락에서 민족-민중문학의 파시즘을 김지하의 예를 통해 비판한 김철의 논문을 참조할 수 있다.(김철, 「민족-민중문학과 파시즘」, 『'국민'이라는 노예』, 삼인, 2005)

25) 내셔널리즘의 유지와 섹슈얼리티의 조작 그리고 그 결과로서 '고결함'과 같은 미적 감수성의 탄생에 대한 논의는 조지 모스, 서강여성문학연구회 옮김, 『내셔널리즘과 섹슈얼리티』, 소명출판, 2004 참조.

혜로운 노인과 가정의 충실한 주부이자 뜨거운 모성의 어머니로서의 여성. 아비와 딸 혹은 시아비와 며느리의 이 가족구조는 외세와 지배계급의 폭력에 대응하는 요산소설의 강력한 주체들인 것이다. 민족의 대리표상인 가족은 그 상상의 공동체를 유지하기 위해 인물(인민)에게 정형적인 위치를 부여하는 사회적 분할을 강요함으로써 폭력의 정치학을 구성한다.[26]

요산문학의 일관된 서술전략인 지배와 피지배의 단순한 논리적 구도 자체가 실은 대단히 폭력적인 담론의 구조다. 지주와 경작인, 남성과 여성, 도시와 농촌, 문명과 자연, 장애인과 정상인, 외세와 민족이라는 이항 대립적 논리를 통해 앞의 항을 악으로 뒤의 항을 선으로 결정짓는 단순한 서술전략은 그 사이의 다양성과 차이를 사유하기 힘들게 만든다. 그리고 외적 갈등의 서사적 남용은 인물의 내적 갈등(내면적 고뇌)을 약화시킴으로써 성격의 깊이를 충분히 드러나지 못하게 만든다. 요산은 이런 폭력적 논리구도를 끝까지 고수함으로써 자기로부터의 망명을 거부했다. 오히려 그는 스스로 만든 형이상학적인 작가상에 몰두함으로써 강렬한 자기애를 강화하는 방향으로 나아가고 말았다. 그 자기애는 결국 타자(여성, 민족, 농촌, 자연)에 대한 관념적 재단이라는 자기동일성의 논리로 귀결된다. 평생, "사람답게 살아가라! 비록 고통스러울지라도 불의에 타협한다든가 굴복해서는 안 된다! 그것은 사람의 갈 길은 아니다"라는 명제로부터 벗어나지 못했던 요산의 문학은 안타깝게도 한국의 민족주의 문학이 반복적으로 노출했던 진보의 보수성이라는 망령을 떨쳐버리지 못했던 것이다.

---

26) 자크 랑시에르는 그 폭력의 정치학을 '치안'으로 명명함으로써 사회적 분할에 맞서 강요된 정체성으로부터 적극적으로 탈주하려는 활동인 '정치'와 구분한다. '배제된 자들의 주체화'로 요약되는 랑시에르의 정치개념을 따를 때 요산의 소설 속 인물들은 오히려 치안의 지배를 받고 있다고 할 수 있다.(자크 랑시에르, 양창렬 옮김, 『정치적인 것의 가장자리에서』, 길, 2008 참조)

4. 작가의 노년과 말년의 양식: 요산의 '노년'과 소설의 '노인'

'말년의 양식'이 예술가의 삶과 미적 양식의 관련 속에서 나온 개념이라면 '노년성'은 생물학적 노쇠와 밀접한 관련을 맺는 개념이다. 말년의 양식이 주로 예술가의 작가적 노년기와 결부되기 때문에 노년성과 말년의 양식은 서로 통할 때가 많다. 하지만 이상(李箱)이나 기형도처럼 요절한 작가들에게서도 말년의 양식을 탐구할 수 있다는 의미에서 노년이 반드시 말년의 양식에 있어 전제가 되는 것은 아니다. 그럼에도 불구하고 육체적 노쇠와 죽음의 임박이라는 생물학적 상황은 말년의 양식에 있어 중요한 계기로 작용한다.

죽음에 대한 공포만큼이나 노년은 공포의 대상이다. 노년은 대부분의 인간에게 삭제해버리고 싶은 삶의 한 시기다. 그러나 인간에게 노년은 피할 수 없는 운명의 시간이다. 그래서 인류는 문명화 과정을 통해 노년에 대한 환상을 조장함으로써 노년의 의미를 관념적으로 추상화시켰다. 이른바 노년의 이데올로기가 탄생한 것이다. 그 결과 노인들에게는 지혜와 관용, 인자함과 고결한 도덕성의 표상이 강요되고 이런 표상들이 우아한 노년의 삶이라는 판타지를 조장한다. 노년으로부터 죽음의 징조를 지우기 위한 이런 노력들은 결국 삶의 말년을 억압적으로 규제한다.

젊은이들과 똑같은 욕망, 감정, 요구 등을 표명하는 노인은 사람들의 빈축을 사게 된다. 노인들의 사랑과 질투는 추하거나 우스꽝스럽고, 성 행위는 혐오스러우며, 폭력은 가소로운 것으로 여겨진다. 노인들은 모든 미덕의 본보기를 보여주어야 한다. 무엇보다도 먼저 사람들은 그들에게 평정함을 요구한다. 그리고 그들이 평정함을 지니고 있다고 단정한다. 이러한 사고방식 때문에 노인들의 불행에 무

관심해지는 것이다.[27]

　요산은 그 누구보다도 노년성에 천착한 작가라고 할 수 있다. 앞서
살펴보았듯이 노인은 요산소설의 주된 인물이다. 요산소설의 노인들
은 불의에 굴복하지 않는 지사적 풍모와 고매한 도덕성을 갖추고 있다.
「모래톱 이야기」의 갈밭새 영감, 「인간단지」의 우중신 노인, 「수라도」
의 오봉선생, 「축생도」의 늙은 수의사, 「옥중회갑」의 노선생 등 요산소
설의 노인들은 하나같이 투쟁적이면서도 지사적인 도덕군자의 면모를
보여준다. 추산당(「추산당과 곁사람들」)과 같이 예외적인 노인마저도 실
은 진정한 노년의 반대국면을 강렬하게 부각시킨다. 생전의 재산욕이
죽어서는 얼마나 큰 모욕으로 역전될 수 있는가를 추산당이라는 반면
교사를 통해 똑똑히 보게 되는 것이다. 요산소설은 노년의 인물들이 가
진 세속의 욕망을 긍정하지 않는다. 사실 이상적 도덕군자로서의 노인
상은 인간적 욕망에 고뇌하는 현실의 노인들과는 거리가 먼 추상적 관
념일 뿐이다.
　요산은 소설뿐 아니라 작가 스스로의 실존적 정체성을 노년의 이데
올로기로 구축한다. 부정한 현실과 타협하지 않는 지사적이고 반골적
인 작가상이 바로 그것이다.

　　그러고 보면 나는 출생 때부터 일제와 매국노와 그들의 앞잡이들
　과 어떤 운명적인 관계를 이미 가졌던 것이 아닐까 생각될 때가 있
　다. (중략) 물론 이 같은 반골벽이 내 개인에게 불리한 결과를 가져
　온다는 것은 체험을 통해서 뼈에 사무치게 알고 있다. 교수를 해먹
　다가 두 번이나 목이 달아나고 옥에 갇히고 한 게 다 이런 내 기질의

---

27) 시몬 드 보부아르, 홍상희·박혜영 옮김, 『노년』, 책세상, 2002, 11쪽.

탓이니 하는 수 없는 일이라고 생각할 따름이나[28]

어떠한 현실의 불이익을 감수하고서라도 불의에 굴복하지 않는 요산의 지사적 풍모는 존경스럽다. 하지만 여기서 주목해야 하는 것은 그 존경스러움이 아니라, 출생 때부터 노년의 현재에 이르기까지 스스로의 정체성을 반골기질로 일관되게 서술하는 요산의 정치적 무의식이다. 요산에게 말년의 양식은 단절 없는 지속과 연속으로서의 노년에 대한 관념으로 설명될 수 있는 것이다. 물론 그 관념은 일종의 허구에 지나지 않는다. 그런 의미에서 요산의 소설은 요산의 삶과 상동성의 구조를 갖고 있다고 할 수 있겠다.

요산은 1970년대 후반에 이르러 노년을 좀 더 분명하게 인식했던 것 같다. 앞의 인용문을 포함해 이 시기에 접어들면서 노년을 의식한 회고와 수상(隨想)을 여럿 남겼다.

1970년대는 내 나이 60세를 넘은 뒤의 시기다. 그러니까 나로서는 노경에 접어든 십년간이다.

60세를 넘으면서 살 날이 얼마 남지 않았다 해서 지는 해에 비유해서 일박서산(日薄西山)이란 말을 써 온다. 또 학문을 하는 사람의 경우는 살 날은 얼마 남지 않았는데 학문의 길은 아직도 가맣다는 뜻으로 일모도원(日暮途遠)이란 말을 쓴다. 게다가 이것저것에 뜻을 두었다가 이것도 저것도 제대로 되지 않았을 때의 심경을 가리켜 망양지탄(亡羊之歎)이라고들 한다. 길이 여러 갈래가 돼서 염소를 잃어버린 것과 같다는 뜻이다.

이런 서두를 붙이는 것은 위에 든 세 가지가 다 내 경우에 꼭 들어

---

28) 김정한, 「반골인생」, 『낙동강의 파수꾼』, 한길사, 1985, 34~35쪽.

맞기 때문이다.[29]

　요산은 자신의 노년을 일박서산, 일모도원, 망양지탄 이 세 개의 사자성어로 정리하면서 해야 할 일은 아직 남았는데 주어진 삶이 얼마 남지 않았음을 안타까워한다. 요산에게 노년은 젊은 시절의 과업을 계속 수행해야 하는 미완의 시간이다. 요산의 노년은 지난 시절의 연속으로서 의미를 갖기 때문에 요산에게 노년은 단절이 아니라 조화로운 지속의 시간인 것이다. 이러한 노년성의 논리는 자기 삶으로부터의 혁명적인 단절을 의미하는 사이드의 '자기로부터의 망명'과는 거리가 멀다.

　　아무튼 이 해는 나와 돌이 무슨 인연이 있는 것만 같다. 이 글이 실린 동아대학보의 금년 3월 어떤 글 가운데도 「老石千年似我痴」(천년을 늙은 저 돌 나를 닮아 바보 같네)란 내 졸렬한 휘호가 들어 있었으니 말이다.
　　돌은 무겁다. 그 돌들이 내겐 또 새로운 짐덩어리가 되었다. 살아 있는 동안에는 지고갈 수밖에 없다.[30]

　일흔을 넘긴 나이에 새해를 맞이하면서 부조리한 세계와의 불화를 피하지 않겠다는 다짐을 하고 있는 요산의 열정은 놀랍기조차 하다. 저 끈질긴 연속에의 욕망은 위대하다. 하지만 그것이 만약 노년의 이데올로기에 포획된 자기애의 일종이라면?

---

29) 김정한, 「내가 살아온 70년대」, 『사람답게 살아가라』, 동보서적, 1985, 428쪽.
30) 김정한, 「세모에 생각한다」, 위의 책, 421~422쪽.

5. 해석의 여러 길

선한 의도가 결과의 폭력성을 정당화할 수는 없다. 요산의 삶과 문학이 정의로운 의도의 산물이라는 것을 의심하지 않는다. 상황에 따라 쉽게 변절하는 세상의 세태를 생각한다면 삶과 현실을 대하는 요산의 일관된 태도는 경이롭기까지 하다. 그럼에도 불구하고 정의로운 의도가 폭력적인 결과로 왜곡될 수 있음을 경계하는 일은 언제든 긴요하다. 의도를 배반하는 결과로서의 폭력성을 탐구하는 것은 그 의도의 주체를 폄훼하려는 비루한 욕망의 산물이 아니다.[31] 이 글은 등단부터 말년에 이르는 요산의 문학적 일대기가 가진 일관된 연속성에 대한 비판적 검토로써, 그 연속의 이면에 있는 단절과 균열의 틈새를 읽어내려는 의도로 쓰였다. 그 균열과 틈새의 해석에 담긴 정치적 의미를 밝혀내는 과정은 요산문학에 대한 민족주의적 해석의 정치적 의미를 되묻는 일과 겹쳐진다.

김동리와 같은 시기에 등단했던 요산은 정비석, 최명익, 현덕과 같은 쟁쟁한 신인들 중에서도 특별히 임화로부터 '호기적인 기대'를 받았던 작가다.[32] 이후 김동리가 이른바 문협 정통파의 수장으로서 남한 문단의 중심으로 추앙되는 동안 요산은 평생 부산에 적을 두고 주변부의 작가임을 자랑스럽게 여겼다. 요산은 분명 많은 이들에게 존경스런 어른이었고 지사적 삶을 완성하고자 생의 마지막까지 분투한 위대한 작가였다. 그런 의미에서 임화의 호기적인 기대는 충분히 타당한 것이었

---

31) 이 글은 2008년 12월 13일 한국문학회에서 주최한 〈요산 김정한 선생 탄생 100주년 기념 학술발표대회〉에서 처음 발표되었다. 황국명 교수는 현장에서뿐만 아니라 「요산문학 연구의 윤리적 전회와 그 비판」(『한국문학논총』 51집, 2009)이라는 논문을 통해 본 고에 대해 생산적인 비판을 해주셨다. 이 자리를 빌려 감사의 마음을 전한다.

32) 임화, 「소화 13년 창작계 개관」, 『문학의 논리』, 학예사, 1940, 321쪽.

다고 할 수 있겠다. 하지만 지금까지의 요산문학에 대한 연구가 대개는 임화의 기대에 부응한 요산의 성취를 추인하는 방식으로 이루어졌던 것은 아닌가. 요산이 이룬 것의 이면에 대한 비판적 연구는 드물다.[33] 요산은 민족문학 진영의 어른이자 부산지역 문단의 정신적 지주였다. 하지만 요산을 과거의 기념비적 인물로 박제하지 않고 지금 우리의 삶에 그 현재적 가치를 되살려내기 위해서라도 요산에 대한 공평무사한 논의는 언제든 절실하게 요구된다.

---

33) 『지역문학』 9집(2004년 봄)의 기획특집 '요산 김정한 문학의 삶과 문학 1'에 실린 이순욱, 구명옥 등의 비판적 논의들이 없는 것이 아니고 희곡 작품 「인가지」를 둘러싼 친일 논의 속에서 다양한 비판들이 이루어지고 있다. 하지만 다수적 해석의 관점은 이런 비판들을 '정전에 대한 반역'으로 반사이익을 얻으려는 얕은 수 정도로 바라본다. 정당한 해석의 투쟁을 위해서라도 이런 시각은 재고되어야 할 것이다.

음란한 환상

— 듀나론

1. 미메시스와 판타지

소설은 허위로써 진실을 고백한다. 허위와 진실, 실재와 환상을 매개하는 것은 상상력이다. 당신과 나는 누군가의 상상력에 빌붙어 세계에 대한 고매한 인식에 도달한다. 소설을 통해 인식된 세계는 허구로 드러난 것이기에 경이롭고, 그 경이로움은 진실에의 충동을 자극하기에 고매하다. 소설을 읽고 우리는 경악하거나 공포에 질리고, 달콤한 쾌감에 젖거나 위로받는다. 이건 정말 놀라운 일이다. 하지만 이제 소설이 주는 세계인식의 그 경이로움은 점점 더 불가능한 것이 되어가고 있다. 예술이 장인의 손을 떠나면서부터 소설의 허위, 그 서사의 작위적 문법이 드러나 버렸고, 빌붙을 누군가를 잃어버린 우리는 소설적 도식의 상투적인 반복 속에서 예정된 결말에 이르게 된다.

삶의 모습 그대로를 언어로 재현할 수 있다는 뜨거운 신념이 가능할 수 있었던 때, 소설은 진지한 것이었다. 하지만 그 신념이 결국 속악한 이념에 지나지 않았음을 지금 우리는 알고 있다. 소설은 허위로 가득 찬 이 현실과, 고된 삶에 지친 사람들을 '있는 그대로' 드러낼 수 없다. 총체성과 전형성, 개연성과 핍진성, 반영과 재연. 이러한 것들은 그 불가능한 것을 가능한 것처럼 착각하게 만드는 주술이었다. 비루한 현실과 혁명적 이상의 변증법, 이를 통해 제시되는 미래의 전망, 이 모든 것은 정치의 과잉이 불러온 관념의 잔치였다.

문학은 의미와 논리 그 이상의 무엇이다. 언어는 절대 의미를 정박시키지 못하며, 세계는 결코 합리적으로 해명되지 않는다. 무엇보다 우리의 삶은 하나의 '실체'로 환원되지 않는다. 그러므로 근대적 세계를 탈주술화의 과정으로 서술했던 베버의 사회학은 의심스럽다. 자본은 세계를 물신화시켰고, 스펙터클(기 드보르)과 시뮬라크르(장 보드리야르)가 현대의 신화(롤랑 바르트)를 창안했다. 현대의 삶이란 이처럼 온통 마법에 걸려 있다. 그러므로 이 세계는 측량할 수 있는 구체가 아니라 마법에 걸린 추상이다. 그리하여 소설은 이제 모방이 아니라 환상으로 되돌아간다. 그것은 곧 이성에서 상상력으로, 로고스에서 뮈토스로의 귀환이다. 이때 그 귀환의 의미는 반근대 혹은 탈근대로 쉽게 규정될 수 없다.

> 자본이 맨 처음으로 견제, 추상, 해체, 탈영역화 등을 하였다. 그리고 맨 처음으로 시실성과 사실성의 원칙을 썩도록 한 것이 자본이었다. 모든 사용가치를 제거하고 모든 실제적인 등가를 제거하여 실질적 생산과 부를 제거하면서 자본은 사실성의 원칙을 제거하였다. 그래서 우리는 실재적인 것은 없고 조작만이 전능한 힘이라는 감각을 가졌으며 조작의 목적도 어떤 사실성을 위한 것이 아니라는 감각을 가졌다.[1]

---

1) 장 보드리야르, 하태환 옮김, 『시뮬라시옹』, 민음사, 1992, 58쪽.

자본은 '사실'을 부식시켰고, 따라서 리얼리즘의 기율은 낡은 것이 되어버렸다. '실재'를 향한 발자크의 집념보다는 세계의 '조작'(변신)에 대한 카프카의 환상이 더 진실한 것으로 여겨진다. 토마스 핀천, 살만 루시디, 귄터 그라스, 가르시아 마르케스, 호르헤 루이스 보르헤스. 이들은 리얼리즘과 모더니즘의 파국 이후를 모색하는 소설의 고뇌를 대변하는 이름들이다. 리얼리티를 모방하려는 욕구가 진리에의 충동에서 나온다고 할 때, 모방욕구로부터의 일탈은 진리를 향한 일방적인 충동의 중단을 의미한다. 그러므로 저들의 고뇌에 찬 소설적 탐구는 세계의 진정한 이치에 대한 새로운 태도의 출현을 반영한다. 저들에게 있어 진리는 재현불가능한 표현의 열정이며 해명불가능한 발견의 과정이다.

사실을 부식시켰던 자본은 이제 환상을 포섭한다. 고대의 신화와 전설은 상상력의 원천에서 스토리텔링의 콘텐츠로 이동하고, 북유럽의 신화와 전설, 『산해경』과 『삼국유사』가 영화와 애니메이션, 게임과 판타지 소설에 영감을 제공한다. 세속화된 세계의 타락한 감수성을 고대의 신화적 상상력으로 위장하려는 자본의 충동이 이런 복고주의를 유행시킨다. 환상이 상품화될 때 남는 것은 감상적인 위안뿐이다.

종교는 곤궁한 피조물의 한숨이며, 무정한 세계의 감정이고, 또 정신없는 상태의 정신이다. 종교는 인민의 아편이다.
인민의 환상적 행복인 종교의 지양은 인민의 현실적 행복의 요구이다. 그들의 상태에 대한 환상을 포기하려는 요구는 그 환상을 필요로 하는 상태를 포기하라는 요구이다. 따라서 종교의 비판은 맹아적으로, 그 신성한 후광이 종교인 통곡의 골짜기에 대한 비판이다.[2]

---

2) 칼 맑스, 최인호 옮김, 「헤겔 법철학의 비판을 위하여」, 『칼 맑스 프리드리히 엥겔스 저작선집 1』, 박종철출판사, 1991, 2쪽.

해가 되는 것은 환상 그 자체가 아니라 '환상을 필요로 하는 상태'다. 환상의 소비가 이처럼 부추겨지는 시대는 현실의 불행을 상상의 행복으로 몽상하게 만든다. 종교적 몽상을 문화적으로 전도시킨 소비자본의 계략은 현실에 대한 불만을 환상의 소비로 해소하게끔 유도한다. 그러나 우리는 한갓 이데올로기의 꼭두각시가 아니기에 환상의 미시정치에 반대할 수 있다. 환상의 구조와 기능에 대한 토도로프의 해명에서, 무엇보다 우리는 그 환상 앞에서 '망설임'의 주체라는 사실을 깨닫게 된다. 나아가 환상은 이제 억압되었던 것들의 힘이 되살아나는 정치적 역능으로 재전유된다.

자본주의에 의해 생산된 세속문화 속에서 문학적인 환상형식으로 나타난 현대의 환상물은 전복적인 문학이다. 그것은 '현실 세계'의 곁에, 지배적인 문화의 중심축의 또 다른 측면에 말없는 현존으로, 침묵하고 있는 상상적인 타자로 존재한다. 환상적인 것은 억압적이고 불충분한 것으로 경험된 질서를 구조적이고 의미론적으로 해체시키는 것을 목적으로 삼는다.[3]

이른바 무협소설, 연애소설, SF소설, 탐정소설, 호러소설, 밀리터리소설을 일컬어 장르소설 혹은 대중소설이라고 한다. 이들을 순수문학이라는 '정전에 대한 반역'으로 읽어내려는 시도가 있지만, 억압의 역사가 피해자의 순결성을 보장하지는 않는다. 장르소설에 대한 부당한 폄훼도 위험하지만, 그것을 순수문학(과 대중문학의 이분법)에 대한 대항의 이념으로 세우려는 의도는 더 위험하다. 문제는 그런 자의적 분별이 아니다. 지금 소설의 진짜 문제는 삶의 구체성을 망각한 '몰(沒)

---

3) 로즈메리 잭슨, 서강여성문학연구회 옮김, 『환상성』, 문학동네, 2001, 237쪽.

사실'로의 함몰이나, 현실을 초월한 '탈(脫)사실'로의 섣부른 일탈이다. 지금까지의 많은 장르문학들이 바로 그 함몰과 일탈로 기만적인 위안을 선물했다. 따라서 모든 위대한 문학들이 그렇듯, 몰사실과 탈사실을 넘어 미메시스와 판타지가 어우러진 '각(覺)사실'의 서사적 경지를 여는 도전적인 실험들이 중요한 것이다. 듀나(이영수)의 소설들이 흥미를 끄는 이유가 바로 여기에 있다.

2. 전유와 알레고리

SF는 미래에 대한 공상으로 현재에 개입하는 서사의 한 장르다. 장르란 말 그대로 그 종의 유형적 특징들을 전제로 한 갈래 개념이다. SF 작가 듀나는 이렇게 말한다.

> 나는 진부한 장르 클리셰(cliché)를 사랑하고 그것들을 재활용하길 좋아한다. 그게 내 스타일이고 작업 방식이다. 10여 년 전 SF라는 장르에 뛰어들기 시작하면서 나는 내가 앞으로 정복해야 할 모든 장르 클리셰들을 담은 리스트들을 만들었다. 그 리스트는 몇 번의 하드 백업과 바이러스 공습 과정 중 사라져버렸지만 대충 이런 식으로 흘러갔다. '1. 호전적인 외계인의 지구 침공, 2. 사악한 A.I.가 통제하는 가상현실 세계, 3. 로봇과 인간의 로맨스, 4. 인간과 기생하는 외계인……' 이 중 몇 개는 다루었고 몇 개는 아직 하지 못했다.[4]

장르는 일종의 게임과 같다. 게임의 규칙을 알고 그 규칙에 적응할

---

4) 듀나, 「SF 문학의 오늘─'일반'의 부재」, 『문학과사회』, 2004년 가을호, 1111쪽.

때 우리는 게임에 몰입할 수 있다. 그러므로 대중소설의 '진부한 장르 클리셰'는 유희의 능동적 조건이다. 듀나의 소설은 바로 그 장르들의 진부한 조건 속에서 이루어지는 한판 놀이(게임)인 셈이다. 하지만 그 놀이는 단지 유희에 머무르지 않는다. 거기엔 "오늘날의 인간을 억압하는 현실의 양상들과 현실 세계의 미래적 발전을 과학소설을 수단으로 하여 문학적으로 확실하게 형상화할 수 있"[5]는 정치적 가능성이 함축되어 있기 때문이다.

듀나의 SF는 소비자본의 하위문화적 텍스트라고 할 수 있는 미국의 드라마와 영화, 대중소설에서 다양한 소재와 모티프를 가져와, 그것을 자기만의 상상력으로 전유하여 자본주의를 비판하는 무기로 역이용한다. 미국의 하위문화를 섭렵하여 작가적 교양으로 전유한 듀나의 소설은 '진부한 장르 클리셰'의 고전들로부터 환상의 정치적 힘을 이어받았다. 듀나는 창작에 영향을 준 작가와 작품들의 출처를 밝혀 그들의 영향력을 직접 표시한다. 예컨대 최근에 출간된 『대리전』(이가서, 2006)의 작가 후기엔 어슐러 K. 르 귄의 『어둠의 왼손』, 클리포드 D. 시막의 『중간역』, 폴 앤더슨의 『타임 패트롤』과 같은 작품들에서 받은 영향을 고백하고 있으며, 이런 방식의 출전 표기는 이전에 출간된 소설집 『면세구역』(국민서관, 2000)과 『태평양 횡단 특급』(문학과지성사, 2002)에서도 볼 수 있다. 이 같은 직접적 표기 이외에도 듀나는 작품 곳곳에서 다양한 문화적 텍스트들을 언급한다. 「히즈 올 댓」에는 이런 구절이 있다.

　　패리스의 영화 취미는 초서를 전공한 영문학자답지 않았다. 그는 진지한 영화를 좋아하지 않았다. 진지함과 예술성은 그가 영화의 진정한 목적이라고 생각하는 감각적 쾌락을 망가뜨릴 뿐이었다. 그가

---

5) 보흐메이어 · 쯔메각, 진상범 옮김, 「과학소설」, 『과학소설이란 무엇인가』(대중문학연구회 엮음), 국학자료원, 2000, 28쪽.

진심으로 사랑했던 장르는 단 하나, 미국 10대 영화였다.(「히즈 올 댓」, 『태평양 횡단 특급』, 33~34쪽)

'진지함과 예술성' 보다 '감각적 쾌락' 을 사랑하는 패리스의 문화적 취향은 하위문화에 대한 듀나의 애착을 반영한다. "레오나르도 다 빈 치보다 빌 워터슨(미국의 만화가)이 더 위대한 예술가라고 생각" (「끈」, 『태평양 횡단 특급』, 206쪽)하는 그 애착은 문화적 감수성의 한 표현으로써 대중문화에 대한 옹호를 드러낸다. 문화는 장인들의 손을 떠나 대중들 에게 넘어갔고, 이로써 예술(모더니즘/고급예술)은 종말을 고했다. 그 러니까 듀나의 문화적 취향이란 '예술의 종말 이후' (아서 단토), 새로운 세대의 감수성을 대변한다.

> 이 새로운 감수성(매튜 아놀드의 문화 개념을 폐기한 감수성) 때 문에 '고급' 문화와 '저급' 문화의 구분이 갈수록 무의미해지는 중 요한 결과가 이미 발생했다. 그도 그럴 것이, 매튜 아놀드의 개념과 떨어질 수 없는 그런 구분 자체는, 감각을 구성하는 일에 종사하지 만 대중들에게 도덕을 설파하는 예술에는 별 흥미가 없는 일군의 창 조적인 예술가들과 과학자들을 납득시킬 수 없었기 때문이다. 어쨌 거나, 예술은 언제나 도덕을 넘어섰다.[6]

「히즈 올 댓」은 예의 그 '새로운 감수성' 으로 엘리트 문화의 엄숙한 '도덕' 을 넘어선 작품이다. 히말라야 산맥 근방의 소국 출신인 큰아버 지는 영화배우 존 리스고를 닮은 윈스턴 패리스라는 미국인을 만나 미 국의 대중문화를 체험하면서 작가로 성장한다. 그는 미국인들이 받아

---

6) 수전 손택, 이민아 옮김, 「하나의 문화와 새로운 감수성」, 『해석에 반대한다』, 이후, 2002, 451쪽.

들이고 이해하는 방식과는 전혀 다른 이방인의 시각으로 미국문화를 흡수한다. 그것은 실재가 아닌 환상(이미지)으로 미국의 문화와 만나는 방식이다(헐리우드 키드의 생애!). 미국인들에겐 일상의 경험적 대상들인 "지하철, 영화관, 아이스크림, 자판기, 나이키운동화, 란제리, 맥도널드 햄버거, 수영장, 디스코텍"(35쪽)을 그는 영화로 처음 만난다. 자본주의의 그 매력적인 오브제들은 그에게 '신비스러운 의미를 띤 마술적인 존재'로 다가온다. 그는 이제 〈도슨의 청춘 일기〉나 〈쉬즈 올 댓〉과 같은 영화들을 보면서 미국의 문화에 점점 더 깊이 빠져든다. 드디어 그는 "그리스 비극 작가들이 신화 속의 주인공들을 이용한 것처럼 도슨, 조이, 페이시, 제과 같은"(37쪽) 〈도슨의 청춘 일기〉에 나오는 캐릭터들을 가져와 팬픽션(fan fiction)을 쓰면서 작가의 길로 나아가게 된다. 그의 작품들은 영화로 제작되고 유명세를 타면서 결국 퓰리처상까지 받는다. 하지만 그렇게 그는 미국문화의 중심부로 편입되어가는 사이에 모국어를 잃게 된다. 지금의 그를 만든 건 "영문학과 할리우드 영화였다."(47쪽) 그는 슬럼프 속에서 10대 영화들의 세계에도 점점 매력을 잃어간다. 그런 가운데 그를 지탱해준 것은 〈도슨의 청춘 일기〉에서 처음 보았던 레이첼 리 쿡이라는 배우에 대한 환상이었다. 그러던 어느 날 우연히 식당에서 레이첼 리 쿡을 만난 그는 충고를 듣는다.

> "한 번 생각해보세요. 선생님의 작품 중 어느 부분이 선생님 자신을 표현하고 있죠?"(49쪽)

이 충고를 통해 그는 처음으로 현실과 관계를 맺은 글을 쓸 수 있게 되고, 자신의 주변 사람들과 유사한 인물들을 작품에 등장시키기 시작한다. 하지만 그는 그 작품을 끝내 완성하지 못하고 사고로 죽는다. 충고를 듣기 전까지 그는 영화 속의 미국문화를 통해 배운 가상의 이미지로 작품을 써왔다. 그의 소설 무대는 "장르 속에서만 존재하는 환상의 공간"(38쪽)이었고, 자신의 "작품이 과연 빈정거리는 장르 패러디인지, 진지한 드라마인지, 아니면 초현실적인 판타지인지 감을 잡을 수 없었다."(38~39쪽) 그래도 운 좋게 사람들에게 인정을 받을 순 있었지만, 모국어를 잃어버렸고 현실로부터 멀어져 자신을 표현할 수 없었다. 뒤늦은 깨달음은 그의 죽음으로 아무 소용없는 것이 되어버렸고, 잃어버린 '자신'은 영영 미아가 되고 말았다.

「히즈 올 댓」은 한국문학에 대한 처연한 알레고리다. 소국 출신의 한 젊은이가 미국이라는 거대한 나라의 문화에 길들여지면서 '자신'을 상실한다는 이야기, 이것은 지금 우리 작가들의 상황에 대한 정확한 진단이다. 오늘날 한국문학의 풍성함이란 사실 '자신'을 잃어버리고 그 자리에 '자의식'만을 가득 채운 빈곤한 실체의 환영에 불과하다. 지금 한국문학의 새로움이라 일컬어지는 것들의 정체는 손택이 옹호했던 모더니즘 이후의 서구 문화를 모방(패스티쉬)한 유사품에 가깝다. 그럼에도 현자와 대가들로 득실거리는 한국의 문학동네란 도대체 무엇인가.

한국문학의 젊은 세대들, 그들의 문화적 취향은 글로벌하다. 인터넷과 서구 소비문화의 세례 속에서 자란 이들에게 반미와 자주를 외치던 지난 세대의 윤리감각은 구태의연할 뿐이다. 모든 곳이 압구정동이 되었고, 모든 젊은이가 오렌지족이 되어버린 시대, 이제 그런 식의 야유 섞인 호명들은 불필요하다. 공동체의 윤리감각은 희박해졌고 정치와 실천은 이론들의 세련된 놀이터가 되었다. 누구나 정치를 말하지만 해방의 정치는 부재하는 시대. 소설집 『태평양 횡단 특급』에 실린 두 편의 작품, 「대리 살인자」와 「허깨비 사냥」에서 해방의 정치가 부재하는 시대의 황폐한 욕망을 읽을 수 있다.

「대리 살인자」는 만우절 날 인터넷의 '만우절'이라는 대화방에서 만난 네 사람의 이야기다. 파프리카라는 대화명을 사용하는 '나', 대화명이 다빈치인 미대생, 가끔 미디텔 과학소설 소모임에서 토론을 벌였던 김지영, 그리고 대화명이 재칼인 미지의 인물. 이들은 대화방에서 좀 과격한 이야기들을 하게 되는데, 자신들이 죽이고 싶은 사람들을 한 명씩 언급하면서 살해의 방법까지도 장난스럽게 이야기한다. 그런데 며칠 뒤 대화방의 장난스러운 이야기들은 끔찍한 현실이 되어 뉴스로 보도된다. 살인범은 재칼이었고, 이 사실을 알고 있는 나머지 세 사람은 누가 어떻게 살해될지를 알기 때문에 앞으로의 범행을 막을 수 있다.

이제 모든 것이 분명해졌다. 재칼은 게임을 하고 있다. 그러나 그 게임의 상대는 박한영이나 김진섭이 아닌 바로 우리들이다. 게임의 룰은 간단하다. 살인 전에 경찰에 신고해 자신의 고결한 도덕성을 과시하면 우리가 이긴다. 방해받지 않고 살인에 성공하면 그가 이긴다.(72쪽)

하지만 세 사람은 주저하면서도 재칼의 범행을 묵인한다. '나'는 재칼의 살해 현장을 지켜보면서 노트북을 열고 재칼에게 들리도록 고함을 치듯 폰트를 키워 **"좋아, 재칼, 네가 이겼다. 네 마음대로 해!"**라고 직는다. 그들은 '고결한 노력성' 대신 게임의 패배를 선택한 것이다. 이 게임은 우리 안의 살의, 즉 살해의 충동을 적나라하게 들추어낸다. 세 사람의 묵인은 재칼의 살인에 대한 암묵적 동조라는 점에서 이들은 모두 공범이다. 아니, 그 셋은 그들의 가슴속에 품고 있던 살인의 욕구를 재칼이라는 '대리 살인자'를 통해 해소한다는 점에서 살인 교사자들이다. 동시에 이 소설을 읽으며 그 판타지 속에서 잠깐이라도 행복한 공감에 젖은 우리 모두는 이들과 한패다. 타자의 매개를 통해 욕망을 모방하는 주체들. 남자의 성기를 거세해 그것을 먹이고 손가락을 하나씩 절단한 다음 얼굴을 그라인더로 갈아서 죽이는 잔혹한 폭력의 판타지는 이 세계에 만연한 문명의 불안을 암시한다.

「허깨비 살인」에서는 살인의 충동이 폭력의 판타지를 통해 상상적으로 해소된다. 비행기를 타고 온 한 무리의 사람들이 외딴 섬의 숲에서 허깨비 사냥을 한다. 숲의 안개에 인간의 사고가 응결되어 만들어진 허깨비들을 총으로 쏴서 제거하는 것이다. 그런데 이 허깨비들은 쫀쫀하게 굴었던 고등학교 때의 상업 선생이나, 이혼한 배우자, 지나치게 엄했던 아버지에 이르기까지 모두가 사냥 온 사람들에게는 증오의 대상들이다. 여기엔 심지어 자기혐오를 드러내는 자신의 분신까지 허깨비로 나타난다. 그러니까 허깨비 사냥이란 증오에 대한 상상적 복수다.

이 두 작품으로 듀나는 인간의 원초적인 폭력성과 위악을 고발한다. 악의 응징이라는 핑계로 가공할 폭력을 정당화하는 할리우드의 액션 히어로들, 이들이 대리 표상하는 것이 세계의 패권을 욕망하는 미국의 정치적 무의식인 것처럼, 듀나의 인물들이 펼치는 폭력의 판타지는 추악한 우리들의 파괴적 욕정을 드러낸다. 한마디로 현대사회는 폭력의 환상을 통해 위로받아야 할 만큼 증오로 가득 차 있으며, 동시에 파괴적인 폭력의 충동에 사로잡혀 있다.

3. 환상과 실재

소설집 『대리전』의 표제작인 「대리전」은 중편 분량의 흥미로운 SF다. 흔히 SF라고 하면 외계인, 로봇, 사이보그와 같은 유니크한 캐릭터가 등장하고, 과학기술의 발전이 가져올 유토피아와 디스토피아의 미래를 주제로 한다. 우주인의 지구침공을 소재로 한 「대리전」 역시 그런 면에서는 전형적인 SF다. 그런데 이 소설은 SF의 전형적 캐릭터들을 등장시키면서도 그들을 이질적인 존재로 형상화하지 않는다는 점에서 다른 SF들과 다르다.

외계인이 등장하는 SF는 그 존재의 비현실성 때문이겠지만 매우 이질적인 분위기를 만들어낸다. 외계인은 우리들의 억압된 공포가 만들어낸 기괴한 타자들이다. 그래서 그들의 형상은 언제나 끔찍할 정도로 괴이하고 섬뜩할 정도로 이물스럽다. 무의식의 억압된 욕망이 의식의 수면 위에 낯선 타자의 모습으로 출현한 외계인의 형상은, 사실 우리들의 일그러진 자화상이다.

「대리전」은 외계인의 침공을 다루고 있는 다른 SF들처럼 장르소설로서의 요소들을 두루 갖추고 있지만, 그 내용들은 이질적이거나 환상적이지 않고 지극히 현실적이다. 우선 「대리전」의 외계인들은 겉으로 볼 때 인간과 전혀 구별이 되지 않는다. 그들은 직접 침공(현전)하지 않고 인간을 숙주로 해서 출현한다. 지구에서 몇 십 광년 떨어진 먼 행성으로부터 우주선을 타고 오는 대개의 SF들과는 달리, 「대리전」의 외계인들은 외계의 행성과 지구를 연결하는 '앤시블'이라는 장치를 통해 지구인의 몸으로 들어온다. 그들이 숙주로 삼는 대상은 노숙자, 알코올 중독자, 마약중독자, 뇌사자와 같은 인간들이다. 어쩌면 이들은 외계인의 숙주가 되기 이전부터 이미 외계인이나 다름없는 존재들이다. 어쨌든 '인간의 모습을 한 야만'이라고 할 「대리전」의 외계인들은 인간의 몸을 빌렸기 때문에 소통(언어)도 문제가 되지 않는다. 지구의 문명 수준과는 너무 큰 격차를 가진 것으로 설정되는 외계인들의 기술 수준은 대부분의 SF에서 우주선이나 무기 등의 화려한 장비를 통해 암시된다. 그러나 이 역시도 「대리전」에서는 우리들의 일반적인 기대를 가볍게 따돌린다. 외계인들의 무기는 대단한 테크놀로지를 자랑하는 화려한 무엇이 아니라, 아이들의 장난감 광선총이 아니면 플래시나 휴대폰 따위의 것들이다. 이처럼 「대리전」은 SF의 일반적인 공식을 배반함으로써 유머를 불러일으킨다. 그러니까 SF의 환상성이 일상의 현실로 치환되는 그 어긋남이 「대리전」의 서사적 특징인 것이다. 하지만 보통의 SF들과 「대리전」의 결정적 차이는 이 소설이 부천시내라는 실제의 도시를 너무나 리얼하게 표현하고 있다는 데서 찾아야 한다. 먼 미래의 시간도 아니고, 멀리 떨어신 외계 행성도 아닌 지금 우리가 사는 이 땅의 실제 도시를 장소로 펼쳐지는 사실적인 이야기(『나비전쟁』에 실린 「집행자」, 「그 크고 검은 눈」과 같은 듀나의 작품들은 다른 SF들과 마찬가지로 우주공간을 배경으로 한다). 「대리전」의 특별함은 이처럼 현실의 공간 위에서 벌어지는 판타지라는 점에서 찾을 수 있다.

「대리전」은 소설집의 앞장에 배경이 되는 부천시내의 지도를 실어놓을 만큼 그 장소들은 구체적이고 사실적이다. 부천시내의 곳곳들은 소설의 공간 속에서 역동적으로 그 모습을 드러낸다. 홈플러스, 이마트, 편의점, 롯데리아, DVD방, 맥도날드, 아이스월드, KFC매장, GS스퀘어, VIPS, 파파이스, 현대백화점, 스타벅스. 이 모든 장소들은 부천이라는 도시의 특이성을 추상화시키는 자본주의의 소비문화를 표상한다. 「대리전」은 이런 곳을 배경으로 외계인과 지구인이 서로 뒤섞여 쫓고 쫓기는 이야기를 풀어냈다.

지구의 문명수준은 2기에 속하고 침공한 외계인들의 행성은 3기에 속한다. 외계인들은 지구의 침공을 통해 4기 문명의 비밀을 찾고자 하는데, 듀나는 이러한 발전론적 역사관의 문제점을 다음과 같이 지적한다.

난 그네들이 엄청나게 운이 좋아 전이의 비밀을 알아낸다고 해도 언젠가는 그들도 너와 나, 민아, 돌피 혜선을 포함한 우주의 모든 것들과 함께 불완전하고 유치한 상태에서 사라질 거라고 믿어.(230쪽)

3기 문명에서 4기 문명으로의 '전이'에 대한 욕망, 즉 역사의 진보에 대한 집착은 전쟁도 불사한다. 그것은 제국을 꿈꾸는 미국의 욕망에 대한 알레고리로도 읽을 수 있다. 자본에 잠식당한 도시의 소비적 공간들을 배경으로, 지구인을 뒤쫓는 외계인들의 모습, 그것은 바로 세계의 모든 곳을 하나의 시장으로 통합해가면서 실력을 행사하는 미국처럼 보인다.

　듀나의 소설은 과학기술의 발전을 만능으로 보는 맹목적인 진보주의에 대해 디스토피아적 상상력으로 응전한다. 「기생(寄生)」(『태평양 횡단 특급』)은 기계와 시스템에 지배당하는 인간의 비참을 표현했다. 기술 문명으로부터 소외된 인간은 시스템에 기생함으로써 겨우 생존을 도모한다. 시스템의 지배에 대항하는 반란이 있었지만, 그것은 간단하게 실패하고 말았다. 하지만 반란의 실패는 인간중심주의에 대한 비판을 자각하는 계기가 된다.

　　우리가 아무리 노력한다고 해도 저들이 이룩한 업적을 따라갈 수 없다는 것을. 저 아름다운 기계들이 존재하는 한, 우리가 존재 이유를 잃고 도시의 틈 사이로 사라진다고 해도 후회할 이유는 없다는 것을. 그리고 무엇보다 자식들의 앞길을 막는 부모보다 추한 것은 없다는 것을.(142쪽)

　인간의 가치가 이처럼 한없이 추락해서 그 극한까지 갈 때 인간은 무화(無化)된다. 무화는 사물화(Verdinglichung)의 심화로, 존재하면서도 없는 것처럼 여겨지는 인간의 부조리한 실존을 표현한다. 「사라지는 사람들」(『나비전쟁』)은 어느 순간부터 서서히 사람들이 서로를 볼 수 없게 됨으로써 벌어지는 여러 사건들을 보여준다. 딸이 곁에 있는 엄마의 존재를 느끼지 못하고, 길을 건너는 노인을 보지 못해 운전자는 그대로

차를 몬다. 서로를 볼 수 없게 된 사람들에게 이제 서로를 인식하고 소통하는 유일한 수단은 인터넷 통신이다. 이것은 정보통신기술의 발달이 가져올 미래를 암울하게 예시한다.

디지털 미디어 시대를 살아가는 현대인들에게 인터넷은 정보의 바다이며 또 다른 삶과 현실을 경험하는 가상세계다. 매체의 발진은 주체의 변형을 가져온다. 우리는 사람보다 컴퓨터와 더 긴밀하게 접속(교류)하게 되었고 따라서 점점 더 인터넷에 의존하게 되었다. 이제 온라인의 갑작스런 단절은 그 옛날 '맨해튼의 정전' 처럼 무서운 일이 되고 말았다.

「스핑크스 아래서」(『면세구역』)는 지나친 인터넷 의존의 위험성을 경고하는 작품이다. 주인공은 인터넷의 IMDb를 뒤지다 〈스핑크스 아래서〉라는 영화를 우연하게 발견한다. 처음엔 이 영화와 관련된 자료들이 없었지만, 시간이 지나면서 배우와 감독의 프로필과 사진 그리고 시놉시스까지 인터넷에 소개된다. 하지만 그것은 올리비아 에번스라는 사람이 조작한 것이고 실제로 그런 영화는 세상에 존재한 적이 없다. 하지만 그녀의 고백에도 불구하고 사람들은 그 영화가 실제로 존재한다고 믿는다. 심지어 몇몇 사람들은 영화의 동영상을 비롯한 결정적인 자료들을 공개하기도 한다. 존재하지 않는 영화 〈스핑크스 아래서〉는 존재란 우리들의 욕망이 빚어낸 일종의 환영에 불과하다는 것을 일깨우는 대상이다. 인터넷 공간의 많은 정보들은 그것이 진실인가 거짓인가의 여부에 관계없이 어떤 막강한 힘을 행사한다. 그 힘은 우리들의 욕망이 투사한 환상의 정치로부터 발생한다. 그러므로 환상의 정치가 관철되는 인터넷 공간은 가상의 이야기로 사람을 홀리는 판타지의 무대라고 할 수 있으며, 여기서 우리는 조종당하는 꼭두각시다.

기술의 진화는 생명의 정치를 가능하게 하는 물적 기반으로 기능한다. 많은 SF들이 암시하고 있는 바와 같이 권력은 네트워크화된 정보의 흐름을 타고 인체에 침투한다. 인간의 뇌를 해킹하여 기억을 조작하는 〈공각기동대〉(오시이 마모루, 1995)의 '고스트 해킹'은 불가능한 상상이 아니라 언젠가 실현될 두려운 미래를 예감하게 한다. 「꼭두각시들」(『태평양 횡단 특급』)이 그리고 있는 세계의 모습 역시 그 예감을 더 분명하게 일깨운다. 서로가 서로의 정신을 조종하면서도, 자신이 조종당하고 있다는 사실은 미처 감지하지 못하는 「꼭두각시들」의 인간들은 말 그대로 꼭두각시와 같다.

정보를 관리하는 거대한 시스템은 판옵티콘의 구상을 현실화한다. 인간의 의식을 조종하고 지배하는 관리사회는 우리 모두를 조종사로 착각하게 만들면서 조종하는 놀라운 통치술로 유지된다. 테크놀로지의 진화는 강제가 아닌 자발적인 동의를 이끌어내는 더 교묘한 통치의 기술을 창안하는 데 도움을 줄 것이다. 기술과 결합한 정치는 예술의 경지에 이른다. 그러므로 "어떻게 자신의 자아를 다른 자아의 일부로 추락시키는 것이 가능할까? 어떻게 그런 것을 자발적으로 원할 수 있을까?"라는 「그 크고 검은 눈」(『나비전쟁』)의 절박한 물음은 '정치의 예술화'(벤야민)가 가져올 미래에 대한 두려움 섞인 탄식으로 읽을 수 있다.

기술이 만들어낸 환상과 현실의 '비식별역'(아감벤)은 생명을 가두는 수용소가 된다. 이 수용소에서 인간은 더 이상 휴머니즘의 주체가 아니다. 인간과 로봇, 자연과 인공, 그 비식별역에서 주체는 파열된다. 정체성의 혼란을 겪는 「낡은 꿈의 잔해들」(『나비전쟁』)이 그 파열을 암시한다. 그러나 완벽한 인공물과 추하고 불완전한 생명체 중 무엇을 선택할 것인가, 그 양자택일의 논리로 드러낸 「비잔티움」(『나비전쟁』)의 주제의식은 실망스럽다. '생명의 존중'이라는 지극히 소박한 발상으로 디스토피아의 환멸을 견뎌낼 수는 없을 테니까.

4. 음란한 환상

듀나의 소설은 이 음란한 세계에 대한 하나의 대응물이다. 허버트 조지 웰스, 조지 오웰이 그랬던 것처럼 듀나의 소설은 도래할 세계의 끔찍함에 대한 묵시록으로 읽힌다. 듀나의 소설에서 현재는 도래하지 않았으면 하는 미래의 은유이고, 미래는 어서 깨어나길 바라는 악몽 같은 현재의 환유다. 그러므로 미래의 환상으로써 현재에 개입하는 SF는 환상과 실재, 판타지와 미메시스라는 상투적인 분별에 저항한다. "미메시스 속에는 가상과 유희라는 예술의 두 측면이 마치 떡잎처럼 밀착되어 포개어진 채 잠재해 있다."[7] 그러나 우리는 알아야 한다. 음란한 현실에 대항하는 음란한 환상의 힘이란 현실을 개조하는 변혁의 에너지가 아니라는 것을. 그 섣부른 기대들이 문학의 환멸을 불러왔다는 것을. 문학은 다만 '생각'을 유발하기 위해 '위장'하는 예술인 것이다.

> "책 하나 쓰고 사이비 교주 행세를 하란 말입니까? 사양하겠습니다. 전 사람들의 생각을 억압하고 싶지 않습니다. 가볍게나마 그냥 생각하게 하고만 싶습니다. 그렇다면 SF로 위장한 글이야말로 가장 좋은 수단이지요."(「끈」, 『태평양 횡단 특급』, 220쪽)

---

7) 발터 벤야민, 최성만 옮김, 「〈기술복제시대의 예술작품〉 관련 노트들」, 『기술복제시대의 예술작품/사진의 작은 역사 외』(발터 벤야민 선집 2), 길, 2007, 202쪽.

도전으로서의 웃음

— 김종광과 이기호의 소설들

1. 감각의 정치

생각한다는 것, 그것은 '나'라는 존재를 의심할 수 없게 만드는 인간의 위대한 실천이다. 하지만 오늘날 데카르트의 이 유명한 명제는, 누구나 들어 알고 있지만 아무도 쉽게 긍정하지 않는 낡은 선언이 되고 말았다. 지금 그 누가 한 점의 의심 없는 '나'를 진심으로 믿을 수 있단 말인가. 영악한 우리들은 오히려, 내가 생각하지 않는 곳에서 나의 존재가 가능할 수 있다는 라캉의 선언에 감동한다. 결국 내 사유의 명징함이란 일종의 환각에 지나지 않으며, 오로지 나는 이 세계를 착각함으로써만 가까스로 존재할 수 있는 것이다. 그러니 중요한 것은 합리적인 생각 따위가 아니라 세계로부터의 우발적인 자극을 받아들이는 나의 그 불안한 감각들이다.

서양철학사의 형이상학적 사유는 바로 그 '감각'에 대한 '지각'의 우위를 논증하는 가운데 성립되었다. 그것은 보편성과 단독성, 일반성과 개별성, 다시 말해 본질과 현상의 그 악명 높은 이분법의 서열적 구도를 함축하고 있다. 그리하여 감각의 옹호자들인 시인은 공화국으로부터 추방되어야 했으며, 시학(poetica)이란 현실의 특이성을 '표현' 하는 방법이 아니라 현실 이면의 어떤 실체를 '모방' 하는 방법이어야 했던 것이다. 활력으로서의 감수성을 정형화된 규범의 틀로 절제해야 한다는 고전주의적 발상은 이처럼 이미 오랜 연원을 갖고 있다. 고진주의는 수학적 합법칙성에 충실한 추상적 보편주의를 형성함으로써 차이와 혼란을 부정하는 자기동일성의 정체성 정치를 탄생시키는 바탕이 되었다. 그러므로 감각적인 것의 복권은 일종의 미학적 쿠데타이며, 이는 곧 현대예술의 정치적 맥락을 고스란히 드러낸다.

정치는 실제로 권력의 행사와 권력을 위한 투쟁이 아니다. 그것은 특수한 공간의 구성이고, 경험의 특수한 영역의 분할이며, 공동으로 놓여 있고 공동의 결정에 속하는 대상들의, 이 대상들을 지칭하고 그것들에 대해 주장할 수 있는 능력이 있다고 인정된 주체들의 특수한 영역의 분할이다. 다른 곳에서 나는 정치가 이 공간의 존재에 대한, 공동에 속하는 것으로의 대상을 지칭하는 것에 대한, 공동의 말을 할 능력을 가진 자로서의 주체에 대한 투쟁이라는 것을 보여주려 노력했다.[1]

쉽게 말해 정치는 '공동의 것' 이며, 그것은 '분할하는 힘' 으로 표현된다. 예술은 바로 그 '공동의 것' 으로부터 배제된 것들의 '분할하는 힘' 에 대한 반항으로써 정치에 참여한다. 하지만 지금까지 분할하고 구획함으로써 지배적인 힘을 행사했던 근대의 정치는 이제 그 모든 경계를 철폐하고 '비식별적언 생명의 미시정치' (아감벤)를 가동한다. 따

---

1) 자크 랑시에르, 주형일 옮김, 『미학 안의 불편함』, 인간사랑, 2008, 54쪽.

라서 더 이상 분명한 피아식별은 불가능하며, 단순하게 적대적인 저항과 반항으로 해방의 기획을 완수하기는 힘들게 되었다.

생명 자체를 지배하는 현대의 정치는 몸을 길들여 감각을 통제하는 놀라운 힘을 행사한다. 소비의 욕망을 부추기는 유혹의 장치들이 우리의 몸을 자극적으로 포획하여 생명의 건강한 활력을 약탈한다. 벤야민의 역사철학은 저 약탈하는 힘인 '신화적 폭력'에 맞서, 그 힘을 각성(erwach)의 대상으로 전유하는 능동적 구성력, 즉 '신적 폭력'을 요청함으로써 우리를 구원의 길로 인도한다. 그러나 그 구원의 힘은 아포리아의 성좌로 빛나는 것이기에 언제나 모호함으로 가득 차 있다. 그러므로 우리는 그 모호함 속에서 구체적인 실천의 지점을 모색해야 한다.

나의 몸 자체를 끊임없이 변형시켜 도주의 선을 그리는 것, 그것은 내 몸의 감각들을 자본과 국가, 인종과 젠더의 정체성 정치가 부과하는 추상적 보편주의의 힘들로부터 지켜내는 방법이다. 그것은 동시에 감수성의 특이성을 능동적으로 보존하는 정치적 실천이기도 하다.[2] 지금이 순간, 세계와의 충돌 속에서 빚어지는 생생한 느낌, 그 살아 있는 구체성의 감각 속에서 나는 실존한다. "감정은, 비록 그것이 자기 지각에는 아무리 막연하게 비쳐질지라도 일종의 운동성 몸짓으로서 세계의 대상적인 구조에 대해 응답하는 것"[3]이다. 그러므로 나는 '세계의 대상적인 구조'에 대한 한 응답으로써 이 세계에 대한 나의 느낌, 즉 감정들을, 감각의 정치 안에서 탐구할 것이다.

---

[2] 들뢰즈는 감각이 하나의 의미로 추상화되거나 고정되지 않는, 지속적인 변형 그 자체라고 주장한다. "나는 감각 속에서 되고 동시에 무엇인가가 감각 속에서 일어난다. 하나가 다른 것에 의하여, 하나가 다른 것 속에서 일어난다."(질 들뢰즈, 하태환 옮김, 『감각의 논리』, 민음사, 2008, 47쪽) 지속적인 변형으로서의 감각(감수성의 특이성)은 정해지지 않은 여러 갈래의 길로 탈주의 선을 그린다. 자본은 그 탈주의 선을 특정한 흐름으로 유도하거나 봉쇄함으로써 감수성의 특이성을 포획한다.

[3] 발터 벤야민, 조만영 옮김, 『독일 비애극의 원천』, 새물결, 2008, 177쪽.

2. 웃음의 정치

그렇다면 '우울'만이 구원의 계기일 수 있다는 벤야민의 명제는 어떻게 성립하는가. 우울이라는 감정은 역시 '세계의 대상적인 구조'에 대한 한 응답으로 주어진다. 그것은 이 세계가 아프리오리한 총체성으로 존재한다는 믿음의 상실에서 비롯되는 감정이다. 그러므로 우울은 곧 세계의 파국에 대응하는 감수성이며, 이로써 파편으로 조각난 우리의 세계는 조화로운 전체에 대한 그리움 속에서 구원의 대상으로 각성된다. 발터 벤야민이 독일의 바로크 비애극에서 발견한 것은, 세계의 파국이라는 추상적인 사태를 가시적으로 표상하는 알레고리의 힘, 바로 그 힘을 가능하게 하는 감정으로서의 우울이었던 것이다. 그러므로 우리는 다음과 같이 정리할 수 있다. "우리가 창조와 구원의 힘에 잇대어져 있음을 확인시켜 주는 것은 바로 슬픔 또는 멜랑콜리 속에서"라고.[4]

한국의 근현대사는 곧 파국의 역사다. 그 역사를 가로지르는 주된 정조는 슬픔과 우울이다. 그리하여 한국의 문학과 예술은 지나치게 긴장했고 또 그래서 너무 많이 진지했다. 그리고 그렇게 1980년의 광주를 지나 1989년 우리는 한 세계의 몰락을 지켜보았고, 드디어 1990년대가 당도했다. 통곡과 절규의 음울한 정조는 통속적인 애상으로 빠르게 상업화되었다.

그런데 가만히 살펴보면 이 창작적 비평적 흐름 모두에서 생명이나 도래할 기쁨을 강하게 환기하는 비극적 비장미는 점점 약화되고 슬픔이나 죽음을 환기하는 비애가 지배적 정조로 자리잡아간 것이

---

4) N. 볼츠 · 빌렘 반 라이엔, 김득룡 옮김, 『발터 벤야민』, 서광사, 2000, 75쪽.

아닌가 느껴집니다.[5)]

　이른바 새로운 인류, X세대는 홍콩 느와르의 짙은 어두움에 깊이 몰입했고, 커트 코베인의 애잔한 절규와 매혹적인 그런지(grunge) 스타일에 쉽게 빠져들었다. 무라카미 하루키는 상실의 감수성으로 죽음의 굿판을 때려치운 그 청춘의 감각을 위로했다. 이제 한 시대는 완전히 끝장났고 지난 시대에 대한 최소한의 예우도 끝이 났다. 그리고 그 상실의 빈자리에는 자본주의의 신전략 속에서 발랄하고 엽기적인 감각들이 채워지고 있었다. 슬픔은 비탄이나 애상으로 타락하고 기쁨은 웃음 속에서 휘발되었다. 하지만 우리에게는 익살과 해학의 오랜 전통이 있었다. 그리하여 우리는 이 천박한 감성의 시대에 다시 웃음을 이야기할 수 있다.

　웃음은 감각의 한 반응이기 이전에 하나의 분명한 태도다. 나는 다른 어떤 태도보다도 고통의 가능성들로부터 스스로를 보호하는 웃음의 그 능청스러움을 찬양한다.

　　유머는 체념적이지 않고 도전적이다. 유머는 자아의 승리를 의미할 뿐 아니라 쾌락 원칙의 개가, 즉 현실적 조건의 불리함에도 불구하고 자신을 관철시킬 수 있는 쾌락 원칙의 개가를 의미한다. (중략) 빠져나갈 수 없는 현실을 밀어내고 쾌락 원칙의 우월성을 확인하는 과정을 통해 유머는 정신병리 현상 속에서 흔히 볼 수 있는 퇴행적이거나 혹은 반항적인 과정과 근접해 있다고 할 수 있다. 고통의 가능성에 맞서 유머가 행하는 이러한 방어를 고려할 때 우리는 유머를

---

5) 조정환, 「좌담: 근대문학의 종언과 종언 이후의 문학」, 『민중이 사라진 시대의 문학』(김미정 외) , 갈무리, 2007, 54쪽.

인간의 정신 활동이 고통의 속박에서 벗어나기 위해 만들어낸 일련의 많은 방법들 속에 포함시킬 수 있다.[6]

그러니까 웃음과 유머는 고통스런 현실을 견디는 일종의 자기최면이다. 그래서 웃음의 미학은 지배자들의 것이 아니라, 억압에 고통받는 민중들의 것일 수밖에 없는 것이다. 웃음은 자주 공식적 문화의 진지함과 엄숙함을 뒤집고 비틀어 조롱하기를 즐긴다. 그래서 엄숙한 보수주의자들에게 웃음은 언제나 불온하고 상스럽다.

정신이란, 진리를 묵상할 때, 선행을 기뻐할 때만 온전한 법입니다. 그리고 진리와 선행은 웃음의 대상이 될 리 없습니다. 그리스도께서 웃지 않으신 것은 이 때문입니다. 웃음은 의혹을 일으킬 뿐입니다.[7]

움베르토 에코의 『장미의 이름』에서 인용한 이 대목은, '웃음'에 대한 하나의 태도를 통해, 중세 유럽의 기독교가 고수했던 보수적 교리주의의 숨 막히는 교권적 권위를 표현한다. 진리란 진지한 것, 웃음은 의혹일 뿐이라는 호르헤 수도사의 생각은 참된 앎으로서의 진리(episteme)와 저마다의 상대주의적 주관인 억견(doxa)을 구분했던, 고대 그리스의 서열적 진리관에 잇닿아 있다. 진리의 유일무이함과 영혼의 영원불멸성을 믿는 저 형이상학적 사유는 해석의 차이를 인정하지

---

6) 지그문트 프로이트, 정장진 옮김, 「유머」, 『예술, 문학, 정신분석』, 열린책들, 2003, 512쪽.
7) 움베르토 에코, 이윤기 옮김, 『장미의 이름』(상), 열린책들, 1992, 219쪽. 바흐친에 따르면 이러한 엄숙주의는 17~8세기까지도 여전했다. "세계와 인간에 관한 본질적인 진리는 웃음의 언어로는 말할 수 없었으며, 단지 엄숙한 어조만이 여기에 적합할 뿐이었다."(미하일 바흐친, 이덕형·최건영 옮김, 『프랑수아 라블레의 작품과 중세 및 르네상스의 민중문화』, 아카넷, 2001, 116쪽)

않는 유아론적 엄숙주의로 귀결되었다. 웃음은 이 엄숙주의에 대해 저속함으로 응대한다. 쾌락원칙의 관철을 통해 고통에 반대하는 웃음의 전복적 힘은, 엄숙한 권력에 대한 저항이라는 점에서 정치적이라고 할 수 있다. 그것은 보수적인 호르헤 수도사를 반박하는 윌리엄 수도사의 다음과 같은 말로써 분명하게 드러난다.

> 이성에 반하는 불합리한 명제의 권위를 무화(無化)시키는 데 웃음은 아주 좋은 무기가 될 수 있습니다. 웃음이란 사악한 것의 기를 꺾고 그 허위의 가면을 벗기는 데 요긴할 수 있기 때문입니다.(220쪽)

진리에 대한 경직된 사유를 뒤집어엎는다는 점에서 웃음은 공격적이다. 상투화된 관행과 규범, 허위적인 근엄함의 사악함에 대하여 웃음은 또한 전투적이다. 합리성과 명료성을 조롱하고 광기와 애매함을 지향하는 웃음은 또한 디오니소스적이다. 지배체제의 비극적 합리주의와는 달리 웃음의 해학은 저속하고 조야한 민중들의 천박함을 생명의 젖줄로 삼는다. 한국의 전통인형극에서 '홍동지'는 거대한 성기를 드러내놓고 부끄러운 줄을 모른다. 봉산탈춤의 '말뚝이'는 익살 넘치는 재담으로 양반문화의 엄숙함을 패러디한다. 도덕적 경건주의는 웃음을 자아내는 음란한 재담과 몸짓 앞에서 철저히 조롱당한다. 지배체제의 위선은 노골적인 에로티시즘으로 전복된다.

웃음은 도파민의 분비라는 생리적 결과로써 쾌락원칙을 현실화한다. 그러므로 웃음의 즐거움은 관념의 희열이 아니다. 그것은 배뇨와 배설, 성적인 오르가즘과 같은 온몸의 쾌락에 가깝다. 먹고 마시고, 싸고 뒹구는 난장(orgy)의 축제는 언제나 웃음판이다. 하지만 우리의 삶이란 늘 난장의 축제일 수 없다. 국가와 자본은 난장으로서의 삶으로 향하는 도주선들을 가로막고 감시와 처벌로 우리의 삶을 규율하기 때문이다. 우리가 원하는 것은 바로 그 규율을 냉소하는 건강한 활력으로서의 웃음이다. 그러므로 웃음은 언제나 도전일 수밖에 없다. 건강한 활력의 웃음을 되찾기 위해 그 도전의 두 가지 형식으로서 김종광과 이기호의 소설을 읽는다.

3. 김종광: 400번의 구타를 능청스럽게 견디다

김종광의 인물들은 하나같이 비루하지만 그럼에도 그들은 누구나 할 것 없이 해맑다. 삶은 그들을 속일지라도 그들은 쉽게 좌절하지 않는다. 그들의 해맑은 웃음은 고통의 세계로부터 스스로를 지키는 방어기제다. 그들의 해맑은 내면과 세계의 고통이 묘한 대비를 이룰 때 우리는 웃는다. 하지만 그것은 마냥 즐거운 웃음이 아니라 삶의 고단함, 세상의 비정함 앞에서도 넉살을 부릴 수 있는 순수한 영혼에 대한 동정의 웃음이다. 세상의 진지한 도발에 무덤덤한 인물들, 혹은 천치같이 순진한 인물들. 김종광은 이들의 천진함을 통해 세계의 우악스러움을 부각시킨다.

등단작 「경찰서여, 안녕」.[8] 경찰서란 질서 유지를 명분으로 복종을 요구하는 규율적 체계의 메타포 그 자체다. 괴도 루팡을 뛰어넘는 위대한 도둑을 꿈꾸는 강수. 그는 좀도둑질로 경찰서에 벌써 몇 번을 붙잡혀왔지만, 만 10세가 되지 않아 소년원에도 보낼 수 없다. 그래서 강수는 유 형사의 관리 아래 경찰서에서 생활하게 된다. 강수에게 최대의 관심사는 "유치한 아이들과의 놀이가 아니라 세계를 손아귀에 쥐고 있는 어른들과의 다툼"이다. 그 불가능한 싸움을 위해 경찰서로부터 도

---

8) 이 글에서 다루는 김종광의 소설은 『경찰서여, 안녕』(문학동네, 2000)과 『모내기블루스』(창작과비평사, 2002)이다. 앞으로 인용할 때에는 작품과 쪽수만 병기한다.

망 나오는 강수. 소설은 이렇게 끝난다.

거대한 짐승처럼 웅크린 경찰서만 보였다. 되돌아서니 다시 길이
었다. 나는 주저하지 않고 힘차게 뛰었다.(「경찰서여, 안녕」, 34쪽)

어쩌면 세상의 소년 소녀들에게 어른들의 '가르침'이란 모두 '명
령'일지도 모른다. 그러므로 그들에게 집과 학교는 강수가 뛰쳐나온
저 경찰서와 같다. 감화원을 탈출해 바다로 도망쳐나오는 〈400번의 구
타〉(프랑수아 트뤼포, 1959)의 앙트완, 전통이란 이름으로 바가지 머리를
강요하는 어른들에 맞서 집을 나와 머리에 염색을 하는 〈요시노 이발
관〉(오기가미 나오코, 2004)의 소년들, 그들에게 이 세상은 곧 경찰서다.
김종광의 소설이 적대하는 세계는 바로 그 경찰서, 즉 우리를 부랑아
로 지목하는 공권력이다.

김종광의 인물들은 대개 강수와 같은 문제아, 부랑아다. 이들을 길들
이려는 온갖 수작들에 대해 건강한 활력의 웃음을 퍼붓는 것, 그것이
김종광 소설의 요체다. 하지만 김종광의 문제아들은 아직 체제에 포획
되지 않은 내면을 갖고 있기에 순수하며, 그 순수함은 어수룩할 정도로
해맑기에 웃음을 자아낸다. 그래서 그들이 드러내는 분노는 비장하기
보다는 해학적이나.

제한시간 초과라니, 그건 터무니없는 억지 누명이라고 생각했다.
그들은 지난 한 달 동안 자신들을 떨어뜨린 경찰들을 향해 다섯 양
동이는 넘을 욕지거리를 퍼부어댔다.(「많이많이 축하드려유」, 74쪽)

오토바이 운전면허 시험에서 떨어진 아이들이 "고등학생은 합격시
키지 않겠다는 의도를 가진 경찰들"에게 퍼붓는 다섯 양동이가 넘는

욕지거리. 하지만 불합격이라는 직접적인 탄압에 대해 욕지거리로 대응하는 노골적인 반응에 비할 때, 합격이라는 국가의 인정을 내면화함으로써 자발적 동의를 이끌어내는 좀 더 교묘한 방법은 더 위력적이다.

박정수는 합격 판정을 받은 후 공중전화 부스로 들어갔다. 혜수의 호출기에 음성을 남겼다. "나야, 붙었다. 네가 준 엿 때문인가 봐. 저, 거기서 기다릴게. 그럼 이따가 봐." 박말자는 합격 판정을 받자마자 화장실로 뛰어갔다. 오줌을 누러 간 게 아니었다. 문을 걸어 잠그고 소리 없는 만세를 열 번도 넘게 외쳤다. 그녀는 감격과 환희를 주체하지 못하고 끝내 눈물을 떨구고 말았다. 명옥희의 감격도 만만치 않았다. 그녀는 휴대폰이 부서지도록 급하게 남편에게 신호를 보냈다. "당신이유? 나유. 합격혔슈. 합격해버렸단 말유. 뭐라구요? 큰일하셨다구요? 그럼 큰일혔쥬. 내 평생 국가가 보장혀주는 증맹서를 딴 게 처음인디 나가 시방 감격 않게 됐슈. 뭐유? 잘 안 들려유. 예? 저녁때 콩국수 해먹자구요?" (「많이많이 축하드려유」, 79쪽)

합격의 기쁨에 들뜬 사람들의 파노라마. 여기서 그 감격과 환희의 근거는 '평생 국가가 보장혀주는 증맹서'에 있다. 합격과 불합격이라는 식별의 장치는 국가가 부과한 질서를 내면화시키는 힘으로 작동한다. 면허증이라는 인정의 표식은 그 내면화의 표지일 뿐이지만, 그것이 폭력성을 은폐하고 '감격과 환희'를 불러일으키는 역설은 혀를 내두르게 할 만큼 교묘하다. 그러나 김종광의 소설은 그 교묘함에 대해 진지하게 응수하지 않는다. 그는 다만 욕설과 상말의 유쾌한 말놀음 속에서 유희할 뿐이다. 의뭉스런 충청도 사투리의 발랄한 감각은 주류적 사고의 위선적 실체를 단박에 조롱거리로 전락시키고, 사투리와 비속어, 재담과 욕설이 난무하는 그 난장판 속에서 우리의 세계는 좀 더 투명해진다.

> "저두유, 위에서 시키니께 허는 입장인디유, 단지 주차장이 없어서 다 좋자구 하는 일을 반대하시는 건 경우에 안 맞는다구……." "야, 시발놈아. 경우구 나발이구. 당장 치워." "뭐유. 시발놈유? 아, 증말 열받어버리네. 시팔, 당신 지금 공무집행 방해하고 있는거야, 알아? 이 길이 당신 땅이야? 국가 땅이야, 국가 땅. 국가 땅에다 국가가 꽃 심어보겠다는데, 뭐, 주차장?" "니, 국가, 국가 좋다, 국가가 우리 농민들한티서 뺏은 땅 좋지. 이 시팔놈아!"(「모종하는 사람들」, 143쪽)

복지정책이라는 명분으로 실업자들을 관리하기 위해 도입한 '공공근로' 현장에서 벌어지고 있는 한 장면. IMF 구제금융 시기를 배경으로 한 이 단편은 저마다의 사정으로 공공근로에 참가하게 된 다양한 인물군상들을 다원적으로 초점화해서 보여준다.[9] 파노라마식 구성이라 할 수 있는 이런 서술방식은 다른 여러 작품에서도 반복되는 김종광 소설의 한 특징이다. 뚜렷하게 주인공이라 할 만한 인물을 내세우지 않고, 하나의 상황 속에 여러 인물들을 차례로 초점화해서 서술하는 것. 이 같은 서술법은 시건을 한 인물에 종속시켜 소비하지 않고, 여러 인물들 각자의 사연 안에서 그 사건을 중층적인 의미로 사유하게 한다. 이때 사건이 벌어지는 장소는 여러 인물들 각각의 사연이 겹치고 얽혀

---

9) 농촌의 경제적 피폐라는 문제와 관련해 함께 읽어볼 작품이 「윷을 던져라」다. 농가부채와 구제역 파동으로 피폐한 농촌의 실상을 보여준 「윷을 던져라」의 분위기는 암울하고 무겁다. "구십 년대 농촌에서 일어났던 일은, 소위 선진국이라 불리는 나라들이 그랬듯이, 자본이라는 에일리언이 들어서기 직전의 싹쓸이 작업이 아니겠는가."(93쪽) 자본의 악마적 이미지를 '에일리언'에 비유한 이 소설은 김종광 소설이 대항하는 적대의 지점이 어디에 있는가를 분명하게 알려준다.

웃음과 난장의 터로 재구성됨으로써 질펀한 입담의 축제를 벌이는 장이 된다. 가벼운 분필 장난이 엄청난 사건으로 비약되는 어느 고등학교 교실(「분필 교향곡」), 여러 사연의 인간 군상들이 펼치는 오토바이 면허 시험장의 풍경(「많이많이 축하드려유」), 놀음판을 벌이며 저마다의 이야기를 나누는 복덕방의 노인들(「편안한 밤이 오기 전에」), 중소기업 상품설명회라는 명목 아래 시골 회관에 모인 부녀자들(「중소기업 상품설명회」), 추석에 한자리에 모인 '안골친목회'의 사람들(「윷을 던져라」).[10] 이 모든 장소들, 그러니까 김종광의 소설 속 교실, 면허시험장, 놀음판, 상품설명회장, 친목회장은 들끓는 이질성들의 난장판이자 엄숙한 권력과 간교한 자본의 논리를 비틀고 조롱하는 축제의 장이다.

웃음의 철학적 의미를 탐구했던 베르그송은 형태(행위의 웃음거리), 상황, 말, 성격에서 웃음의 근거를 찾았다.[11] 김종광의 파노라마식 서술은 다성악적 대화의 공간으로서 축제의 자리를 열어, 그 속에서 특이한 '상황'을 연출하고, 그 상황에 노출된 인물의 '성격'을 '말'과 '행위'를 통해 드러냄으로써 특유의 희극성을 만들어낸다. 「전당포를 찾아서」는 '상황의 희극성'이 특별히 부각된 소설이다.

녀석은 허 순경 앞에 서더니 좌악 말했다. 울먹이면서. "저는유 한민대학교 혼주 캠퍼스 사학과 1학년 박무현이라고 하는듀, 제가 오늘 서울로 데모허러 왔다가 잽혔거든유. 이사장이 비리가 많아가지구유. 항의방문 데모였슈. 그런디 우덜을 버스에 태워가지고 돌아다니다가 암디다 뿌리고 가더라구유. 제가 뭘 알아유. 돈은 하나두 읎

---

10) 하나의 공간 안에서 펼쳐지는 여러 인물들의 이야기. 이런 서술법은 연극적이다. 김종광은 이미 2000년 〈중앙일보〉 신춘문예에 희곡 「해로가」로 당선되었던 작가가 아닌가. 최근에 출간된 『죽음의 한일전』(중앙북스, 2008)은 아예 '희곡소설'을 표방하고 있다.
11) 앙리 베르그송, 정연복 옮김, 『웃음』, 세계사, 1992 참조.

지. 잡어갔으면 책임을 져야 될 거 아녀유. 책임 지세유." (「전당포를
찾아서」, 115쪽)

박무현은 얼떨결에 데모에 가담했다가, 붙잡혀 가던 도중에 차비도
없이 중간에 내리게 된다. 전당포에 가서 시계를 맡기고 집으로 돌아갈
차비를 마련하려고 했지만, 일이 여의치 않게 되자 파출소에 뛰어들어
가 다짜고짜 차비를 내놓으라고 요구한다. 여기서 경찰에게 책임을 추
궁함으로써 상황의 아이러니가 연출되고, 피의자가 피해자가 되는 전
도가 일어난다. 그리하여 공권력 집행의 부조리함에 대한 항의는 상황
의 희극성을 부각시킨다.
다음은 말의 희극성. 김종광의 언어는 저속하고 발랄하며, 의뭉스럽
고 유쾌하다. 그러나 말의 그 상스러움은 전혀 불쾌하지 않고 다만 익
살스럽다.

"손님? 손님이야 와도 그만, 안 와도 그만이지. 내가 개업사 때 말
하지 않았남. 계집년 생리할 때 까먹듯 그새 잊었는가?" (「편안한 밤이
오기 전에」, 174쪽)

그 여자가 두 달 전부터 드라마 보기를 발기 안 되는 서방 보듯이
하고 있었다. (「중소기업 상품설명회」, 279쪽)

적나라하기에 숨겨야 하고 노골적이기에 수치스러워해야 하는 성,
그것은 언제나 금기의 대상으로 억압되었다. 성은 모두가 뜨겁게 열망
하지만 저속한 것으로 여겨지고, 널리 즐기고 있으면서도 몰래 숨겨야
하는 그런 것이었다. 그러나 성의 억압에 관련된 이런 가설들은 푸코에
의해 반박된다. 그에 따르면 성은 억압에 의해서가 아니라 담론의 활성

화 속에서 규제된다.("성을 대상으로 한 통치, 다시 말해서 금지의 엄
격함이 아니라 유용하고 공적인 담론들에 의해 규제해야 할 필요"[12])
금기의 위반을 해방의 열정으로 소모시키는 권력의 위력은 질펀한 육
담의 해학마저도 점잖은 담론으로 간단하게 해명해버린다. 이로써 성
의 적나라한 표현은 외설과 예술의 진부한 논쟁 속에서 그 진의를 잃어
버리고, 성적 금기에 대한 위반은 자유의 옹호로 쉽게 왜곡된다. 김종
광의 소설에서 성은 마광수처럼 방탕하지 않고 장정일의 그것처럼 진
지하지 않다. 김종광의 인물들이 내뱉는 육담들은 생활의 언어 그 자체
일 뿐 해방의 이념과 무관하다. 육담의 저속함은 오히려 그 무관함 속
에서 우리들의 작위적인 생활, 예의바른 관계들의 위선을 폭로한다.
「모내기 블루스」의 서해가 무거운 모판을 들며 "아주머니, 이깟 게 무
겁겠어요? 사내가 무겁겠어요?"라고 말할 때 우리는 그저 유쾌하게 한
바탕 웃을 수 있고, 이 웃음으로 우리의 생활은 그만큼 활력으로 넘치
게 된다. 빗속에서 꽃모종을 심는 고된 노동의 순간에도 여자의 궁둥이
를 보면 늙은 나이에도 불구하고 저절로 힘이 솟는다.

> 좌우로 흔들흔들 춤추며 지나쳐가는 얼룩덜룩 줄무니 몸빼 속 옥
> 자의 궁둥이를 바라보는 준칠의 얼굴에 야릇한 웃음이 잡혔다. 비옷
> 자락은 옥자의 엉덩이를 다 가리지 못했다. 저걸 붙잡고 넣다 뺐다,
> 햐 죽여주겠는디. 쩝쩝. 다셔본 입맛이 멋쩍어서 구덩이 주위 흙 긁
> 어모으는 호미질에 더 힘이 갔다.(「모종하는 사람들」, 131쪽)

이것은 과연 늙은이의 추행이라고 할 만하다. 그러나 그렇게만 본다
면 그건 좀 너무 각박하지 않은가. 노동의 순간에 느끼는 에로스, 그 충

---

12) 미셸 푸코, 이규현 옮김, 『성의 과학 1』, 나남출판, 1990, 43쪽.

만한 힘을 노동의 에너지로 되돌리는 어떤 순환. 하지만 우리는 이 순환을 일종의 원시주의로 충분히 비판할 수 있다. 그리고 나는 저 노인의 성적 흥분에 대하여 윤리적 판단을 물을 수 있어야 한다고 생각한다. 「정육점에서」는 그런 의미에서 김종광이 웃음을 거두고 성의 윤리에 대해 진지하게 질문을 던지고 있는 작품이라고 할 수 있다. 여기서 김종광은 남자가 성을 팔고 여자가 그것을 사는 가상의 구도를 통해 성을 매매라는 형식으로 왜곡하는 자본의 몸 수탈을 비판한다.

김종광의 소설이 주는 '말의 희극성'은 만담적 재담의 양식에서도 찾을 수 있다.

> 감찰 결과, 기가 막혔다. 지킨다고 해서 철통 같은 경계를 펴고 있나 했더니만 엉거주춤 앉은 놈, 짝다리 짚은 놈, 벽에 기댄 놈, 찧고 까부느라 시끄러운 놈, 쇠파이프 들고 칼질하는 놈, 노래 부르는 놈, 닭장차에서 조는 놈…… 밤소풍 나온 놈들 같았다. 저런 것들 믿고 잠을 어떻게 잔단 말인가?(「편안한 밤이 오기 전에」, 187쪽)

이 대목은 판소리 〈적벽가〉의 '군사설움'을 떠올리기에 충분하다. "노래 불러 춤추는 놈, 서럽게 곡하는 놈, 이야기로 히히 하하 웃는 놈, 두전(鬪牋)하나 다투는 놈, 반취(半醉) 중에 욕하는 놈, 잠에 지쳐 서서 자다 창 끝에다가 턱 꿰인 놈, 처처(處處) 많은 군병 중에 병노직장위불행(兵勞則將爲不幸)이라." 이 얼마나 흡사한가. 판소리는 유장한 말의 솜씨를 뽐내는 데 있어 손색이 없는 창악의 한 갈래다. 우리는 이미 채만식이 판소리 사설을 해학과 익살의 재담으로 살려내 완성도 높은 풍자의 문체를 보여주었다는 사실을 잘 알고 있다. 김유정의 의뭉스러운 인물이 주는 해맑은 웃음에서부터 비루하고 탐욕적인 인물에 대한 채만식의 날카로운 공격적 웃음에 이르기까지, 김종광의 웃음은 이처럼 한국의 서사 전통에 깊숙이 닿아 있다.

의뭉스런 인물이 만드는 웃음은 '성격의 희극성'으로 드러난다. 「경찰서여, 안녕」의 강수는 열 살도 안 된, 순진하면서도 영악한 아이다. 강수는 자신을 철저하게 통제하고 관리하는 유 형사의 지배에 순종하는 것 같으면서도, 그 지배의 빈틈을 교묘하게 빠져나가는 영악함을 드러낸다. 순진함과 영악함이라는 성격의 아이러니는 강수의 말과 행동을 모호하게 만든다. 아이이면서 어른 같은 강수의 애매한 이중성은 지배와 복종, 어른과 아이라는 견고한 이분법에 바탕을 둔 폭력의 구조, 그 모든 것의 근엄한 논리를 유쾌하게 뒤집어놓는다. 「서점, 네시」의 대규 역시 이중성의 모호한 성격을 내면화하고 있는 인물이다. 성폭행을 당하고 자살한 여동생을 그리워하는 순수한 오빠의 모습과, 약자를 폭행하고 모욕하는 잔악한 악당의 모습이 야누스의 두 얼굴처럼 역설적으로 겹쳐 있다. 대규의 폭언과 폭행은 위선적인 세계에 대한 분노를 드러내며 그것은 곧 이 세계에 대한 경멸적인 냉소이기도 하다.

> "녹천에는 똥이 많다? 씨발, 똥 자랑하는 얘긴가. ……소지? 씨발, 뭔 말이야. ……미쳐버리고 싶은, 미쳐지지 않는? 뭐, 미쳐버리고 싶은, 미쳐지지 않는? 야, 이거 죽여주는데. 완전히 나잖아. 제목이 좆나게 이상하지만 하여튼 잘 지었다. 어떤 분이 썼나 보자? 이인성? 좋았어. 끝에 성자 들어간 분들 거는 보나마나 무협지야. 이건 패죽여도 무협지야. 야 이인성이라는 분이 쓴 거, 이거 미쳐버리고 싶다는 거, 무협지 맞지? ……야?" (「서점, 네시」, 137쪽)

대규의 위악은 스스로 그것을 과장할수록 오히려 그 내면의 순수함을 노출시킨다. 악마적 본성은 대규가 아니라 순수함을 가장한 위선적 세계에 있기 때문이다. 김종광의 웃음은 시종일관 바로 그 위선적 세계를 냉소하고 풍자한다. 김종광의 집요함, 그 웃음의 정치학이 가진 힘이 여기에 있다. 그의 소설에는 해학과 익살의 웃음이 철철 넘쳐흐른다. 그것은 허허로운 실소가 아니라, 근엄한 낯빛으로 흉물스런 내면을 숨기고 있는 세상의 어른들을 향한 능청스런 냉소다. 김종광의 인물들이 내뱉는, 꾸밈없어 적나라하기조차 한 나체의 언어 앞에서 점잖은 어른들은 속수무책이다. 우리들은 그 속수무책의 어른들을 지켜보면서 이 고통스런 세계로부터 나를 위로하는 유쾌한 웃음을 웃는다.

4. 이기호: 이시봉, 우리 시대의 아Q

이기호는 재기발랄한 작가다. 그의 재기발랄함은 소설이 끌어안을 수 있는 글의 온갖 형식들을 자기의 언어로 거침없이 전유하는 이야기꾼 특유의 자의식으로부터 비롯된다. 시종일관 랩으로 읊조린 「버니」, 심문 조서의 문답 형식으로 쓰인 「햄릿 포에버」, 입사를 위한 자기 소개서와 앵벌이의 구걸 전단지를 소재로 한 「옆에서 본 저 고백은」, 설화적 분위기의 「머리칼 傳言」과 「발밑으로 사라진 사람들」, 성경의 의고적 문체를 패러디한 「최순덕 성령충만기」, 메타픽션의 형식을 취하고 있는 「나쁜 소설」, 요리 레시피 형식을 빌린 「누구나 손쉽게 민들어 먹을 수 있는 가정식 야채볶음흙」.[13] 이야기하기(storytelling)의 상투성에 대한 의식적인 저항은 이기호 소설의 두드러진 특징이다. 이야기하기의 새로움에 대한 욕망은 이기호가 갖고 있는 소설가로서의 남다른 자의식에서 비롯된다. 「나쁜 소설」, 「수인(囚人)」, 「할머니, 이젠 걱정 마세

---

13) 이 글에서 다루는 이기호의 소설은 『최순덕 성령충만기』(문학과지성사, 2004)와 『갈팡질팡하다가 내 이럴 줄 알았지』(문학동네, 2006)다. 앞으로 인용할 때에는 작품과 쪽수만 병기한다.

요」, 「갈팡질팡하다가 내 이럴 줄 알았지」는 작중인물이 소설가로 등장하는 일종의 '소설가 소설'이다. 소설에 대한 그의 생각은 무엇인가.

> 당신에게 중요한 것은, 당신 자신이 소설을 현실에서 살아내는 것, 오직 그것만이 의미를 가질 뿐이었죠.(「나쁜 소설」, 38쪽)

여기서 '당신'은 독자다. 독자는 소설의 이야기에 자기의 욕망을 투사함으로써 허구의 이야기를 자기화한다. 매춘부를 여관에 불러서 소설을 읽어주는 소설 속의 저 독자는 소설에서 지시된 내용을 그대로 따라한다. 소설에서처럼 섹스를 하는 독자에게 매춘부는 지금 읽고 있는 것이 소설이 아닌 것 같다고 의심하면서 "아, 씨발, 아닌 것 같은데…… 오빠가 써놓고 괜히 남 핑계 대는 거 같은데…… 뻥치는 거 같은데……"라고 말한다. 소설이란 작가와 독자의 욕망이 서로 만나 공모하는 장이다. 그 허구(뻥)의 장에서 그들은 남 핑계를 대며 마음껏 '나쁜 짓'을 저지른다. 하지만 「나쁜 소설」은 그것이 어디까지나 최면 속에서나 가능하다는 것을 분명히 한다. 최면 속의 속임수, 소설은 역설적이게도 그 속임수를 통해 현실의 삶을 각성하도록 이끈다. 그 최면 속의 속임수는 치매에 걸린 노인의 슬픈 과거를 위로할 수 있고(「할머니, 이젠 걱정 마세요」), 갈팡질팡 알 수 없는 우연한 사건들도 '내 이럴 줄 알았지' 하고 태연하게 받아들일 수 있도록 도와준다.(「갈팡질팡하다가 내 이럴 줄 알았지」) 이것은 물론 루쉰이 정식화한 아Q의 '정신 승리법'이다. 사람들은 아Q를 보고 비웃었던 것처럼 최면 속 소설이 되어버린 오늘날의 소설들을 비웃는다. 그럼에도 불구하고 우리 시대의 작가는 스스로 소설가임을 증명하기 위해 힘겨운 글쓰기의 노동(곡괭이질)을 멈출 수 없다.(「수인(囚人)」)

포획된 수인으로서의 현대인들, 저항이 아닌 투항의 시대를 사는 우리 모두를 향해 짓는 쓴웃음. 그 웃음은 멈추지 않는 곡괭이질처럼 필사적이다. 아Q를 보고 웃는 사람들 그리고 국가와 자본에 포획된 수인들의 그 못난 웃음을 향해 곡괭이질을 멈추지 않는 작가들. 루쉰의 소설집 『외침』의 서문에는 그 유명한 '쇠로 된 방의 우화'가 나온다. 온통 쇠로 되어 절대로 부술 수 없는 방에 갇힌 수인들. 그들은 그 절망의 공간에서도 희망에 대한 믿음을 철회하지 않는다. 희망은 미래의 것이기 때문이다. 하지만 미래는 그냥 도래하지 않는다. 절망의 현재를 당당하게 겪어내는 것만이 희망의 미래를 준비하는 정직한 태도다. 비참함을 모르는 희망이란 그저 헛된 공상에 불과하다. 사회의 낙오자들, 외톨이들, 그 모든 시봉이들(소외된 자들의 다른 이름)의 비루함을 바라보는 이기호의 시선에는 그 비참한 절망의 현재에 대한 정직한 응시가 담겨 있다.

「백미러 사나이」의 이시봉은 아버지가 TV를 향해 던진 재떨이 파편에 뒤통수를 맞아 머리에 두 개의 구멍이 생겼다. '전매청 산하 외산 담배 특별 단속반 소속'이었던 아버지는 혁혁한 공을 세운 대가로 박정희 대통령으로부터 '모범 전매인' 표창을 받기로 돼 있었다. 하지만 박 대통령이 김재규의 총탄에 맞아 죽고 아버지의 영광은 꿈처럼 사라진다. 그때 TV에선 김재규의 현장검증을 보여주고 있었고 순간 아버지가 재떨이를 던진 것이다. 그래서 이시봉은 아버지의 말처럼 그의 뒤통수에 상처를 낸 사람이 김재규라고 믿는다. 어느 날부턴가 뒤통수의 구멍으로 세상을 보게 된 이시봉은 그것을 '박 대통령의 눈'으로 본 '박 대통령이 보는 세상'이라고 생각한다. 제 이름 정도나 겨우 쓸 줄 알았던 이시봉은 그 뒤통수의 눈으로 컨닝을 해서 대학까지 들어간다. 어느 날 버스를 기다리던 이시봉은 버스가 오지 않자 도로를 건너 자취방으로 질주한다. 당시 거리엔 전경과 대학생 데모대가 대치 중이었다. 그는 의도하진 않았지만 쫓아오는 전경들을 뒤통수의 눈을 이용해 따돌리고 데모대가 대오를 갖출 수 있는 시간을 벌어준다. 이로써 그는 '백만 학도의 선봉일꾼'으로 재탄생한다. 이시봉은 데모대의 한 여학생을 보고 사랑에 빠진다. 역시 의도하진 않았지만 그때부터 그는 투쟁의 선봉에 나서게 된다. 혈서를 쓰기로 한 네 명의 학생 중 하나가 감기몸살로 나오지 못하자 이시봉이 대신 나서게 되고, 그에게 배당된 글씨는 '한국 총독 그레그를'이었다. 글자를 모르는 그는 학생회관 건물 뒤의 옥상에 세워져 있던 광고판을 뒤통수의 눈으로 베껴 적는다. 그래서 그 플래카드엔 "파쇼 독재의 원흉인 미국을 축출하고 기술의 혁신-삼성 추방하자!"라는 문구가 적히게 된다. 학생들은 그것을 보고 이시봉이 PD계열이라서 그랬다거나 삼성의 노사관계를 우회적으로 비판한 것이라고 해석한다. 하지만 이시봉에겐 오로지 한 여자에 대한 사랑만이 중요할 뿐이었다. 그녀에 대한 사랑이 커지자 이시봉은 박 대통령의 눈이 아닌 자신의 눈으로 세상을 보려 한다. 그러자 박 대통령의 눈이 시기를 해서인지 자신의 눈은 서서히 보이지 않게 된다. 어느 날 시위 현장에서 이시봉은 뒤통수의 눈을 무시하고 자기의 눈을 고집하다가 학생들을 향해 화염병을 던지게 되었고, 그 이후 학교를 떠난 그를 다시는 아무도 보지 못한다. 이후 세상은 변했고 당시의 총학생회장은 구청장 후보로 나와서 박정희 대통령 기념관을 관할 구청 내로 유치하겠다는 공약을 내건다. 90년대 후반 사람들 앞에 다시 나타난 이시봉은 한강 고수부지에서 뒷걸음질로 조깅을 하고 있다. 이것이 알려져 전국의 약수터와 공원에는 뒷걸음질치는 할아버지 할머니가 늘어난다.

이 소설은 톰 행크스가 출연했던 영화 〈포레스트 검프〉(로버트 저메키스, 1994)를 떠올리기에 충분하다. 황당한 상황설정과 백치미 넘치는 어수룩한 주인공. 그리고 그의 의도치 않은 행동들을 오인하는 사람들. 이러한 요소들은 시종일관 독자들에게 웃음을 불러일으킨다. 「백미러 사나이」의 웃음은 이시봉의 어수룩한 말과 행동들에서 비롯되지만, 그 웃음이 조롱하는 것은 사실 이시봉이 아니라 그의 말과 행동을 오인하는 사람들, 그러니까 우리들 자신이다. 그것은 마치 루쉰의 분노가 아Q보다는 아Q를 비웃는 사람들을 향해 있는 것과 같다.

이기호 소설의 아Q는 '시봉'이다. 「옆에서 본 저 고백은」, 「당신이 잠든 밤에」, 「국기게양대 로망스」에서도 만나게 되는 시봉은 찌질이의 전형 그 자체다. 「당신이 잠든 밤에」의 시봉은 지방에서 상경해 편의점에서 새벽 아르바이트를 한다. 하지만 얼마 뒤 창고에서 숨어 자다가 점장에게 들켜 쫓겨나게 되고, 생활의 방편을 찾다 자해공갈을 시도하지만 그마저도 실패하고 오히려 동네 불량배들에게 폭행을 당한다. 고아로 자라 앵벌이로 살고 있는 「옆에서 본 저 고백은」의 시봉과 국기게양대를 찾아다니며 그곳의 국기를 떼다 파는 「국기게양대 로망스」의 시봉. 우리가 만약 이 시봉이들을 지켜보면서 그저 즐겁게 깔깔거리고 있다면 우리는 아마 아Q만큼 어리석고 아Q를 비웃던 누군가처럼 명청하다고 할 수 있을 것이다.

쓴웃음을 짓게 하는 이기호의 인물들. 우리 시대의 자화상인 이들은 상황의 아이러니 속에 놓여 있으며, 그 상황의 아이러니는 현대사회의 알레고리로 읽을 수 있다. 현대의 삶이란 인과론적 해명이 어려운 부조리함 속에서 우발적으로 당하는 온갖 폭력들을 그저 감수할 수밖에 없는 무력한 삶이다.

그 모든 것들은 언제나 어떤 예감이나 전조 없이, 느닷없이 나를 찾아왔다. 나는 그때마다 늘 갈팡질팡하며 어찌할 줄 몰랐다. 늘 갈팡질팡 헤매다가 겨우 간신히 그 우연들에서 벗어나곤 했다. 그것이 비록 더 좋지 않은 결과를 가져왔을 때도 많았지만, 글쎄다…… 시간이 지난 뒤, 그 갈팡질팡들을 내가 모두 글로 옮겼으니, 그래서 그 글들로 지금까지 밥벌이를 해왔으니, 그리 큰 손해라는 생각은 들지

않는다.(「갈팡질팡하다가 내 이럴 줄 알았지」, 295쪽)

이기호는 이처럼 알 수 없는 현실의 우연 앞에서 갈팡질팡 갈피를 잡지 못하는 현대인들, 그들의 우스꽝스런 비애를 이야기한다. 1996년 강릉 잠수함침투 사건을 소재로 한 「간첩이 다녀가셨다」는 간첩침투 사건에 예비군으로 소집된 고향 선후배, 그리고 그들과 한 조로 참여한 땅 투기꾼의 이야기다. 고향 선배 규칠의 속물적인 모습을 경멸하는 최수영은 사실 누구보다도 속물적인 위선자다. 서울 소재의 대학원을 다니다 휴학 중인 수영은 혼자 고고한 척하지만 땅 투기꾼 '김'의 투기정보를 귀담아 들었다가 간밤에 모두 잠든 사이 김의 가방을 뒤져 지도를 훔쳐본다. 그 모습을 김에게 발각당한 수영은 우발적으로 그를 살해하게 된다. 다음 날 김의 죽음을 확인한 사람들은 전날 밤 술에 취해 김과 다투다 잠이 든 규칠을 범인으로 지목하고, 모두들 당황하는 가운데 수영은 김을 죽인 것이 '간첩'이라고 말한다. 수영의 이 허위적인 모습에서 독자들은 공허한 헛웃음을 지을 수밖에 없을 것이다. 간밤에 다녀간 '간첩'이란 실은 우리들의 속물근성과 양심 없음에 대한 일종의 알리바이다. '간첩'이라는 허깨비로 죄 없는 이들을 투옥하고, 그들에게 강압과 폭력을 행사했던 반동의 시절을 기억하는 우리들에게 '간첩'의 알리바이는 그 불온했던 역사를 다시 환기시킨다.

제목부터가 피식, 코웃음을 터뜨리게 하는 「최순덕 성령충만기」. 이 작품은 하나님에 대한 믿음 하나로 학교와 사회생활 모두를 그만둔 성령 충만한 처녀 최순덕이, 가정과 직장에서의 스트레스를 견디다 못해 바바리맨이 된 유부남과 결혼하여 그를 전도하고 구원한다는 이야기를 성경의 문체로 풀어 쓴 소설이다. '순덕은 대학에 모두 떨어지고 나서도 그 모든 것을 자신의 성적이 아닌 하나님의 뜻이라 생각'할 뿐 아니라 현실의 모든 일들을 성령의 뜻으로 받아들이는 환원론자다. 자기의 무능을 인정하지 않고 굳이 그것을 성령의 뜻으로 오인하는 순덕의 진지함은, 부끄럽게 얻어맞고도 패배를 인정하지 않는 아Q의 정신승리법 바로 그것이다. 결국 그 정신승리법이란 눈앞에 있는 당장의 "고통을 거부하고 현실에 맞서 자아의 불가침성을 주장하고 또 쾌락의 원칙을 자신만만하게 확인하는"[14] 유머러스한 태도 그 자체인 것이다. 그러므로 「최순덕 성령충만기」라는 이 황당한 구원의 서사는 성경의 경건함을 뒤틀어 패러디한 일종의 블랙유머라고 할 수 있겠다.

「누구나 손쉽게 만들어 먹을 수 있는 가정식 야채볶음흙」이 문제적으로 느껴지는 것은, 그 긴 제목 속에 들어 있는 '흙'이라는 한 음절의 낱말 때문이다. '밥'을 '흙'으로 역전시키는 발상. 사람이 흙을 요리해서 먹는다는 이 발상은 가히 충격적이다. 물론 이 충격적인 발상이 지구의 어느 곳에서는 엄연한 현실이기도 하다. 아이티의 빈민들은 입자가 고운 진흙에 약간의 소금과 식물성 기름을 섞어 진흙쿠키를 만들어 먹는다고 한다. 케냐에서도 '오도와'라고 불리는 돌을 주로 임산부들이 먹고 있다. 흙이나 돌을 먹는 것은 독특한 식습관이나 음식취향이 아니다. 극도의 빈곤이 돌이나 흙을 먹는 충격적인 소설의 발상을 현실로 만들고 있다.

지상에 올라와 흙을 먹다보니, 세상살이라는 것이, 그게 참 우습게만 여겨졌습니다. 가족을 먹여 살리기 위해 불철주야 직장생활을 하는 세상 모든 아버지들과, 한푼이라도 아껴가며 저녁 반찬을 준비하는 세상 모든 어머니들, 그런 아버지와 어머니를 닮기 위해 코피 쏟으며 공부하는 세상 모든 자식들, 그들이 안간힘을 다해 열중하고 있는 모든 일들이 그저 덧없고 허망하게만 여겨졌던 것입니다. 그렇

---

14) 지그문트 프로이트, 앞의 책, 513쪽.

지 않습니까? 세상 사람들 모두가 열심히 일을 하고, 아껴 쓰고, 공부하는 것은, 결론적으론 다 '밥' 때문이잖아요. 굶지 않기 위해, 남들보다 더 많은 밥을 사 두기 위해, 보다 질 좋은 밥을 사먹기 위해, 그렇게 살인적인 노동을 감내하는 것이잖아요. 밥은 한정되어 있고, 사람들은 끊임없이 밥을 탐하니까요(분단도 결국 '밥' 때문이 아닌가요?). 한데, 만약 그 밥이 주위에 무한정 널려 있다면, 그냥 삽으로 대충 몇 번 파헤쳐 다 해결될 수 있다면, 그러면 그 모든 노동들은 다 무의미한 게 되어버리잖아요. 너 그렇게 공부 안 하면 나중에 굶어 죽는다, 그렇게 게으르면 평생 고생하면서 산다, 뭐 이런 말들이 우습게만 여겨지는 거죠. 괜찮아요, 전 그냥 흙 파먹고 살래요. 이런 여유가 없는 것이죠. 아아, 불쌍한 사람들 같으니……(「누구나 손쉽게 만들어 먹을 수 있는 가정식 야채볶음흙」, 62~63쪽)

"이제까지의 모든 사회의 역사는 계급투쟁의 역사이다." 『공산당 선언』의 이 유명한 첫 구절은 노동자와 자본가, 두 계급의 투쟁이 '밥'을 둘러싼 투쟁의 역사였음을 선언한다. 사실 이제까지의 모든 사회의 역사는 밥그릇 싸움의 역사라 할 수 있다. 그런데 인간의 생물학적 지속을 보존하는 근원적인 물질로서의 '밥'이 굳이 싸워서 쟁취해야 할 무엇이 아니라고 한다면 우리의 역사는 어떻게 될 것인가. 소설의 제목에서 '누구나 손쉽게 만들어 먹을 수 있는'이라는 말이 새삼 눈에 띄는 이유는, 그것이 역사에 있어 '밥'의 특권적 지위를 부정하고 있기 때문이다. 흙은 어디에나 있고 그것을 가지고 '누구나' '손쉽게' 요리해 먹을 수 있는 세상은 '밥'의 획득을 위해 일생을 바쳐 투쟁해야 하는 우리의 현실을 손쉽게 초월한다. 이 기발한 소설의 상상력이 현실이 된다면 '삽질하고 있네'라거나 '아무리 땅 파봐라, 십 원 한 푼 나오나'와 같은 말들의 의미는 아마 전혀 다른 의미로 이해될 것이다.

상식적인 기대를 허물어뜨리는 엉뚱한 사건들이 웃음을 불러일으킨다(불일치 이론incongruity theory). 상식을 뒤흔드는 기발한 상상력, 흙으로 요리를 해서 먹는다는 엽기적인 상상력은 그래서 웃음의 감정을 자극한다. 이때의 웃음은 냉소와 멸시의 적대적 웃음이 아니다. 그렇다고 조롱과 비꼼의 풍자적 웃음도 아니다. '밥'을 쟁취하기 위해 사는 삶이 힘겨울 때, 이러면 어떨까 하고 한 번쯤 꿈꿔보는 동화적 환상의 웃음, 이 웃음은 현실의 시름을 잊게 해주는 위안의 웃음이다. 웃음을 자아내는 이기호의 인물들은 가진 것 없고 내세울 것 없는 어수룩한 아Q들이다. 그래서 그의 소설들은 한국의 '아Q정전'이며 '인간희극'이다.

5. 웃음의 역능

흔히 웃음은 자기보다 열등한 것에 대한 반응으로써 생겨난다고 한다. 그리고 웃음은 기대했던 바의 일이 생각과 다르게 나타날 때, 그러니까 기대와 현실의 그 어긋남에서 나온다고 한다. 웃음은 유쾌하지만 그 이면엔 존재의 우열에 대한 차가운 인식과, 기대를 저버리는 현실에 대한 신랄한 비판이 숨어 있다. 그러므로 서사를 통한 웃음의 창안은 무서운 정치적 역능을 발휘할 수 있다. 그리고 그것이 진정으로 무서운 역능인 것은 엄숙하고 경직된 질타가 아니라 넉살의 여유로 상대의 허를 찌르는 공격이기 때문이다. 김종광과 이기호의 소설들은 특유의 어눌한 인물들을 내세워 비정한 세계와의 유쾌한 충돌을 담아낸다. '경합'의 대상인 '반대자'를 향한 호탕한 웃음, 그것으로 그들의 인물들은 진정으로 '정치적인 것'의 자리로 귀환한다.(샹탈 무페) 웃음이란 이처럼 발랄한 전쟁이다.

유죄로서의 욕구,
이론과 신념 사이의 비평
— 조정환론

1. 상황과 판단

조정환이라는 한 인간의 잠재성은 비평가라는 현실성의 한 단면으로
제한될 수 없다. 조정환은 국문학을 전공한 연구자이자 노동해방문학
의 전위에서 활동했던 운동가였으며, 진보적인 사상서를 우리말로 옮
기고 책으로 펴냈던 번역가이자 출판인이다. 동시에 그는 문학을 통해
현실변혁의 논리를 모색해온 비평가이자 제국의 적대를 넘어서려 분투
하는 정치철학자이기도 하다. 하지만 그 무엇보다 그는 유기체화하는
제국의 논리에 대항하는 '살' 로서의 혁명적 '다중(multitude)' 이다.

다중으로서의 삶을 자각하기 이전부터 지금에 이르기까지 조정환의
삶-투쟁에 일관하는 것은 자본의 적대와 포섭전략에 대한 저항과 대응
이다. 그의 문학론(비평)의 첫 출발은 1987년 6월, 한국의 객관적 정세
로부터 비롯되었다.[1] 1987년 한국의 객관적 정세는 조정환으로 하여금

---

1) 1987년을 전후로 해서 지금에 이르는 조정환의 자전적인 문학적 연대기로 「나의 문학의
로두스섬」(《자율평론》 18호, 2006년 10월)이 있다.

'노동계급 당파성'을 문학의 중심 화두로 삼게 하였는데, 그 논리는
「80년대 문학운동의 새로운 전망─민주주의민족문학론의 제기」(『서강』
제17호, 1987년 6월)라는 평문을 통해 구체적으로 정리되었다. 민족문학
론과 노동문학론 양자에 대한 비판적 극복과 함께 노동자 계급의 헤게
모니를 통해 정치적 민주주의, 분단된 민족의 통일, 제국주의로부터의
해방을 이끌어내야 한다는 주장을 담았던 이 선언적 논리(민주주의민
족문학론)는 이후 진화하는 노동계급의 투쟁 속에서 자기비판을 거쳐
'노동해방문학론'으로 전환된다. 그 전환기의 자기비판을 통해 노동
해방문학론의 논리를 제시하고 있는 것이 「민주주의민족문학론에 대
한 자기비판과 〈노동해방문학론〉의 제창」(『노동해방문학』 창간호, 1989년
4월)이다. 그는 이 글에서 "노동자 계급 당파성을 사상적으로 선취했으
면서도 실천에 있어서는 민주주의 민족문학에 머무르는 자기모순"[2]을
드러내고 말았던 민주주의민족문학론의 한계를 진솔하게 고백했다.
그 한계를 뚫고나가야 할 문학의 논리로서 제출된 '노동해방문학론'
은 『노동해방문학』의 창간과 함께 본격적으로 구체화된다. 이론을 넘
어서는 실천적 투쟁, 노동해방을 견인할 사회주의 정당 건설을 이념적
지향으로 삼았던 노동해방문학론은 조정환 문학론의 한 정점을 이룬
다.[3] 조정환은 역사적 전환기의 객관적 정황에 적극적으로 조응하였으
며, 자신의 문학적 논리를 과감하게 비판하고 극복하면서 새로운 문학

---

2) 조정환, 「민주주의민족문학론에 대한 자기비판과 〈노동해방문학론〉의 제창」, 『노동해
  방문학의 논리』, 노동문학사, 1990, 25~26쪽. 이 글은 『민주주의민족문학론과 자기비판』,
  (연구사, 1989)에 실린 권두논문인 「민주주의 민족문학론에 대한 자기비판」에서 "민족민
  주전선의 강화와 노동자계급 지도권확보를 노동자계급의 입장에서 통일적으로 파악하
  지 못했던 것은 필자가 소시민적 절충주의를 확연히 떨쳐버리지 못했던 탓"(13쪽)이라고
  한 자기비판의 연장이자 그때의 논의를 심화한 것이다.
3) 1987년의 항쟁에서 시작된 민주주의민족문학론으로부터 노동해방문학론을 거쳐 지금의
  삶문학에 이르기까지의 조정환의 문학적 도정에 대한 자기 고백으로는 「1987년 이후 문
  학의 진화와 삶문학으로의 길」(『실천문학』, 2007년 가을호)을 참조할 수 있다.

의 방향을 모색했다. 이 같은 '철저한 자기비판'은 당면한 현실조건의 한계상황을 돌파하는 조정환 문학론의 핵심적인 추동원리다.

1989년 독일 통일과 동구권 몰락, 1991년 소련 붕괴는 진보적인 문학론과 이론진영에 치명적인 충격을 안겨주었다. 역사적 진보에 대한 신념은 사회주의의 몰락이 현실화되면서 쉽게 동요되었다. 많은 지식인들이 역사의 변혁이라는 거대한 이념적 지향으로부터 이탈했고 어떤 이는 저항의 대상공간으로 발 빠르게 귀순함으로써 주류에 편입되었다. 투쟁의 시절은 후일담 문학의 소재로 상품화되었고, 역사나 이념은 편파적인 거대담론이라고 맹렬하게 비판받았다. '역사의 종말'이 선언된 자리에는 파편화된 일상, 니힐리즘의 정서가 자리 잡기 시작했고 포스트모더니즘은 그 모든 급격한 변화들을 정당화했다.

이 대량 전향의 시대에 많은 이들은 자기 진영을 떠나 체제화되었다. 이제 문학은, 그리고 진보적인 변혁운동은 소수화되었다. 어떤 의미에서 이 소수화 과정은 낭만적 역사주의에 함몰되었던 거짓 투쟁들을 걸러내고, 이론적 도식주의로 실천의 복잡한 과정을 단순화했던 지난 시절의 오류를 바로잡는 기회가 되었다. 조정환은 전환기의 위기와 불안이 가져온 위기의 시간을 기회로 역전시켜 삶의 활력을 되살리는 계기로 삼았다. 노동해방문학론이 불가능해진 위기의 상황은 조정환을 새로운 깨달음에 이르게 한다.

얻은 것은 이데올로기였고 잃은 것은 지금시간(Jetzt Zeit)이었다.[4]

'지금시간'에 대한 자각. 인류의 역사 속에 잠재해 있다가 분출되어 나오는 지금 이 순간의 실재적 시간. 잠재성의 복잡성이 현실성으로 단

---

4) 조정환, 「비장의 무덤 위에 핀 비애와 익살의 시」, 『카이로스의 문학』, 갈무리, 2006, 424쪽.

순화되는 것이 아니라, 그 복잡성이 현실의 어느 순간에 점화되어 영원성을 드러내는 시간. 그것은 바로 카이로스(kairòs)의 시간이다. 잠재성 속에서 유기적인 총체성을 추출하고 그것을 현실의 재현을 통해 드러낼 수 있다고 믿었던 노동해방문학론은 양적으로 공간적으로 측정 가능한 크로노스(chronos)의 시간에 구속되어 있었다. 그러나 조정환이 자각한 '지금시간' 으로서의 카이로스는 "시간의 순간, 시간의 도착, 사건 속의 시간을 의미한다. 카이로스는 위기 속에서의 선택과 결정을 함축한다."[5]

크로노스의 시간에서 벗어나 카이로스의 시간으로 진입해 들어가는 것은 초월적인 비약이나 관념적인 해탈이 아니다. 체제권력의 수배와 감시로부터 도주와 탈주를 감행했던 기나긴 투쟁의 시간은 결코 소모적인 도피의 시간이 아니었다. 조정환에게 그것은 공부의 시간이었으며 깨달음의 시간이었고 단련의 시간이었다. 그러나 무엇보다도 그 '시간' 은 '네그리' 와의 만남을 통해 '지금시간' 으로서의 카이로스를 자각한 시간이다. 그는 기꺼이 네그리를 '사숙(私淑)' 하고 있노라고 고백한다.[6] 지금 조정환의 비평적 술어와 논리의 많은 부분은 그 사숙의 결과로 단련된 것이다.

조정환이 네그리로부터 얻은 가장 큰 사유의 지점은, 노동이 공장의 울타리를 넘어 삶의 전면으로 확대되는 제국 시대의 삶에 대한 핍진한 성찰이다. 그와 같은 노동의 전면화는 노동에 대한 자본의 포섭이 형식적인 차원에서 실질적인 포섭단계로 심화되는 사정을 반영한다. 형식적 포섭에서 실질적 포섭으로의 전환은 자본의 자기운동의 결과가 아

---

5) 위의 책, 16쪽.
6) 조정환, 「자유인, '지식인의 죽음' 이후의 지식인」, 위의 책, 528쪽. 조정환이 네그리를 사숙하여 얻은 그간의 공부기록을 담은 것이 『아우또노미아』(갈무리, 2003)다. 이 책은 네그리 연구서이자 입문서로 손색이 없지만 무엇보다도 네그리에 대한 조정환의 경의와 존경 그리고 어떤 '뜨거움' 을 느낄 수 있게 해주는 저작이다.

니라 노동거부에 대한 자본의 적극적 대응이다.[7] 그 전환은 생산의 사회화와 과학·기술의 혁신을 바탕으로 이루어진다. 조정환은 이와 같은 자본주의적 생산양식의 변화, 즉 자본주의의 재구조화와 이에 따른 노동계급의 새로운 구성을 인식하는 과정에서 카이로스의 시간을 자각하게 된 것이다.

자본의 실질적 포섭단계에서 노동은 기술적·과학적으로 전환되고 이는 "질에서 추상적이고 비물질적이며, 양에서는 복잡하고 협력적이고, 형식에서는 지적이고 과학적인"[8] 성격을 띤다. 이 새로운 노동의 주체인 사회적 노동자가 바로 민중이 끝난 시대의 삶을 이끌어갈 '다중'이다. 그리고 이 다중이 펼치는 카이로스의 삶, 그것의 문학적 표현이 카이로스의 문학(삶문학)이다.

민주주의민족문학론에서 노동해방문학론으로, 다시 노동해방문학론에서 카이로스의 문학으로의 전회는 자본주의적 생산양식의 변화에 대한 조정환의 문학적 응전의 과정을 반영한다. 민주주의민족문학론에서 출발한 조정환의 문학적 투쟁은 20여 년의 시간을 지나왔다. 이른바 요동하던 1987년의 노동국면이 민주주의민족문학론과 그것의 비판적 극복인 노동해방문학론을 이끌어낸 것처럼, 1989년의 동구권 몰락과 1991년의 소련붕괴라는 세계정세의 변화는 카이로스의 문학을 탄생시키는 계기가 되었다. 조정환은 현실세계의 변화에 기민하게 반응하면서 그때마다 새로운 삶-문학의 논리로 대응해왔다. 객관적 정세의 '변화'는 삶-변혁의 주체를 '성찰'로 이끌고 그것이 결국 새로운 삶-문학의 논리를 '모색'하게 한 것이다. 그러므로 조정환의 이론적 전회에

---

7) 형식적 포섭에서 실질적 포섭으로의 전환에 대한 조정환의 인식은 『그룬트리세』에 언급된 '가치이론'을 실질적 포섭 국면의 자본주의에 적용한 네그리의 이론에 바탕을 두고 있다.(조정환, 「1990년대 '문화연구' 논쟁과 네그리의 '대중지성'론」, 『카이로스의 문학』, 496~500쪽 참조)

8) 위의 책, 500~501쪽.

서는 무엇보다도, 변화를 성찰하고 그 성찰에서 새로운 논리를 모색하는 '주체'의 역량이 부각된다.

역사적 변화에 대한 인식과 반응은 저마다 다를 수밖에 없는데, 조정환은 우선 자기 논리의 구축에 앞서 '다른' 주체들의 반응들을 주의 깊게 검토한다. 박노해, 박영근, 백무산은 같은 시대를 함께 견뎌왔던 동지이면서, 격변의 시기를 다르게 살아온 단독자들이다. 먼저 「박노해의 방향전환, 극복인가 좌절인가」라는 평문은 제목에서부터 박노해의 변화에 대한 강렬한 문제제기가 드러나 있다. 그의 도발적인 문제제기는 비단 박노해라는 개인의 변화에 한정된 것이 아니다.

> 그의 변화는, 지구상에서 각기 다른 양상과 속도로 진행되어 온 것, 즉 사회주의 전략의 좌절과 그것의 신자유주의의 하위파트너 혹은 그 대행자로의 현실 적응 시도의 한국적 양상을 드러내 보여준다.[9]

조정환은 한때 노동해방문학론의 열렬한 동지였던 박노해의 변화를 자본의 실질적 포섭에 순순히 투항한 좌절로 판단한다. 이런 준엄한 판단은 박노해만이 아닌 그 모든 박노해들을 바라보는 적대의 시선들, 냉소의 시선들 그리고 긍정의 시선들에 대한 하나의 종합이다. 그러니까 그에게 박노해의 전향은 변절로 이해된다. 조정환은 이 좌설의 풍경에서 눈을 돌려 반대편의 풍경으로 시선을 향한다. 그곳에 박영근과 백무산이 있다.

조정환은 박영근을 '민중이 사라진 시대'에 새로운 주체의 형상을 모색했던 시인으로 기억한다. 하지만 그는 박영근이 "새롭게 전개되는 **혼잡한** 현실 속에서 민중을 찾기보다 기억 속에서, 실존 속에서, 잔존

---

9) 위의 책, 322쪽.

한 자연 속에서 민중의 힘을 찾"[10]으려고 함으로써 일정한 한계를 드러내고 말았음을 아쉬워한다. 이제 더 이상 "민중은 반영될 수 있는 방식으로 존재하지 않는다." 그가 볼 때 "오늘 **시가 민중과 만나는 유일한 길은 스스로 민중이 되는 것, 새로운 삶을 창조하는 살로서 스스로를 변형시키는 것이다.**"[11] 그러나 박영근은 그 이행의 길을 성실하게 모색했지만, 민중이 사라진 시대의 문학이 가야 할 방향을 예시하는 데서 더 나아가지 못한 채 멈추어서고 말았다. 조정환은 박영근이 예시해준 그 길을 힘차게 걸어간 시인으로서 백무산을 발견한다. 그에게 백무산은 "지금 혁명이 스러진 반동의 황야에서 다른 혁명적 가치들을 재구축하고 그것들을 전진시키려는 구성의 노동"[12]에 몸을 던진 위대한 시인이다.

조정환은 현실사회주의의 붕괴라는 역사적 변화에 대해, 박노해의 좌절을 박영근의 모색을 통해 백무산이 극복하고 있는 것으로 읽어낸다. 이런 정리는 다분히 도식적이다. 하지만 조정환은 이런 도식을 빌려 역사적 주체로서의 다중이라는 자기 위치를 분명히 확인하고, 민중이 사라진 시대의 문학으로서 카이로스의 문학이 나아가야 할 방향을 구체화한다.

2. 근대문학의 종언에서 삶문학으로

조정환에 따르면 노동이 공장의 울타리를 넘어 사회 전면으로 확산

---

10) 조정환, 「민중이 사라진 시대의 문학」, 『민중이 사라진 시대의 문학』(정남영 외), 갈무리, 2007, 326쪽.
11) 위의 글, 328쪽.
12) 조정환, 「바람의 시간, 존재의 노래」, 『카이로스의 문학』, 342쪽.

되던 1987년, 이미 한국의 근대문학은 종언의 단계에 접어들었다. 따라서 그에게 가라타니 고진이 던진 '근대문학의 종언'이라는 테제는 뒤늦은 선언에 지나지 않는다.[13] 노동에 대한 자본의 포섭이 형식적 단계에서 실질적 단계로 전환되면서 노동계급은 새로운 주체로 재구성되었고, 문학에도 급진적인 변화가 일어났다.[14] 1987년을 정점으로 산업의 재편과 세계화라는 자본의 반격에 따라 산업노동의 헤게모니는 쇠퇴하기 시작했고, 산업노동자와 농민을 근간으로 했던 근대적 민중은 소멸하여 갔다. 민족과 국민을 구성하는 핵심적 집단으로서의 '민중'에 기반을 둔 민족문학이 쇠퇴하자 산업노동의 헤게모니 아래서 억압되었던 마이너리티의 존재가 이제 그 일그러진 모습을 드러내며 출현한다.

민중이 사라진 시대의 문학, 즉 근대문학의 종언이 풍문으로 떠도는 시대의 문학은 희망과 환멸의 이중성으로 드러난다. 마이너리티를 환대하는 희망의 징후는 동시에 자본에 포섭된 시장 지배의 문학이라는 환멸에 직면한다. 사소설화된 후일담 문학의 번성, 문학의 광고대행사로 전락한 문예지와 주례사비평의 추문들, 소비자의 이목을 이끄는 작품들의 특정 경향을 이슈화하는 트렌드 비평, 이 모든 것들은 자본의 새로운 세계 배치의 결과로 등장한 탈근대문학의 명백한 양상이다.[15]

근대문학의 종언이 가져온 문학에 대한 자본의 전면적 포섭을 비판

---

13) "문학의 경우에서도 1987년은 근대성의 운명이 드러난 시기이다. 최근에 우리가 듣는 근대문학의 종언에 대한 선언은 때늦은 것은 아닐까?"(조정환, 「1987년 이후 계급 재구성과 문학의 진화」, 『민중이 사라진 시대의 문학』, 78쪽) 가라타니는 한 대담에서 이렇게 말하고 있다. "내가 '기원'(『일본 근대문학의 기원』; 인용자)을 쓰게 된 것은 바로 그것이 끝나가고 있었기 때문이었습니다."(가라타니 고진과 세키이 미쓰오의 대담, 「아이러니 없는 종언」, 『근대문학의 종언』, 도서출판b, 2006, 180쪽) 가라타니는 『일본 근대문학의 기원』을 집필하기 시작한 1970년대 말에 이미 근대문학의 종언을 예감했다.
14) 조정환, 「1987년 이후 계급 재구성과 문학의 진화」, 『민중이 사라진 시대의 문학』 참조.
15) 위의 글, 88쪽 참조.

하는 전략으로써 조정환은 1990년대 한국 지성사의 극적인 분기점이라고 할 '문화연구' 논쟁을 검토한다.[16]

  '문학에서 문화로' 라는 슬로건은 다중의 문화적 삶이라는 좀 더 포괄적인 영역을 드러냈다는 점에서는 진보적이지만 문학 중심으로 구축되었던 기존의 위계체제 대신에 대중문화를 중심으로 한 또 다른 위계체제를 다시 구축한다는 점에서는 퇴행적 측면을 갖는다.[17]

  당시의 문화논리가 갖고 있던 이 같은 퇴행에 대해, 조정환은 "삶의 역능과 그 가능성에 대한 깊은"[18] 통찰을 보여주었던 프랑스 상황주의자들의 문화논리로 대응한다. 자본이 부과하는 스펙터클에 대항해 새로운 '상황' 을 능동적으로 구성해야 한다는 상황주의자들의 논리는 문화자본의 논리에 맞서는 유력한 근거가 되었다.

  노동에 대한 자본의 실질적 포섭은 산업노동의 쇠퇴를 가져왔고, 그것은 노동의 축소가 아니라 노동의 보편화 과정을 반영한다. 노동의 재편성과 더불어 전개되어온 '세계화' 는 우리의 삶 자체를 거대한 시장 속에 포섭시키는 자본의 극단적인 자기 확대과정이다. 다중은 바로 그 자본의 자가 증식운동의 결과이면서 동시에 응전의 주체로서 구성된다. 다중은 자본에 포섭되어 있으면서도 자본과 적대하는 역설적 존재다.[19]

---

16) 조정환, 「1990년대 '문화연구' 논쟁과 네그리의 '대중지성' 론」, 『카이로스의 문학』 참조.
17) 조정환, 「프랑스 상황주의자 운동과 90년대 한국 문화운동」, 위의 책, 511쪽.
18) 위의 글, 522쪽.
19) 지배 이데올로기에 포섭되어 있으면서 동시에 그것에 저항하는 다중의 모습을 임지현은 "소비자이면서 동시에 생산자인 대중의 양면성" 이라고 설명한다.(임지현, 「 '대중독재' 의 지형도 그리기」, 『대중독재』(임지현 · 김용우 엮음), 책세상, 2004, 23쪽) 조정환의 관점 역시 이런 다중의 이중성을 전제한다. 그러나 실제로 그의 생각은 '생산자' 로서의 다중에 치우쳐 있다.

다중은 근대를 낳았지만 근대의 (비)−외부를 구성한다. 근대 속에서 살고 있지만 근대에 대항하면서 근대를 넘어서는 차이의 소용돌이가 다중이기 때문이다.[20]

카이로스의 시간이란 다중이 열어나가는 바로 그 역설의 시간이며, 이 카이로스의 시간에 펼쳐지는 문학이 '삶문학' (카이로스의 문학)이다. 근대문학의 종언은 산업노동의 중심에 있던 크로노스의 시간을 붕괴시키고 자율적 다중이 주도하는 새로운 시대의 희망으로 카이로스의 문학을 가져온다. 따라서 조정환에게 근대문학의 종언은 문학 전체의 종언이 아니라 '근대문학' 의 종언에 지나지 않은 것이다. 그에게 이 종언의 시간은 종말의 시간이 아니라 오히려 회생의 시간이다.[21]

가라타니 고진이 근대문학의 종언을 문학 자체의 종언으로 확언하면서 문학을 떠나 자본-네이션-국가라는 삼위일체에 대항하는 제4의 X, 즉 어소시에이션을 구상하는 쪽으로 나아갔다면, 그리하여 국가와 자본을 넘어서는 실천운동으로서의 NAM으로 나아갔다면,[22] 조정환은 여전히 문학의 잠재적 가능성을 포기하지 않는다. 그는 저항적 주체로서의 민중(프롤레타리아)이 사라진 시대에, 분산된 네트워크의 떼 (swarm) 지성인 '다중' 을 발견함으로써 근대문학 이후의 행로를 능동

---

20) 조정환, 「카이로스의 시간과 삶문학」, 『카이로스의 문학』, 87쪽.
21) 위기의 순간을 기회의 계기로 역전시키는 조정환 특유의 지적 활력을 기억해둘 만하다. 그것은 기나긴 망명의 시간을 자본에 대한 총체적 분석(『자본론』의 저술)의 작업에 바친 마르크스와 수배·구속·망명의 긴 시간을 이론과 실천의 확대로 연결시킨 네그리와의 연장선상에서 생각할 수 있다. 마르크스와 네그리, 이들은 조정환의 비평을 가로지르는 중핵이다.
22) "나는 『비평공간』을 하고 있는 동안, 그것(신자유주의화; 인용자)에 저항하려고 했지만, 무력했습니다. 그래서 단순한 비평으로는 안 된다고 생각하게 되었습니다. 사회운동을 개시하려고 한 것은 그 때문입니다." (가라타니 고진, 조영일 옮김, 『정치를 말하다』, 도서출판b, 2010, 85쪽)

적인 구성의 과정으로 사유할 수 있게 된다. 조정환과 가라타니는 근대 문학의 종언이라는 공통의 지반 위에서 서로 다른 방법으로 그 이후를 사유하고 있는 것이다.

　가라타니는 생산과정보다는 유통과정에서의 개입이 자본에 대해 더 유효한 타격이 될 수 있음을 지적한다. 자본의 증식, 즉 잉여가치의 발생은 유통의 회로를 통해 이루어지는 것이므로 바로 그 회로를 무력화하는 것은 자본의 증식을 차단하는 것이다. 이제 투쟁의 주체는 '노동자'에서 '소비자'로 이동한다. 그러므로 조정환과 가라타니의 틈새는 결국 '다중'과 '소비자'라는 저항 주체의 차이로 드러난다. 그리고 그 차이는 횡단적이고 전위적인 이동으로 정의되는 '트랜스 크리틱', 즉 마르크스의 외부와 접속하는 길을 칸트에서 찾느냐 아니면 네그리와 하트에게서 찾느냐에 따라 더욱 분명해진다.

　네그리의 '대중지성론'은 다중이라는 계급의 재구성을 탐구한다. 다중은 가라타니의 저항주체인 '노동자로서의 소비자'를 넘어서는 더 포괄적인 존재다. 다중으로 인해 문학의 영역은 여전히 중요한 삶-투쟁의 거점공간이 될 수 있다. 하지만 가라타니는 그런 다중의 개념이 가진 포괄성을 인정하지 않는다.

　네그리와 하트는 마르크스가 말하는 프롤레타리아가 노동자 계급처럼 한정된 것이 아니라 바로 다중이라고 말한다. 초기 마르크스의 사고는 확실히 그렇다. 그런 의미에서 이 책(『다중』; 인용자)은 『공산당선언』(1848)을 현대적인 문맥에서 되찾으려는 시도라고 말할 수 있다. 즉 제국(자본) 대 다중(프롤레타리아)의 세계적 결전.

　그러나 이와 같은 이원성은 국가들의 자립성을 제거할 때만 상정될 수 있다. 이런 관점은 신화적 환기력을 가지며 실제 1960년대에 사람들을 움직였던 것이다. 그렇지만 나는 이 같은 소외론적=신화론적 사고를 취한다면 일시적으로 정념을 불러일으킬 수 있을지라도, 무의미한 결과밖에 가져오지 못할 것이라고 생각한다. 세계자본주의(제국)가 아무리 심화되더라도 국가나 네이션은 소멸하지 않는다. 그것들은 자본과는 다른 원리에 의해 존재하기 때문이다.[23]

가라타니가 '다중'(정확하게는 다중과 제국의 이원적 대립)을 인정하지 않는 것은 자본과는 다르게 작동하는 국가와 네이션의 원리 때문이다. 자본, 네이션, 국가는 서로 다른 각자의 교환양식으로 작동하며, 이들은 보로메오의 매듭으로 연결되어 있다. 특히 네이션은 자본과 국가의 존립을 지탱한다. "네이션은 그저 상상(fancy)에 불과한 것이 아니라, 국가와 시장사회를 매개하고 종합하는 '상상력(imagination)'이다."[24] 그러나 네그리와 하트의 이론을 통해 자기 논리를 정초하고 있는 조정환은 국가라는 일국단위의 체제와 그것의 확장인 제국주의가 제국으로 전화되었다는 것을 논의의 전제로 삼는다. 조정환에게 네이션은 누군가의 말처럼 '상상의 공동체'에 불과한 것이므로 국가와 자본의 동맹체인 제국만 극복하면 된다. 그러나 가라타니 고진에게 다중의 적대로서 존재하는 제국은 자본, 네이션, 국가라는 분명한 실체를 추상화시켜버리는 일종의 미망에 불과하다.[25]

네그리와 하트가 '제국'이라고 부르는 것은 '세계시장'입니다.

---

23) 〈아사이신문〉(2005년 12월 11일)의 『다중』에 대한 서평; 가라타니 고진, 조영일 옮김, 『근대문학의 종언』, 251쪽에서 재인용.

24) 가라타니 고진, 조영일 옮김, 「서설―네이션과 미학」, 『네이션과 미학』, 2009, 도서출판 b, 22쪽.

25) 이런 비판은 네그리의 제국론에 대한 가장 전형적인 비판이다. 국가와 네이션을 유령화하는 제국의 논리를 비판하고 있는 저작으로 알렉스 캘리니코스 외, 김정한·안중철 옮김, 『제국이라는 유령』, 이매진, 2007이 있다(조정환은 『아우또노미아』(갈무리, 2003)의 9장 전체를 할애해 네그리의 비판들에 응답하고 있다).

여기서 국가는 중요하지 않습니다. 이것은 '보편적 교통' 하에서 민족이나 국가의 차이는 무화될 것이라는 1840년대의 마르크스 인식과 같습니다. 그러나 이것은 국가라는 위상을 무시하는 것입니다. 역사적으로 1848년의 혁명은 민족이나 국가의 무화이기는커녕 프랑스와 독일에서도 국가자본주의와 제국주의를 불러왔던 것입니다.[26]

네그리와 하트에 대한 가라타니의 첨예한 비판은 제국과 다중의 대립이라는 구도의 추상적 면모를 부각시킨다. 네그리와 하트, 그리고 이들의 제국론을 긍정하는 조정환에게서 발견할 수 있는 희망적이고 낙관적인 전망은 가라타니의 불편한 비판에 응답할 수 있어야 한다. 제국과의 상호의존적인 대립이라는 역설적 관계 속에 배치되어 있는 다중, 그 다중의 활력을 능동적으로 구성하는 문학이라는 논리는 너무 매끄럽고 단조롭다.

『제국』의 민족국가 정치학 비판에 대한 많은 반비판은 바로 뒤의 두 명제를 둘러싸고 전개되었다. 다시 말해, 오늘날에도 여전히 민족국가가 제국주의적 기획의 중심에 놓여 있으며 바로 그런 한에서 민족국가가 제국주의에 대항하는 방패막이로서 기능할 수 있다는 전통적 관념의 재천명이 그것이다. 이러한 반비판의 사례는 너무나 많아 일일이 열거하기 어려울 지경인데, 대체로 그것들은 (혁명적 방식을 통해서든 의회적 방식을 통해서든) 민족국가와 그 권력을 장악하는 것을 정치의 중심과제로 설정해온 사회주의와 사회민주주의의 입장에서 제기된다.[27]

---

26) 가라타니 고진, 조영일 옮김, 『세계공화국으로』, 2007, 도서출판b, 215쪽.
27) 조정환, 『아우또노미아』, 232쪽.

과연 '국가의 유령화'를 비판하는 알렉스 캘리니코스나 가라타니 고진의 논리가 단지 '전통적 관념의 재천명'에 불과한 것일까. 여기서 조정환은 이론의 정당성보다 자기의 신념에 기울어 있다. 그 신념은 이분법적 논리의 명쾌함 안에서 타협 없이 확고하다.

가라타니는 자본, 네이션, 국가라는 삼위일체(삼항체계)에서 국가의 자립성을 제거함으로써 생기는 네그리의 논리적 이원성을 비판한다.[28] 제국과 다중의 이항적 대립은 제국의 권력과 다중의 활력, 근대체제와 탈근대체제와 같은 이원 대립적 체계를 구성하는 근거가 된다. 대중노동자에서 사회적 노동자로, 산업노동에서 비물질 노동으로, 제국주의에서 제국으로, 민중에서 다중으로의 전환 혹은 이행의 논리는 이항적 체계의 연쇄고리가 만든 이분법적 도식이다.

조정환의 문학론에서 핵심적인 것은 근대문학(민족문학, 민중문학, 노동해방문학)의 종언에서 삶문학으로의 전회라고 할 수 있다. 그 전회를 뒷받침하는 것은 근대체제에서 탈근대체제로의 전환이라는 자본주의 체제에 대한 역사적 관점이다. 그러니까 조정환의 저 이분법적 틀은 앞의 항이 뒤의 항을 손쉽게 지양하는 안이한 도식이다. 결국 조정환의 삶문학은 실재적 삶이 온축하고 있는 잠재성을 극히 도식적인 이분법으로 현실화함으로써 그 잠재성의 벡터를 협소하게 만든다.[29] 따라서

---

28) 가라타니는 이 삼항체계에서 다시 제4의 X를 설정함으로써 대안을 모색하고 있는데 반해 네그리와 하트는 삼항체계에서 국가라는 요소를 제거함으로써 대안을 모색한다. 다른 말로 하자면 더하느냐 빼느냐의 차이인 것이다. 그래서 다음과 같은 조정환의 선언적 명제는 인상적이다. "적대는 더 이상 변증법적 모순과 혼동되지 않을 만큼 명료해졌다. 변증법적 합(合)의 운동, 역사적 덧셈은 끝났다. 이제 뺄셈(subraction)이 코뮤니즘을 움직인다."(『아우또노미아』, 286쪽) 이분법의 조화로운 균형은 홀수 체계의 논리적 일탈을 안정적으로 제어한다.

29) 조정환은 제국적 '권력'에 대항하는 다중의 '활력'이나 생성의 힘인 잠재력을 긍정하지만 그의 이론이 구성되는 방식은 극히 이분법적이며 그 이분법들은 구획의 선분들로 작동하고 있다. 그것은 활력이 아닌 권력의 형태를 닮은 논리구성법이라는 의심을 불러오기에 충분하다.

삶문학의 그 낙관이란 쉽게 신뢰할 수 없는 긍정이다.

그렇다고 근대문학의 종언이라는 비관적 사태를 적극적으로 극복하려는 조정환의 희망찬 신념을 폄하해도 좋은가. 이론의 장애가 되는 신념은 곤란하지만 신념 없는 이론은 삭막하다. 근대문학의 종언이라는 파국을 삶문학의 구성으로 역전시킬 수 있는 것은 세계변혁에 대한 그의 강렬한 신념 때문이다.

3. 제국 안에서 제국을 넘어서기

조정환의 삶-투쟁의 모든 역량은 제국을 넘어서는 데 집중되어 있다. 번역과 저술, 강연과 출판, 이론탐구와 실천운동 이 모든 작업들은 제국 안에서 제국의 부정적 역능을 긍정적 삶의 원천으로 재구성하기 위한 조정환의 삶-투쟁이다. 제국이란 무엇인가.

> 지구화하는 자본주의는 자신의 태내에서 산출된 모든 능력을 최고도의 사물화, 추상화, 속도화의 메커니즘 속에 봉인(封印)하는 체제이다. 이 봉인은 전 지구적으로 구축된 네트워크 권력 체제인 제국에 의해 이루어진다. 그 결과 모든 능력들은 제국 내부에서 움직인다. 바로 이것이 근대성의 종언을 규정한다.[30]

'근대성의 종언'과 함께 열국적 체제의 세계화 논리인 제국주의 역시 끝장이 났다는 판단. 제국주의는 근대 국민국가의 외부적 확장이다.

---

30) 조정환, 「1987년 이후 문학의 진화와 삶문학으로의 길」, 『실천문학』, 2007년 가을호, 264쪽.

근대 국민국가와 그 확대인 제국주의가 제국으로 전환되면서 근대적 저항주체인 민중 역시 그 역사적 영향력을 잃게 되었고 민족해방투쟁 이나 사회주의 혁명 역시 더 이상 불가능한 것이 되었다. 근대의 제국 주의를 대체한 새로운 제국 시대의 저항주체는 다중이다. 제국을 넘어 서기 위해서는 제국 안에서 제국을 내파하는 다중의 삶-정치적 활동들 이 무엇보다 중요해진다.

조정환이 공동대표로 있는 갈무리 출판사는 다중지성의 실천을 위 한 저작들을 계속해서 펴내고 있다. 조정환의 저술, 번역, 출판 활동은 그 자체가 다중지성의 실천이자 제국을 넘어서기 위한 삶-투쟁이다. 2007년 10월, 조정환은 뜻을 같이하는 이들과 함께 '다지원' 이라는 대 안적 지성소를 만들었다. '다중지성의 정원' 이라고 풀이되는 다지원 은 기업화된 대학이 타락한 지성소로 변질되는 현실을 직시하면서 앎-실천을 추동할 대안적 아카데미로 출현한 것이다. 조정환이 관여하는 출판사 〈갈무리〉, 대안 아카데미 〈다지원〉, 떼 지성의 커뮤니티 〈다중 네트워크 센터〉, 지성 표현의 매체 〈자율평론〉 이 모두는 결국 제국에 맞서 제국 안에서 제국을 넘어서는 실천적 운동의 기구들이다. 삶문학 역시 고립된 문학운동이 아니라 이런 실천적 운동들과 네트워크화되 어 수행되는 제국 넘기의 기계로 구성되어 있다고 이해할 수 있다.

근대는 민중에 의해 주도되는 '민속문학론' 으로 자본주의의 외부에 비자본주의적인 국가건설을 목표로 한 투쟁의 시대였다. 이제 탈근대[31] 는 다중들에 의해 주도되는 삶문학을 무기로 자본 내부에서 투쟁한다. 삶문학은 자본주의적 세계화와 노동의 보편화라는 제국 시대의 논리에

---

31) 조정환은 탈근대성을 "근대성 이후에 오는 것이라기보다 근대성의 내부에서 근대성을 추동하면서도 그것에 궁극적인 한계를 부여하고 나아가서는 근대성을 넘어서 나아가는 힘으로" 파악한다.(조정환, 「한국문학의 근대성과 탈근대성」, 『상허학보』 19집, 깊은샘, 2007, 140쪽)

대응하는 문학적 저항의 기획이다.

민주주의민족문학론의 입론을 정초한 것이 「80년대 문학운동의 새로운 전망—민주주의민족문학론의 제기」라는 문건이었고, 그것을 비판적으로 극복하고 나온 노동해방문학론의 선언적 명제를 담은 것이 「민주주의민족문학론에 대한 자기비판과 〈노동해방문학론〉의 제창」이었다. 그리고 이제 세 번째 평론집 『카이로스의 문학』의 총론으로 쓰인 「카이로스의 시간과 삶문학」은 탈근대 삶문학의 의미를 이론적으로 정초한 글이다. 민주주의민족문학론과 노동해방문학론이 근대의 기획 안에서 자본주의 외부에서의 투쟁전선을 형성한 것이라면, 삶문학은 탈근대의 문학적 논리로 제국 내부에서의 제국 비판을 핵심으로 한다.

「카이로스의 시간과 삶문학」은 1991년 5월을 분기점으로, 혁명의 가능성이 막히고 문학이 반혁명적 체제문학으로 변질되었다는 진단으로부터 출발한다. 1991년 이후 문학이론·문학연구·문학비평은 문학의 체제화를 정당화하는 메타담론으로 복무한다. 하지만 창작에 있어서만큼은 체제화하는 힘의 견인 속에서도, 체제화를 넘어서려는 심층적 노력으로서 감각의 혁신을 지속해왔다.[32] 조정환이 볼 때 혁명적 잠재력을 갖고 있는 문학은 근본적으로 완전한 체제화가 불가능하다. 문학의 혁명적 잠재력에 대한 이런 믿음이야말로 삶문학을 낙관하는 근거라 할 수 있다.

제국을 넘어서는 삶문학의 논리를 정초하기 위해서는 먼저 근대의 종언을 이론적으로 해명할 수 있어야 했다. 그래서 조정환은 백낙청의 '분단체제론'과 황종연의 '비루한 것의 카니발'에 대한 에세이를 비판적으로 독해함으로써 문제 해결의 실마리를 찾는다. 더 강력한 민족문

---

32) 위의 글, 26쪽 참조.

학론으로서의 '분단체제론'이 거시적인 담론으로 1991년 이후의 위기를 돌파해 나가려 했다면, '비루한 것의 카니발'은 미시적인 것에 대한 관심을 통해 그것에 대응했다. 황종연은 비루한 것들(일탈자, 패덕자, 범죄자, 미치광이, 복수자, 불우한 사람들)의 발견을 통해 그 카니발적 전복성을 읽어내는 단계에 이르렀지만, 그것을 민중과는 다른 집합적 주체성으로서의 다중에 대한 발견으로까지 연결시키지는 못했다. 황종연이 도달한 '개인화된 진정성'은 민중적 동일성을 넘어설 수 있는 그 어떤 대안도 제시하지 못했다는 것이다.

심화된 민족문학론이라고 할 수 있는 분단체제론은 근대의 프레임을 벗어날 수 없었다. 황종연의 비평은 근대에 대한 일정한 비판을 성취하고 있지만 여전히 그 틀 안에서 탈근대적인 것의 미래를 예감할 뿐이었다.

근대의 틀 안에 봉쇄된 문학을, 그 틀을 넘어 소수적 창조성을 실현할 수 있는 삶문학으로 재구성하기 위하여, 조정환은 리얼리즘/모더니즘 논쟁을 검토한다. 백낙청은 전통적 리얼리즘의 재현론(반영론)을 넘어서기 위해 이론적으로 고투했으나 "삶을 **생성 혹은 〈되기〉가 아니라 〈임〉으로 정의**"[33]함으로써 삶다운 삶의 역능을 목적론적 구도 속에 복속시키고 말았다. 진정석, 최원식, 김명인의 리얼리즘론은 역시 근대적 사유의 틀을 넘어서지 못했다. 조정환은 삶의 잠재적 창조성을 느러낼 수 있는 개념으로서 '표현'이라는 개념을 제안한다.[34] 카이로스의 시간이 열리는 삶문학은 표현을 통해 마침내 다중의 활력을 실천할 수 있다.

삶문학의 이론적 체계화라고 할 수 있는 「카이로스의 시간과 삶문

---

33) 조정환, 「카이로스의 시간과 삶문학」, 『카이로스의 문학』, 60쪽.
34) '표현'은 장차 올 것을 창조하는 존재의 능력으로 설명된다. 리얼리즘의 '재현'과 구분되는 '표현'에 대해서는 위의 책, 60~66쪽 참조.

학」은 결국 근대 체제에 속박된 문학의 한계를 비판하는 데 대부분의 지면을 할애하고 있다. 그것은 한국문학의 근대적 양상들을 비판적으로 극복할 수 있을 때라야, 삶문학을 탄생시킨 탈근대적 체제, 즉 노동에 대한 자본의 실질적 포섭을 배경으로 태어난 제국의 이론적 해명이 가능하기 때문이다.[35] 근대 문학의 종언이야말로 삶문학이 태어날 수 있는 조건이다. 다시 말해 제국을 넘어서기 위해서는 먼저 근대를 넘어서야 한다. 「카이로스의 시간과 삶문학」은 넘어서야 할 투쟁대상으로서의 제국을 이론적으로 전제하기 위해, 한국문학의 근대성을 먼저 비판해야만 했던 것이다. 그리고 그 근대 해탈의 논리 안에는 민주주의민족문학론과 노동해방문학론의 험한 길을 걸어왔던 스스로를 향한 엄준한 자기비판이 포함되어 있다.

비평·이론·연구와 같은 메타담론의 차원에서 삶문학의 논리를 정초하려는 것이 조정환의 주된 과업이라고 한다면, 감수성의 차원에서 삶문학이 드러나는 것은 창작이다. 제국 안에서 제국에 대항하기 위해서는 문학의 제도적 권력화라든가 시장에서의 상품화에 저항하는 작가들의 분투가 무엇보다 중요하다. 조정환은 2000년대의 젊은 문학에서 그 가능성을 찾는다.

> 2000년대의 새로운 문학, 이른바 '젊은' 문학을 이 문제(문학의 시장화 권력화; 인용자)에 대한 문학적 응전이라는 시각에서 바라보는 것은 중요한 의미를 가질 수 있다. 2000년대의 문학은 서정 행위의 재편('다른 서정'), 환상, 공상, 판타지, 상상 등의 적극적 도입, 새로운 감각의 창출, 자연에 대한 새로운 태도의 구축, 경직된 경계

---

35) 조정환의 삶문학은 그 논리에 있어서 근대와 탈근대의 관계를 중심적인 문제로 설정한다. 이 문제에 대한 해명을 위해 고민한 글이 「한국문학의 근대성과 탈근대성」(『상허학보』 19집, 2007)이다.

를 넘어서는 노마드적 정서의 표현 등을 통해 이 문제에 대한 주목할 만한 응전의 성과를 보여주고 있다.[36)]

조정환은 2000년대 문학이 보여준 그 응전의 성과를 다섯 가지로 정리한다. 첫째 서정문학에 다성성과 복수성을 도입해 혼종적 서정을 표현하고 다중적 서정에 접근할 수 있게 된 점. 둘째 상상력의 적극적 사용을 통해 내재적 삶의 리듬을 표현할 수 있는 실재성을 확장한 점. 셋째 가상감각의 유혹에 시달리면서도 잠재적 감각의 약동을 표현하는 방향으로 접근하고 있는 점. 넷째 개인, 가족, 민족, 성별, 국경과 같은 정체성의 경계를 넘어서는 사고법을 발전시킨 점. 다섯째 1980년대의 비장, 1990년대의 비애와 구별되는 새로운 정동으로서의 해학과 유머, 익살을 표현한 점.[37)] 이처럼 조정환에게 2000년대의 문학은 삶문학의 가능성 그 자체다. 새로운 인류로서의 다중의 삶을 긍정하는 2000년대의 문학은 정체성 정치를 넘어 근대적 경계의 탈구축을 표현하고 있다.[38)] 지금 문학은 근대의 몰락을 파국의 형식으로 표현함으로써 제국 안에서 제국을 넘어서는 삶문학의 기획을 실천하고 있는 것이다. 이로써 조정환의 비평은 종언의 낭설을 일축하고 긍정의 전망에 도달한다.

4. 이론과 신념 사이에서

조정환 비평, 그것은 출발에서부터 지금에 이르기까지 매끄러운 연속이 아니라 여러 마디로 주름 잡힌 울퉁불퉁한 굴곡이다. 그 주름의

---

36) 조정환, 「1987년 이후 계급 재구성과 문학의 진화」, 『민중이 사라진 시대의 문학』, 94쪽.
37) 위의 글, 94~98쪽 참조.
38) 조정환, 「경계-넘기를 넘어 인류인-되기로」, 『문학수첩』, 2007년 여름호 참조.

굴곡에도 현실의 모순에 대한 대응과 모색은 조정환의 비평에서 언제나 한결같다. 근대체제에서 탈근대 체제로의 거대한 전환은 제국과 다중의 적대라는 정치적 기획 안에서 또 다른 실천의 계기들을 촉발시킨다. 이때 다중으로서 조정환의 활력은 문학이라는 정동의 영역에서 가장 희망적으로 드러난다.

자본의 세계는 제국으로 진화했고 그것과 적대하는 투쟁의 주체는 다중으로 새롭게 재편되었다. 적대의 정치는 이처럼 끊임없이 진화한다. 조정환은 진화하는 적대의 정치에 대응해 새로운 문학의 담론을 적극적으로 구성해왔다. 민주주의민족문학론에서 노동해방문학론으로, 노동해방문학론에서 다시 삶문학으로의 전회는 바로 그 치열한 응전의 과정을 함축하고 있다. 반복되는 전회의 과정에서도 마르크스를 근간으로 하는 현실 변혁의 이론은 언제나 그에게 근본적인 공부의 원천이었다. 세계 변화의 국면마다 그는 자신이 견지하던 이론을 비판하고 수정하면서 또 다른 이론들을 능동적으로 받아들였다. 그러나 그의 이론은 체제의 탈구축을 지향하는 것이었으므로 언제나 체제와의 불화는 피할 수 없는 일상의 조건이 되었다. 그래서 그는 고백한다. "내게 지식은 **유죄**였다"[39]고.

> 내 마음 속의 경찰은 내가 맑스주의를 공부하기 시작하면서부터 '너의 지식이 사회의 안녕과 질서를 해친다' 고 속삭이기 시작했고

---

39) 조정환, 「자유인, '지식인의 죽음' 이후의 지식인」, 『카이로스의 문학』, 528쪽. 유죄로서의 지식에 대한 자기인식은 조정환의 개인적 특이성의 문제를 넘어서 있다. 지성인(실천적 지식인)으로 살아온 50여 년간의 자기 삶을 회고하는 자리에서 나온 리영희의 다음과 같은 고백은 진보적 지식인의 신념과 지식이 체제로부터 유죄 혹은 형벌로 규정되고 탄압받을 수밖에 없는 역사의 공통성을 일깨운다. "이런 신조로서의 삶은 어느 시대 어느 사회에서나 그렇듯이 그것이 '형벌' (刑罰)이었다." (리영희 · 임헌영, 『대화-한 지식인의 삶과 사상』, 한길사, 2005, 7쪽)

그래도 욕구를 누르지 못한 내가 공부를 계속하자 내 두뇌를 감옥에 가두었고 석방 후에도 내가 공부를 계속하자 나를 추적하기 시작했다. 그래서 나는 1989년 3월부터 1999년 11월까지 10년 8개월 동안 도망치면서 공부하지 않을 수 없었다. 지금도 나를 가장 강하게 사로잡는 것은 우리가 살고 있는 이 끔찍한 현실에서 벗어날 길을 알고자 하는 욕구이다. 그런데 그 욕구 자체가 예나 지금이나 유죄이다.[40]

유죄로서의 지식을 탐하는 그 '욕구'[41]란 무엇인가. 그는 말한다. '지금도 나를 가장 강하게 사로잡는 것은 우리가 살고 있는 이 끔찍한 현실에서 벗어날 길을 알고자 하는 욕구'라고. 그러므로 그에게 욕구란 '절대적으로 긍정적인 활력'이다. 그래서 늘 그의 언어들은 희망과 긍정의 신념으로 가득 차 있다.

끔찍한 현실을 끝장내고자 하는 열망. 그 열망이 축적되어 삶의 신념이 된다. 그리고 신념은 다시 앎에의 욕구, 즉 이론에 대한 탐구의 정념을 불러일으킨다. 조정환에게 이론과 신념은 서로를 지탱하는 근거다. 삶의 잠재적 실재성에 대한 이론적 탐구와 현실의 끔찍함을 극복해야 한다는 신념은 조정환에게 내재된 욕구의 두 가지 모습이다. 그의 욕구가 체제로부터 '유죄'로 정의된다는 것은 조정환의 이론과 신념이 가진 강력한 반체제성을 증명한다. 조정환의 욕구, 다시 말해 그의 이론과 신념은 체제의 입장에서는 대단히 불온한 것이다. 따라서 '유죄로서의 욕구'는 조정환의 삶-투쟁을 가로지르는 지배적 술어라고 할 수

---

40) 조정환, 「자유인, '지식인의 죽음' 이후의 지식인」, 『카이로스의 문학』, 528쪽.
41) 조정환이 설명하는 욕구는 이렇다. "공포와 죽음이 절대적인 부정성인 반면 욕구는 절대적으로 긍정적인 활력이며 영원성은 이러한 긍정성의 특질화이다."(『아우또노미아』, 265쪽)

있다.

　이론과 신념 사이. 그 사이에서 분출되어 나오는 것으로서의 비평. 오늘날 조정환이 도달한 삶문학은 민주주의민족문학**론**이나 노동해방 문학**론**과는 달리 삶문학 '론'이 아니다. '삶문학'은 이론만도 아니고 신념의 선언만도 아니다. 조정환의 삶문학은 이론과 신념 사이에 있다. 바로 그 사이는 카이로스의 시간이 열리는 생성의 틈이다.

　오늘날의 급진적 정치철학은 '주체의 죽음'이라는 명제를 새로운 주체의 구성으로 역전시킴으로써 역사적 허무주의를 역사의 낙관주의로 극복하려 한다. 이제 민중의 사라짐은 다중의 생성으로, 근대문학의 종언은 삶문학의 탄생으로 되살아난다. 지금까지 조정환의 비평은 이런 단호한 역전의 사고를 바탕으로 전개되어왔다. 그러나 때로 그의 단호함은 지나친 낙관론으로 기울어 우려스럽기까지 하다. 그렇지만 스스로의 모순에 눈뜰 때 곧바로 자기로부터 망명하는 그 단호한 결단의 윤리는 결국 그의 비평을 바른 길로 이끌어 갈 것이다.

4부

보편과 타자

근원적 결핍과 충족 불가능한 보충

─박명호의 『우리 집에 왜 왔니』

1. 결핍과 보충

인간의 삶은 불완전하다. 그래서 우리는 늘 채워지지 않는 어떤 결핍에 허덕일 수밖에 없다. 완전한 세계에 대한 믿음과 동경은 그 결핍을 채우려는 애타는 몸짓이다. 완전한 세계는 지금 여기를 넘어선 초월의 세계로 상상된다. 그 세계는 현실의 시간과 공간으로부터 아득히 멀리 떨어져 있다. 그러므로 불완전한 인간에게, 아득하게 먼 곳의 무언가에 대한 그리움은 숙명과도 같은 것이다. 종교와 철학과 예술은 인간의 채워지지 않는 허기를, 그 결핍으로서의 그리움을 달래기 위한 위안의 장치들이다.

완전한 세계와 불완전한 세계, 이상과 현실, 박명호의 소설은 그 사이에서의 방황과 고뇌를 탐구한다. '사이'는 아무것도 결정된 것이 없는 무차별의 혼돈으로 가득한 암연이다. 이 암연에서 허우적거리며 몸부림치는 시시포스의 운명은 그대로 박명호의 소설 그 자체다. 그래서일까. 그의 소설 속 인물들은 거의가 소설가이거나 시인이다. 「우리 집

에 왜 왔니」, 「龜旨歌를 위한 다섯 가지 변주곡」, 「봄눈」, 「잉어깃발」에
는 소설가가, 「샤갈, 시를 쓰다」와 「뿔」에서는 시인이 주인공이다. 글
쓰기의 자의식에 충실한 이 작가는 세계의 어떤 결핍을 쓴다는 행위 속
에서 충족하려고 한다. 물론 그것은 결코 만족에 도달할 수 없는 영원
한 시시포스의 형벌과 같은 것이겠지만.

루카치의 표현대로 현대의 삶은 '선험적 고향 상실(Transzendentale
Obdachlosigkeit)' 로 정의되고 소설은 그것을 탐구하는 유력한 형식이
다. 그러므로 박명호 소설의 주인공들이 근원적 세계에 대한 동경과 지
향을 드러내는 것은 너무도 당연한 일이다. 근원(arche)에 대한 탐구,
잃어버린 낙원에 대한 향수는 박명호 소설의 중핵을 구성한다. 존재의
시원을 찾아 떠나는 힘겨운 여정. 여행이 시작되자 길이 끝나버린 지
금, 근원의 탐구라는 시대착오를 어떻게 바라보아야 하나.

2. 여성 · 바다

「산 너머 포구」와 「굴뚝새」에서 여성(어머니)은 존재의 시원이다. 그
러므로 그 기원의 장소는 필연적으로 자궁회귀의 원초적 욕망을 자극
한다. 소아마비라는 장애 때문에 또래 아이들에게 놀림을 받는 「산 너
머 포구」의 '달이' 는 아이들의 놀림 때문에 학교에도 가지 못한다. 달
이의 어머니는 아버지의 폭력을 견디다 못해 집을 나갔다. 가혹한 세계
에서 모성의 결여는 달이에게 결정적인 의미를 갖는다. 부재하는 것은
언제나 그리움을 불러일으키기 마련. 그리움은 떠나버린 존재의 부재
를 신비화시킴으로써 낭만적 동경을 조장한다.

그는 어머니가 무섭고 싫었다. 그러나 그의 어머니는 집을 나간
지 한 해가 넘었고 토끼집에는 한 마리의 토끼도 없었다. 그는 어머

니가 산 너머 포구에 살고 있다는 사실을 알고 있었지만 아버지에게 는 말하지 않았다. 아마도 아버지가 안다면 그냥 두지 않을 것 같았 기 때문이었다.[1)]

집을 나가기 전 함께 살 때의 어머니는 무섭고 싫었지만 떠나버린 어 머니는 그리움과 동경의 대상으로 신비화된다. 어머니는 대단한 기독 교 광신자였다. 틈만 나면 장애를 갖고 있는 그의 몹쓸 다리를 부여잡 고 기도를 해주었던 어머니를 달이는 구원의 빛으로 기억한다. 하지만 어머니는 떠나버렸고 모성의 결핍을 대체할 아무런 대안도 없다. 달이 에게 세상은 그저 삭막하고 폭력적이다. 우체국 사택의 자기 또래 계집 아이에 대한 관심은 모성의 결핍에서 오는 허기와 폭력의 현실을 벗어 나고픈 달이의 애틋한 마음을 반영한다.

희망을 찾기 힘든 이 세상에서 '산 너머 포구'는 달이에게 유일한 구 원의 성소다. 그래서 달이는 마을 사람들도 모두 꺼리는 적막하고 무서 운 '숲'을 지나 '산꼭대기'에 오른다.

> 비록 무서운 숲이었지만 그곳을 지나 산꼭대기에 오르면 어머니 가 있는 포구의 앞바다가 보였다. 그는 어머니가 밉고 싫었지만 보 고 싶었다.(「산 너머 포구」, 19쪽)

'근원'은 쉽게 그 모습을 드러내지 않는다. 근원에 이르는 길은 오딧 세우스의 귀향길처럼 험난하다. 적막과 두려움을 이겨내고 마침내 달 이는 '산꼭대기'에 오른다. "하지만 포구는 여전히 섬에 가려 보이지 않았다." 산꼭대기는 안타깝게도 근원으로서의 성소가 아니다. 근원은

---

1) 박명호, 「산 너머 포구」, 『우리 집에 왜 왔니』, 산지니, 2008, 16~17쪽. 이하 이 책을 인용 할 때는 인용문 옆에 작품명과 쪽수를 밝힘.

보일 듯 말 듯 존재의 비밀을 숨기고 좀처럼 그 실체를 드러내지 않는다. 산 너머의 '바다'는 모든 것을 품어 안을 수 있는 모성의 메타포다. 〈정복자 펠레〉(빌 어거스트 감독, 1987)의 소년 펠레도 〈400번의 구타〉(프랑수아 트뤼포 감독, 1959)의 앙트완도 험악한 세계를 벗어나 바다에 이를 수 있었지만, 달이는 어머니가 있는 바다로 갈 수가 없다. 근원으로서의 바다는 눈앞에 보이지만 바로 뒤편, 떠나온 마을에는 자신을 놀리던 아이들의 노는 모습과 술주정꾼 아버지가 일하는 제재소가 보인다. 동경의 세계와 현실의 세계, 그 '사이'에 있는 달이. 산 너머 포구의 어머니를 찾아가는 재회의 이야기로 소설이 마무리되었다면 이 소설은 그저 그런 평범한 소설로 전락했을 것이다. 그러나 폭력적인 현실과 이상적인 동경의 세계 사이에서 어쩌지 못하고 머뭇거리는 달이의 모습을 통해, 현실의 비애는 더 절실하게 다가온다.

「굴뚝새」의 소년도 어머니가 없다. 어머니는 홍한네 머슴과 바람이 나 아비와 소년을 버리고 집을 나갔다. 여자의 부재는 그들에게 눈물과 슬픔만을 남겨놓았다. 하지만 시간이 흐르고 그들은 위안의 대상을 발견한다.

먼 산은 묘했다. 인자한 조상님 같은 먼 산꼭대기를 바라보노라면 마음 깊은 곳에서 밀려드는 뿌듯한 위안을 얻을 수 있었다. 그러면서 아비는 늘 먼 산처럼 위대한 조상님들의 이야기를 했다. 모두가 그때그때 지어낸 이야기였지만 굴뚝새는 자랑스러운 조상님을 믿었다. 먼 산이 그것을 증명하고 있었기 때문이었다. 아비의 마음속에서도 굴뚝새의 마음속에서도 잔잔히 흐르는 그 어떤 기다림은 같았다.(「굴뚝새」, 179~180쪽)

멀리 떨어져 있어 아득한 것, 먼 거리감은 그 아득함으로 현실을 추상화시킨다. 멀고도 아득한 거리의 비현실적 존재에 대한 그리움은, 현실의 고통을 '기다림'이라는 관념으로 추상화시킴으로써 그것을 견디게 해준다. 그러므로 '먼 산'과 '먼 산처럼 위대한 조상님들의 이야기'는 떠나간 여자의 대리보충이다. 부재의 결핍을 보충하는 관념적 이미지. 하지만 대리보충의 이미지가 현전(現前)으로서의 어머니를 대신할 수는 없다. 그래서 이 소설에서는 까치집의 상징으로 표현된 끝없는 기다림이 지배적인 정조로 드러난다. 긴 기다림의 끝에 어머니가 돌아오는 소설의 마지막 대목은 문제적이다. 대리보충의 형이상학에서 불가능한 현전이 눈앞에 나타나는 순간은 무엇인가. 그리움의 기원으로 있어야 할 어머니가 실존의 어머니로 현전할 때 세계는 혼돈으로 떨어진다. 그러므로 어머니는 다시 부재의 상태로 회복되어야 한다. 그리하여 이 소설의 끝은 기다림과 만남이라는 행복한 결말 대신, 아비가 간밤에 갈다가 내던진 칼을 확인하고 온몸을 심하게 떠는 소년의 모습으로 마무리된다. 「산 너머 포구」와 마찬가지로 근원적 모성과의 만남은 또다시 지연될 수밖에 없다. 불가능한 근원이란 이처럼 끝없는 지연과 유예 속에서 유지될 뿐이다.

「잉어깃발」은 무언가를 찾아 떠나는 여정의 서사다. 근원으로서의 그 무엇은 '살아 있는 가야의 흔적'이고, 그것을 찾기 위해 소설가인 '나'는 일본여행을 떠난다. '나'는 여행 중에 일본에 귀화한 한국인 노인을 만나 한국의 정체성에 대한 이야기를 듣는다.

> "자기 정체성을 상실한 현실, 그러면서 민족을 이야기하고, 국가를 이야기하지. 나는 그것이 역겨워. 그 무조건 목청을 높이는 족속들 말야. 일본에 오니 우선 그런 꼬라지 보지 않아서 좋아."(「잉어깃발」, 43쪽)

나는 수긍했다. 온통 아파트와 서양식 건물로 둘러싸인 우리네 강산과 나지막한 기와집이 대부분인 일본의 모습에서 집뿐 아니라 고이노보리와 같은 전통이 사라진 우리 모습에서 어느 것이 과연 우리의 본질과 더 가까운가를 생각해 봤다.(「잉어깃발」, 44쪽)

이 여행은 처음부터 '정체성'의 회복을 위한 여정이었기에, '나'는 '정체성의 상실'이라는 노인의 판단을 수긍하면서 '우리의 본질'을 회복해야 한다는 사명감에 들뜬다. '나'는 큐슈의 시골 어디에서나 볼 수 있는 '잉어깃발(고이노보리)'을 살아 있는 가야의 흔적으로 생각한다. 하지만 '흔적(trace)'은 어디까지나 존재의 환영일 뿐 실체가 아니다. 그럼에도 불구하고 '나'는 그 흔적을 더듬어 근원으로서의 정체성을 소설가적 상상력으로 재구성한다.

경상도말과 일본말이 유사하다는 것은 옛날 같은 문화권이었고, 그 흔적이란 언어가 아닌가. 그래, 저 억양을 보라고. 나는 가볍게 흥분하기 시작했다. 벳-푸- 낮게 시작해서 뒷부분이 올라가면서 길게 내는 발음은 전형적인 경상도, 그것도 부산이나 마산 같은 경상도 곧 가야 지역 여자들의 억양이었다. 특히 그런 억양은 애교를 부릴 때 심했다. 저 생기발랄한 억양이 가야의 흔적인 것이었다. 아, 나는 정말 위대한 발견을 한 것이다. 내가 그 소리에서 인어아가씨를 떠올린 것은 우리의 옛것에 대한 막연한 그리움 때문이요, 마끼꼬와 인어아가씨와 동일시한 것 역시 그 억양에서 느끼는 어떤 동질성 때문이었다는 생각이 들었다. (「잉어깃발」, 50쪽)

기차가 벳푸역에 도착했을 때 '벳푸'를 알리는 안내방송의 소리가 전형적인 경상도 여자들의 억양이라는 생각. 그리고 잉어깃발을 뜻하는 '고이노보리'에서 '고이'가 '고기'이며, '보리'는 깃발의 순우리말인 '보'와 통한다는 생각. 이런 생각을 가능하게 한 것이 '옛것에 대한 막연한 그리움'과 '어떤 동질성' 때문이라는 설명은 주의를 요하는 대목이다. 정체성은 이질성을 배제하는 동일성의 논리를 통해 구축된다. '나'의 일본여행이란 결국 경상도와 큐슈의 동일성을 탐사하는 과정이었으며, 이는 다시 나(주체)와 세계(타자)의 낯선 차이들을 걷어내고 둘을 하나의 동일한 정체성으로 구성하는 관념적인 동일화의 과정이었던 것이다. 아득히 먼 고대의 시간에 대한 '막연한 그리움'은 그 먼 과거와 지금의 시간이 가진 낯선 거리감을 완충시키는 감정이다. 이제 벳푸와 고이노보리는 더 이상 이국의 낯선 언어들이 아니라 "꼭 옛날 어머니가 들려주던 자장가처럼 푸근한 우리말"로 인식된다. 이 여행의 여정은 '어머니의 품'에서 끝난다. 이질감과 낯섦이 모두 해소된 절대적 근원으로서의 모성. 드디어 기나긴 지연과 유예가 끝나고 어머니의 따뜻한 품으로 들 수 있게 된 것이다. 하지만 그 어머니의 품이란 것이 어쩐지 의심스럽다. 그것은 어디까지나 형이상학의 관념이 만들어낸 유령에 불과하기 때문이다. 하지만 그 유령은 보편이라는 이름의 폭력을 담지하고 있는 무서운 관념이고, 그것이 발휘하는 정치적 힘은 또 얼마나 막강한가.

3. 현상에서 현실로

존재의 근원인 '어머니'는 풍요로운 '대지'의 상징으로 변주되기도 한다. 대지의 흙은 대자연의 원시적 상상력을 자극한다. 동시에 그것은 도시의 건조한 문명적 감각과 날카롭게 대립한다. 문명은 자연의 생명력을 분할하고 구획함으로써 그것을 자신의 영토 안으로 포섭한다. 잔혹한 파괴의 본능은 문명의 본질적 속성이다. 도시적 삶에 시달린 사람들은 그들의 내면마저도 사막화된다. 그래서 문명 속의 인간은 흙과 대지, 대자연에 대한 그리움을 안고 살아갈 수밖에 없다.

「샤갈, 시를 쓰다」에는 문명으로부터 벗어나 절대적 근원의 세계로 회귀하고 싶은 인간의 욕망이 표현되어 있다.

> 모두가 달리기 선수처럼 내달리는 세계에서 나는 어정쩡하게 낙오된 낮달이었다. 그러나 사실 낮달을 보면서 맨 먼저 떠올린 것은 닮은 내 모습이 아니라 몇 해 전에 돌아가신 아버지와 몇 달 전에 가출한 녀석의 얼굴이었다.(「샤갈, 시를 쓰다」, 122쪽)

도시적 삶은 각박한 경쟁을 요구한다. 우승열패의 사회진화론이 통용되는 도시에서, 경쟁에서의 '낙오'는 곧 죽음이다. '낮달'이란 시간을 잃어버린 낙오자의 혼란한 감각을 의미한다. '나'와 '녀석'과 '아버지'는 경쟁에서 패하고 지친 낙오자들이다. "녀석도 아버지도 흙을 그리워했다." 낙오자들에게 '흙'은 어머니의 자궁이다. '녀석'은 편지를 남기고 가출해버렸다. "녀석의 의도는 분명했다. 시가 없는 삭막한 문명의 세계를 거부하고 삶 자체가 시가 되는 완전한 자연의 세계로 떠난 것이다." 여기서 '삭막한 문명의 세계'와 '완전한 자연의 세계'를 가름하는 것은 '시'다. 시는 세계를 자기화하는 절대적 낭만의 글쓰기다. 시는 세계의 모순과 부조리를 건강한 서정의 감수성으로 극복할 수 있다. 물론 그것은 현실의 실재적 극복이 아니라 시적인 극복에 불과하지만. 하지만 오늘날의 현실은 더 이상 세계를 자기화하는 서정의 논리를 용납하지 않는다. 그래서 오늘날의 시들은 세계의 폭력으로부터 산산이 부서진 언어의 잔해를 나열하거나, 진부한 서정에 지친 감수성을 기발한 감각으로 일깨운다. 시가 불가능한 시대는 근원적 모성으로서의 대자연, 그 속에서의 이상적 삶을 더 이상 동경할 수 없다. 그래서 녀석이 꿈꾸는 세계는 시가 가능한 세계, '샤갈의 마을'이다.

> 남해 멀리— 아름다운 섬이 있었다. 거기에는 시간도 세월도 없었다. 전기도 텔레비전도 자동차도 없었다. 어른도 아이도 짐승들도 같이 뛰어놀았다. 꽃과 나무와 별과 달의 숨소리도 들을 수 있었다. 그래서 그곳은 작은 빗방울 하나에도 감동한다. 샤갈의 마을이었다.(「샤갈, 시를 쓰다」, 124쪽)

문명으로부터 멀리 떨어진 남해의 아름다운 섬, 샤갈의 마을은 어른과 아이의 차별이 없고, 인간과 짐승의 차별이 없다. 살아 있는 모든 생명이 존재의 경이로움을 간직하고 있기에 그곳에서는 빗방울 하나에도 감동을 느낄 수 있는 것이다. 이 환상적 세계는 완전한 서정의 세계이며 동시에 시 그 자체다. 이 세계는 예이츠의 '이니스프리의 호수 섬'을 떠올리고 박두진이 시 「해」에서 "꿈이 아니래도 너를 만나면, 꽃도 새도 짐승도 한자리 앉아, 워어이 워어이 모두 불러 한자리 앉아, 앳되고 고운 날을 누려 보리라"고 노래한 그 완벽한 조화의 세계를 떠올리게 한다. 이곳은 "마치 유년 시절 함부로 그려놓은 크레파스 그림처럼 천진난만한 꿈의 세계"이기도 하나. 유년의 황금시대에 대한 동경. 성인이 된다는 것은 "완벽성에 대한 환상버리기의 과정"이다. 그래서 유년의 황금시대는 더더욱 그리운 것일지 모른다. '나' 역시 샤갈의 마을이 필요했고 그래서 '나'는 어린 사슴의 섬 '가고시마'로 떠난다.

> 뜻으로 보면 '어린 사슴의 섬(鹿兒島)'이지만 일본말 음차로는 '먼 옛날, 전생 또는 돌아오지 않는 과거의 섬'이란 뜻도 있었다.

'흔들리는 불혹' 이라는 아이러니는 먼 유년으로 돌아가고 싶어도 돌아갈 수 없는 나이이기 때문이 아닐까. 돌아올 수 없는 과거란 별과 달의 숨소리도 들을 수 있는 완벽한 자연의 세계이거나 빗방울 하나에도 감동하는 완전한 시의 세계, 곧 우리가 꿈꾸는 샤갈의 세계였다.(「샤갈, 시를 쓰다」, 125쪽)

'나' 와 '녀석' 이 생각하는 샤갈의 마을은 서로 다르다. 그것은 "사실의 세계가 아니라 의미의 세계요, 현상(現象)의 세계이기 때문이"다. 샤갈의 마을은 실체나 본질이 아니다. 그것은 어디까지나 실체의 대리 표상, 즉 흔적일 뿐이다. 그래서 그것은 저마다의 서정으로 상상하기 나름에 따라 얼마든지 다른 세상으로 드러날 수 있다. '나' 에게 샤갈의 마을은 '가고시마' 였고 젊은 연인 '모모' 였다. 모모는 '나' 에게 "한 번도 다다를 수 없었던 오르가슴의 세계" 를 열어준다. 하지만 그 오르가슴은 현실의 것이 아니라 꿈속의 어머니처럼 현상의 세계, 시의 세계에 속하는 것이다. 그러므로 그것은 일종의 자위에 지나지 않는다. 모모는 사실이 아닌 환상의 존재일 뿐인 것이다. "결국 모모는 현상이었고, 봄날의 짧은 꿈에 불과했다."

우리가 유일하게 공유할 수 있는 것은 현상, 곧 시뿐이었다. 시는 꿈과 같은 현상의 언어이며 시인들은 현상에 집착한다. 모모도 현상에 집착한다. 어쩌면 나도 그 현상을 좇고 있는지 몰랐다. 하지만 나는 최소한 모모와의 관계에서만은 일상의 언어를 뱉고 싶었다.(「샤갈, 시를 쓰다」, 135~136쪽)

여기서 '나' 와 '녀석' 의 길은 완전히 갈라진다. '일상의 언어' 에 대한 욕망, 그것은 모모를 현상의 세계가 아닌 현실로 불러들이고 싶은 욕망과 하나다. 현실을 형이상학적 관념으로 쉽게 초월하려는 것은 아둔한 생각이다. 현실을 벗어난 해결이란 현상과 시로 된 낭만주의적 판타지에 불과하다. 현실로부터 쉽게 초월해버리는 것보다 현실을 힘겹게 극복하려는 의지가 더 중요하지 않을까. 현실의 갈등과 모순에 대한 도피처로 오해받을 수 있는 '모성'으로서의 여성이라는 판타지 역시 문제적이다. 하지만 「샤갈, 시를 쓰다」는 어떤 변화의 계기를 내포하고 있다.

> 현상은 현실을 타개할 수는 있지만 결코 현실을 바꿀 수는 없다.
> 녀석은 현실에 절망을 느끼고 현상의 세계로 나아갔고,
> 나는 현상의 세계에서 멀미를 앓다가 현실의 세계로 나오게 된 셈이다.(「샤갈, 시를 쓰다」, 144쪽)

이 부분에서 지금까지 보아왔던 형이상학적인 본질주의의 함정에서 벗어날 길을 엿본다. 굳이 '사족'의 형태를 취하면서까지 설명적인 방식으로 서술할 필요는 없었겠지만, 현상의 세계로부터 현실의 세계로의 방향전환을 분명히 한 것은 그만큼 이 전환이 중요하기 때문이다. 이것은 박명호 소설의 인식론적 전환을 선언하고 있다. '현상'과 '사실' 사이의 암연을 떠돌던 박명호 소설의 인물이 드니어 관념이 아닌 현실로 내려온 것이다. 물론 그 현실이 어떠한 성질의 것인가를 살피는 것은 앞으로 펼쳐질 박명호의 소설에 달렸다. 「샤갈, 시를 쓰다」를 통해 비로소 박명호의 소설은 아득한 옛날의 황금시대에 대한 낭만적 동경과 신비화된 모성의 그늘로부터 아주 조금 벗어난다.

4. 불완전한 '현실'에 대하여: 에로스, 운명론적 대결, 그리고 구원

아득한 관념의 세계에 대한 동경과 탐구는 불완전한 현실을 넘어서기 위한 방법으로 요구된 것이었다. 어떤 차별도 낯섦도 없는 완전한 세계에 대한 열망. 어머니의 품속처럼 아늑하고 모든 것이 조화로운 이상적 세계. 이런 세계에 대한 욕망은 반대로 지금의 현실이 얼마나 지독하고 불완전한 것인지를 강렬하게 부각시킨다. 현실의 마성이 강할수록 현실 너머의 세계에 대한 동경과 열망도 커진다. 박명호의 소설에서 부조리한 현실의 모순은 건강한 생명력으로서의 에로스를 억압하는 '관념'과 '편견'으로 드러난다.

남자와 여자의 사랑은 강렬한 에로스다. 편견과 금기 따위로 제약받지 않는 사랑. 그것은 "일체의 관념의 찌꺼기가 스며들지 않은 순도 백 퍼센트의 사랑"(「우리 집에 왜 왔니」, 75쪽)이다. 「龜旨歌를 위한 다섯 가지 변주곡」은 바로 그 '관념의 찌꺼기' 때문에 이루어지지 못한 남녀의 슬픈 사랑이야기다.

> 아이러니, 혼란, 도착… 나는 견딜 수 없었다. 내 눈앞에 보이는 것은 모두 뒤틀려 있었다. 내 의사에 반하는 그 어떤 강제된 관습이나 제도도 싫었다. 그야말로 그 모든 것으로부터 완전한 자유를 원했다. 나는 아나키스트였고, 그땐 이미 데모에 중독이 됐는지도 몰랐다.(「龜旨歌를 위한 다섯 가지 변주곡」, 203쪽)

억압적인 현실로부터 완전한 자유를 꿈꾸는 아나키스트에게 사랑은 구속이다. 연이는 나를 향해 구애의 노래인 구지가를 불렀지만 '나'는 그것을 알아들을 수도 없었고 설사 알아듣는다고 해도 그것을 '구속'이라 여길 뿐이다. '나'는 '그녀의 성'에 갇힐 수가 없었던 것이다. '완전한 자유'라는 것이 사실은 현실에는 존재하지 않는 일종의 관념이라고 할 때, 둘의 사랑을 가로막았던 것은 바로 그 허망한 '관념'이었던 것이다. 그럼에도 불구하고 '나'는 오히려 연이를 향해 "도덕이니, 관습이니 하는 것들이 자유로웠던 인간들을 얼마나 속박시키고 있"느냐고 따져 묻는다. 그렇지만 연이가 다른 남자의 아이를 갖게 된 사실을 알고서야 비로소 '나'는 그 허망한 '관습'에 얽매이는 것의 어리석음을 깨닫는다. 수놈의 동물적 감각이 살아난 것이다.

> 암놈은 수놈이 마음에 들면 엉덩이가 붉게 부풀어 오른다. 때로는 노골적으로 그런 엉덩이를 보이며 상대 수컷을 유혹하기도 한다. 그래서 속으로만 사랑하다가 끝내 남남이 된 갑돌이와 갑순이는 원숭이보다 못한 바보다.(「龜旨歌를 위한 다섯 가지 변주곡」, 199쪽)

'나'는 '원숭이 똥구멍은 빨갛다'라는 명제를 통해 '현상'이 아닌 '사실'에 눈뜬다. 관념에서 벗어나 원초적인 동물의 감각을 회복함으로써, 드디어 '나'는 '구지가'가 '구애가'라는 그 '초보적인 언어'의 의미를 깨닫게 된다. 과거의 '나'는 「샤갈, 시를 쓰다」의 주인공처럼 "인간과 인간 사이를 재단하는 그런 언어가" 준비되어 있지 않았다. 하지만 이제 '나'는 선술집의 주모가 밀린 밥값을 요구할 때 그것이 주모의 구지가라는 것을 안다. 관념이 아닌 몸의 언어를 이해할 수 있게 된 것이다.

「우리 집에 왜 왔니」역시 '현상'을 넘어 진정한 몸의 만남, 에로스에 도달하는 과정을 이야기한다. 십여 년 전 '스승과 제자라는 관습의 벽'을 넘지 못하고 헤어져야 했던 남자와 여자. 여자의 이름은 '연이'다. 그 이름은 「龜旨歌를 위한 다섯 가지 변주곡」의 여자 이름이기도 하다. 지금 연이는 다른 남자의 아내가 되어 있지만, 그녀의 남편은 스스로 처용이 되어 고대의 설화를 현실에서 되풀이한다. 연이 역시 '나'에게 보낸 편지에서 '관습이라는 벽을 넘을 만큼의 용기'를 갖게 되었음을 고백한다.

> "수절이니, 불륜이니 하는 수식을 빼버리면 그냥 사랑입니다. 우리 인간의 역사에 사랑만큼 관념의 장식을 많이 한 것이 없습니다. 오히려 그 관념의 장식들이 사랑을 왜곡하고 오염시켜 왔습니다. 사랑이란 관념 이전의 느낌이 아닙니까. 아까 선생님께서 말씀하신 '꽃 찾기 놀이'처럼 말입니다. 저는 그런 장식이 없는 감정을 소중하게 생각합니다." (「우리 집에 왜 왔니」, 70~71쪽)

'관념 이전의 느낌', '장식이 없는 감정'이란, 편견과 금기를 넘어선 몸과 몸의 순정한 사랑을 일컫는다. 고대의 처용설화는 '사실'이 아닌 '현상'의 세계다. 그러니까 이 소설은 '현상의 세계'를 '사실의 세계'로 불러들여 환상적인 이야기 속에서나 가능했던 이야기를 현실에서 재현하고 있는 것이다. 이렇듯 박명호의 소설은 이제 '현상'과 '사실'을 넘나들며 현실의 불완전함에 적절히 대응한다.

「뿔」은 두 남자의 운명적인 대결을 '바둑'이라는 알레고리를 통해 드러낸 작품이다.

> 나는 운명에 대해 생각했다. 뭔가가 결정되어진다는 것, 그것을 운명이라 한다면 운명은 참 두려운 것이다. 그래서 우리는 피할 수 있으면 피해 왔을 것이다. 그것이 가장 솔직한 고백이다. (「뿔」, 151쪽)

한 동네에서 나고 자랐고 같은 문학판에서 시인과 평론가로 활동하는 관계지만 그들은 언제나 비교되었고, "그것은 마치 모순(矛盾)으로

만 존재의 의의가 있는 창(矛)과 방패(盾)와 같았다." 하지만 "서로의
긴장을 유지하면서도 완충 역할을 하는 디엠제트" 역할을 해주었던 명
숙이 죽음으로써, 이제 그 싸움도 끝을 내야 할 때가 왔다. 둘의 싸움은
'바둑'이라는 게임을 통해 이루어지는데 그것은 '평생의 자존심을 건
싸움'이고 어떤 의미에서는 일종의 '의식'이기도 하다. 긴장감 넘치는
대국의 묘사는 이 소설에서 하나의 진경을 이루며 명장면을 연출한다.

> 그는 좌측 변의 행마(行馬)를 미지수로 남겨 두고 아생연후살타
> (我生然後殺他)라는 평범한 정석을 깨뜨리며 느닷없이 작전을 바꾸
> 어 왔다. 그러니까 그는 패로써 중앙 깊숙이 진출한 내 특공대의 보
> 급로를 차단함과 동시에 미지수로 남은 자신의 좌변 말도 살려 보려
> 는 일종의 양동작전이었다. 패를 걸지 않고 수순이 이어진다면 피차
> 가 살게 되고 그럴 경우 실리 면에서 뒤지고 있는 그의 입장에선 승
> 산이 없다. 그야말로 그는 올코트푸레싱 작전으로 승부수를 던질 수
> 밖에 없었다. 나로서도 패에서 물러나면 특공대들이 자연 아사함으
> 로 두 손을 들어야 한다. 바람들이 조심스레 창을 두드리며 지나갔
> 지만 서른 해만에 술렁이는 방 안의 긴장을 조금도 잠재울 수가 없
> 었다.(「뿔」, 163쪽)

아슬아슬한 이 대국에서 '나'의 결정적 공격으로 전세는 급격하게
한 쪽으로 기운다. 하지만 소설은 '나'의 망설임과 머뭇거림으로 끝난
다. "나는 더 이상 그의 목을 조를 수 없었다. 어쩌면 무척 탁한 연기 탓
으로 여태 버티고 있던 유리한 패싸움을 포기할지도 모른다." 이런 '망
설임'과 '머뭇거림'이야말로 대단히 중요하다. 앞서 보았던 남녀의 사
랑은 대결이 아니기 때문에 사랑의 회복으로 귀결될 수 있지만, 바둑이
라는 게임의 형식을 빈 이 운명론적 대결은 분명한 승패로 귀결되어야

만 한다. 운명론적 대결의식에서 오는 팽팽한 긴장감이야말로 두 남자의 존재론적 의미라고 할 수 있다. 만약 승부가 한 쪽으로 귀결된다면 그 긴장은 사라질 것이고, 결국 두 남자의 존재론적 의미도 상실된다. 그러므로 망설임과 머뭇거림은, 어쩌면 가장 최선의 소설적 귀결이다.

'바둑'이라는 형식은 「우리 집에 왜 왔니」에서의 '처용설화'와 같은 역할을 한다. 바둑 역시 '사실'이 아닌 운명론적 대결의 '현상'적 표현이기 때문이다. 현실에서의 운명론적 대결을 바둑으로 재현함으로써 사실과 현상의 세계는 한데 뒤섞인다. 이 같은 형식은 「봄눈」에서도 찾을 수 있다.

「봄눈」은 장편 『가룻의 창세기』(이룸, 2004)의 모태가 된 작품이다. 이 소설은 현실 기독교에 대한 근본적인 문제제기로써 읽을 수 있는 작품이다. 종교는 '죽음'의 극복을 위해 고안된 것이지만, 현실의 기독교는 오히려 우리의 '삶'을 죽음의 공포로 위협한다. 그러니까 죽음에 대한 공포 없이는 현실의 기독교도 유지될 수 없다. 하가료 목사는 기독교의 이런 공포정치를 극복하는 것을 일생의 사명으로 삼는다. 그래서 그는 인류에게 덮씌워진 원죄의 올가미를 부정하고 인간을 한낱 꼭두각시로 전락시키는 '예정조화설'을 비판한다. 바울로는 구약시대의 선지자들과 마찬가지로 신의 섭리를 심각하게 왜곡시킨 장본인으로 지목된다. 죽음을 앞둔 늙은 하가료 목사는 왜곡된 신의 섭리를 바로잡을 수 있는 사명을 '나'에게 넘겨준다.

목사나 소설가나 세상에 메시지를 전달하는 것은 마찬가지다. 자네는 내 목회와는 비교가 되지 않을 훌륭한 소설을 쓸 것이다. 목사는 신의 사자(使者)이며 진정한 소설가는 신의 대역자(代役者)다. 대역자란 신의 섭리를 바르게 찾아내는 것이며, 사자란 그 뜻을 바르게 전달하는 것이다. 하여, 소설가에게는 영감이 필요하고, 목사에

게는 신앙이 필요하다. 불행히도 인간에게는 두 가지 능력이 모두
주어지지 않는다.(「봄눈」, 94쪽)

'나'에게 주어진 사명은 성서, 특히 「창세기」를 다시 쓰는 것이다.
젊은 시절의 하가료 목사가 시도했다가 포기한 원고를 건네받은 '나'
는 그 엄청난 과업에 엄두가 나지 않았지만 결국 그것을 담담하게 받아
들인다. 하지만 일은 뜻대로 잘 되지 않았고, 그가 말하는 대역자로서
는 한 줄도 쓰지 못한 채 다시 그를 찾아간다. 쉽게 본론을 꺼내지 못하
는 '나'에게 하가료는 '신의 섭리'와 같은 바둑을 권한다. 그들은 함께
보냈던 스무 해 가까운 세월의 공간을 바둑으로 채운다. 얼마 뒤 바둑
을 거두고 그들은 대작(對酌)을 시작한다. '나'는 스무 해를 기다려온
이 교감의 순간이 영원하기를 바란다. 이로써 '나'는 하 목사의 과업을
진정으로 떠맡을 수 있게 된 것이다.
「봄눈」의 '성경 다시 쓰기'는 「우리 집에 왜 왔니」의 '처용설화'나
「뿔」의 '바둑'과 같은 의미를 갖는다. 이들은 모두 '현상의 세계'에 속
한다. '현상'들을 '사실'의 세계로 불러들여 해결하기 어려운 현실의
첨예한 모순들을 반성적으로 깨닫게 해주는 것은 세 소설의 공통점이
다. 이처럼 '현상'과 '사실'은 상극이면서 상생하는 생극(生克)의 관계
로 재정립된다. 마찬가지로 삶과 죽음은 봄과 눈처럼 상극이면서 상생
하는 관계다. 삶과 죽음은 봄에 내리는 눈과 같다. 박명호의 소설은 이
제 불완전한 세계를 완전한 세계에 대한 동경으로 초월하지 않는다. 하
지만 근원적 세계로서의 완전한 세계에 대한 탐구의 열정은 불완전한
세계의 개조에 대한 욕망을 자극한다. 앞으로 박명호의 소설이 펼쳐나
갈 어떤 경지도 바로 이 지점에서 예감할 수 있지 않을까.

5. 근원으로부터 달아나기

  '여성'과 '자연'이라는 근원적 세계에 대한 동경. 그 근원적 세계에 대한 기나긴 탐구의 여정은 결국 불완전한 현실로 되돌아오는 계기가 되었다. 여기서 주목해야 하는 것은, 그 귀환이 현실로의 단순한 회귀가 아니라 절대적 세계로서의 근원에 대한 오랜 탐구의 과정에서 이루어진 것이라는 데 있다. 박명호는 이 소설집에 실린 소설들에서 종교, 사랑, 운명, 죽음과 같은 인간의 영원한 숙제라고 할 수 있는 근원적인 주제들을 탐구했다. 모성과 에로스에 대한 원시적 열정은 자연의 생명력에 대한 동경과 다르지 않다. 이 열정과 동경이 세속적 삶의 모순에 대한 깨달음을 이끌어낸 것이다. 그래서 앞으로 펼쳐질 박명호의 소설 세계는 아득한 것에 대한 그리움 대신 지금 여기의 모순으로 가득 찬 현실에 대한 치열한 물음과 고민들이 중심이 될 것이라고 믿는다.

문명과 자연

— 한승원의 『앞산도 첩첩하고』

1. 육화된 기억의 원형: 역사 · 자연 · 민속

자기의 살아온 삶을 문학적 상상력의 근원으로 삼는 작가는 흔하다. 특히 역사의 질곡이 삶에 깊숙한 흔적을 아로새겼던 세대의 작가들에게, 그들이 겪었던 삶이란 곧 소설의 형식을 통해 탐구해야 할 거대한 물음 그 자체다. 바로 그 물음으로서의 역사적 보편성과 '1939년 전남 장흥 출생'이라는 개인적 이력이 만나는 곳에서 한승원의 문학은 발원한다.

일제 강점기 후반부에 태어난 한승원에게 해방과 그 이후의 좌우대립에서부터 전쟁에 이르는 유년의 경험들은 그의 개인적 삶에 강력한 원체험으로 뿌리내린다. 일가의 누군가는 여순사건 때 반란군에 가담했으며, 그의 매형은 남로당의 일원이었다. 이와 같은 원체험의 역사적 기억들은 한승원의 초기 서사를 지탱하는 잠재적 지배소다. 동시에 그의 고향 전남 장흥은 그 역사적 기억들을 배태한 원체험의 장소로서 소설의 주요 무대가 된다. 바다와 갯벌을 끼고 있는 장흥이라는 구체성의 공간은 작가의 유년시절이 깃든 특이성의 장소로서, 그것은 그의 소설에서 바다라는 보편의 공간으로 드러난다. 특이한 것들의 우연적 결합이 만들어내는 것이 보편이라고 할 때, 보편적 시공간으로서의 역사와 지리는 한승원이라는 작가의 개인적 삶의 특이한 궤적과 만나 소설의 양식으로 표현될 수 있었다.

바다를 삶의 터로 살아가는 그의 소설 속 인물들에게 역사의 여러 격변들은 그들의 삶을 파국으로 몰아가는 서사적 계기가 된다. 그리고 그 파국에서 생성되는 유력한 정조는 한(恨)이다. 그 한은 주관적인 슬픔과 분노의 감정으로 소비되지 않고 생에 대한 성찰로 이어져 미학의 차원에 도달한다. 이때 한의 미학이란 근대성의 비판이라는 정치적 이념과 단단히 결속되어 있다. 한승원의 소설에서 바다라는 생명의 공간과 더불어 남자와 여자의 성적 교합은 근대적 문명을 대타화한 강렬한 원시주의를 환기시킨다. 소설의 전반적 정조를 대변하는 남도의 풍속과 고유한 지방색 역시 문명을 앞세운 근대의 개발주의와 적대하는 전통이라는 이념의 표상이다.

『앞산도 첩첩하고』(창작과비평사, 1977)는 한승원의 두 번째 소설집이다. 초기의 작품들이 실린 이 소설집은 이후 전개되는 한승원 소설의 문학적 원형을 고스란히 담고 있다는 점에서 다시 읽어볼 만한 가치가 충분하다. 하지만 이 작품집을 다시 읽어야 하는 더 큰 이유는 산업화와 도시화로 급격한 단절을 경험하던 1970년대라는 창작 당시의 사회적 현실에 대한 작가의 저항적 태도, 즉 문명에 자연을 맞세우며 근대화를 비판적으로 고민하던 한 젊은 작가의 고투와 그 의미를 확인하는 데 있다.

2. 근대와의 적대: 전쟁 · 개발

한승원의 소설에서 개인들은 언제나 거대한 역사적 사건들의 소용돌이에 휘말린다. 역사의 압도적인 힘은 한 인간의 삶을 결정짓는 '운명'의 강렬함만큼이나 절대적이다. 아니 그의 소설에서 역사의 이변들은 곧바로 한 인간의 삶을 결정짓는 운명 그 자체다. 한승원에게 역사는 한국의 근대화가 헤집어놓은 상처와 아픔의 동의어다. 개발과 진보의 이름으로 자행된 근대화는 원시적 생명력을 파괴하는 부정의 역사로 인식된다. 그래서 한승원의 역사 인식에는 근대에 대한 비판의식이 뚜렷하게 드러난다.

일제강점의 식민통치와 해방 후의 좌우대립, 전쟁과 독재 권력에 의한 근대화 추진, 이 모든 역사의 사건들은 근대화의 명분 아래서 정당화되었다. 다시 말해 문명의 구축과정에서 생기는 필연적인 폭력들은 야만을 계몽하는 정당한 힘의 행사로 합리화되었다. 그러나 야만으로 규정된 비합리적 존재들은 근대화의 과정 속에서 절멸의 위기에 놓이게 되고, 다시 그 무차별의 폭력은 근대라는 것의 우악스러움을 깨닫게 해주었다. 하지만 적대적 대타의식에 사로잡힌 근대 극복의 열정이나 '동양적 무'(니시다 기타로)와 같은 지극히 관념적인 방식으로 전도된 근대 초극의 의지는 또 다른 폭력(파시즘)으로 기울기 쉽다. 그러므로 추상적인 수준의 근대비판은 단순한 반근대나 소박한 탈근대의 차원을 넘어 폭력적인 근대재귀의 악마적 결과를 초래할 수 있음을 기억해야 한다. 이러한 맥락의 세심한 고려야말로 한승원의 초기 소설에 담긴 근대의 의미를 이해하는 중요한 독법이다.

설화적 상상력에 바탕을 둔 중편 「폐촌」은 원시적 생명력의 회복을 암시하는 이야기다. 원초적 생명력의 화신인 뱅강쉬(변강쇠)가 여러 어려움을 이겨내고 미륵례라는 여인과 결합하는 과정이 이 소설의 주된 내용이다. '우악스런 괴물'로 묘사되는 밴강쉬의 비범성은 거대한 성기와 강력한 성적 능력으로 드러나고, 그 비범한 생명력을 감당할 수 있는 유일한 여성이 바로 미륵례다. 하지만 이 둘의 결합은 쉽게 이루어지지 못하는데 그 혼사장애의 근원에 운명과도 같은 역사의 격변들이 놓여 있다.

> 마흔 살이 넘는 이제 와서 미륵례와 결합된다는 것이 다소 늦어진 감이 없잖았다. 그러나, 그것은 이때껏 그들 주변을 휩쓸어간 시국(時局)의 장난 때문에 그랬을 뿐인 것이었다.[1]

그 '시국의 장난'이란 밴강쉬와 미륵례 두 집안의 대립과 갈등을 통해 구체적으로 드러난다. 미륵례의 아버지 비바우 영감은 하룻머리골에서 유일하게 우다시배(저인망 풍선)를 소유하고 있었고, 밴강쉬의 아버지는 그 배의 선원으로 십여 년을 종사해왔다. 모든 비극의 시작은 이 계급적 차이에서 비롯된다. 비바우 영감은 친일부역을 해서 치부한 자로 마을 주민들에게 큰 고통을 주는 악한이다. 해방 직후 마을 사람들은 이런 비바우 영감을 죽이고 그의 배까지 태워버린다. 이런 난리 중에 앞장서 가장 정신없이 날뛴 것은 다름 아닌 밴강쉬의 형이었다. 이 일이 있은 뒤 밴강쉬의 형은 마을을 떠나 도망가고, 비바우 영감의 두 아들은 순경이 되어 마을로 돌아온다. 하지만 얼마 안 있어 여순반란사건이 일어나고, 밴강쉬의 형은 그 반란군의 일부가 되어 마을로 돌아와 비바우 영감의 아내와 그 딸 야실이(미륵례의 언니)마저 살해한다. 비극은 여기서 끝나지 않는다. 동생 미륵례를 데리고 떠났던 비바우 영감의 두 아들은 다시 마을로 돌아오고, 밴강쉬의 아버지는 보복이

---

1) 한승원, 「폐촌」, 『앞산도 첩첩하고』, 책세상, 2007, 72쪽. 이하 이 책을 인용할 때는 인용문 옆에 작품명과 쪽수를 밝힘.

두려워 마을을 떠난다. 하지만 전쟁이 터지자 밴강쉬의 아버지는 인민위원장이 되어 다시 섬으로 돌아온다. 밴강쉬의 노력에도 불구하고 남아 있던 밴강쉬의 두 아들은 결국 죽임을 당하고 만다. 이런 역사의 격변 속에서 사람들은 모두 고향을 등졌고, 결국 하룻머리골은 폐촌이 되어버리고 말았다. 아름답던 하룻머리골을 폐촌으로 만든 것은 좌우의 이념대립만은 아니다. 간척사업과 공장의 건설(산업화)이 폐촌의 또다른 이유다.

> 그러나 이 섬의 양 옆에 둑이 막히고 연륙(連陸)이 되어, 3만 평 정도의 간척지가 낙지 잡고 석화 따던 자리에 생겨지면서부터는, 그렇게도 먹장같이 치렁치렁 자라던 김이 물결 끊김과 동시에 해마다 갯병 때문에 썩기만 하였으며, 멸치 어장 또한 기껏해야 잡어(雜魚) 몇 마리씩만 잡힐 뿐인데다가, 몇 해를 내리 여수 쪽에 세워진 공장들에서 쏟아놓는 폐유 때문에 고막이나 바지락이나 석화 따위들이 죽어 자빠지거나 석유 냄새가 나서 못 먹게 된 뒤부터는 사람들이 오징어잡이나 문어잡이를 그저 심심풀이로 하는 바람에 하룻머리골은 아주 귀신 날 것같이 썰렁해졌다.(「폐촌」, 72쪽)

귀신이 날 것같이 썰렁해진 폐촌의 모습은 근내의 해악이 만든 참상을 표현한다. 이 작품에서 폐촌의 회복은 설화적인 상상력을 통해 이루어지는데 그것은 바로 밴강쉬와 미륵례의 결합이다. 사실 둘의 결합은 작품의 서두에서 이미 복선으로 깔려 있었다. 하룻머릿골로 가는 고개를 가운데 두고 동과 남으로 솟은 두 봉우리가 있는데, 사람들은 그것을 각시봉과 서방봉이라 불렀다. 각시봉과 서방봉은 여성과 남성의 성기를 닮은 모습으로 묘사되고, 미륵례와 밴강쉬는 바로 그 두 봉우리의 상징적 의미를 체현한다.

남과 여의 결합을 통해 다산과 풍요를 기원하는 것은 인류의 원형적 상상력과 맞닿아 있다. 한승원은 바로 이런 설화적이고 문화인류학적인 상상력을 통해 폐촌의 회복과 근대의 해악에 대한 극복을 염원한다. 성적 교합의 상징을 통해 드러나는 원시적 생명력이야말로 폐촌 회복과 근대 극복의 중요한 단서인 셈이다. 작품 속에서 수간(獸姦)의 형태로 드러나는 인간과 동물의 교접은 그 생명력의 원시성을 더욱 강렬하게 부각시키고, 그 원시주의가 결국 반문명(반근대)의 강렬한 메시지를 환기시킨다. 그러나 설화적 상상력이라는 초월의 형식으로 역사의 구체성에 얼마나 근접할 수 있겠는가. 반근대(원시적 생명력)라는 또 다른 이념의 구성을 통해서 이루어지는 근대의 극복은 결국 관념의 잔치에 머무르고 만다. 그 관념적 근대 청산의 논리가 전도되어 반근대를 절대적으로 추상화할 때 문명의 반대편에 놓인 자연은 대단히 위험한 이념이 될 수 있다.

역시 여순반란사건을 배경으로 한 「석유 등잔불」은 좌우대립의 역사적 격동이 만들어내는 삶의 불안을 그리고 있다. 흔들리는 석유 등잔불과 같은 삶의 불안은 이 소설에서 '식'이라는 아이의 내면적 혼란으로 드러난다. 식이의 아버지는 일제 때부터 어협 총대나 구장을 맡아왔고, 지금은 마을에서 가장 많은 농사를 짓고 있다. 사람들은 그런 그를 시기하고 미워하는데, 아이들까지 어른들을 따라 식이를 미워하고 따돌린다. 식이의 아버지는 김을 뜯어 팔아서 모은 돈으로 논을 사들인 것이었지만, 사람들은 구장이나 총대를 하면서 공금을 빼돌려 부자가 된 것이라 믿고 있다. 더구나 식이의 아버지는 이남과 이북, 어느 쪽에 대해서도 분명한 태도를 보이지 않는 반동분자로 그려지고 있는데, 식이는 이런 아버지를 비난하는 아이들 때문에 괴로워한다. 여순반란사건이 일어나고 아이들은 저마다 특유의 아이다운 생각으로 이북이 이길 것이다, 이남이 이길 것이다 논쟁을 벌이는데 어느 편에도 설 수 없는 식이는 혼란스럽기만 하다. 마을 사람들 역시 어느 편에 서야 할지를 몰라 혼란스러워하는데, 반란군이 마을에 들이닥쳤을 때는 그들을 옹호하던 젊은이들이 반란군이 진압군에 쫓겨 달아나자 경비대에 지원하거나 생업으로 돌아가 침묵한다. 이런 혼란이 만들어내는 불안은 식이의 불안과 공포를 통해 극단적으로 표현된다. 마을에 닥친 진압군 하나가 학교에 있다는 은신처에 대해 취조하자 엉겁결에 대답을 한 식이는 이후로 줄곧 공포에 시달린다. 결국 그 사건은 해프닝으로 끝났지만 식이의 공포와 불안은 더 깊어진다.

> 정말 미국이 쏘련보다 더 싸움을 잘 하는 나라일까, 이북하고 싸움하다가 이남이 지게 생기면 미국은 이남 편을 들어 덤벼줄까, 하는 생각이 머릿속에서, 쌀을 일 때 흔들리는 바가지 속의 물처럼 이리저리 일렁거리고 있었다. (「석유 등잔불」, 129쪽)

역사는 이처럼 개인의 삶에 깊은 굴곡을 새겨놓는다. 이념에 근거한 내전으로 펼쳐졌던 좌우대립과 한국전쟁은 통일된 근대국가의 성립이라는 근대화 기획의 한 과정이었다. 근대화라는 거대사의 틈바구니에 끼어 자유를 봉쇄당한 사람들, 그들의 불안과 흔들림을 응시하고 있는 것이 바로 「석유 등잔불」이다. 역사를 바라보는 작가의 시선이 담긴 그 응시는 근대화의 폭력성에 대한 비판의 태도를 표현하고 있다. 흔히 좌우의 이념대립을 다룬 소설들이 그런 것처럼 이 소설은 순진한 아이의 시선을 매개로 한다. 그러나 과연 아이의 그 천진무구란 일종의 이데올로기가 아니겠는가. 그러니까 문명과 자연의 적대를 어른과 아이의 대립으로 치환함으로써 근대의 문제를 순수(아이/자연)와 비순수(어른/문명)의 추상적 관념의 문제 틀로 해소하고 있는 것이다.

겉으론 역사적 사건과 전혀 관계가 없어 보이는 「참 알 수 없는 일」

마저도 그 깊은 곳에는 역사의 갈등이 잠복해 있다. 이 소설은 정씨네 문중의 장손인 정수복이라는 인물의 인생유전을 그리고 있다. 정수복은 이런 사람이었다.

> 정수복, 그는 해방 전후까지만 하더라도 덕도의 새텃몰 안에서는 떵떵거리고 살던 정씨네 종가의 삼대 독자였으며, 날아가는 새도 떨어뜨릴 만큼 세도를 부리던 아버지 정만수 씨의 힘을 업고, 당시 또래 아이들을 지렁이 밟듯 하던 사람이었다.(「참 알 수 없는 일」, 132쪽)

세도가의 장손으로 또래 아이들에게 폭력을 일삼던 정수복이 어느 날 초라한 행색으로 '나'의 눈앞에 나타난 것이다. 세월이 한참 흐른 뒤 만난 정수복은 젖먹이 아이를 두고 도망간 아내 정월례를 찾아다니고 있다. 집 떠난 아내를 찾아다니느라고 가산은 다 탕진했고 아기마저 병으로 죽어버렸다. 세도가의 자손이었던 정수복의 인생이 이처럼 비참하게 된 것은 다른 무엇이 아니라 전쟁 때문이었다.

> 이러한 그로 하여금 고향을 등지도록 한 것은 6·25였는데 내가 알기로만 하여도 6·25는 그에게 아주 많은 것들을 가져다주었고, 또 그에게서 빼앗아갔다.(「참 알 수 없는 일」, 135쪽)

전쟁이 터지자 지주였던 아버지가 숙청되고 재산마저 모두 빼앗긴 정수복은 복수를 위해 학도호국단에 들어가 아버지의 죽음과 관련된 이들을 뒤쫓다 세월을 허비한다. 이후 그의 삶은 지금처럼 비참한 지경이 되고 말았다. 결국 전쟁은 여기서도 한 인간의 삶을 비극으로 몰아넣는 계기가 된다. 비극에 노출되어 망가진 인간에게 남는 것은 한(恨)이다. 그 한은 정수복의 판소리 가락을 통해 절절하게 표현된다. "몰살

당한 조조의 백만 군사가 새로 환생하여 조조를 원망하면서 우짖고 있"다는 내용의 〈적벽가〉 중 새타령은 곧 자신의 운명을 한탄하는 정수복의 자탄가다. 자신들의 평온한 삶을 망쳐놓은 조조를 향한 군사들의 원망은 곧 한국전쟁이라는 역사의 횡포에 대한 정수복의 원망과 같다. "백만 군사를 자랑터니 금일 패군이 웬일인가"라는 그의 노랫소리에는 기세 높던 과거의 삶에 대한 그리움과 함께 전쟁을 계기로 피폐해진 자신의 삶에 대한 탄식이 담겨 있다.

「앞산도 첩첩하고」에서도 비록 그것이 전면에 드러나 있진 않지만 한국전쟁은 주인공의 삶에 깊은 그림자를 드리우고 있다. 주인집 유성기를 통해 판소리를 익힌 남자는 그 소리솜씨가 뛰어나 그의 소리를 듣는 모든 이들을 매혹시키기에 충분했다. 어느 날 주인집 식구들과 들에서 일을 하다 남자는 일의 흥을 돋우기 위해 소리를 솜씨 좋게 뽑아낸다. 그런데 주인집 딸 정례가 그 소리를 듣고 반해 오줌을 싸고 말았다는 해괴한 소문이 동네에 퍼져, 결국 그 이야기가 주인의 귀에까지 들어간다. 남자는 억울하게 쫓겨나 아랫마을 우산 양반 집으로 옮겨간다. 그리고 얼마 뒤 정례가 결혼을 한다는 소문을 듣고 서러움에 잠겨 있던 어느 날 공교롭게도 수수밭에 있는 정례를 만난다. 남자는 그 자리에서 정례를 겁탈하고 함께 마을을 떠나려고 한다. 그러나 남자는 그 이튿날 소집영장을 받아 군에 입대하고, 한 달 뒤 전쟁이 터져 긴 시간을 군에서 보낼 수밖에 없게 되었다. 제대하고 마을로 돌아왔을 때 정례는 이미 다른 사람에게 시집가고 없다. 하지만 얼마 후 정례의 남편이 전쟁 통에 북의 보안서에 출입했다는 이유로 서울 수복 때 처형을 당한 것을 알고 남자는 다시 정례와 재회한다. 함께 살다 딸을 하나 낳았는데 산후조리를 제대로 하지 못해 정례는 죽고 말았다. 세월이 흘러 열아홉이 된 그 딸은 타지에서 온 하모니카장이를 따라 도망을 가버린다. 자신과 정례의 삶이 그대로 그 딸에게서 반복되는 기구한 인생유전의 이야기라 할 만하다. 이 기구한 사연을 품은 남자의 가슴엔 한이 스미고, 그 한은 「참 알 수 없는 일」에서 정수복이 그러했던 것처럼 판소리로 펼쳐진다. 〈적벽가〉 중 새타령의 곡조에 "앞산도 첩첩하고 뒷산도 첩첩한디"라는 가사를 붙여 부르는 남자에게서 인생의 신산고초에 대한 회한을 느낄 수 있다. 「참 알 수 없는 일」과 「앞산도 첩첩하고」에서의 판소리 가락은 역사에 휘둘려 입은 상처가 가슴에 켜켜이 싸였다가, 그것이 깊은 맛으로 곰삭아 나오는 육화된 한의 표현이다. 이 역시 근대화에 맞서 전통의 예술 형식으로 그 폭력의 상처를 치유하는 하나의 방식인 것이다.

역사의 보이지 않는 손이 조장하는 삶의 비극은 '어머니'라는 부제를 단 연작소설 「한 ①」의 막동이를 통해서도 잘 드러나 있다. 막동이는 한때 독립투사였지만 해방 후 국회의원 선거에 나온 어떤 인물을 암살하는데, "해방이 된 이듬해, 그 이듬해 가을"이라는 표현을 통해 유추해본다면 그 암살 사건은 1947년경에 일어났다는 것을 알 수 있다. 해방공간의 이념대립은 적대의 상대를 향한 무자비한 린치를 통해 드러나곤 했는데, 막동이의 암살은 그와 같은 공적인 역사의 맥락과 함께 그것이 그 당사자들의 사적인 삶에 얼마나 큰 상처를 남기는가를 여실히 보여준다. 어머니의 가슴속 회한은 막동이의 투옥으로부터 비롯된 것이지만, 그 투옥이란 결국 좌우 이념대립이라는 역사적 상황으로부터 비롯된 것이다.

'홀엄씨'라는 부제를 단 「한 ②」는 「한 ①」에서의 딸이 남편을 잃고 홀어미(쌀례네)로 힘겹게 살아가는 모습을 그리고 있다. 일제 때 어협 총대를 맡았던 남편은, 한국전쟁 당시 보안서로 끌려가 모진 고초를 당하고 거기서 얻어맞은 여독으로 죽는다. 쌀례네가 남편 없는 과부, 즉 홀어미가 되는 것도 결국은 전쟁 때문이다. 남편을 잃은 쌀례네는 이후 온갖 고통과 수모 속에서 살아가는데, 그 정한의 기원이 남편의 죽음이라면 그 죽음의 기원에는 전쟁이라는 이념의 대립이 놓여 있다. 되풀이 말하지만 이 소설집의 거의 모든 갈등의 한가운데에는 근대화의 역사적 격변이 자리하고 있는 것이다.

'우산도'라는 부제를 달고 있는 「한 ③」은 「한 ②」에서의 그 홀어미가 수모와 멸시의 한가운데서 자식들을 길러낸 뒤의 이야기를 들려준다. 어렵게 공부를 시켰던 첫째와 둘째 아들은 어미의 기대를 저버린 삶을 살고 막내아들과 딸 역시 비루한 삶을 살기는 마찬가지다. 가족을 위해 희생만 했던 셋째 아들은 둑막이 공사에 나갔다가 목숨을 잃는다. 그는 둑막이 공사장에서 벌어지는 노동착취와 인권유린에 맞서 투쟁하다가 사고를 당하고 그 죽음은 산업화의 어두운 진실을 일깨운다. 실제로 1960년대부터 1970년대까지 정부는 식량의 안정적 공급을 위해 호남지역에 대대적인 간척사업을 펼쳤다. 박정희 정권의 성장위주 근대화 정책은 밀어붙이기식의 무리한 강행으로 사회적 모순의 벡터를 증가시켰다. 무리한 간척사업 역시 갯벌을 잠식하고 농토를 황폐화시키는 환경문제와 함께 자급적인 농촌 공동체의 분열을 자극했다. 간척사업의 문제는 「한 ③」 말고도 「폐촌」에서 잘 표현되어 있다.

> 그러나 그들의 태도는 그들이 큰몰로 이사를 간 뒤, 갯마을 북편에 눅이 막히고, 그게 모두 논으로 변하면서부터 달라졌다.(「폐촌」, 34쪽)

간척사업을 하기 전에 영득이와 칠보는 뱀강쉬의 노동력이 필요했기 때문에 그에게 호의적이었다. 하지만 그들의 태도는 간척사업과 함께 적대적으로 돌변한다. 「폐촌」에서 간척사업은 전통적인 노동공동체의 분열을 조장한다.

「앞산도 첩첩하고」의 서두에는 주인공이 딸을 찾기 위해 다시 고향으로 돌아왔을 때 간척사업으로 변해버린 고향의 모습을 보고 놀라는 대목이 있다. 그 놀람은 기억 속에 간직하고 있던 고향의 원형이 전혀 다른 모습으로 변질되어버린 것에 대한 어떤 안타까움을 표현한다.

간척사업이란 생명의 원형인 바다를 흙으로 메워 국토를 확장하는 일이다. 그것은 근대화의 개발논리가 가진 폭력성, 즉 원시적 생명력의 파괴를 정당화한다. 땅의 생성은 지대의 창출을 통한 이윤의 축적을 가능하게 하겠지만, 흙이 들어찬 그 자리에 살던 생명들의 행방에 대해서는 누구도 관심을 기울이지 않는다. 개발이란 이처럼 추방을 통해 점령하는 착취의 다른 이름이다.

소설집 『앞산도 첩첩하고』의 모든 작품들은 하나같이 바다를 배경으로 한다. 한승원의 소설에서 바다는 비단 원시적 생명력의 원형적 공간으로만 한정되지 않는다. 바다는 원형적 상징이기 이전에 생존을 위한 생산의 장이자 숭고한 노동의 공간이다. 「목선」에는 그런 바다의 모습이 잘 드러나 있다. 이 소설은 석주라는 사내의 비참한 삶을 이야기한다. 석주는 열 살 때부터 머슴살이를 해서 모은 돈을 밑천으로 복님이를 아내로 맞는다. 그리고 두 해 동안 열심히 김을 뜯어 모은 돈으로 채취선을 한 척 지었다. 삶의 희망이 샘솟던 그 무렵, 「참 알 수 없는 일」의 정수복과 「앞산도 첩첩하고」의 남자가 그랬던 것처럼 갑작스런 소집영장이 나와 석주의 장밋빛 미래를 가로막는다. 불행한 자의 삶이 흔히 그렇듯 석주가 제대했을 때 이미 아내는 생존의 수단이었던 채취선마저 팔아버리고 김 장수 백철두와 떠나버렸다. 석주는 분노를 품고 아내를 찾아 서울로 갔다가 이내 마음을 다잡고 다시 생활의 터전으로 돌아온다. 그는 양산댁의 머슴살이를 해서 채취선을 빌려 쓰기로 하면서 삶의 희망을 다시 회복한다. 하지만 태수의 농간으로 양산댁은 채취선을 빌려주지 않고 결국 석주의 분노는 폭발한다.

닥치는 대로 쥐어지르고 걷어차서 바닷물 속에 내리꽂아 죽이고 싶은 충동이 온몸을 부르르 떨게 했다.(「목선」, 221쪽)

몸부림쳐도 극복할 수 없는 가난과 그로 인한 울분이 생생하게 느껴진다. 석주에게 바다는 결혼생활의 실패를 보상받고 다시 새로운 희망을 싹틔울 수 있는 가능성의 공간이다. 그러나 사람의 관계에서 생긴 불화는 바다의 그런 가능성을 모두 닫아버린다. 그러니까 「목선」에는 인간들끼리의 불화 속에서 자연과 인간의 화해는 불가능하다는 생각이 담겨 있다.

앞서 보았던 「한 ②」에서 홀어미는 남편 없이 혼자 자식들을 키우고 공부시키기 위해 온갖 수모를 당해가면서도 이를 악물고 일한다. 그 노동의 공간 역시 바다다. 「출렁거리는 어둠」에서도 바다는 김 이삭을 주워가며 가난한 현실을 헤쳐 이어나갈 수 있는 생존의 공간이다. 가난한 집안의 딸인 가이네는 저녁 늦게까지 김 이삭을 주워 가족의 생계를 책임진다. 노룻목 갯포 책임자인 질만은 가이네의 이런 처지를 동정하는 척하면서 그녀를 성적으로 농락한다. 다른 작품들에서도 바다는 남녀의 성적 교합이 시도되거나 암시되는 공간으로 자주 묘사된다. 「폐촌」에서는 뱅강쉬가 문어를 잡고 있는 미륵례를 겁탈하려다 뜻을 이루지 못하는 장면이 있다. 「목선」에서도 양산대과 둘이서 김을 뜨던 서주가 욕정을 느끼고 겁탈을 하려고 하지만 실패하는 장면이 나온다. 소금장사 동업을 하던 신창길이 쌀례네를 배에서 겁탈하려다가 그만두는 대목이 「한 ②」에 나온다. 이런 장면들은 여성을 성적으로 수탈하는 남성의 폭력이라는 차원에서 접근할 성질의 것은 아니다. 바다에서 벌어지는 남녀의 성적 결합은 바다와 여성이 가진 생산성의 상징적 의미를 표현한다. 바다는 아니지만 「앞산도 첩첩하고」에서 수수밭에서의 성교 장면 역시 같은 맥락으로 이해할 수 있다. 대지는 바다와 마찬가지로 원초적인 생명의 공간이기 때문이다. 역시 바다는 생업의 터전임에 틀림없지만 원초적인 성의 본능이 꿈틀거리는 야만적 공간이다. 그것은 근대적인 통일 국가의 구축을 명분으로 자행된 역사의 온갖 참상들, 그리고 산업화와 개발의 미몽에 추방당하고 파괴된 생명의 활력들, 그 모든 근대화의 희생자들을 위한 애도의 장소임에 분명하다. 그러나 그 애도란 서구적 근대의 건너편에서 피아의 식별로 제한된 특정의 영역 안에서만 이루어진다. 그러므로 여기서 바다는 작가의 고향 장흥의 특이성이 살아 있는 구체성의 터가 아니라, 반근대의 관념으로 추상화된 숨막히는 보편의 공간인 것이다.

작가는 이 소설집의 후기에 "말은 곧 생각이요, 생각은 모든 짓거리의 근원이라면, 나는 갯바닥스러울 수밖에 없을 것이다"라고 적고 있다. 한승원에게 바다는 나서 자라온 성장의 대지였다. 그렇다면 그의 문학은 그 대지에서 활짝 핀 꽃이라고 말할 수 있을까. 한승원의 문학이 자기 삶의 소설적 탐구라고 정리될 수 있다면, 그에게 바다는 삶과 운명, 현실과 역사를 성찰하는 문학적 원형으로서의 갯바닥이라고 할 수 있을 것이다. 하지만 그 갯바닥은 과연 전남 장흥의 그것이 맞는 것일까.

3. 체험과 기억

『앞산도 첩첩하고』에서 한승원의 인물들은 원시적 생명력이 출렁거리는 바다를 터전으로 삶의 신산고초를 견디며 살아간다. 그들의 삶은 민족사의 굴레에서 자유롭지 못하다. 그 굴레는 일종의 운명이고 그들은 여기에서 벗어날 수 없다. 그리고 그 속박은 그들의 가슴에 풀기 어려운 한을 응어리지게 만든다. 그러나 한승원의 소설은 한을 푸는 데 큰 관심을 두지 않는다. 그의 소설은 한의 풀림이 아니라 그 맺힘에 집중한다. 바로 그 한 맺힘의 기원은 모더니티의 형성과정에 있다. 이 소설집에서 근대화란 진보와 발전의 과정이 아니라 원시적 생명력을 파괴하는 폭력과 죽임의 과정으로 드러난다.

원시와 문명, 전통과 근대의 분별적 사유는 이 소설집을 가로지르는 지배적인 이념이다. 이는 '구경적 생의 형식'에 대한 탐구로 정리되는 김동리의 문학적 주제와 이어져 있다. 한승원의 서라벌예대 은사이기도 한 김동리는 인간과 자연의 관계를 유기적 전체로 탐구했으며, 그에게 근대는 그 유기적 전체성을 훼손하는 우악스런 폭력 그 자체였다. 서구적 근대라는 보편에 대해 자연과 운명이라는 보편을 맞세우는 전략, 그것으로 진정한 의미에서의 근대 초극을 기대하기는 힘들다. 원초적 생명력으로서의 성과 바다, 운명과 한이라는 일종의 원시주의(primitivism)는 반근대의 창백한 이데올로기에 불과하기 때문이다.

작가의 우발적 체험에서 길러온 특이한 것들의 우연적 결합은 창의적인 보편으로 표현될 수 있다. 그러나 장흥이라는 구체성의 지리적 공간은 고향이라는 향수에 갇혀 버렸고 말의 바른 의미에서 진정한 장소애(Topophilia)를 표현하지 못했다. 일제 때의 어협 총대, 해방 후의 이념대립과 여순반란사건, 한국전쟁과 징집이라는 모티프는 이 소설집의 여러 소설에서 되풀이되어 나타난다. 그것은 그만큼 그 사건들이 유년의 체험과 기억에서 큰 비중을 차지하고 있다는 것을 의미한다. 그러나 그 사건들은 근대의 폭력성을 표현하는 데 동원되면서 정형화된 패턴으로 반복될 뿐이다. 기억의 매개를 거친 체험의 날 이미지들이 보편의 미망에 걸려들지 않고 생생하게 표현될 수 있었다면, 근대에 대한 성찰도 전혀 다른 사유의 길로 뻗어나가지 않았을까?

외로움이라는 질병

— 마광수의 『발랄한 라라』와 김곰치의 『빛』

1. 위반과 복수

구약의 「창세기」는 인류의 역사가 금기에 대한 위반으로 시작되었음을 암시한다. 에덴동산의 선악과처럼 금기는 치명적인 매혹 그 자체다. 욕망을 부추기면서 동시에 그것을 금지하는 것은 권력이 발휘되는 일반적 형식이다. 하지만 현대의 정치는 금기와 위반, 배제와 포함, 조에(zoe)와 비오스(bios)의 식별불가능성 속에서 권력을 행사한다. 그것이 바로 생명정치의 교묘한 통치술이다.

생명의 발랄한 활력은 질서와 규범이라는 작위적 형식과 불화하기 마련이다. 그래서 문명화된 권력은 혼돈 그 자체인 생명의 에너지를 규율하기 위해 금기라는 형식을 발명했다. 이로써 금기에 대한 위반은 죄가 되고, 죄는 처벌의 공포로 위반의 욕망을 위협한다. 아피차퐁 위라세타쿨의 〈열대병〉(2004)이라는 영화는 도시와 정글, 문명과 자연, 동물과 인간이라는 근대적 식별을 무력화하는 방식으로 '벌거벗은 생명'(아감벤)의 활력을 옹호한다. 이 동성애 영화는 문명과 자연의 식별이라는 근대적 생명정치에 반대함으로써 비식별역의 현대정치로 귀순한다. 하지만 그 귀순을 통해 동성애는 더 이상 문명의 시각을 표현하는 야만이 아니라 자연 그 자체로 인식된다. 이처럼 현대의 예술은 생명정치의 형식을 전유함으로써 현대정치와 맞선다.

신성모독으로서의 문학, 그것은 참된 복음이다. 성역과 금기에 도전하는 문학의 반역적 힘은 우리 내면의 원시적 열정을 일깨운다. 그러나 그 거룩한 위반이 약자의 '노예도덕'(니체)을 표현하는 원망(ressentiment)의 한 형식이라면? 외로움에 처한 자의 곤궁에서 나온 위반은 타자에 대한 복수의 감정으로 눈멀기 쉽다. 마광수의 소설집『발랄한 라라』(평단, 2008)와 김곰치의 장편『빛』(산지니, 2008)의 그 위반들은 현대정치와의 적대를 표현하는 것일까 아니면 노예도덕의 한 표현일까?

2. 유물론적 탐미주의와 귀족적 유아주의: 마광수의 『발랄한 라라』

마광수는 탐미주의자다. 아름다움이 마광수 문학의 전부라고 해도 결코 지나친 말이 아니다. 그에게 아름다움이란 '사랑' 그 자체이며, 그것은 절대로 관념이나 이념으로 환원될 수 없다. 플라토닉 러브, 낭만적 사랑을 냉소하는 그에게 사랑은 오로지 몸과 몸의 부대낌이다. 다시 말해 사랑은 그저 섹스일 뿐이다. "섹스는 역시 '현실'이지 '이념'은 아니다."(『발랄한 라라』) 그러니까 사랑의 미학에 있어 마광수는 철저한 유물론자인 셈이다.

나는 마광수 교수로 인해, 사랑이란 결국 내 몸에 '정신적 사랑'
이라는 환상이 살아남지 못하도록 서로 변태적으로 핥고 빨고 비비
고 쑤셔대는 것이라는 걸 알게 되었다. 그리고 또 사랑이란 육체를

오로지 동물적 쾌락에 맡겨, 그 알량한 '이성理性'과 '도덕'을 죽여 버리는 거라는 걸 가슴 깊이 깨닫게 되었다.(「마광수馬狂獸 교수와의 사랑」, 258~259쪽)

마광수의 유물론적 미학은 이성과 도덕을 거부하고 에로틱한 육체의 쾌락을 지향한다는 점에서 에피쿠로스적 유물론과는 구분된다. 활달하고 육감적인 그의 유물론은 당연하게도 반신학적이다. 난삽한 성적 판타지 속에서 기독교적 엄숙주의는 신랄하게 조롱받는다. 불타오르는 성욕을 주체할 수 없었던 젊은 두 사제(신부)가 죄의식과 두려움을 이기고 천당에 갔다는 「천당 가는 길」은 기독교의 금욕주의를 유쾌하게 뒤틀어버린다. 정신적 해탈을 통해 신선의 경지, 초인적 삶을 누리고자 금욕수행을 하는 두 수행자의 이야기 「신선이 되기까지」 역시 같은 맥락의 작품이다. 승화이론으로 금욕을 문명의 바탕으로 설명한 프로이트의 학설에 반대하여, 욕망의 긍정이야말로 인간의 존재기반임을 부르짖었던 빌헬름 라이히. 「천당 가는 길」과 「신선이 되기까지」는 인간해방이 욕망의 해방을 통해 이룩될 수 있다는 라이히의 발상에 깊이 연결되어 있다.

마광수의 소설 안에서는 하느님도 '야한 외모 중심주의자'이고, 아담과 이브마저 '인공미'와 '섹시미'의 극치인 에덴동산에서 식스티 나인 자세로 서로에게 펠라티오(fellatio)와 쿤닐링구스(cunnilingus)를 해주고 있다.(「'에덴동산' 여행」) 그리고 소설 속의 마광수 교수는 "외부에서 웬 약장수 같은 놈을 초청해서 예수·하나님 떠들어대던" 대학생 연합채플을 대학생 연합섹스 행사로 바꿔버리기까지 한다.(「자궁 속으로 사라지다」) 이런 이단적 행위, 신성모독은 "'하느님'이 만들어놓은 자연법칙을 깨는 것이고, 사회적 통념을 깨부수는 것"이다.(「발랄한 라라」) 마광수의 소설은 기독교적 도덕주의와 우리 사회의 보수적 통념과 적대한다. 이런 적대를 통해 회복하려고 하는 것은 명백하게도 개인의 자유다.

마광수의 개인주의는 귀족주의로부터 발원한다. 주권적 주체로서의 개인을 긍정하는 자유주의와 달리 귀족적 개인주의(극단적 자유주의)는 타자로서의 시민에 대한 평등 관념을 거부한다. 그래서 마광수의 귀족적 유미주의는 극단적 유아주의와 다르지 않다.

> 상류사회, 하류사회. 그리고 민주주의. 그렇지, 지금은 노예 따위는 없다. 만민은 어디까지나 평등하다. 그런데 나는 왜 아까는 그렇게 귀족과 노예를 비교하면서 야릇한 쾌감을 맛보았으면서, 지금은 왜 꼴사납게시리 만민평등萬民平等을 부르짖고 있는 것일까.(「손톱」, 160쪽)

하지만 마광수의 귀족적 개인주의에서 지배와 복종의 문제는 중요치 않다. 오직 육체적 쾌락만이 문제일 뿐. 복종의 굴욕감이 쾌감이라면 그것은 오히려 긍정해야 마땅한 것이 된다. 이를 명징하게 보여주는 것이 SM(새도매저키즘)이다. SM은 이 소설집의 곳곳에서 볼 수 있지만 특히 「손톱」, 「Foot Fetish」, 「SM클럽」이 SM을 적극적으로 파고들었다. 가학과 피학, 지배와 복종의 변태적 성행위에서 추구되는 것은 오로지 쾌락일 뿐 그 권력관계의 정치성이 아니다. 모든 진리의 척도는 '나'이며 쾌락이 아닌 것은 진리가 될 수 없다. 이 구도 속에서는 페미니즘도 민주주의도 문제가 아니다. 타자란 나의 성적 쾌락을 위해서만 의미 있는 존재이고 또 사랑스런 존재인 것이다.

> 도대체 '나'와 '남'의 구별은 무엇인가? 육체를 경계로 해서 '나'와 '남'이 구별된다면, '나'의 확장 역시 육체의 경계를 없앰으로써 이루어지는 것이 아닐까? 물리적으로 확연히 구분되는 '나'와 '남'

을 다분히 추상적인 관념에 의해 '우리'로 묶는다는 건 얼마나 허황된 일인가? '나'를 확장해가는 방법, 그것은 '남'을 '나' 속에 포함시켜나가는 것이고, 그것은 '나'의 물리적 경계를 없애는 것이다.(「나르시시즘의 시대」, 137~138쪽)

'남'을 '나' 속에 포함시킴으로써 '나'의 물리적 경계를 없애는 자타불이의 유아론은 그 솔직함만큼이나 뻔뻔스럽고, 그 뻔뻔스러움만큼이나 당돌하다. '나'의 쾌락만이 절대적인 진리라는 이 대담한 탐미주의는 타자와 공동체에 대한 사랑이라는 관념적 허사를 남발하지 않는다. 여기엔 사회주의적 리얼리즘을 비롯한 여타의 목적문학론들이 남발했던 경솔한 해방의 약속들에 대한 혐오의식이 담겨 있다. 스스로 자기를 돌보지 못하면서도, 과장된 타자애에 빠져 해방의 수사를 남용했던 지난 시절의 문학이 저지른 과오는, 사실 타자에 대한 사랑으로 위장한 자기애로부터 비롯되었다.

『발랄한 라라』는 마광수의 자기애에서 발원하는 성적 판타지의 난장이다. 지나치게 긴 손톱과 머리카락, 걷기조차 힘들 정도의 높은 하이힐, 혀와 유두 그리고 클리토리스와 음순에 치장된 피어싱, 진한 화장과 화려한 펄마스카라. 마광수의 거의 모든 소설에 등장하는 전형적인 미인의 모습이 이렇다. 장편소설 『즐거운 사라』에서부터 이 소설집의 「심각해씨의 비극」과 「자궁 속으로 사라지다」에 등장하는 '사라(sarah)'는 바로 이러한 여성의 전형으로 마광수의 성적 판타지가 완벽하게 구현된 이상적 여성이다. 이런 성적 취향과 기호는 철저하게 마광수 개인의 성적 판타지에서 유래한다.

마광수의 나르시시즘은 자신에게 가해지는 사회적 비판에 대한 저항의 강렬함에서도 드러난다. 마광수는 1992년 장편 『즐거운 사라』로 구속되어 유죄판결을 받았다. 작가에게 그의 작품에 대한 법적인 처벌은 심한 정신적 충격이었을 것이다. 「『슬픈 사라』를 쓴 죄」, 「심각해씨의 비극」, 「자궁 속으로 사라지다」에서 자기 문학을 폄훼하는 사회에 대한 분노가 격정적으로 드러나 있다. 「심각해씨의 비극」에서는 허위적인 도덕주의와 보수적 성관념에 물든 작가 '심각해'를 구속시키면서, 오히려 당대의 사회적 통념이 마광수 자신의 자유주의적 성애관과 문학관인 것처럼 설정해놓았다. 이런 아이러니컬한 상황 설정을 통해 권력을 가진 검사의 입장에서 필화사건 당시 작가를 구속했던 법적 논리와 보수적인 사회적 통념에 통렬한 반박을 가하고 있다. 작중인물을 작가의 말을 전달하는 교조적 수단으로 활용할 정도로 사회에 대한 분노의 강도는 심각하다. 다음과 같은 검사의 논고는 사실 1992년 마광수를 기소했던 검사에게 내리는 분노의 격정적 표출이 아닐 수 없다.

> 본 검사는 본능의 자유로운 표현을 정면으로 부정하고 섹스생활에 금욕적 절제와 규율을 가하여야 한다는 피고인의 견해는, 그가 아무리 그의 생각을 이성에 입각한 사고의 표현이라고 강변한다 할지라도, 그 생각의 배후에 지난 수십 세기 동안 우리를 괴롭혀왔던 전제와 파쇼적 사고의 망령이 도사리고 있다는 사실을 간과해서는 안 된다고 재삼 강조하고 싶습니다.(「심각해씨의 비극」, 73쪽)

「자궁 속으로 사라지다」에서는 사라가 나타나 "지난 긴 세월 동안 선생님께서 자신에 비해 뒤쳐진 세상 때문에 겪으셨을 고난을 되갚는 걸 도와드리기 위해" 자신이 태어났다고 고백한다. 사라는 마광수가 듣고 싶은 말들만 골라서 해주는데, "허위와 권위에 물든 세상 속에서 주인님이야말로 유일한 어린왕자"라거나 "검열 때문에 망설였던 모든 이야기들을 맘껏 풀어놓으시면 된"다고 일러준다. 이 작품은 소설집에서 가장 긴 분량의 단편인데 그만큼 쏟아낼 내면의 말들이 많았던 것일까. 이 소설에서는 지금까지 마 교수를 배척했던 동료교수들이 잘못을 깨닫고 눈물의 사죄를 해오고, 연세대에서 필수과목으로 수강을 해야 했던 채플을 폐지하고 마광수 교수의 강의를 졸업요건으로 삼는다는 식으로 작가의 욕망을 마음껏 배설해놓았다. 작중인물에게 현실 속 작가의 감정을 이입시켜 인형의 입을 놀리듯 자기의 말들을 무리하게 배설한 것은 작품의 완성도를 고려하지 않은 작가의 과잉욕망이 빚은 결과다. 하지만 이러한 소설의 파탄은 그 나르시시즘의 필연적 귀결이다.

　유물론적 탐미주의자인 마광수는 위선과 가식으로 가득 찬 "이 더러운 세상을 야하디야하게 정화시" 키는 것을 지상의 과제로 삼고 있다. 하지만 그것은 귀족적 유아주의라는 덫에 걸려 요령부득이 되고 만다. 세상에 대한 정화의 열정은 타자에 대한 사랑과 연대의 욕망과는 무관하다. 그것은 자신을 이해해주지 않는 세상에 대한 분노에서 비롯된 인정투쟁의 욕망일 뿐이다. "마음이 답답할 때는 그저 마스터베이션과 함께 환상에 빠져드는 것이 제일이었다"(「어느 여대생의 자위행위」)는 그의 진솔한 고백에서는 세계에 대한 증오와 타자에 대한 인정 없는 자기만족의 귀족적 취향이 느껴진다. 추녀에 대한 경멸(「못생긴 여자의 슬픔」)과 변태적 성행위를 통한 권태의 극복(「발랄한 라라」), 이것은 타자를 안중에 두지 않는 거만하고 자기중심적인 태도를 드러낸다.

　보수적인 세계로부터 탄압받았다는 피해의식. 그 피해망상의 정도가 심할수록 세계에 대한 증오와 타자에 대한 역탄압은 심각해진다. 『발랄한 라라』는 그 피해의식에 사로잡혀, 타자를 자기의 쾌락 안에서 마음껏 대상화해버리는 무서운 유아주의, 독아론적 주체의 탄생으로 귀결되고 말았다. 물론 그것은 그 누구로부터도 이해받지 못하고 있다는 철저한 고립감과 외로움에서 비롯된 참상이다.

3. 고독과 구원, 절대적 타자로의 귀환: 김곰치의 『빛』

  단독자로서의 인간은 근원적으로 외로운 존재다. 따라서 절대적 고독으로부터 벗어나려고 하는 것은 인간의 근원적 욕망이다. 연애와 종교는 바로 그 같은 인간의 욕망을 달래는 기발한 장치로 고안된 것이다. 고독한 주체에게 타자는 일종의 구원이다. 외로운 인간에게 성(性)과 성(聖), 다시 말해 연인과 신의 존재는 위대한 구원의 타자라 할 수 있다. 김곰치의 『빛』은 절대고독의 주체가 구원자로서의 타자와 맺는 관계를 진지하게 탐구하고 있는 소설이다. 고독한 주체 조경태에게 정연경과 예수는 곧 구원의 타자들인 것이다.

  37살의 노총각 조경태에게 연애의 기회가 찾아온다. 어느 독서모임에서 우연히 만난 동갑내기 정연경. 조경태가 "그녀에게 반한 것은 '예쁨'이 아니라 그것을 넘어서는 무엇", 그러니까 경태의 "'실수'를 처리하는 그녀의 마음씀씀이" 때문이었다. 술을 마시고 '실수'한 조경태를 따뜻한 말로 배려해준 정연경의 마음. 그 마음에 끌렸던 조경태는 몇 번의 만남과 대화를 통해 지독한 외로움으로부터 벗어날 수 있는 구원의 '빛'을 느낀다.

    빛을 발하는 존재는, 자기를 위하지 않고 자기를 둘러싼 다른 모든 자기들을 위한다. 그녀는 빛났고, 빛의 덕은 내가 본다. 빛이 내안의 사랑을 일깨우고, 나는 행복감에 싸이게 되니까.(171쪽)

  '빛', 그것은 존재의 근원적 고독으로부터의 구원이다. 하지만 이 빛은 둘 "사이의 흉물스런 정신적 장애물" 때문에 흐릿하게 바래진다. 그 장애물이란 다름 아닌 '기독교'다. 연경은 "아직도 모르겠나, 내가 니 죄 때문에 안 죽었나"라는 예수의 목소리를 듣고 불교에서 기독교로 개종하게 된 성령체험의 사연을 말하는데, 경태는 여기서 "불같은 질투심과 선명한 배신감"을 느낀다. 경태에게 예수는 연경과의 연애를 방해하는 연적인 셈이다. 연애가 종교에, 다시 말해 경태가 예수에게 발목을 잡힌 형국. "정연경의 고백에는 바울로 냄새가 좀 더 썩어서 날 뿐이었"기에 경태는 사랑을 온전히 자기 것으로 차지하기 위해 바울로를 공격의 목표로 삼는다.

> 나는 마지막 편지를 썼습니다. 어떻게 하면 저 기독교 사고방식의 뿌리를 뽑을 수 있을까? 단 한 놈만 죽도록 패자. 그놈은? 당근 바울로!(213쪽)

경태의 논리에 따르면 죄 중에서도 도저히 용서할 수 없는 죄가 살인죄와 강간죄다. 이 중에서도 더 중한 죄가 살인죄인데 바울로는 "애초에 그 '예수쟁이'들의 목숨을 앗아간 탄압의 선봉에 섰던 사람", 바로 살인자다. 용서받지 못할 죄를 지은 바울로가 자기 죄를 용서받기 위해 만든 것이 그가 만든 교리라는 것. 그러니까 바울로의 교리는 결국 자기 죄의 합리화에 지나지 않다는 말씀.

> 자기 죄를 용서받겠다고 십자가에 달려 죽은 한없이 슬픈 인간 존재를 성령으로 태어났다느니 물 위를 걸었다느니 유치찬란한 이야기로 치장했고, 즉 '사람 예수'를 사실상 섬뜩한 반자연적인 괴물로 만들어버린 놈이 바울로, 그리고 바울로 후예들입니다. 바울로 이빨이 얼마나 셌던지 예수 직제자들 몇도 휩쓸려버렸어요. 바울로적인 인간의 비겁한 욕망은 신생의 종교에 끼어들 자리가 없어요. 존경받아야 할 사도가 아니라 바울로는 딱하고 짜증나는 비극의 3류 주연 배우에 불과합니다. 그의 종교, 그리고 죄와 구원을 오가는 그 지긋

지긋한 조울증 놀음은 이제 종막을 고해야 합니다.(226쪽)

"마음으로 믿고 입으로 시인하면 구원이 온다"는 "단순극치의 구원법"이 먹혀드는 것은 바울로만의 잘못은 아니다. 조경태는 그 사기적인 구원법이 통하는 이유가 인간들의 근원적인 '거지근성' 때문이라고 생각한다. 바울로에 대한 경태의 신랄한 비판은 자기 고독으로부터의 구원자 연경을 사수해야 한다는 실존적 절박함에서 나온 것이다.

정연경의 마음을 사로잡고 있는 바울로적 예수의 모습에 심한 질투를 느낀 조경태는 핸드폰에서 연경의 이름을 삭제해버린다. 하지만 이건 조경태의 반항적 몸짓에 불과하다. 마음으로는 연경의 '빛'을 잊지 못하고 몇 통의 메일을 보내 그녀의 마음을 자기 쪽으로 돌려놓으려고 한다. 결과적으로 상황은 더 나빠졌고 바울로에 대한 격렬한 비판을 담은 마지막 편지는 연경에게 읽히지 않는다. 조경태의 바울로 비판은 결국 정연경에게 전달되지 않은 것이다.

그 후 다섯 달 만에 연경으로부터 전화가 걸려온다. 다시 몇 번의 만남과 대화들을 통해 경태는 예전의 그 '빛'을 느끼기 시작한다. 하지만 바울로가 벌려놓은 둘 사이의 거리는 쉽게 좁혀지지 않는다. 경태가 볼 때 연경의 "십자가는 공포와 협박의 십자가"다. 하지만 그의 "하느님은 그렇지 않다. 최악의 독종한테도 변함없이 사랑의 약을 보내는 하느님이다. 빛과 공기의 본성이 공평무사한 사랑으로 그러하듯이." 이처럼 경태와 연경의 하느님은 서로 다르다. 나와 타자의 거리, 나와 타자의 다름, 경태는 아직 이 문제를 존재론적 사유로 이끌어갈 만큼 성숙하지 못했다. 그래서 경태는 대화라기보다는 일방적인 '말'로 연경의 생각, 아니 믿음을 교정하려고 한다.

조경태는 정연경에게 그녀의 성령체험이 실은 '호르몬의 작용'일 뿐이라고 설명한다. "인간이 할 수 있다는 어떠한 신비한 영적 체험도

호르몬"의 작용이라고 생각하는 조경태는 과연 유물론자일까? 관념적이고 맹목적인 정연경의 예수사랑과 예수에 대한 조경태의 유물론적 사랑은 심각하게 대립하고 결국 그것은 결별의 이유가 된다. 그러나 조경태는 결코 유물론자가 아니다. 그의 유물론은 정연경의 관념적 예수사랑에 반대하는 일종의 알리바이다. 어쨌든 겉으로 드러난 결별의 이유는 영화관에서부터 시작된 이른바 '팝콘사건'이다.

"알아요? 알기나 해요? 사람에 대한 배려는 하나도 없고 언제나 일방적이에요. 꼭 자기 하고 싶은 대로 해요. 예, 도대체 왜 그래요?" (284쪽)

경태는 이런 연경의 태도를 대하고 "아, 이 여자는 나랑 안 맞구나, 내가 이 여자를 진심으로는 조금도 안 좋아 하는구나"라고 일방적으로 단정해버린다. 연경은 단지 팝콘을 들어주지 않아서 화가 난 것이 아니다. 배려가 없다는 것, 일방적이라는 것, 그러니까 바로 그 자기중심주의가 문제다. "난…… 여자에 대한 배려는 안 해요. 사람에 대한 배려는 합니다"라는 경태의 말은 역시 독선적이며 스스로 이야기했던 차별지의 모순에 빠져 있다.

사람의 말은 분별지의 은혜를 입은 결과이고, 분별지는 인류의 뇌가 성장하는 과정에서 자연스레 스며든 것이다. 분별지가 없으면, 인간은 인식의 진척을 단 한 걸음도 꾀할 수 없다. 석가모니의 후예들은 분별지를 욕하지만, 절대 타매해서는 안 된다. 아니 차별지는 욕해야 하고, 분별지는 애용해야 한다. '비분별지, 차별지'가 나쁘고 '무차별지, 분별지'는 좋은 것이다.(175~176쪽)

인간과 여자는 분별의 대상이 아니다. 여자도 남자와 마찬가지로 인간이기 때문이다. 분별지가 아니라면 조경태는 스스로 부정했던 '차별지'로 인간과 여자를 가름하고 있는 것이다. 고독한 주체로서의 조경태는 타자 역시 고독한 주체일 수 있음을 망각하고 있는 것일까? 경태에게 정연경과의 두 번의 결별은 모두 연경의 그 '괴물스러운 표정' 때문이었다. 경태는 그 표정을 예민하게 볼 줄 알았지만 결코 그 표정을 읽을 줄은 몰랐다. 왜냐면 그는, 연경을 잃을까 두려워하는 마음으로 초조한 나머지, 그녀를 증오하는 위악 속에서 '자기'라는 괴물에 단단히 사로잡혀 있었기 때문이다.

나는 나의 정신, 세계관, 나의 말이 목숨 같고, 여자는 태가 목숨 같고 '오직 예수'가 목숨 같고, 그러니 서로에게 각각 다른 그 목숨 같은 것들을 중히 받아줄 준비가 돼 있지 않았던 것이다.(293~294쪽)

'태(態)'를 증오하는 것은 동생의 자살과 관련이 있고, 예수에 대한 맹목을 미워하는 것은 바울로에 대한 적의 때문이다. 태와 예수를 버리고 자기만을 사랑해주기를 바라는 경태의 마음은 어린 아이의 그것을 닮았다. 아이들이야말로 자기중심적인 인간이 아니겠는가. 마치, 왜 나만 사랑해주질 않느냐고 어리광을 부리는 것 같다. 하지만 경태의 그런 모습은 대단히 안쓰럽다. 그의 유아주의는 사실 타자의 상실에 대한 극단적 두려움의 한 표현이다.

다른 남자의 아이를 낳은 안나 카레니나를 용서하고 '질투와 분노'에서 자유로워지는 카레닌의 모습을 톨스토이의 소설에서 평생 잊을 수 없는 장면으로 기억하면서, 또 마리아가 사생아를 낳았음에도 그녀에 대한 사랑을 버리지 않았던 요셉의 태도에 탄복하면서, 정작 경태 자신은 연경에 대한 '질투와 분노'로부터 자유롭지 못하다.

경태는 아마도 정연경에게서 어머니의 모습을 찾고 있는지도 모른다. 맛있는 물김치를 담가주고 예수의 이야기도 잘 들어주는 어머니. 자신의 실수에 대해 '걱정'이라는 단어 대신 '염려' 말라는 단어로 문자를 보내왔던 연경의 그 따뜻한 '마음씀씀이'가 경태에게는 어머니의 마음이었는지 모른다. 하지만 연경이 어머니가 아니라는 사실을 확인했을 때 경태는 "이년은 우리 어머니를 봐도 지옥불에 떨어질 종자라고 속으로 불쌍하게 생각하겠구나, 어머니에 비하면 새발의 피도 안 되는 인생을 산 주제에"라고 모질게 말한다. '분노와 질투'에 사로잡힌 경태는 "니가 여자냐, 여인이냐, 여성이냐, 사람이냐, 인간이냐" 따져 묻지만 정연경은 다만 어머니가 아닐 뿐이다.

형이상학적 향수, 그 기원으로서의 어머니는 위험하다. 이상화된 관념으로서의 어머니에 대한 판타지는 현실의 여성들을 모성의 신화적 이미지로 환원한다. 관념이 현실에 가하는 테러, 그것은 맹목적인 폭력일 수 있기에 위험하다. 정연경에 대한 경태의 요구에는 이런 위험이 내재해 있다. 이런 위험 역시 타자에의 배려를 생각할 수 없는 경태의 유아주의와 무관하지 않다. 도대체 그는 얼마나 외로움이 두렵기에 저토록 자기 방어적인 독선으로 비뚤어진 것일까.

경태는 연경이 이제 더 이상 자신의 말을 들어주지 않으므로 다른 대화 상대를 찾는다. 이 지점은 일종의 터닝 포인트다. 연경이 아닌 다른 타자에게 말 걸기.

> 대화할 사람을 나는 구했다. 할 말이 산 같다. 나 혼자서는 못해!(297쪽)

연경과 이별하고 다시 절대 고독의 상황으로 내몰린 경태는 톨스토이, 정영태 시인, 산돌 화백이라는 타자를 불러들인다. 이들과의 만남은 현실이 아닌 환상 속에서 이루어진다. 이들은 사실 모두 연경의 대리표상이다. 그리고 무엇보다 이들은 경태의 정신적 방황을 달래줄 상징적 가부장이자 영웅서사의 조력자들이다. 자기중심적이었던 조경태는 이들과의 환상 속 만남을 통해 절대 고독을 자각하고 드디어 진정한 타자와 조우한다(앞의 터닝 포인트는 지금 펼쳐질 반전을 예비한 것이다).

> 나는 막막했다. 외로웠다. 이 막대한 우주에 지금 나는, 지금 이 순간의 오직 이 나 하나뿐이라는 것을 절대적으로 깨달았다. 이 우주에 '나' 라고 하는 내가 지금 이 나, 오직 이 하나뿐이라는 절대적이고 황홀한 외로움을 누구나 느낄 수 있다. 지금 내가 그러고 있듯이! 산돌 형, 톨스토이 선생님, 정영태 시인도 이 행복한 외로움을 달래줄 수 없다.
> 살아 있는 사람, 체온이 따뜻하게 있는 사람, 아, 지혜롭고 자애로운 여성, 생각과 말과 나이가 나랑 비슷한 여성, 그런 이가 옆에 있다면, 나는 내 모든 것을 잊고 그저 안기고 싶다. 그러나 그런 여성은, 지금 내 옆에, 절대적으로 없다. 이 절대적인 행복한 외로움! 그리고! 나는 내 마음의 칠판에 똑똑하게 쓰여지는 두 줄 문장을 보았다. 기적과 같은 일이 시작되었다. 나는 그 두 줄을 읽는다.

> 지금 내 마음을 이해할 이는 그대뿐이오.
> 오, 나의 예수여.(321쪽)

여기 인용한 대목은 이 소설에서 가장 극적이고 인상적인 장면이다. 그것은 이 장면이 깨달음의 순간을 담고 있기 때문이다. 아이에서 어른으로, 자기본위에서 더 막강한 타자에의 숭배로. 실연의 시련은 조경태에게 연적을 받아들이는 위대한 순간을 가져오게 했다. 절대적 고독으로부터의 구원자는 성(性)에서 성(聖)으로, 연인에서 신성으로 이동했다. 그러나 경태의 예수는 정연경의 예수와 다르다. 그의 예수는 '똥 누는 예수', '봄 여름 가을 겨울의 하느님' 이다.

　　예수 역시도 한 고귀한 생명체로서 물질 교류의 아름다운 일익을 맡아 똥 누는 일을 매일매일 성실하게 행할 뿐이었다. 봄 여름 가을 겨울 하느님을 즐겁게 순종하는 일을 누구든 거역할 리 없고, 어떤 생명체든 거역하다간 죽음을 일찍 부를 뿐이다.(326쪽)

『빛』은 한 남자가 여자를 만나서 사랑하고 이별하는 연애소설로 끝나지 않는다. 『빛』은 그 실연에 이르는 연애의 힘겨운 과정을 통해 한 인간이 절대적 타자로서의 '똥 누는 예수' 에 이르는 일종의 성장소설이다. 하지만 경태가 도달한 궁극적 구원의 지점, 절대적 타자로서의 '똥 누는 예수' 와 '봄 여름 가을 겨울의 하느님' 이라는 자연의 이법은 일종의 이념이다. 그러므로 그것은 구체적 실존의 타자가 아니라 형이상학적 관념의 타자다. 하지만 소설의 처음과 끝에 등장하는 똥 누는 개 마롱(馬聾)은 그야말로 구체적 실존의 타자가 아닐 수 없다. 연애도 종교도 아닌 평범한 일상의 언저리에 가장 따뜻하고 위대한 타자, 마롱이 있었던 것이다.

4. 외로움 속에 방치된다는 것

문학은 나로부터 출발해 나 아닌 것들과 교섭함으로써 주체와 타자의 관계에 대한 성찰과 탐구로 나아간다. 주체의 내면을 저 깊숙한 심연의 아래를 응시하듯 파고드는 것은 문학의 오래된 전통이다. 동시에 타자에 대한 사랑과 증오, 연민과 분노는 세계에 대한 주체의 인식과 해석을 담아내는 문학의 정서적 반응이다. 나와 너는 서로에 대한 사랑과 연민으로 가까이 다가서기도 하지만, 때로는 증오와 분노로 한없이 멀어지기도 한다. 주체와 타자의 거리는 이렇듯 종잡을 수 없는 일종의 암연이다.

내가 누군가로부터 만족하지 못하고 외로움 속에 방치될 때, 나에게 유일한 애착의 대상은 다름 아닌 바로 내가 된다. 세계로부터 상처받은 개인들이 자폐의 늪으로 빠져드는 것이 바로 이 때문이다. 외로움이 일종의 병이 될 때 결국 우리는 나와 타자 서로를 헤치는 공멸의 길로 빠져들게 된다. 그러니 스스로를 외로움의 한가운데 오래 방치하는 것은 언제나 위험한 일이다. 우리는 결코 홀로 행복할 수 없다.

수렁에 빠진 사람들

— 조명숙의 『바보 이랑』

　소설은 호메로스의 서사시와 달리 순정한 이야기 양식이 아니다. 소설은 잡스럽다. 서로 어울릴 수 없어 보이는 것들이 한자리에 뒤섞이고, 저속해서 눈살을 찌푸리게 하는 것들이 당당하게 이야기의 중심을 이루기도 한다. 조명숙의 연작 장편소설 『바보 이랑』(화남, 2008)은 소설의 그 잡스러운 난장의 판 위에 벌여놓은 말들의 작란(作亂)이다.

　『바보 이랑』의 한 판 작란 속에서 도시와 시골, 문명과 자연, 어른과 아이, 관과 민, 개발과 보존, 사람과 짐승, 투쟁과 놀이의 근대적 이분법은 한자리에 뒤섞여 그 사이의 완고한 경계가 희미하게 지워진다. 그 경계라는 것이 실은 한갓 착각과 환각에 지나지 않음을 확인하게 되는 것이다. 그 착각과 환각이 현대사회의 깊은 수렁이라고 한다면 『바보 이랑』은 바로 그 수렁에 대한 진지한 탐구라고 할 수 있을 것이다.

　이 소설의 중심인물 바보 이랑은 질척한 그 수렁의 늪을 헤어날 수 있는 가능성의 전망을 암시해주는 예언자적 인물이다. 이랑의 존재론적 특이성을 주목할 때 그의 이단적 성격을 가늠할 수 있다. 이랑은 바보다. 그리고 이랑은 어미 아비를 알 수 없는 버려진 존재다. 아니, 바보 이랑은 자연에서 태어난 자연의 아들이다.

　가지런한 이랑을 따라 심어진 콩이 소담스럽게 잎을 키우는 밭두
렁에 물에 젖은 바위가 앉아 있었다. 바위는 차갑고 축축했다. 손바
닥을 바위에 대고 차갑고 축축한 기운을 느껴봤다. 울음소리는 그곳
에서 들려오고 있었다. 그녀의 머릿속에서 오래 숨어 있다가 터져나
오는 울음 소리였다.
　오래전에 아이 하나가 이곳에 버려져 울고 있었다.(95쪽)

　이랑의 근원은 콩밭의 바위다. 밭이랑 언저리에 버려졌다고 '이랑'
이라고 이름 지었을 수도 있겠고 바위에 버려진 아이라고 옥 같은 돌을
뜻하는 '琅'이라고 했을 수도 있다. 어쨌든 이름에서도 이랑은 자연과
하나다. 스스로 그러한 '자연'의 아들 이랑은 생명의 존귀함을 알기에
생명을 기꺼이 받들어 모실 줄 아는 사람으로 자란다. "고맙고 느꺼운
일이 생길 때마다 이랑은 꼭 그 일을 가르쳐 준 사람에게 인사를 했"고
"그 사람이 죽고 없으면 묘를 찾아가서 절을 했다." 소의 날, 돼지의
날, 염소의 날, 개의 날을 정해놓고 짐승을 어른 모시듯 돌보았으며 "사
람은 굶어도 할 수 없지만은 짐승을 굶기면 죄 받는"다고 믿는다. 돌밭
인 쪽빅등을 가꾸어 해바라기를 심고, 해바라기 농사로 번 돈으로 자갈
밭인 차산등을 사 콩을 심었다. 두 밭에서 나온 수확으로 자갈밭인 오
미등을 사 개간해서 참깨를 심었다. "작물을 바꿔 심을 줄도 몰랐고 게
으름을 피울 줄도 몰랐다." 이렇듯 분주히 자연과 생명을 모시는 일에
바빴음으로 사람들은 이랑을 일러 "허리 점도록 봉알을 딸랑딸랑 흔들
믄서 씰데없이 돌아댕기는 딸랭이"라고 불렀다. 경멸과 조롱의 의미로
사람들은 '딸랭이'라 불렀지만 사실 '딸랭이'는 자연 안에서 생명을
모시고 받드는 신성한 일꾼의 다른 이름이다. 딸랑거리는 봉알은 낮 뜨

거운 수치의 대상이 아니라 발랄한 생명력의 원초적 상징이다.

자연과 생명을 대하는 현대인들의 왜곡된 시선은 역설적으로 이랑의 바보 같은 시선과 좋은 대조를 이룬다.

> 마누라는 짐승들을 싫어했다. 소는 커다래서 무섭고, 돼지는 더러워서 싫고, 염소는 아무 거나 씹어대서 귀찮다. 개는 게을러서 밉고, 토끼는 돈도 안 되면서 먹어대는 것이 탄명스럽고, 닭은 말 안 듣고 왜나가기가 이랑을 닮았다고 했다.
> 이랑의 마음은 달랐다. 짐승들이 좋았다. 소는 일하는데 마음이 통했고 돼지는 누긋하고 복스러웠다. 염소는 아이처럼 재롱을 떨어줬고 토끼는 눈 흘길 줄 몰랐다.(58~59쪽)

같은 대상을 서로 다른 시선으로 바라보는 것은 그것을 바라보는 사람의 마음이 서로 어긋나 있기 때문이다. 모든 것을 이해타산의 공리적 관점에서 바라보는 현대인들에게 생명과 자연은 그저 관념적인 추상어에 불과하다. 이들의 시선 속에서 이랑은 언제나 '바보'일 뿐이다. "이랑은 다른 사람들의 말을 알아들을 수 없었고 다른 사람들은 이랑의 말을 알아듣지 못했다." 그래서 이랑은 "그 다름에 답답해지면 그냥 히죽히죽 웃었다." 바보 이랑과 피타고라스의 후예들인 타산적 현대인들, 이 다름은 둘 사이의 평등한 소통을 가로막는다. 이랑을 바보로 규정짓는 비하적 시선의 일방성은 폭력적이다. 광기를 규정하는 것은 정상이 아니라 정상과 광기를 가름하는 구획의 논리다. 배제하고 포섭하는 폭력을 행사하는 이 구획의 논리는 '다름'을 열렬하게 강조함으로써 자기정당성을 확보한다. 자기와 다른 것을 인정하지 못하는 자기중심주의. 다른 것을 포용하지 못하고 다름에 감염되는 것을 병적인 타락으로 규정짓는 기만적 순수주의. 이랑은 그 근엄한 순결주의의 체계에 근친상간이라는 도발적인 상징으로서 균열을 일으킨다.

> "아무튼 만나서 반갑다, 해피. 난 잡종이 좋아."
> "잡종은 값이 안 나가."
> "그러니까 좋다고. 순종이란 개들, 사람으로 치자면 혈통, 체면 뭐 그런 것들 챙겨야 하는 피곤한 인생과 마찬가지 아니겠어? 이런 곳에 외가가 있다니, 나야말로 명백한 잡종이지 뭐야."(98~99쪽)

봉두는 자신이 이랑의 외손자이자 아들이라는 사실을 예감한 것일까. "깊고 어두웠지만 별빛이 길을 보여주는 밤" 학교를 마치고 집으로 돌아가던 승이를 덮친 그림자는 해태의 목격에 따르면 "승이의 가방을 들고 앞서 걷곤 하던 그림자", 그러니까 이랑이다. 이 경악할 만한 소설의 설정은 독자들을 당황스럽게 하기에 충분하다. 바보 이랑의 근친상간. 근친상간이라는 인류의 금기에 익숙한 독자들에게 느닷없는 이랑의 위반은 놀라운 일이다. 그러나 문명의 더께로 익숙해진 편견을 거두고 이랑의 근친상간을 낯설게 다시 생각해본다면, 그것이 죄악이나 패륜을 넘어 어떤 도발적인 상징으로 기능한다는 것을 짐작할 수 있을 것이다. 이랑의 근친상간은 문명적 규율에 대한 충격적 방식의 부정인 것이다. 스스로 그러한 자연의 이치에 법과 도덕이라는 문명의 규율을 도입함으로써 자연의 이법을 훼손했다는 발상. 이러한 발상은 대단히 격렬한 반문명주의라고 할 수 있다. 하지만 이러한 논리는 극히 이분법적이라는 점에서 의심스럽다. 문명이 일종의 허위적 이데올로기라면 자연 역시 그런 이데올로기라고 할 수 있기 때문이다. 순수한 자연이라는 것도 관념화된 순결주의와 다른 것이 아니다. 그러나 근친상간으로 태어난 봉두는 잡종이다. 『바보 이랑』은 봉두로 인해 순수 자연이라는 관념적 이데올로기의 파탄으로부터 아슬아슬하게 비켜나간다. 잡종인 봉두에게 순수에 대한 결벽주의는 견디기 힘든 억압이다.

> 하얀애견센터는 바닥부터 천장까지 온통 하얀색이다. 하얀색 가운을 입고 하얀색 샌들을 신은 엄마는 그곳에서 하얀색 가위와 빗과 드라이어로 개털을 깎고 개 먹이와 개 용품을 판다. 엄마는 손님용 소파와 개 용품 진열장과 출입문까지 일 년에 한 번씩 하얀색으로 덧칠한다.(17쪽)

봉두의 엄마, 그러니까 아버지의 자식을 낳은 승이는 가련한 이오카스테다. 저 결벽주의는 어쩌면 잡종을 낳았다는, 문명이 부과한 죄의식으로부터 비롯된 것일지 모른다. 아들의 자식을 낳고 목을 매달아 스스로 목숨을 끊은 이오카스테의 운명처럼 온통 하얀색으로 모든 것을 덧칠해 감추어야 한다는 강박에 빠진 승이의 결벽주의는 일종의 운명이다. 승이가 개장사를 하게 된 것도 다 그 운명의 장난인 것처럼.[1] 봉두가 보기에 엄마는 개에 미쳐 자신의 열다섯 번째 생일도 챙겨주지 않는 무심한 사람이다. 봉두에 대한 승이의 무관심은 자기 운명에 대한 죄의식을 반영한다. 잡종을 낳았다는 죄의식. 하얀색에 대한 집착과 개장사에의 몰두는 그런 죄의식으로부터 벗어나고 싶은 충동의 표현이다. 봉두에 대한 무관심도 마찬가지다. 승이로서는 잡종을 낳은 날을 기념하고 싶진 않을 것이다.

> 개 이야기 외에 승이는 아이에게 할 말이 없었다. 아이가 아빠라고 믿고 있는 찬희는 아이의 아빠가 아니었고, 아이가 엄마라고 믿

---

[1] "엄마는 개장사를 하지만 그것은 우연한 일이 아니고 오사마 할아버지가 염소 새끼 두 마리 판 돈을 주고 요요도사에게 빌어준 때문이라는 것을 말이다."(226쪽)

고 있는 그녀는 엄마이길 원치 않았다. 그녀에게 가족은 궁지였다. 수요일마다 골을 내는 아이를 보면서 승이는 아이가 서서히 궁지를 깨닫고 궁지에서 빠져나가기 위해 바둥거리고 있음을 알았다. 승이는 날마다 아이에게 귓속말을 해주고 싶었다. 어서 빠져나가렴, 이 새끼야. 여긴 수렁이란다.(80쪽)

이랑의 아들 봉두는 승이의 눈에도 서서히 궁지를 깨닫고 그곳에서 빠져나가려고 바둥거리는 것처럼 보인다. 봉두가 야마카시와 인공암벽타기를 동경하는 것도 이런 사실과 무관하지 않다. 봉두는 도시의 아이로 자랐지만 문명의 속박을 벗어던지고 자연의 생명력을 향하는 본능을 타고난 것이다. 맨몸으로 도시의 건축 구조물들을 뛰어넘고 질주하는 야마카시는 인간의 원시적 열정을 가로막는 문명의 장애물에 대한 저항의 의미가 있다. 그래서 봉두에게 야마카시는 '숭고한 스포츠'인 것이다. 봉두는 또 자신의 마음속 생각을, 억눌린 흑인들의 정치적 무의식을 재현하는 노래 형식이었던 랩으로 풀어내곤 한다.

겁먹지 마. 아무 것도 무서워하지 마. 고작 열다섯이기는 하지만 혼자 엄청 살아냈거든. 전동기차처럼 앞머리에 끌려 뒤따라가는 일은 하고 싶지 않아. 뭔가 니 자신처럼 살고 말거야. 오늘은 눈 질끈 감고 아무렇지도 않은 듯이 말해버릴 거야. 수요일은 싫어 싫다고 말야.(32~33쪽)

규율에서 벗어난 자유를 원하는 봉두, 스스로 겁먹지 말라는 다짐에서 잡종으로서의 삶에 가해지는 억압의 정도를 가늠할 수 있다. 수요일은 개의 날이고 가족이 모여 함께 식사를 하는 날이다. "지겨워, 세상이 지겨워 미치겠어. 수요일만 해도 그래. 수요일에 함께 저녁을 먹으면

정규적인 삶이 되는 걸까"라는 봉두의 랩을 통해 수요일이 갖는 폭력의 상징성을 이해할 수 있다. 수령으로서의 삶을 대하는 봉두의 자세는 랩의 가사만큼이나 결연하고 당돌하다. 봉두가 건너가야 할 수령, 그것을 이해하는 것이 무엇보다 긴요한 과제다.

이 소설에서 그 수령은 하나의 사건을 둘러싼 여러 인물들의 상황을 통해 집약적으로 드러난다. 김해 대동면에 감염성폐기물소각장이 들어서게 된다는 것. 이 하나의 사건은 소설의 인물들에게 저마다의 성격을 부각시킨다. 감염성폐기물소각장 건립 반대라는 하나의 사건을 중심으로 펼쳐지는 이야기의 큰 줄기는 봉두, 이랑, 승이, 용우, 해태, 웅규라는 인물들을 중심으로 작은 줄기의 이야기들로 갈라지고, 다시 그 각각의 작은 이야기 속에 해수, 명호, 재란, 찬희, 주부동맥, 장순보, 연주 등의 인물들이 들어와 짜임새 있는 전체의 이야기 틀을 구성한다. 이 같은 서사의 직조(織造)는 세심한 구상으로 이야기를 풀어가는 작가의 역량을 유감없이 보여주는 것이기도 하지만, 그보다 서사의 중심과 주변을 교묘하게 변주하면서 그 많은 인물들의 다양성을 품어내는 서사 구성의 폭 넓음을 주목하게 한다. 하지만 유기적 전체의 구성적 완전성을 헤집고 뒤트는 분열적 서사의 형식으로까지 밀고 나아갔다면 그 넓이에 깊이까지 갖출 수 있었을 것이라는 아쉬움이 없지 않다.

조용한 농촌마을에 도시에서 만들어진 감염성폐기물소각장을 짓겠다는 대륙산업과 환경청의 논리는 공리적 논리의 폭력성을 단적으로 드러낸다. 『바보 이랑』이 문제 삼는 것은 지역이기주의나 환경문제 같은 사회적 갈등의 생경한 논리들이 아니다. 만연한 시장주의의 관철 속에서 일그러지는 인간의 내면, 수령에 빠진 현대인의 부끄러운 모습을 적나라하게 드러냄으로써 그 흉측함을 일깨우는 것. 그것이 이 소설의 가치라고 한다면 그 흉측함은 이랑의 바보 같은 순수함, 공리적 타산이 아닌 오로지 자연의 그러함을 따르는 그 우직함으로 인해 더 도드라진다.

농촌은 오랫동안 신자유주의의 외부로 자본의 침투에 언제나 민감했다. 우루과이라운드, 한미FTA 등 신자유주의적 자본주의의 진군에 농촌은 언제나 최후의 보루로 생각되었고, 그랬던 만큼 저항도 격렬했다. 하지만 오늘날 농촌은 더 이상 자본의 외부가 아니다. 오히려 농촌은 미개척의 투자처로서 자본의 구미를 자극하는 자본주의의 신천지다.

주변부 지역의 행정 관료와 토호세력들에게 혐오시설의 유치는 자본의 유입을 활성화시킬 유력한 대안이다. 이런 논리에 영합하는 모리배(謀利輩)가 시의원 장순보다. "돈으로 맺힌 원한, 돈으로 풀어야겠다고 돈 되는 구멍이라면 안 쑤셔본 적이 없"는 용우는 장순보를 통해 한 몫 잡아보려는 정상배(政商輩)다.

> 생각할수록 삼복더위 개처럼 속이 펄펄 끓었다. 대륙산업이 감염성폐기물소각장 부지로 내정한 곳이 하필 딸랭이의 땅이었다. 감염성폐기물소각장이라는 혐오시설을 관내에 유치하는 조건으로 그린벨트가 풀리고 땅값이 치솟아도 밭고랑에 엎어져 죽어야 제 목숨값을 하는 줄 아는 딸랭이에게는 아무 의미도 없었다. 하느님은 참 불공평도 하시지. 돼지한테 진주를 다발로 던져주시다니.(109쪽)

이런 시장주의적 사고의 반대편에 서 있는 인물이 대책위원회의 위원장으로 열흘이 넘게 단식투쟁을 하고 있는 이응규다. 도시에서 노동운동을 했던 이응규는 자본주의의 폐해를 누구보다 잘 이해하고 있었다. 그래서 이응규는 이랑을 바보로 폄훼하지 않고 그의 순수한 마음을 볼 줄 안다.

당장의 이익과 손해, 앞으로의 손익도 따져보고 있을 다른 사람들에 비하면 조이랑처럼 순수한 마음은 오히려 고마운 것이었다.(170쪽)

이해타산의 시장주의적 논리가 아니라 '순수한 마음'을 볼 줄 아는 사람에게 이랑은 그저 바보가 아니다. 장순보의 아들 해태는 이랑의 '미련한 농사법'이 가진 가치를 알고 그것을 배우려 했다가 장순보에 호된 꾸지람을 들어야 했다. "해태는 딸랭이가 특별히 모자라는 사람이라고 생각하지 않았다. 딸랭이는 순박하고 욕심 없는 사람이"라고 믿었다. 이랑의 순수함을 볼 줄 아는 이응규나 장해태는 봉두와도 미묘한 인연으로 이어져 있다. 아마도 용우의 모략으로 장순보가 퍼뜨린 괴소문에 불과하겠지만, 승이가 고향에 데리고 온 봉두가 응규의 성폭행으로 태어난 자식이라는 이야기가 주민들 사이에 퍼진다. 해태도 봉두를 보면서 아이가 자신의 핏줄인 것 같은 착각에 빠진다.

아이가 계속해서 빤히 쳐다보자 이발관 쓰레기통에 있어야 할 머리털이 갑자기 날아와서 자기 머리에 철썩 달라붙는 것도 같았고, 깎아서 멀찌감치 내다버린 손톱 발톱이 어떤 힘에 의해 제자리로 돌아온 것도 같았다.(139쪽)

이런 관계를 염두에 두고 이 소설의 주요 인물들을 살펴보면, 이랑과 봉두를 중심으로 승이, 해태, 응규, 용우가 어떤 태도와 입장을 갖고 그 두 인물과 연결되어 있음을 알 수 있다. 승이의 애매한 태도, 즉 아버지 이랑에 대한 프로이트적 콤플렉스 그리고 자식이자 동생인 봉두에 대한 거부의 심리는 심각하게 고찰해보아야 할 성질의 것이라고 판단을 유예할 때, 해태와 응규가 맺고 있는 이랑과 봉두에 대한 관계와 용우의 관계는 분명하게 갈라진다. 이런 인물의 구도 안에서 이랑과 봉두는 중심적 위치에 놓여 있다. 천치이자 버려진 존재로서의 이랑과 근친상간으로 태어난 봉두는 존재론적으로 그리스 비극의 숭고미를 환기시키는 운명적 인물들이지만, 사건의 전개 안에서 이들의 의미는 또 다른 맥락을 갖는다.

> 엄마 아빠에게 끌려 할인점이나 백화점에 다녀본 게 고작인 아이들에 비하면 봉두는 시장을 알았다. 시장을 안다는 것은 세상을 더 많이 안다는 얘기였다.(22쪽)

봉두는 천치의 피를 타고났지만 또래 아이들에 비해 시장을 잘 알고 세상을 더 많이 아는 똑똑한 아이다. 거기다 소각장 건립 반대 집회에서도 특유의 기량을 발휘해 발랄하고 재치 있는 시위를 주도한다. 강경한 투쟁 대신 놀이로서의 시위를 주도하는 봉두에게서 미국과의 쇠고기협상에 반대하는 촛불집회를 주도했던 청소년들의 이미지를 떠올리는 것은 어려운 일이 아니다. 그 촛불집회가 광우병괴담으로 선동된 어린 학생들의 철모르는 행동이 아니라 세계화의 결과로 빚어진 국지적 분쟁의 한 표현이었다는 점을 고려한다면 봉두의 시위 역시 같은 맥락에서 생각해볼 여지가 있지 않을까. 이에 비할 때 이랑은 자본주의에 좀 더 근본적으로 대결하고 있다. 물론 그것은 의식적인 투쟁의 논리는 아니다. 이랑은 문학적 상징성이 강한 캐릭터이기 때문에 생명과 자연이라는 그 상징성 자체로 생명의 죽임과 자연의 개발을 지지하는 자본의 논리와 대결한다.

우리의 삶을 질척거리는 수렁에 빠뜨리는 것은 결국 자본주의가 조장하는 반생명적 개발주의다. 이랑과 봉두는 문명의 불안을 침식하는 인물들로서, 봉두가 시장을 아는 영악한 반대자라면 이랑은 근본적 자연주의의 자리에 놓인 반대자라 할 수 있겠다. 자연과 생명을 상징하는 이랑의 아들이면서 자본의 중심부 서울에서 자란 봉두는 어떤 의미에서 반인반수의 켄타우로스에 비견될 수 있을 것 같다. 수렁으로부터 벗어나는 길은 어디에서 찾을 수 있을까. 순결해 보이지만 생태 파시즘의 혐의를 지울 수 없는 이랑보다는 한 몸에 이질적인 두 개의 흔적이 새겨진 봉두야말로 어떤 가능성의 담지자가 아닐까. 나는 우리가 반겨 맞아야 할 진정한 예언자적 인물의 형상을 봉두라고 믿고 싶다.

5부

소설과 사회

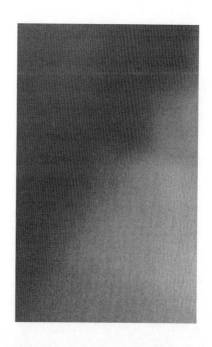

지옥에서 보낸 한철

— 소설과 사회 1

1. 지옥의 묵시록

월가의 몰락, 미국발 금융위기. 21세기를 제패하고 있는 막강한 제국 미국이 세계적 위기의 진원지가 되었다. 신자유주의의 핵심을 자본의 금융화(financialization)라고 할 때, 미국의 투기성 금융자본이 불러온 폐해는 이미 예정된 것이었다. 하지만 문제는 지금 벌어지고 있는 위기가 실은 자본주의의 위기라기보다, 자본주의의 체제 안에서 살아가는 세계시민들의 삶을 위기로 몰아가고 있다는 데 있다. 1929년의 대공황이 자본주의의 몰락은커녕 파시즘 발호의 계기로 역전되었던 것처럼, 지금의 저 위기는 도래할 파국의 한 징후일 수 있다. 위기에 몰린 자본을 구출하기 위해 국민의 세금을 동원하고 있는 국가권력의 월권행위는 그 자체로 자본과 주권의 비열한 동맹을 노골화하는 것이다. 그러므로 지금 '역사의 반복'을 섬세하게 읽어내는 일은 자본과 국가주권의 공모가 가져올 파국에 저항하는 것이며, 삶의 활력을 구속하는 반동적 힘에 대한 반역을 예비하는 것이기도 하다.

한심하게도 이 정부는 세계적 금융자본의 위기에도 불구하고 시장 자유화와 금융자본의 확대를 통해 신자유주의의 일방적 승리를 지원하는 데 여념이 없다. 노동의 유연화, 금산분리, 공공부문의 민영화, 감세와 규제완화……. 한국에서 민주주의의 발전을 가로막았던 군벌의 패악이 이제 재벌의 망령으로 다시 부활하고 있는 것일까. 이 계절의 문학이 탐구하고 있는 것은 바로 이 같은 현실의 조건에 놓인 우리의 삶, 그 삶에 드리운 두려움의 그림자들이다.

두려움은 대상에 대한 무지로부터 비롯된다. 그러므로 지성은 무지가 조장하는 공포의 환영을 이겨내는 힘이다. 하지만 오늘날의 현실은 지성의 무기력 속에서 애매하고 또 모호하다. 우리의 삶이란 안에 무엇이 들어 있는지 알 수 없는 밀봉된 '자루' 를 누군가의 지시에 따라 그저 운반하는 것에 지나지 않을 수 있다. 편혜영의 「관광버스를 타실래요?」(『세계의문학』, 2008년 가을호)[1]는 바로 그런 현대인의 삶에 대한 알레고리다. 케이와 에스. "그들은 목적지도 모르고 자루의 인수자가 누군지도 몰랐다." 상사의 지시에 따라 어딘가로 그것을 가져다 놓아야 할 뿐. 그들은 '관광버스' 를 타고 그 알 수 없는 여행을 시작한다.

> 일종의 순환선 같은 거네?
> 어딘가를 계속 돈다는 점에서는. 그러고 보니 일정하게 서기도 하고 결국은 출발지로 돌아온다는 점도 같군.(166쪽)

고속버스에서 시외버스로, 시외버스에서 다시 시내버스를 갈아타면서 그들은 목적지에 이른다. 시작과 끝이 분명하지 않은 순환선. 목적

---

1) 이 글은 『내일을여는작가』 2008년 겨울호의 소설 계간평 원고를 수정한 것이다. 논의대상은 2008년 가을 여러 계간지에 실린 소설들이다. 앞으로 인용할 때는 따로 연도와 계절은 밝히지 않는다.

지에 이르고자 아무리 애를 써도 결국은 다시 출발점에 서게 된다는 것. 그래서 케이와 에스는 목적지에다 의혹으로 가득 찬 그 '자루'를 내려놓고, 시내버스에서 시외버스로, 시외버스에서 다시 고속버스로 갈아타면서 왔던 길을 되돌아간다. 그리고 '자루'의 정체는 끝내 알 수 없다. 케이와 에스, 이들은 오지 않는 '고도'를 기다리는 에스트라공과 블라디미르다. 우리는 모두 저마다의 자루를 품에 안고 고도를 기다린다. 하지만 언제나 같은 자리, 삶은 조금도 나아지지 않는다. 삶이란 그저 돌고 돌아 같은 자리를 순환하는 '관광버스'와 같은 것.

어쩌면 어떤 실체와 맞닥뜨리고 싶었을 것이다. 나를 둘러싼 모든 것들은 지금껏, 나와 동떨어져 있었으니까. 무엇 하나 나와 착 붙어 있질 않았다. 늘 거리감이 있었고, 비켜났고, 부유하는 듯했고, 비위가 상했고, 불명확했다. 애착을 못 느꼈다. 그랬으면서, 그랬기 때문에, 바로 이거다! 라는 기분을 언제나 목말라했다. 어딘가에 내 진짜 삶이 준비돼 있는데 길을 잘못 들어 그곳을 못 찾고 있을 뿐이라 생각하면 애가 탔다.(구효서, 「모란꽃」, 『문학동네』, 237쪽)

'어떤 실체'를 아무리 찾아도 그것은 어느 곳에도 없다. 그 '실체', '진짜 삶'이란 루카치의 '별'이고 골드만의 '숨은 신'이다. 이것이 현대고 우리는 여기에 살고 있다. 구효서의 「모란꽃」은 유년시절 고향의 집에 있던 펄벅의 소설 『모란꽃』을 애타게 떠올리는 40대 여인의 이야기다. 그녀에게 '모란꽃'은 애타게 그리운 유년의 기억, 다시 되돌아가 마주하고 싶은 '진짜 삶'이다. 하지만 어른이 된 지금 기억 속의 그 소설 『모란꽃』은 그저 관념 속의 유토피아일 뿐 유년시절의 그것일 리 없다. 이 어긋남이란 무엇인가. 길을 잘못 들어 '그곳'을 찾지 못하는 것이 아니라 여행이 시작되자마자 길은 끝나버렸다. 길 잃은 시대의 문학은 어둡거나 무겁고, 그렇지 않으면 그저 한없이 가볍다. 이 계절의 소설들은 특히나 무겁고 암울하다.

너무도 암울한 이혜선의 「목련꽃 날릴 때」.(『작가와사회』) 명수는 "비록 지방대학 출신이지만 그저 성실하게 살겠다는 일념으로 묵묵히" 일했고, 입사초기 격렬한 노사분규가 있을 때도 '방관적 태도'를 취할 수밖에 없는 소시민이었다. 그래서 이뤄낸 것이 무난히 과장이라는 자리까지 올라왔다는 것이지만, 이제 사십 중반을 바라보는 나이에 그는 경쟁에서 밀려 지방 공장으로 내려가야 하는 처지에 놓였다. 명수는 "성능 좋은 부품으로 소모되어 온 십 수 년 세월"을 되돌아보며 자신의 처지가 '길바닥을 뒹구는 폐건전지'와 같다고 느낀다. 적자생존, 우승열패 그리고 승자독식. 경쟁에서 살아남지 못하면 죽는다. 그래서 명수의 아내는 기를 쓰고 아들을 '특수반'에 보내려고 하는 것이다. 명수가 사는 아파트의 최 경비가 반상회에서 '경비 교체'가 논의된 것을 알고 옥상에서 투신한 것도 사회적 경쟁이 불러온 '소외'의 결과다. 경쟁에서 도태된 인간에겐 선택의 여지가 없다. 죽거나 혹은 나쁘거나.

사회적 경쟁의 치열한 전장에서 패배한 이들은 현대의 노예라고 할 수 있는 공사판 인부로 전락하기도 한다.(이재웅, 「불온한 응시」, 『창작과비평』) '하급인생'으로의 추락. 하지만 여기서도 미숙한 인부들은 언제나 '불온한 응시'의 대상이다. 그들을 바라보는 시선은 멸시로 가득 차 있다. 전문대를 다니는 고학생들도 학비를 벌기 위해 공사판에 왔지만 인부들을 보며 이렇게 말한다. "개 좆같다. 저것들은 어떻게 저렇게 평생을 사냐?"

사회적 경쟁의 장에서 은퇴한 노인들에게도 삶이 팍팍한 것은 매한가지. 「불온한 응시」의 만철 영감은 "예순 다섯은 족히 넘었을 것이다. 예전 같으면 그는 뒷방으로 물러앉아야 한다. 하지만 요즘은 그 나이의

늙은이도 물러설 줄 모른다. 물러설 곳이 없다."(301쪽)

　　제 앞으로 월세를 받아먹는 건물까지 가지고 있으면서도 고물 줍
는 것을 멈추지 않는 악바리 박씨 할망구, 연백이 고향이어서 고향
가까운 이곳에 산다며 입만 열면 김일성과 김정일을 욕해대는 안씨
할아범, 자신처럼 딸네 집에 얹혀살며 손주들 용돈벌이라도 하려 한
다는 노씨 할아범, 평생 고물 주워 아들 둘 대학까지 보냈다는 김씨
할망구. 자식과의 갈등 때문에 마누라마저 자식 집에 팽개쳐두고 나
와 산다는 정씨 할아범의 얼굴이 차례로 떠올랐다.(홍새라, 「붕어빵 포
장마차」, 『작가들』, 115~116쪽)

　　이것은 더 이상 물러설 곳 없는 우리 시대 노인들의 자화상이다. 노
인들을 위한 나라는 없다. 노인들은 어서 죽거나 아니면 끝까지 악랄하
게 살아남아야 한다. 인생의 말년이 이러하기에 젊은이들에게 노년은
두려운 미래일 뿐이다.
　　지금 이 세계는 미래의 공포가 현실이 되고 있는 무서운 곳이다. 이
무서운 세계에서 사람들은 스스로를 격리시켜 고립무원의 장소로 자
기를 가둔다. 1930년대의 이상(李箱)과 1960년대의 손창섭을 떠올려본
다. 그들의 인물들은 왜 그토록 처절한 고독 속으로 스스로를 유폐시킬
수밖에 없었던 것일까. 일상을 거부하고 자기 고립의 기이한 삶으로 빠
져드는 것은 세상에 대한 무력한 항거이거나 퇴폐적인 자멸의 한 표현
이다. "일상이라는 감옥, 사교 생활이라는 감옥"에서 자기 유폐는 탈주
의 유력한 방법이 된다.

　　나는 격리된 삶을 살아야 한다. 혼자이어야 한다. 다시는 사교 생
활 같은 것은 하지 말아야 한다. 그 짓을 다시 하는 날은 내 제삿날이

다.(이강숙, 「괄호 속의 시간」, 『세계의문학』, 190쪽)

타자와의 소통과 교섭이라는 낭만적 이상은 불가능한 소망의 한 증상이다. 타자로부터 격리된 독아론적 주체의 고백들. 그것이 우리 시대 문학의 유력한 언어적 형식이다. 지금의 문학들은 감히 세계와 대결하지 못하며 그저 타자로부터 도주하는 회피와 불안의 감성들로 가득 차 있다. 이 시대는 "언제 어디서나 분출할 준비가 되어 있는 치명적 폭력이 항상적 잠재력으로 존재하고 있다."[2] '전쟁의 항구화'로 요약되는 이런 세계인식을 따를 때 우리들은 모두 '세계적 내전'의 한복판에 있다. 오늘날 문학의 이미지들로 넘쳐나는 타자의 괴물적 형상들은, 추상적이고 불명확하며 네트워크화되어 있는 적(敵)의 형상 그것이다. 항구적 폭력의 상황에서 모호한 적대의 출현, 이 파상적 공세 앞에서 넋을 잃고 우두커니 선 주체들. 이들의 절규와 비명이 울려 퍼지는 이곳은 처참한 수용소다.

2. 입국자들

지구에서의 삶이 점점 낯설어질 때 나는 내가 아니고 너는 네가 아닌 것 같다. 나와 너의 이런 분열 속에서 우리는 서로에게 낯선 이방인이 되어간다. 나와 너의 그 좁힐 수 없는 거리 사이에는 채울 수 없는 그리움, 외로움, 두려움들이 무성하게 증식한다. 그러나 '나'와 '너'라는 존재의 매끄러운 동일성, 그 환각으로부터의 각성은 우리 시대의 문학이 일깨운 소중한 결실이다.

---

2) 안토니오 네그리 · 마이클 하트, 조정환 · 정남영 · 서창현 옮김, 『다중』, 세종서적, 2008, 29쪽.

낯익어 익숙한 세계가 주는 아늑함은 사라지고 없다. 오늘은 내일과 다르고 지금은 다음의 시간들과 무정하게 결별한다. 연속은 없고 단절만이 켜켜이 장벽을 쌓는 시간들. 저 시간의 장벽들은 완고하지만, 자본은 울타리를 넘어 천지사방으로 영토를 확장한다. 지구의 오지들마저도 자본의 신천지로 빠르게 포획되고 있는 지금 자본의 외부란 없다. 자본은 국경을 넘어 이윤을 축적하고, 삶의 특이성들은 차이의 흔적을 말소당하고 추상화된다. 그런데 '국경을 넘는 상상력'이란 과연 무엇인가. 국경을 넘어 떠도는 난민, 빈민, 산업노동자들의 존재에도 불구하고, 진정으로 넘는 것은 '상상력'이 아니다. 소위 '탈국경의 서사'는 세계화의 이면을 어떻게 담아내고 있을까. 국경을 넘는 이방인들, 그들은 정말 우리의 이웃이 될 수 있을까.

연변 조선족 가족의 비참한 사연을 그린 정인의 「블루하우스」(『작가와사회』)는 중국으로부터 출발해 말레이시아, 한국, 프랑스에 걸쳐 떠도는 월경 노동자의 이산과 방황을 그리고 있다. "한 번 잘 살아보겠다던 욕망의 시작은 어처구니없게도 빚을 갚는 일부터 시작되었"고 가족과의 단란한 삶이라는 희망은 산산이 깨어져 버렸다. 절망의 상황 속에서도 한 가닥의 희망을 안고 프랑스의 민박집 '블루하우스'에 일하게 된 여자. '블루'는 희망과 슬픔의 양가적 의미를 가진 색깔이다. 다시 말해 "'블루하우스'는 결국 희망과 슬픔이 함께하는 공간"이다. 가족에 대한 애틋한 그리움으로 힘든 날들을 버텨온 그녀에게 무정한 운명처럼 주어진 것은 한국으로 이주노동을 떠났던 남편의 죽음이다. 그녀에게 '블루'는 다만 슬픔의 빛깔이고, 지구상의 모든 가난한 이주자들에게 이 세계는 절망의 '블루하우스'일 뿐이다.

국경을 넘다가 수감된 사람들의 감옥살이를 다룬 유재현의 「페스터 패스터」(『창작과비평』), 호주에서 불법체류자로 살다가 붙잡혀 추방당한 여자를 이야기하는 김서령의 「산책」(『실천문학』), 그리고 외국인 남자와 연애하는 여자의 이야기 강영숙의 「안토니오 신부님」(『문학동네』). 이들은 모두 국경을 넘는 것의 어떤 불온함을 응시한다. 국경을 가로지르는 자유는 착취를 이윤으로 둔갑시키는 자본에만 허용된다. 그 착취의 사슬을 끊고자 목숨을 걸고 국경을 넘는 난민과 빈민들은 도주로 지친 허기진 생활 속에서 결코 헤어날 수 없다. 그들의 월경은 추방과 감금으로 단죄될 뿐 아니라 때로 그들의 존재는 흔적 없이 실종된다. 그러므로 저 위태로운 입국자들을 그저 감싸 안아야 할 타자 혹은 연대의 동무로 여기는 것은, 저들의 긴박한 삶으로부터 유리된 공허한 윤리로 머물 수 있다. 인권 혹은 타자의 윤리라는 미명으로, 우리는 쉽게 저 참담한 실존의 실체로부터 헤어날 수 있을까. 합법과 불법의 경계를 넘어 파키스탄에서 런던까지 6,400km의 험한 길을 헤쳐나간 소년 자말의 이야기를 다룬 영화 〈인 디스 월드〉(마이클 윈터버텀 감독, 2005). 이 영화는 그 힘든 여정의 끝이 희망이 아닌 또 다른 시련의 시작일 수 있음을 보여줌으로써 이 세상의 비열함을 폭로한다. 이처럼 탈국경의 서사들에서 발견할 수 있는 것은 우리가 사는 세상의 끝 모를 비정함이다.

세계화는 가족 구성의 새로운 형식을 도입한다. 그리하여 가족이라는 소설의 오래된 테마에도 세계화의 흔적은 아로새겨져 있다. 어린 시절의 사고로 정신의 나이가 멈춰버린 마흔셋의 중년 남자는 가난한 한족 여자와 결혼을 한다.(권지예, 「네비야, 청산 가자」, 『세계의문학』) 어머니와 누나를 도시에 두고, 아버지와 함께 시골에서 농사를 짓고 사는 남자는 작고 가냘픈 스무 살의 캄보디아 여자와 결혼한다.(구경미, 「별 오는 날」, 『실천문학』) 인도 여인 트리샤는 자기보다 스무 살이 많은 한국남자와 결혼해 아이를 낳고, 그 딸이 네 살이 되었을 때 히말라야금강앵무새를 남기고 집을 떠나버렸다.(이응준, 「유서를 쓰는 즐거움」, 『문학과사회』) 이들의 결혼은 사랑이라는 쾌락원칙 대신 생활의 빈곤이라는 현실원칙으로 성사된다. 결핍과 고통으로부터 벗어나기 위해 국경 너머의 사랑을 꿈꾸지만 현실은 기대를 배반하고, 결국 사랑 없는 결혼은 새로운 결핍과 고통을 토해낸다.

> 인생이 송두리째 뿌리 뽑혀 사막에 내던져지는 고통. 그러한 고통을 말해주고 싶었다. 수한은 생각했다. 내가 겪었던 그 길고 긴 고통도, 지금 겪고 있는 이 느닷없는 고통마저도 전혀 새로운 것이 아니다. 옛날 누군가의 어리석음에 관한 기록으로 어느 서가(書架) 어느 책갈피엔가 남아 있을 것이다. 내 고통은 후회로 가득 찬 책의 한 문장조차 되지 못한다. 소름이 돋았다. 생각이란 걸 할 수 있는 여기가 곧 지옥이었다. 고통은 모든 걸 파괴하였으되 그 고통은 아무런 의미가 없었다.(이응준, 「유서를 쓰는 즐거움」, 114쪽)

남자와 여자의 사랑, 아니 내국인과 외국인의 사랑. 그리고 사랑이 고통을 불러온다는 역설. 세계화 시대에 우리들의 사랑이란, 나와 너의 타자성 속에서 산산조각난 동일성의 흔적을 고통스럽게 발견하는 힘겨운 눈뜸의 시간이다.

김경욱의 「동화처럼」(『세계의문학』)은 두 남녀의 죽음이라는 알레고리를 통해 인류가 처한 절멸의 공포를 예시한다. 자동차에서 주검으로 발견된 한 쌍의 남녀. 이들의 죽음을 수사하는 과정에서 만나게 되는 평범한 일상의 여러 인물들. 이 일상적 인물들의 파노라마는 예외상태의 일상 속에서 '세계적 내전'의 전장을 보고한다. 검시에도 불구하고 두 남녀의 죽음은 그 원인을 알 수 없다. 다만 그들 죽음의 흔적인 "심장을 태워 버린 열기는 외부가 아니라 내부에서 발생한 것이"라는 사실만은 자명하다. 그러나 무엇이 그들의 심장에 타격을 가했는지 알 수 없다. "뭐라 이름 붙일 수 없는 죽음", 심장을 내파한 그 충격의 실체를 알 수 없기에 공포는 더 강렬하다. 결과는 있으나 원인을 알 수 없다는 것, 공포는 바로 그 무지로부터 시작된다.

> 그러나 조서를 작성하는 일이 점점 힘겨워졌다. 한 세상이 무너지고 딴 세상이 시작되는 것인지도 몰랐다. 새로운 인과율이 필요한 세상 말이다.(김경욱, 「동화처럼」, 97쪽)

세상엔 점점 알 수 없는 일들이 늘어나고 있다. 예측하지 못했던, 그리고 예측하기 어려운 일들이 매 순간 벌어지고 있는 것이다. 근대적인 인과율이 무용해진 세계에서 살아가기 위해서는 '초능력'이라도 배워야 하는 것일까. 조현의 「옛날 옛적 내가 초능력을 배울 때」(『세계의문학』)가 답하고 있는 것이 바로 그것이다. "현이 초능력을 배워서 그토록 사로잡고 싶었던 것은 S였을 것이다." 왜냐면 S는 지구인이 아니라 "목성의 여덟 번째 위성인 가니메데" 출신의 외계인이기 때문이다.

> 관습화된 하나의 말은 하나의 편견이다.
> 그해 가을, S로 인해 시작된 번민은 이러한 명제로 형상화되어 현을 그리도 괴롭혔는지 모른다. 어쩌면 현은 자신의 맨눈으로 마주친 어떤 진실을, 혹은 어떤 아름다움을 현실 세계의 관습이 정하는 대로 타인에게 전언할 용기가 없었는지도 모른다.(조현, 「옛날 옛적 내가 초능력을 배울 때」, 『세계의문학』, 219쪽)

서로가 낯선 타자들이 되어버린 시대. 우리는 서로에게 외계인이다. 이제 관습화된 지구인의 언어는 더 이상 소통의 수단이 되지 못한다. 그것은 오히려 자기만의 생각을 고집하고 강요하는 일종의 '편견'이 되어버렸다. 편견을 떨친 맨눈으로만 '진실'과 '아름다움'을 볼 수 있고, 그것을 보고 다른 이들에게 전하기 위해서는 초능력이 필요하다.

조현의 소설은 모든 것이 낯설어져 버린 삶에 대하여 소통의 부활에 대한 꿈으로 응전한다. 그 꿈이 백일몽이라도 기꺼이 복권 한 장을 손에 쥐고 희망에 부푸는 것이 인간이라면, 그런 따위의 위안이라도 욕하지는 말자. 그러나 우리는 '희망'이라는 말의 위안보다 지금의 현실에서 느끼는 '고통'의 처절함을 온몸으로 기억해야 한다. 미래는 희망으로 열리는 것이 아니라 지금의 고통을 기억함으로써 열어가는 것이기 때문에.

세계의 고통은 포화상태에 이르렀고 따라서 세계는 더 이상 사소한 노력, 즉 더 많은 노동과 더 많은 전쟁 따위로는 해결될 수 없었다. 돈은 돈을 부를 뿐이며 전쟁은 전쟁을 부를 뿐이다. 세계는 근본적인 해결책을 원한다. 만약 모든 인간들이 과거와 현재와 미래를 보게 되고 그것의 연결고리를 이해하게 된다면 더 이상 세계는 돈과 피로 더럽혀지지 않게 될 것이다.(김사과, 「정오의 산책」, 『문학동네』, 314쪽)

고통을 '해결'하려는 욕망은 '더 많은 노동과 더 많은 전쟁'을 부를 뿐이다. 고통은 결코 돈과 피로 해소되는 것이 아니다. 고통 그 자체의 과거, 현재, 미래를 탐구하고 그것의 연결고리를 이해하는 것. 이를 통해 우리의 고통은 해결과 해소 따위의 진통(鎭痛)이 아니라 진정한 견딤에 이를 수 있다. 그 정직한 견딤, 즉 온몸으로 고통을 앓아낸 사람만이 타인의 고통에 눈뜨게 된다.

그는 더 이상 그가 아니었다. 물론 그는 여전히 그 자신이었다. 하지만 동시에 그 누구도 아니었고 동시에 그 모든 것이었고 동시에 그 자신이었다.(김사과, 「정오의 산책」, 305쪽)

이건 '일종의 깨달음'이다. 과거, 현재, 미래의 비동시성을 동시적으로 인식하고, 나와 너의 다름과 차이를 특이성으로 인정하면서, 동시에 그것들의 공통성에 도달하는 각성의 시간. 그때 우리는 배타적이고 옹졸하기만 한 나쁜 '우리'가 아니라 다 함께 삶을 누리는 아름다운 '코뮌'이 된다.

3. 지옥과 탈옥

비관주의를 넘어 낙관적 전망을 가져야 한다는 상투적인 말의 위안이 우리의 삶을 구원하지는 못한다. 절망 속에서 외롭게 울어본 사람은 안다. 그 고통보다 더 참기 어려운 슬픔은 고통을 홀로 견뎌야 하는 외로움으로부터 온다는 것을. 내가 겪은 고통과 절망에 사로잡히지 않고 타인의 고통에 눈뜨는 것, 우리는 그 고통의 연대 속에서 이 세계의 비정함을 견뎌낼 수 있을지 모른다.

개발과 눈물

—소설과 사회 2

1. 개발이라는 환상

개발이란 도대체 무엇인가. 있는 그대로의 자연을 야만과 무질서로 규정하고, 그 위에 문명이라는 인공의 낙원을 건설하는 것이 개발인가. 서구적 삶의 형식을 좇아 근대화라는 명분으로 이 땅 위에서 행사된 수많은 개발들. 그것은 끝없는 자기부정이었다. 인공낙원의 성채는 짓고 허물기를 되풀이하면서 누군가의 배를 불리는 이윤창출의 공간으로 소진된다. 그러므로 건설과 파괴는 개발이라는 괴물의 雙生이다. 1930 년대 박태원의 소설에 그려진 청계천변의 풍경은 강점기 조선인들의 활달한 삶을 담아내고 있었지만, 그것은 어느새 복개되어 세운상가와 고가도로로 점거되었으며, 이제는 다시 그 모든 것을 허물어버리고 수도의 낭만적 휴식공간으로 화려하게 되돌아왔다. 개발이란 이처럼 천연덕스러운 변신술이다. 계절마다 피고 지는 무심한 저 꽃처럼 개발은 짓고 허무는 반복 속에서 황홀한 스펙터클을 끊임없이 만들어낸다. 그런데 개발이 만들어낸 그 황홀경이란, 늘 그 자리에 있던 오래되어 낡고 누추한 형상들을 가리고 지우고 추방함으로써만 간신히 유지된다. 그래서 개발의 황홀경은 어쩔 수 없이 추한 이면을 숨기고 있다. 개발을 멈추지 않는 한 가리고 지워지고 추방당한 자들의 눈물은 마를 날이 없다. 개발이 불러들인 발전이라는 환상의 진면목은 사실 이런 것이다.

지금으로부터 30여 년 전 어느 난쟁이 가족은 산업화와 도시화라는, 자본의 확장이 만들어낸 변화 앞에서 삶의 터를 철거당했다. 개발은 누군가에게 발전이기는커녕 착취와 박탈일 뿐이다. 산업노동의 시대를 지나 더 교묘한 자본축적의 시스템이 구축된 이 시대에도 개발주의자들의 우악스런 착취의 행태는 여전하다. 용산 철거민 참사(2009년 1월 20일). 생존의 수단을 빼앗겨 더 이상 물러설 곳 없는 절박한 그들의 사정은 쫓기고 쫓겨 올라간 막다른 옥상의 엉성한 망루의 형상 그 자체로써 분명하게 드러난다. 타협 없는 개발자본의 압박 그리고 이들의 지원군인 경찰 권력과 용역깡패들의 폭력에 힘없이 노출된 벌거벗은 생명들. 살기 위한 투쟁과 자위를 위한 정당한 방어를 제압한 행정 권력은 그 가여운 사람들을 시민들의 안전을 위해하는 폭도로 몰아가고 있다. 5·18 광주의 진실을 왜곡했던 국가권력의 수사와 수법 그대로. 개발이라는 온건한 이름 뒤에 숨겨진 잔학한 폭력의 실체는 이로써 분명해진다.

진눈깨비 내리는 이 엄동설한의 계절에 한국의 문예지들에서 읽은 소설들은 수도의 아침에 벌어진 저 끔찍한 학살을 예고라도 하듯 삶의 불편한 진실들과 마주하고 있었다. 단단한 바위처럼 꿈쩍 않는 우리의 현실은 부드러운 흙의 향기, 풍요로운 대지의 상상력을 허용하지 않는다. 현대의 삶은 인간을 유목하는 이주민으로 만든다. 하지만 그것은 자유로운 여정이 아니라 쫓겨 도주하는 비참한 유목이며, 푸른 초원이 아니라 단단한 바위 위의 유목이다.

부동산업자가 다녀간 뒤에야 알게 된 사실인데, 우리가 이 집에서 전세를 사는 동안 집값이 무려 두 배나 올랐다. 십 년 가까이 거의 오르지 않다가 반년 사이에 갑자기 뛰었다고 했다. 설사 집이 팔리지 않는다고 해도, 집주인이 전세금을 올려달라고 할까 봐 나는 은근히 겁이 났다. 집값이 오르며 전셋값도 당연히 덩달아 올랐는데, 재개발로 인해 이주민이 되어버린 인구가 갑자기 늘어난 이유도 있다고 했다.(김숨, 「바위・1」, 『실천문학』, 2008년 겨울호, 154쪽)[1]

개발 자본은 땅을 교환가치로 환원시킴으로써 잉여자본을 부풀린다. 땅은 그대로지만 개발업자들은 그 위 구조물들의 배치를 변경시켜 착시효과를 만들어내고, 이에 따라 교환가치는 거품처럼 부풀어난다. 서민들의 임금은 치솟는 땅값을 감당하지 못하고 돈 없는 주민들은 주변부로 밀려나 소외된다. 이런 악순환이야말로 자본축적의 전형적 방식이다.

실업계 고등학교를 졸업한 '나'는 은행이나 증권회사 같은 곳에 취업을 하고 싶지만 편의점이나 제과점 같은 곳에서 아르바이트를 하고 있다. 시간만 나면 바위를 타러 나가는 실직한 아버지와 모든 음식을 질겨서 먹지 못하겠다고 하는 할머니. 이들 가족에게 삶이란 딱딱하고 꼼짝달싹하지 않는 거대한 '바위'다. 그래서 "나는 세상 모든 바위가 폭우에 씻겨 녹아 없어지기를 바"(169쪽)라고, "아버지가 비단목도리처럼 부드럽게 요동치는 길을 바위에 내주기를 바랐다."(180쪽) 하지만 바위는 그렇게 만만한 대상이 아니다. 바위는 오히려 더 견고해지고 사람을, 아니 사랑을 삼켜버리고 또 살아 있는 것들을 모두 해골로 만들어

---

1) 이 글은 『내일을여는작가』 2009년 봄호의 소설 계간평 원고를 수정한 것이다. 논의대상은 2008년 겨울 여러 계간지에 실린 소설들이다. 앞으로 인용할 때는 따로 연도와 계절은 밝히지 않는다.

버린다.(김숨, 「화성의 조화—바위 · 2」, 『현대문학』, 2009년 1월호) 김숨의 「바위」 연작은 점점 더 단단해지는 세계의 위력에 버둥거리는 것 말고는 별로 할 것이 없는 가족이라는 안쓰러운 공동체의 쓸쓸함을 그리고 있다. 가족이란 정치경제의 체제와 결부된 제도의 일종이기 때문에 자본주의의 형질변화는 가족구조의 변화로 연동된다. 그러므로 직업이 그리고 돈벌이의 규모가 결혼에 그토록 중요한 변수가 되는 것은 전혀 이상한 일이 아니다. "결혼도 직장생활과 함께 시작하여 같이 막을 내"리고, 파산으로 아이들과도 떨어져 가족의 이산이 현실이 되는 것은 특별한 누군가의 일이 아니라 현대의 만연한 풍토다.(서권, 「대리주행의 거리」, 『실천문학』, 185쪽)

가족은 노동을 통한 생존의 지속을 보존하는 인류학적 발명품이다. 농경사회의 대단위 가족은 산업사회의 핵가족으로 분열하고, 다시 이것은 탈근대 사회의 가족해체로 이어진다. 이제 현대인들은 특정한 공동체에 소속되기보다는 망에 접속된 네트워크 속의 개인으로 존재한다. 가족은 현실의 엄혹한 관계들로부터 상처받은 개인들을 위로하는 낭만적 동경의 고향이 아니며, 더 이상 엄마의 너른 품이 아니다. 그러니 조세희가 묘사했던 난쟁이 가족의 비극은 이제는 좀 낡은 배치의 형식이 되어버렸다. 현대성의 모순은 가족이라는 공동체를 매개할 필요도 없이 개인의 내면에 남겨진 피폭의 상흔으로 드러난다. 그래서 장남의 성공을 위해 온 가족이 희생되는 서사의 배치(김숨, 「화성의 조화—바위 · 2」)는 진부하다. 가족의 생계를 책임지기 위해 협잡에 도박까지 하는 가장의 슬픈 모습(신혜진, 「겨울 유원지」, 『창작과비평』) 역시, 그것이 설사 현실의 어떤 진실을 담고 있다 하더라도 진부하기는 마찬가지다.

자본의 축적 방식이 변하고 있는 지금, 가족이라는 형식 그리고 그 기능과 의미는 완전히 달라졌다. 이제 부모와 자식은 서로를 책임져야 한다는 부담에 짓눌릴 필요가 없다. 그러기 위해서는 각자의 삶을 인정하고 서로를 간섭하지 말아야 한다. 가족을 떠나 젊은 러시아 여자와 살림을 차린 아빠, 대머리 남자를 사귀는 엄마, 남자와 이혼하고 여자를 사랑하는 누나를 내버려둬야 하는 것이다.(김이은, 「어떤 장의사의 행복한 창업계획서」, 『현대문학』, 2009년 1월호) 심지어 가족은 그 구성원 안의 쓸모없는 약자를 버리는 철저히 실리적인 단면을 드러내기도 한다.(정소현, 「폐쇄되는 도시」, 『창작과비평』) 가족이란, 혈연이라는 환상에 긴박돼 있긴 하지만 본래부터 생존을 위한 자의적 집합체였기에 책임과 의무라는 관습의 강요를 떨치는 순간 그 비정함을 적나라하게 드러낼 수밖에 없다. 현대성의 정치는 은폐와 배제라는 전통적인 권력의 기제를 자제하고, 오히려 지금껏 자연스러운 것으로 오인되어왔던 것들의 작위성을 폭로함으로써 힘을 행사한다. 가족 이데올로기의 폭로가 그 자체만으로 해방의 논리가 될 수 없는 것은 이 때문이다. 그 폭로 자체가 때로는 남모르게 지배 권력과 공모할 수 있기 때문에 폭로를 통한 이데올로기의 해체는 언제나 조심스러워야 한다.

　개발은 공간에 깃든 개인과 공동체의 추억과 애착, 즉 장소애(topophilia)를 무참히 삭제해버린다. 개발은 하나의 공간을 새롭게 창조함으로써 끊임없이 이윤을 창안해내는 것이다. 그래서 낡고 오래된 것은 최우선의 추방대상이다. "이듬해 나나의 집이 뭉개졌다. 동네의 공동우물도 그 앞을 버티고 섰던 당산나무도 시러졌다. 이웃사람들도 한두 집씩 뿔뿔이 흩어졌다."(주연, 「묘비명」, 『작가와사회』, 103쪽) 개발은 이처럼 '나나'의 유년시절을 기억하고 있는 집뿐이 아니라 마을 공동체의 '공동우물'과 '당산나무'를 사라지게 함으로써 그 공동체를 붕괴시킨다. 가족이라는 공동체의 해체 역시 이런 메커니즘과 무관하지 않다. 예컨대 이인규의 「늦은 오해」(『작가와사회』)는 구청의 명령을 받고 들이닥친 철거반원과 포클레인의 무참한 폭력에 저항하던 한 남자의 파멸을 그리고 있다. 남자는 "강압적인 말투와 폭력으로 온 몸과 마음이 만신창이가 되었다."(141쪽) 그 폭력으로 남자는 정상적인 언어 사용이 어려워지고, 그로 인해 사회생활도 제대로 할 수 없게 되었을 뿐 아니라 꿈이었던 음악도 할 수 없게 된다. 철거의 폭력이 남긴 상처는 한 남자의 파멸이라는 개인의 상처로만 머무르지 않고, 결국은 가족을 뿔뿔이 흩어지게 만들었다. 개발은 생존의 터를 앗아감으로써 갈 곳 없이 떠도는 난민을 생산한다. 아무리 진보와 발전의 수사로 그 야만스러운 본성을 숨기려 해도 난민들의 눈물과 탄식을 지울 수는 없다.

2. 쓰레기들

생존의 터를 빼앗긴 자들의 삶은 어떤 모습일까. 실직과 폐업은 가족을 붕괴시키고 나아가 개인의 내면까지 타락시킨다. 그들의 현재는 잘 나가던 옛날에 사로잡혀 미래의 꿈을 잃어버린다. "실직자들, 그리고 오랜 노숙에 찌든 자들이란 으레 과장이 지나치게 마련이다."(서권,「대리주행의 거리」, 187쪽) 세계의 위력에 짓눌린 인간은 허풍으로 스스로를 과장하거나 아니면 세계에 대한 분노와 적의를 노골적으로 드러냄으로써 그나마 위안을 얻는다. 그들에게 이 세계는 "흐린 물구덩이 속, 앞이 한 치도 보이지 않는, 어느 진흙 구덩이 속에서 땡볕에 말라가는지 알 수 없는 세상"(188쪽)인 것이다. 이 세상에서 겨우 살아남은 자들에게는, 실직과 노숙으로 이어질 개인의 파산에 이르지 않기 위해 남들과는 다른 특별함이 강요된다. "평범하게 사는 것만큼 인생에 죄스러운 것도 없다."(염승숙,「장동건 따라잡기 2」,『작가들』, 146쪽) 그러나 특별히 특별할 것이 없는 데도 특별함을 가장하는 것은 위선이다. 현대의 삶은 이처럼 우리에게 위선을 강제한다. 우리는 동화 속 왕자님이 아니다. '어린 왕자'도 "끝까지 특별한 척 유별나게 굴다가, 사막 한가운데에

서 외롭게 증발해버렸을 뿐이다."(오성용, 「집에 가, 어린 왕자」, 『창작과비평』, 250쪽)

갈 곳 없어 떠도는 이들에게 남겨진 곳은 죽어서 가야 할 저세상이거나 현세의 우울한 장소들뿐이다. 그리하여 죽음충동은 현대인의 삶을 지배하는 유력한 정서다. 술집 '샤넬'에는 죽음의 유혹에 이끌린 사람들이 모여든다.(김사과, 「나와 b」, 『창작과비평』) 스물두 살의 젊은 여자는 재수생이고 대학에 너무 가고 싶어서 죽고 싶다. 스물세 살의 젊은 남자는 대학생인데 친구가 없어서 죽고 싶다. 노래방에서 만났다는 젊은 남녀는 서로 사랑해서 결혼하고 싶지만 돈이 없어서 죽고 싶다. 나이 많은 회사원인 한 남자는 딸을 미국에 있는 대학에 보내야 하는데 돈은 없고 빚만 많아서 죽고 싶다. "술집이 문을 닫을 때까지 죽고 싶은 사람 아홉 명과 살고 싶은 사람 아홉 명 다 합쳐서 아홉 명이 샤넬에 왔다 갔다."(190쪽) 죽고 싶다는 욕망은 곧 살고 싶다는 열망의 다른 표현이다. "열망과 욕망이 다르고, 현실과 이상이 다르다는 사실"은 살다 보면 알게 된다.(한지혜, 「4월이 오면 그녀도 오겠지」, 『세계의문학』, 141쪽) 갈라지고 벌어진 틈, 하나로 일치되지 않는 다름, 내 안의 낭만적 동경과 이 세계의 차가운 현실의 괴리가 죽음을 유혹한다.

너는 너의 어린 연인의 눈에서 늘 죽음을 생각하는 자의 초조한 강박을 보았겠지만 나는 K에게서 자기도 모르게 죽음 근처를 서성이는 자의 위험한 무심함을 보았다. 그것은 동경의 대상이 아니라 살아 있다는 의식과 뒤엉켜 구분할 수 없는 모습으로 그의 삶을 채워갔다.(조해진, 「북쪽 도시에 갔었어」, 『창작과비평』, 308쪽)

조해진의 소설 속 인물들은 이루어지지 않는 사랑 때문에 죽음의 근처를 기웃거린다. '나'는 동성애자이기 때문에 "내 머리와 내 성기, 내 존재 자체를 철저하게 죄악의 표본으로 삼던 세계로부터 미친 듯이 악을 쓰며 도망"(308쪽)치려고 하지만, 그는 단지 벗어날 수 없는 그 자리만 맴돌 뿐이다. 결국 아무 데도 갈 수 없는 이들에게 남는 것은 죽음의 충동이다. 그들은 늘 죽음을 생각하는 부류다. "그런 부류의 사람은 연속된 시간을 산다기보다는 분절된 현재만을 향유한다. 그들에게 과거는 추억이 되지 못한 채 덤덤하게 시선의 바깥을 스쳐가고 미래란 흑백의 필터로 찍은 현재의 모사본에 지나지 않는다."(302쪽) 죽음의 충동은 이처럼 사람을 시간의 '분절된 현재' 속에서 갈가리 찢어 과거와 미래를 봉쇄한다.

죽음에 사로잡힌 이들보다는 덜 심각하지만 삶의 터를 얻지 못해 떠도는 대지의 저주받은 자들이 있다. 갈 곳이 없거나 집으로 돌아가기 싫은 사람들은 '낙원 휴게텔' 같은 인공낙원을 찾는다. 여기엔 "술에 취해 몸을 움직이지 못해 온 사람, 차편을 놓친 사람, 출장비를 아끼려는 사람, 하루 벌어 하루 사는 사람, 부부싸움하고 나온 사람, 혼자 자기 싫어하는 사람"처럼 다양한 인간군상이 저마다의 사연을 품고 모여든다.(윤성호, 「낙원 휴게텔」, 『문학수첩』, 261쪽) 낙원 휴게텔은 적은 돈을 내고 안식을 구할 수 있는, 어쩌면 이들에게는 유일한 도피처다. 바깥세상의 시간은 빠르게 흘러가지만 "휴게텔에 잠든 사람들은 바깥세상이 그저 의아할 뿐이다."(267쪽) 이 공간 안에서만큼은 어떤 갈등도 없이 편해지고 싶은 것이다.

도피의 방공호는 다른 곳에도 있다. 공공 도서관도 그런 방공호 중의 하나다. 여기엔 "취업 낭인, 퇴출된 회사원, 망한 자영업자, 돈 없는 노인들, 엘리트 룸펜들, 무명 번역가, 무명 소설가, 지식 프롤레타리아들, 프리터들이" 모여든다.(은승완, 「도서관 노마드」, 『작가들』, 171쪽) 도서관의 이상은 인류의 지적 문화유산을 효과적으로 공유하는 것일지 모르지만 "현실 속의 2008년 대한민국 도서관은 경쟁에서 밀려난 자들의 탄식과 원망과 한숨과 나태가 버무려진 곳이다."(171쪽) '이 시대 떨거지들의 피난처', '우리 시대 무소속들의 안식처', '대한민국 비주류들의 교두보'라는 도서관의 실상은 도서관의 이상을 간단하게 배반해버린다. 문제는 책이 아니다. 그들은 아무것도 하지 않고 있다는 불안감을, 책을 보고 있다는 착각으로 회피하고 싶은 것이다. 그리고 자기와 같은 부류의 인간들과 함께함으로써 묘한 위안을 얻는 공모의 순간을 즐기고 싶은 것이다. 그래서 '찾아가는 도서관'에는 사람이 없다. "어디든 찾아가지만, 아무도 찾아오지 않는 게 바로" 찾아가는 도서관이다.(장은진, 「찾아가는 도서관」, 『작가세계』, 241쪽) 장은진의 소설에 등장하는 B는 대학에서 아랍어를 전공했고 번역까지 가능한 인재지만 개장사로 연명하고 있다. B는 IMF 이후 하던 사업이 망하면서부터 이 일을 하기 시작했는데, IMF 이후 수많은 개들이 길거리에 버려졌기 때문에 특별히 사업자금을 투자하지 않아도 되었다. 탈근대적 체제의 자본주의는 불황과 공황이 아니더라도 인간을 쓰레기로 만든다. 길거리에 버려진 것은 한때의 애완견만은 아니다. 모든 것이 쓸모없는 쓰레기가 되는 현대의 삶에서는 인간의 양심과 자존심 그리고 최소한의 인간적 존엄성마저도 쉽게 내던져질 수 있다.

지그문트 바우만은 "경제 발전에 따른 의도되지도 않고 계획되지도 않은 '부수적 희생자들'"을 '잉여 인구'라는 이름으로 호명했다.[2] '인간쓰레기'의 일종인 이들은 자본주의의 또 다른 소외자들이다. 차라리 둔하다고 할 만큼 영악하지 못한 이 세계의 부랑아들은 관용의 대상도 되지 못하는 철저히 고립된 인간들이다. 이들은 무능하고 불성실한 것으로 규정되기에 다만 질타의 대상일 뿐, 연민의 대상조차 되지 못한다.

---

2) 지그문트 바우만, 정일준 옮김, 『쓰레기가 되는 삶들』, 새물결, 2008, 80쪽.

임세화의 「헬로 강시」(『창작과비평』)는 고졸에 백수인 '나'를 통해 잉여 인구의 생태를 보고한다. 이들은 '좀비'(장은진, 「찾아가는 도서관」)이거나 '강시'다. 살아 움직이는 것처럼 보이지만 영혼 없는 유령에 불과한 이들에게 꿈이나 희망 따위는 아득하기만 하다. "삼성의 연구원이나 카이스트의 공학박사가 아니라면 과학은 우스꽝스러운 것에 불과"(260쪽)한 것이다. 과학의 고매한 이상은 비루한 현실을 따라가지 못한다. 뒤늦게 현실에 눈뜬 어떤 강시는 공무원이 되기 위해 노량진으로 떠나고 '나'의 친구 B는 영어, 일본어, 컴퓨터 따위를 배우기 위해 학원을 다닌다. 현대의 강시들은 자본의 요구에 부응하느라 바빠졌지만 그들이 배운 능력들은 활용될 기회를 좀처럼 얻기 어렵다. 이들의 삶은 "용도폐기된 대리인생"인 것이다.(서권, 「대리주행의 거리」, 192쪽) 그래서일까. 「나와 b」의 두 소녀는 연인이었던 깡패를 쓰레기장에서 불태운다. 그 깡패는 "사람이나 동물보다는 오히려 망가진 컴퓨터와 같"(202쪽)았다. 잉여 인간의 말로는 이런 것일까. 임순례 감독의 〈세친구〉(1996)를 떠올리게 하는 윤성희의 「웃는 동안」(『문학수첩』)에 나오는 청년 백수 찌질이들 역시 그들의 순진함과는 상관없이 힘든 미래를 만나야 할지 모른다.

그렇다면 잉여가 아닌 성공적 삶이란 어떠할까. 「도서관 노마드」의 차회장이나 「명복동(明福洞) 칸타타」(『세계의문학』)의 황장로와 같이 '돈만 보고 달려라'라는 신조로 인생역전을 이룩한 이들의 삶이 그것일까. 이런 식의 삶의 모델이 젊은이들에게 전범으로 여겨지는 한 인간 쓰레기들은 결코 줄어들지 않는다. 개발의 미망만큼이나 개인적 성공에의 미망은 난처하다.

3. 이별의 우화

개발의 파고가 넘실대는 사회의 서사는 극단적인 양상을 드러낸다. 그것은 현실의 구체성으로부터 철저하게 벗어나 오락화되거나, 아니면 현실에 강력하게 밀착되어 일그러진 삶의 구체성을 담아내려고 애쓴다. 쓰레기가 되어버린 삶에 지친 독자들은 점점 더 도피적으로 되어간다. 그래서 오락으로서의 서사가 판을 치는 가운데 현실의 쓰레기들에 대한 우화들은 쉽게 외면한다.

(인)문학의 위기란 독서 인구의 왜소화가 아니라 독서를 소비의 일종으로 타락시키는 사태를 가리킨다. 그것은 삶을 쓰레기로 만드는 현실에 압도되어, 바로 우리 자신의 자화상인 쓰레기의 흉악한 형상을 스스로 외면하게 만든다. 자본의 의도된 배려로 제공되는 재미와 즐거움에 탐닉할수록 우리는 자기를 잃고(沒我) 점점 쓰레기가 되어간다.

자고 일어나 보니 벌레로 변해버린 누군가처럼, 어느 날 문득 아픔을 느끼는 통각을 잃어버린 사람이 있다.(최수철, 「피노키오들」, 『작가세계』) "통증이 넘쳐나는 저 고통과 폭력의 세상"(229쪽)은 우리를 자꾸만 무뎌지게 만든다. 고통을 철저하게 겪어내는 것은 일종의 혜안이 열리는 과정일 수 있다. 고통을 받아들이는 것은 이 몹쓸 세계를 건강하게 받아들이는 것이다. 하지만 현대인들은 결코 고통을 즐겨 받아들이지 않는다. 이곳이 아닌 저곳을 꿈꾸거나 여기가 아닌 거기를 동경한다. 그리하여 현실이 아닌 판타지 속에서 낙원의 시뮬라크르를 즐긴다.

이번 계절엔 주로 젊은 작가들의 활동이 두드러진데, 이들이 그리고 있는 현실은 "농담 같은 현실이기는 하지만 그렇다고 농담은 아니"다.(최수철, 232쪽) 이들이 그려낸 세계의 모습은 결코 아름답거나 유쾌하다고는 할 수 없다. 만남이 아닌 이별에 몰두하는 청춘은 서글프다. 사랑의 집착을 살인으로 드러내는 잔혹한 상상력은 섬뜩하다. 서진의

「기도군과 자다」(『작가와사회』)와 박주현의 「2. 1966년 5월 18일 출생 2006년 8월 31일 사망」은 남녀의 이별과 살해에 대한 이야기다. 특히 박주현의 소설에서 토막 살해된 화자는 주검이 되어서도 다음과 같은 인식을 이끌어낸다.

> 어째서 하나였을 때조차 파편이 된 기분이었는지 알게 되었다. 인생의 사건은 다면적이고 복합적이다. 당신의 소소한 일상과 다반사가 사실은 징조이고 징후일 수도 있다는 뜻이다.(152쪽)

삶의 복잡성은 토막 난 육체의 우화를 통해 징후적으로 드러난다. 연인들의 이별에 집착하는 이 계절의 소설들은 공주와 왕자의 행복한 만남으로 마무리되는 동화의 순진한 판타지를 배반한다. 한지혜의 「4월이 오면 그녀도 오겠지」(『세계의문학』), 임정연의 「감염」(『문학수첩』), 주연의 「묘비명」(『작가와사회』)과 같은 작품들 역시 이별의 이야기들이다. 만남은 행복하지만 이별은 가슴 아프다. 이 아픔의 이야기들은 현실과 이상의 괴리를 드러내는 우화다. 이 이별의 우화들은 다음과 같은 인식에 도달한다.

> 사람들이 함께 꿈꾸며 상상했던 미래가 사실은 모두 다른 것이었음이 드러났다. 세계는 순식간에 얇디얇은 유리창처럼 와장창 부서져 내렸다. 어쩌면 처음부터 그 부서진 모습이 세계의 모습이었을지 모른다고 나는 자위했다.(임세화, 「헬로 강시」, 267쪽)

파편으로 부서진 세계라. 하지만 이런 세계인식은 상투적이다. 그렇다면 우리는 어떻게 이 무서운 세계를 표현할 수 있을까.

몰락하는 세계, 구축하는 소설

— 소설과 사회 3

1. 구축

소설은 정말 현실의 거울일 수 있는가. 이런 물음에 대한 긍정은 '현실'을 계측 가능한 객관적 대상으로 인식함으로써 그 자명성을 의심하지 않을 때라야 비로소 가능하다. 반영과 재현의 불가능성에 대한 말들의 반복은 이제 지루하다. 진리는 모방을 통해서 드러나지 않으며, 문학은 진리를 모방하지 않는다. 다만 소설은 현실을 잉여 혹은 결여라는 비대칭으로 드러냄으로씨 이떤 진실에 근접한다. 수전 손택이 현명하게 지적했던 것처럼 "허구의 진실은 현실을 보충하는 역할을 한다."[1] 소설의 힘과 매력이 바로 여기에 있다. "나는 있는 그대로 옮겨 쓰고 있는 것이 아니라 구축하고 있다"고 말할 수 있었던 알랭 로브그리예는 소설의 그 힘과 매력을 너무나 잘 알고 있었던 것이다.[2]

---

1) 수전 손택, 홍한별 옮김, 「소멸되지 않음」, 『문학은 자유다』, 이후, 2007, 129쪽.
2) 알랭 로브그리예, 김치수 옮김, 「사실주의로부터 현실로」, 『누보 로망을 위하여』, 문학과지성사, 1981, 122쪽. 그는 또 이렇게도 말했다. "소설은 무엇을 표현하는 것이 아니라 탐구하는 것이다."(119쪽)

소설은 현실을 재현하지 않고 현실을 구축한다. 재현은 언어로 현실을 가두지만 구축은 현실을 발생시킨다. 재현은 진실을 허위적으로 가공하지만 구축은 진실의 허구성을 폭로한다. 들뢰즈의 표현을 빌린다면 재현은 수목적 체계이고 구축은 리좀이며 또한 '기관 없는 신체(body without organ)'다.

문학이 폭력의 현실에 맞서 정의를 구현하는 '무기'가 되어야 한다고 믿는 조급한 신념은 현실에 별 도움을 주지 못하면서 예술을 망치기나 하는 해로운 열정이다. 역사적 현실의 험한 질곡은 반성적 사유의 계기를 봉쇄하고 투쟁의 열정에 순교의 면류관을 씌움으로써 모든 인식을 피아식별의 단순한 구도로 환원시킨다. 사쿠라가 질 때 함께 저물어간 카미가제의 젊은이들이 그랬고, 좌우 이념대립으로 서로를 증오했던 우리의 역사가 그러했으며, 지금도 알라의 충실한 신봉자들은 그 신념을 위해 그들의 목숨을 기꺼이 내던지고 있다.[3] 그리하여 문학은 도구가 되고 삐라가 되고 무기가 되는 것이며, 예술가는 전사가 되고 투사가 되고 혁명가가 된다.

일상이 역사를 밀어냈다고 단정하지 말아야 한다. 거대서사가 물러간 자리를 자질구레한 일상이 대신했다는 말은, 사실에 가까운 것일 수는 있어도 진실의 전부는 아니다. 그것은 단순히 문학이 표현하는 대상의 변화에 그치지 않는다. 오늘날의 젊은 작가들은 더 이상 재현의 욕망에 설레어하지 않는다. 그 옛날 재현은 정치였고, 문학은 재현함으로

---

3) 정의롭다는 그 '신념'의 폭력성에 관한 탁월한 성찰을 담아낸 울리 에델 감독의 〈바더 마인호프〉(2008)와 올리버 히르비겔 감독의 〈천국에서의 5분간〉(2009)은 적을 향한 테러가 결국은 나를 파국에 이르게 하는 폭력의 그 공멸적 성격을 너무나 인상적으로 표현하고 있다. 노동계급의 해방과 분단체제의 극복 그리고 민주주의 실현을 위해 문학과 여타의 예술은 무엇을 할 수 있고 또 무엇을 해야 하는가. 이런 물음에 앞서 우리는 저 거대한 명분을 향한 열정과 신념의 구조를 헤아릴 수 있어야 한다. 그렇지 못할 때 적을 향한 그 모든 테러는 결국 '나'를 향한 폭력으로 되돌아올 것이다.

써 현실에 참여한다고 생각되었다. 재현의 환상은 작가를 고독한 혁명가로 둔갑시키고, 문학을 역사의 위대한 참여로 오독하게 만들었다. 이제 한국문학은 오래전 로브그리예가 그랬던 것처럼 리얼리즘의 신화를 반성하고 문학과 현실의 관계를 새롭게 질문해나가고 있다.

지금 한국소설이 마주하고 있는 과제 중의 하나는 '언어는 현실을 어떻게 구축할 수 있는가' 라는 물음이다. 한유주는 그 물음에 적극적으로 대응하고 있는 작가 중의 하나다. 「서늘한 여름 사냥」(『문학수첩』, 2009년 봄호)[4]은 그의 다른 소설과 마찬가지로 사건의 발단으로부터 시작해 그것의 해결로 끝나는 소설형식의 상투성에 저항한다. 그 저항은 종결이라는 유일자적이고 독선적인 사건을 향해 전개되는 목적론적 서사를 거부하고, 우발적인 충동의 서사로 펼쳐진다. "목숨을 담보로 천 일 동안 이야기를 계속했던 어느 왕비의 운명 위에, 나는 없는 이야기들을 이야기하지 않는 것, 사건을 야기하지 않는 것, 아무것도 예기치 않는 것에 대한 욕망을 덧입힌다."(206~207쪽) 이야기가 곧 생명이고 목숨이라는 고전적 메타포는 여기서 힘을 잃는다. 그러나 현대의 이야기꾼들은 역설적으로 할 이야기가 없다는 것을 이야기함으로써 여전히 목숨을 이어간다(이야기하지 않기를 쓰기). 그러니까 그들의 이야기는 "문장은 없었으나 글자는 있"는 "발설되지 않는 말들"(209쪽)이다.

한유주의 소설은 살의로 가득 차 있다. 소설에서 "나는 오랫동안 누군가를 죽이고 싶다는 생각을 해왔다" 라는 문장을 반복한다. 원론적인 차원에서 이 살의는 중심과 주변을 구분하여 중심에 모든 특권을 부여하는 근대의 이성 중심주의를 향한다고 말할 수 있다. 정치적 목적으로

---

4) 이 글은 『내일을여는작가』 2009년 여름호의 소설 계간평 원고를 수정한 것이다. 논의대상은 2009년 봄 여러 계간지에 실린 소설들이다. 앞으로 인용할 때는 따로 연도와 계절은 밝히지 않는다.

부터 해방된 소설은, 이념보다는 이처럼 욕망과 충동을 주로 표현한다. 그리하여 현대소설의 중심은 정치경제학의 주체로부터 정신분석학의 주체로 이동한다. 위대한 혁명의 주체인 '나'는 욕망과 충동의 주체로 다시 발견된다. 여기서 '나'의 "치미는 충동과 저미는 욕망을 구분" (221쪽)하는 것은 중요하다. 한국문학사의 전환점은 바로 이 욕망의 주체인 '나'의 변모와 관계한다. 한유주의 화자는 "나는, 으로 시작하는 모든 문장들을 꺾고 싶"(212쪽)어했고, 그 결과로써 '나'는 괄호 안에 갇히게 된다.

> 나는 살아남았던가. 이야기하는 것은 언제나 산 자들의 몫이라고 했다. 죽은 자는 말이 없다는 말을 (나는) 지우고 싶었고, (나의) 욕망을 감추고 싶었다.(213쪽)

그러니까 한유주 소설의 그 살의란 다른 무엇이 아니라 바로 '나'를 향한다. "나는 사구와 허구를 혼동하기 시작했고, 고국과 모국에 차이를 두지 않"(224쪽)는 분열증적 주체(schizophrenia)다. 스키조의 이야기는 분열증적 서사로 그 증상을 드러낸다.

> 나는 이제야 겨우, 시작도 끝도 없는 이야기들은 드물게 존재한다는 것을 깨닫게 되었지만, 좋은 시작과 좋은 끝은 존재하지 않을지도 모른다고 생각한다. 그러니 내가 이 이야기에 대해 말할 수 있는 것은 없다. 나는 좋고 나쁜 것과 옳고 그른 것을 구분하지 못한다.(225쪽)

다른 작품에서도 한유주는 소설에 대한 반성적 질문을 이어간다. "사람이 있다. 여기, 한 명의 사람이, 있다"(145쪽)라는 「막」(『문학과사회』)의 첫 문장은 퍽 인상적이다. 이름과 성별, 나이와 외모, 아무것도 알려진 것이 없는 그저 '사람'인 누군가의 기차 여행 이야기. 이 사람이 기차를 탄 이유나, 어디서 탔는지 그리고 어디에서 내릴 것인지는 아무도 모른다. 이 정체불명의 '사람'과 그가 탄 '기차'는 소설의 운명에 관한 알레고리다.

"기차는 같은 구간을 반복해서 왕복한다. 늘, 항상. 언제나. 그리고 간혹 전복된다."(149쪽) 늘, 항상, 언제나 같은 그 지리멸렬한 '반복'은 '전복'을 통해서만 중지될 수 있다. 기차의 지루한 왕복은 다음과 같은 소설의 오랜 관습에 대한 메타포다.

> 우연은 끊임없이 교란되었고, 이야기들의 시작과 끝은, 아니 끝과 시작은 처음부터, 아니 마지막까지, 이미 결정되어 있었다.(150쪽)

이렇게 됨으로써 소설의 "허구는 거짓말은 아니었으나, 모든 이야기들은 거짓말들"(150쪽)이 되어버린다. 소설의 이 같은 상투적 형식은 소설을 풀어야 할 일종의 암호 정도로 이해하게 만든다.

> 암호를 풀기 위해서는, 먼저 암호가 있어야 한다. 암호를 만드는 사람과 암호를 풀어야 할 사람, 그리고 서로 간의 규약과 체계가 있어야 한다. 그리고 암호를 전달하는 사람, 혹은 사물이 있어야 한다.(152쪽)

소설이 현실의 구축이 되기 위해서는 "기승전결과 육하원칙의 규약은 쉽게 무시될 수 있"(159쪽)어야 한다. 소설이 규약으로부터 자유로워질 때 이야기는 '목적'에 구속되지 않고 끝없이 이어질 것이다.[5]

---

5) "이야기들은 끝나는 법이 없다. 이야기들은 반복된다. 막이 내리지 않는다."(161쪽)

현대소설은 점점 더 목적 없이 떠나는 기차여행을 닮아가고 있다. 자본의 축적이 인간의 생명력을 탈취하는 현대의 삶은 현실로부터의 탈주를 가속화시킨다. 현실을 적극적으로 구축하는 서사들은 정주의 상상력을 가로질러 꿈과 환상이라는 판타지의 세계를 표현한다. 최양의 「스윗 드림」(『작가세계』)은 "영원히 끝나지 않는 꿈"(181쪽)의 내러티브를 '네버 엔딩 스토리'로 엮어냄으로써 지옥 같은 현실로부터 벗어나고픈 현대인의 욕망을 드러낸다. 하나의 목적에 정박되지 않는 이야기는 출발의 주체인 '나'로부터도 자유롭기에 이 꿈의 여행은 소외된 주체의 정처 없는 떠돎 그 자체다. 그리하여 "나는 꿈 안의 누구에게도, 꿈 자체에게도 완전한 타자였다. 나는 그 꿈 안에 포함되지 않은 존재였다"(183쪽)는 인식에 도달한다. 그러나 이 정처 없는 떠돌이는 타자가 됨으로써 오히려 '즐거움'과 '안심'을 얻는다. 지옥과 같은 현실로 돌아가지 않으려면 꿈을 깨서는 안 되고, 그리하여 이야기는 계속되어야 한다. 그러니까 지금도 여전히 소설가는 살기 위해서 이야기한다.

2. 몰락

타자가 된 '나'는 이야기하기의 주체가 아니다. 아니 '나'는 이야기하면서 이야기되는 그런 '사람'이다. 실존의 불안 속에서 '나'는 증발해버릴지도 모른다. 하지만 여전히 역사의 중력을 무겁게 떠받치고 있는 작가들이 있다. 그들에게도 '나'는 불안한 존재다. 그러나 그들은 '나'에게 불안을 떨치고 역사적 과업의 무게를 견뎌줄 것을 요구한다. 그들에게 작가는 '시간의 질서'가 무너짐으로써 붕괴된 '우주의 질서'를 바로 세우는 인류의 사명을 짊어진 선택 받은 자, '꾸이람'이다.(조현용, 「지구에서 온 남자」, 『실천문학』, 189쪽) 그러나 그들도 안다. 그들의 바람이, 그 꿈이 쉽게 이루어지기 힘들다는 것을.

    해서 나는 감히 젊은 나이에 소설가가 되고 또 소설가가 되어서 이 땅에 아직 아픈 사람들이 살고 있음을 밝혀야 하는 것을 나의 임무라고 생각했다. 그러나 꿈은 이루지 못했고 나는 이미 서른다섯을 넘어 있었다.(194쪽)

지금껏 많은 작가들은 객관적 세계를 반영하거나 재현하는 데 힘써왔다. 그러나 그건 무지한 맹목이거나 지나친 오만이었다. 세계의 재현 욕망이 놓쳐버린 소설의 가장 중요한 성찰적 대상은 바로 '나' 자신이었다. 세계의 실증 가능성만큼 자기 존재의 동일성에 대한 믿음은 확고했다. '나'와 세계는 분명하게 구분될 수 있는 것처럼 보였고, '나'는 세상을 보고 그리고 재현하는 창작의 확고한 주체였다. 그러나 '나'의 그 이야기들은 애초부터 불가능한 '세상의 모든 거짓말'이다.(한지혜, 「세상의 모든 거짓말」, 『실천문학』)

한지혜의 소설은 지금까지 다른 사람들의 인생을 대신 정리해주는 데 모든 것을 바쳤지만 자신의 이야기는 한 번도 가져보지 못한 어느 대필 작가의 이야기다. "평생 누군가를 대신하는 일은 또 한평생 누군가를 속이는 일이지만, 그건 동시에 내 자신을 속이는 일이기도 했다." (212쪽) 남의 이야기를 해오는 동안 자신의 이야기는 결코 할 수 없었던, '나'를 잃어버린 소설가. 지난 시절 재현의 신화가 만들어낸 그 숱한 작가들의 모습이 바로 그것이다. 그러하기에 '나'의 이야기는 역설적으로 '나'를 잃어버린, '내'가 없는 이야기일 수밖에 없다.

    자기 자신만의 이야기를 시작했다. 자기 자신은 없는 이야기를 시작했다. 그리하여 그녀 자신인 이야기를 시작했다. 내 이름은 K, 그러나 때로 R이거나 P거나 혹은 Q로 살고 있다는 이야기를 시작했다. 아니다, 거짓말이다. 아니다거짓. 말.(213쪽)

이렇게 '나'는 그 누구도 될 수 있으면서 동시에 아무도 아니다.

인류를 구원할 '꾸이람'으로서의 '나'도, 의미의 정박지에서 벗어난 타자로서의 '나'도 쇠잔해가는 소설의 운명을 되돌릴 수는 없다(주체와 구조의 몰락!). 오늘날의 소설은 다만 무너져가는 현실을 가짜 이야기로 구축할 뿐이다. 우리는 낭만적인 거짓을 통해 소설의 진실에 도달한다. 소설은 세계를 변화시킬 수 없으며 다만 세계를 해석할 뿐이다.

소설의 가상현실은 세계의 실존현실을 일방적으로 유추(analogy)하지 않는다. 사회의 구조가 특정 집단의 계급의식(세계관)을 매개로 소설의 구조와 상동관계를 형성한다는 루시앵 골드만의 고전적 견해도 소설의 진실을 말해주지는 않는다. 그 옛날 사실은 허구에 앞서고 역사는 소설에 앞서는 것으로 생각되었다. 그리하여 소설은 단지 '小說'일 수밖에 없었다. 이처럼 소설은 진실에 대해 열등한 글쓰기였다. 하지만 허구가 진실을 구축할 수 있다는 상상력의 적극적 구성력에 대한 인식이 소설을 인류의 로망으로 떠오르게 만들었다.

김경욱의 「연애의 여왕」(『작가세계』)은 진짜와 가짜, 사실과 허구, 그러니까 결국 그 어떤 어긋남이라고 할 수 있는 소설의 진실에 대해 이야기한다. '연애의 여왕'이란 연애소설을 써서, 낼 때마다 큰 성공을 거둔 어느 소설가의 별명이다. 소설의 서술자는 '연애의 여왕'을 취재하러 간 신문기자다(허구와 사실의 메타포로써 '소설가'와 '기자'의 만남은 아마도 의도적인 설정일 것이다). 기자는 연애의 여왕이 쓴 다섯 권의 책을 사흘 만에 읽어치운다. "문장은 감상적이고 이야기는 작위적이었다."(19쪽) '사랑'이나 '운명' 따위의 단어들이 수십 번 나오는 그런 소설에 사람들은 열광했고, 소설들은 모두 드라마로 만들어졌다. 왜 연애소설만 쓰느냐는 기자의 질문에 연애의 여왕은 이렇게 대답한다. "연애소설이라는 범주에 갇힌 자는 도스토옙스키의 작품조차 연애소설로 읽지. 명심해 괴물은 바깥이 아니라 안에 있어."(25쪽) 성급한 일반화의 오류가 명백한 여왕의 궤변은 상업 작가로서의 자기 존재를 위장한다. 기자가 정말 하고 싶었지만 하지 못한 질문은 "소설은 경험을 바탕으로 쓰시나요?"라는 것이었다. 아마도 이 물음에는 그의 소설이 '경험'에서 나온 것이 아니기에 모두 가짜에 지나지 않다는 야유가 담겨 있을 것이다. 지금 기자는 그의 연인과 진짜 연애로 번민하고 있기 때문이다. "울음은 여자 친구만의 언어였다면 침묵은 나만의 언어였다." 아마 "진실은 울음과 침묵 사이에 있을 것이었다."(29쪽) 사랑의 '진실'이란 그렇게 아픈 것일지도 모른다. 그러나 달콤하고 가슴 저미는 소설 속 연애의 판타지는 쾌락을 선물한다. 연애의 여왕을 만나던 날 세계무역센터가 무너져내렸다. 그 참상의 실상은 텔레비전의 속보를 통해 재현되는데 그것은 역시 그 연애소설처럼 가짜(허구)에 지나지 않는 것이었다.("아수라장의 참혹을 카메라는 냉정하게 잡아냈다. 지옥을 굽어보는 신의 무관심한 시선으로.", 35쪽) 소설의 진실이란 이처럼 보이지 않는 신의 연출일지도 모른다.

그러나 언제나 그렇듯 시대착오는 존재한다. 본질을 향한 무모한 열정이 그렇다. 조윤의 「플랫폼」(『작가세계』)은 이 문제를 다룬다. 여기서 소설을 쓰는 '나'가 만일 '연애의 여왕'이 쓴 소설을 읽었다면 아마 "질리도록 달콤한 사탕 같은 것들이 얼마나 세상을 썩게 하는지, 숱한 통속적인 이야기들이 매트릭스를 공고히 하는지"(149쪽)에 대해 이야기했을 것이다. '나'는 경제 불황으로 고통받는 사람들에게 공감을 줄 수 있는 진지한 소설을 구상한다. 폐지 줍는 할머니를 소재로 다룬 '노인을 위한 대한민국은 없다'라는 계몽적(참여적) 소설이 그것이다. 그런데 폐지 줍는 할머니를 취재하면서 할머니의 생생하게 살아 있는 이야기들을 직접 듣고, 허구의 소설보다는 눈앞의 진실이 위대하다는 것을 깨닫게 된다. "현실은 상상보다 위대하다"(151쪽)고 믿는 '나'는 계몽을 포기하는 순간 본질의 현현에 눈먼다. 김연수의 『밤은 노래한다』를 둘러싼 논쟁을 두고 "보편적 인생 본질의 핵을 찾기 위해 그 배경이 되는 것을 하나씩 지워나간다면 남게 되는 것은 없다"(159쪽)고 말했던 '나'는, 목욕물과 함께 아기를 버리듯 실재의 현실 앞에서 허구의 이야기를 내던져버린다.

> 행위냐 마음이냐. 표현된 것이냐 본질의 것이냐. 관계의 항해, 미지의 곳에 닻을 내린다. 그 새로운 좌표를 설명해 줄 것은 그 마음뿐인데 나는 그것을 더듬지 못한다.(160쪽)

소설을 쓴다는 것은 어쩌면 이렇게 헷갈리는 선택 앞에서 자기의 한계를 인식하는 것인지도 모르겠다. 오늘날 이 자본의 제국에서 소설을 쓰는 것은 외롭고도 힘든 일이다. 재현은 불가능하고 구축은 어렵다. 현실은 변혁되어야 하지만 계몽은 어불성설이다. 문학이 죽었다는 푸념은 그래서 끊이지 않고 나온다.

윤대녕의 「도비도에서 생긴 일」(『문학동네』)은 문학의 죽음에 대한 서글픈 우화다. 예전에 시인이었던 두 남자와 한때 시나리오 작가였다가 상업적인 소설을 쓰기도 했던 한 여자. 여자의 죽음과 그 전후의 이야기. 여자(강혜경)의 말에서 죽음의 냄새가 강하게 풍긴다. "에로영화 대본 쓰는 맘으로 지금 연애소설이라는 걸 쓰고 있네요. 뭐 이거나 저거나죠. 유석씨 말대로 소설이 안 팔리더라도 영화 대본으로 고쳐 써서 영화사에 넘기면 비디오는 가능할 거예요."(227쪽) 소설은 영화에 몸을 파는 매춘으로 연명한다. 남자의 말에서도 문학의 초라한 처지가 드러난다. "팔릴 것 같으면 내야지. 그러자면 우선 제목하고 줄거리가 자극적이고 선명해야 돼. 쓸데없이 늘어지거나 어려워서는 절대 안 된다니까."(228쪽) "독자의 일반적 수준과 시장경제 현실"(229쪽)은 시인을 카피 작가로 내몰고 아마도 여자를 죽음으로 내몰았을 것이다. 두 남자는 여자가 숨진 도비도에서 '최후의 만찬'을 나눈다. 유석이 '나'에게 마지막으로 할 말이 없느냐고 '사형집행인'의 말투로 묻는다. 특별이 할 말이 없다는 '나'의 말에 유석이 답한다. "그래, 없는 걸로 하자. 오늘부로, 아니 어제부로, 깨끗이 정리하는 거야."(241쪽) 문학은 이렇게 객사한 것일까.

3. 재생

전상국의 「남이섬」(『문학과사회』)에는 남이섬의 '나미'라는 여자를 전혀 다른 방식으로 기억하고 또 이야기하는 두 남자가 있다.

> 이런 육담 체질의 김덕만 씨와 달리 이상호 씨는 그 가방끈 길이 만큼 낭만적이다.(98쪽)

"이야기 진화의 발원은 대체로 그리움이다"(77쪽)라는 말을 믿는다면 남이섬의 '나미'는 이야기를 이끌어내는 근원적 그리움의 장소라고 할 수 있다. 도비도에서 소설은 끝난 것처럼 보였지만, 한류 드라마의 시작을 알린 〈겨울연가〉의 무대가 되었던 남이섬에서는 여전히 이야기가 만들어지고 있다. 그러나 "이제 신생 나미 공화국은 오색 풍선을 탄 사람들이 붕붕 떠다니는 놀이터일 뿐 더 이상 원기로 떠도는 영혼들이 머물 곳이 아니다. 설사 살아 있는 사람들의 기억 주머니에서 가끔 요상한 괴담이 나들이를 나간다 해도 이제 그네들 이야기에 귀 기울일 사람은 없다. 사람들은 죽은 이들의 무덤을 파헤치기보다 터미네이터의 괴력으로 슈퍼맨의 고향 클랩톤 행성 여행만을 꿈꾸고 있다."(116쪽)

세상이 변했고 사람들도 변했다. 이제 사람들은 소설의 가짜 이야기보다는 신문과 뉴스의 사건들에 더 열광한다. 강호순과 같은 희대의 살인마는 소설의 인물을 압도한다. 문학의 상상력이 현실의 과잉 이미지를 따라잡지 못할 때 문학은 몰락할지도 모른다.[6]

소설이 죽어도 삶은 계속된다. 그러나 삶이 계속되는 한 소설이 사라지는 일은 아마 없을 것이다. "어찌 허구 없는 인생이 있으랴."(92쪽) 언어를 가진 인간에게 이야기는 세계와 교섭하는 가장 본질적인 방법이며, 자기 존재를 드러내는 유력한 형식이다. 그러므로 문학의 몰락이 예감될수록 문학의 형식은 더욱 변태적으로 진화해갈 것이다. 조개의 상처가 진주로 변태하듯 몰락의 징후들은 새로운 문학의 탄생을 자극한다. 고갈이 소생으로 반전할 수 있는 것처럼, 이 계절의 소설들이 예감하고 있는 죽음의 징후들은 소설의 재생으로 역전될 수 있으리라. 하지만 희망적인 기대가 소설의 운명을 보증하지는 않는다. 그러므로 소설은 더 처절하게 몰락해야만 한다. 눈멀어야 더 잘 볼 수 있는 것들이 있는 것처럼 "어두워서야 비로소 모습을 나타내는 것들이 있"다.(구효서, 「사자월」, 『문학수첩』, 147쪽) 「사자월」의 스물한 살 여자는 사랑했던 남자와의 이별(이들은 이별여행의 장소로 '남이섬'을 선택했다)을 통해 볼 수 없었던 것을 볼 수 있고 들을 수 없었던 것을 들을 수 있게 된다. 소설 역시 몰락함으로써 더 많은 것을 얻게 될지도 모른다.

몰락하고 있는 것은 문학만이 아니다. 아니, 문학의 몰락은 오히려 이 세계의 몰락을 표현하고 있는 것인지도 모른다. 삭힘이 숙성의 조건이듯 몰락의 고통은 성장의 계기다. 피할 수 없는 고통과 상처라면 차

---

6) "추억의 블랙박스, 남이섬이 멀리 안개비 속으로 아득하니 가라앉고 있었다."(119쪽)

라리 더 예민하게 아파하는 것이 좋지 않을까. "인생은 고통의 무게만큼 권위를 지니지 않겠는가."(조성기, 「성인봉」, 『세계의문학』, 219쪽) 하지만 이것이 고통을 부과하는 이 세계의 부정한 시스템에 대한 정당화의 논리가 될 수는 없다. 소설은 자기의 몰락을 아파하는 동시에 세계의 몰락을 응시해야 한다. 소설이 현실을 구축한다는 말은 이처럼 이중의 몰락을 감당하는 것이다.

박혜상의 「토마토 레드」(『세계의문학』)는 세계의 몰락에 대한 묵시록이다. "종말에 대한 인간의 상상력은 지금껏 인류의 경제를 지탱한 유동성 자본 시스템이 붕괴되자 슬쩍 자취를 감추었다. 그것이야말로 진짜 종말의 예고인지도 몰랐다."(243쪽) 국가의 주권권력과 공모해서 이익을 축적하는 자본주의는 그 시스템의 위기와 몰락을 힘없는 약자들의 착취와 추방을 통해 극복한다. 자본주의의 놀라운 효율성이란 이런 야만적인 착취의 효율성에 지나지 않는다. 시뻘겋게 터져버린 토마토처럼 지금 지구의 삶은 처참하다. 차라리 자본주의 경제의 위기는 기회일 수 있다. 모든 사람이 그 야만에 눈뜨고 새로운 삶을 모색할 수 있는 그런 기회.[7]

'토마토 레드'가 지구의 적절한 은유일 수 있는 것처럼 '정글짐'도 그렇다. 오늘날 지구인의 삶은 오르기 힘든 정글짐을 아등바등 타고 올라야 하는 것과 다를 것이 없기 때문이나. 편혜영의 「정글짐」(『문학수첩』)은 우리의 삶이 이방의 도시에서 길을 잃고 헤매는 것처럼 난처한 것이라고 일러준다.

길은 찾으려고 하면 할수록 점점 어딘지 알 수 없게 모호해졌다."

---

7) "경제가 무너졌다고 인류가 멸망하지는 않아. 단지 삶이 소박해지고 단순해질 뿐이지. 어쩌면 다시 기회가 온 건지도 몰라. 소박하고 단순한 삶을 살 수 있는, 인류 갱생의 시대 말이야."(252쪽)

(176쪽)

"누군가에 의해 설계된 인생"(172쪽)을 사는 착각이 들 정도로 세계의 강요는 나의 의지를 초과한다. '나'는 아무것도 할 수가 없을 정도로 무력한데 세상은 그런 '나'를 시치미 뚝 떼고 아무 일도 아니라는 듯 지켜본다.

> 무궁화 꽃이 피었습니다, 주문을 외우고 뒤돌아보면 누군가가 움직인 듯도 한데 자신만 빼고 모두들 시치미를 떼고 있었다. 효력이 없는 신용카드, 텅 빈 지갑, 폐쇄된 도로, 꼼짝할 수 없는 트럭, 그리고 아사 직전의 판타스틱러브(윤고은, 「로드킬」, 『문학과사회』, 171쪽)

스스로의 의지로 할 수 있는 것들이 점점 줄어드는 상황에서 우리는 자기를 '안'으로 유폐시키게 된다. 함부로 '밖'으로 나갔다가는 길에서 죽음을 맞이할 수 있다. 그것이 윤고은의 전언이다. 서준환의 「메아리」(『작가들』)도 고립과 은둔이라는 자기유폐의 충동을 드러낸다. 모국이 아닌 유럽 어느 나라의 한 도시에 있는 '너'는 모국어와의 괴리를 통해 말과의 단절을 경험하고 이를 통해 자발적으로 고립한다.("말과의 차가운 단절이야말로 언젠가부터 네가 절실히 추구해온 바였는지도 모른다.") '너'가 말과의 단절을 소망하는 모습은 세계의 폭력으로부터 벗어나고픈 도피의 욕망을 드러낸다.("너는 말과 절연함으로써 궁극적으로 아픔이나 상실감에 무감해지려 한다.") 도피와 도주는 폭력의 공포에 대한 가장 원초적 반응이다.

김종은의 「가면」(『문학수첩』)은 자기의 진짜 모습을 가면으로 숨기는 또 다른 유폐에 대해 이야기한다. "수많은 소년들은 가면을 쓴 채 자신이 할 수 있는 일들을 애써 외면하기 시작했다. 바람의 노래를 들었고 떡갈나무와 이야기를 나눴으며 작은 꿀벌이 가리키는 대로 달려보기도 했던 수많은 소년들은 알 수 없는 불쾌한 덩어리를 이루며 뭉치고 흩어지기만을 반복했다. 이를테면 바이러스였다."(199쪽) 아이들은 그렇게 길들여지고 가식적인 인간으로 성장한다.

김미월의 「29,200분의1」(『실천문학』)이 이야기하는 것도 아이들을 길들이는 이 세계의 비열함이다. 열일곱 살의 소녀는 이렇게 생각한다. "왜 사람은 뭔가가 되어야만 할까. 세상은 나에게 무언가를 끊임없이 요구했다."(119쪽) 그래서 이 소녀는 "항상 인류 멸망이나 천재지변, 전쟁, 지구의 종말로 끝나는" 소설을 씀으로써 세계에 반항한다.(122쪽) 하성란의 「제비꽃, 제비꽃이여」(『문학들』)는 이런 소녀들이 어떻게 살아가게 되는지를 뭉개진 제비꽃, 뭉개진 청춘의 꿈으로 표현한다. 이 소설은 야동 사이트의 배너광고 문구를 작성하는 여자 카피라이트의 이야기다. 여자는 영화 시나리오 작가가 꿈이지만 온갖 아르바이트를 전전하다가 결국 이 일을 하게 되었다. 불안정한 경제사정은 그를 꿈으로부터 멀어지게 했고 비정규직, 프리터의 삶으로 내몰았다. 그렇게 20년을 보내는 동안 여자는 마흔이 되었고 앞으로 또 20년이 지나도 별로 나아질 것은 없다.

어떻게 해서 겨우 일자리를 잡는다고 해도 이 자본의 시대에 직장생활이라는 것은 참혹한 전쟁이다. 민혜숙의 「목욕하는 남자」(『문학들』)나 이영훈의 「우두(牛頭)의 초대」(『문학동네』)가 그리고 있는 삶이 그렇다. 이 처참한 내전은 심지어 인조로봇이 직장생활을 대신하는 기발한 판타지를 공상하게 한다.(서유미, 「저건 사람도 아니다」, 『창작과비평』) 백영옥의 「육백만원의 사나이」(『문학동네』)에서는 한때는 성공한 사업가였지만, 이제는 파산하고 병들어 가족에게 버림받은 한 남자의 처참한 모습을 본다. 하루 네 시간 이상을 잔 적이 없을 정도로 열심히 살았던 그였지만 "그 희생의 대가가 자식을 빼앗기고, 신문 경제면에 '사악하고 부도덕한 장사꾼'으로 공식 발표되는 것이었다."(251쪽) 이런 것이 이 시대의 진면목이다.

몰락하는 세계, 이 사악한 시대를 살아가는 우리들에게 소설은 무엇인가. 지금 소설은 자기를 붕괴시키면서 세계의 몰락을 이야기한다. 몰락한 것의 상처로 가득한 오늘날의 소설을 읽는 것은 큰 고통이다. 하지만 소설은 이 이중의 몰락을 견딤으로써 생산적인 구축에 도달할 수 있다. 누군가의 표현을 빌려 이야기한다면 지금 한국의 소설은 '몰락하는 신생'의 과정에 있다. 이것이 희망에 대한 소박한 기대가 아니라면 좋겠다.

폭력의 현실과 악몽의 문학

― 소설과 사회 4

1. 권력과 폭력

현실을 유비적으로 모사하는 유사 리얼리즘은 현실과 문학이 맺는 관계의 복잡성을 단순화함으로써 문학과 현실의 역동적인 상호 교섭을 추상화시킨다. 현실은 문학에 '반영' 되는 수동적인 객체가 아니라 생성의 혼돈으로 활동하는 생명(삶) 그 자체다. 저 약동하는 생명으로서의 현실을, 약분 가능한 대상으로 환원하는 근대적 인식론은, 문학이 현실을 기계적으로 반영할 수 있다는 천박한 믿음을 낳았다. 이러한 믿음은 의회가 시민의 정치적 의사를 '대의' 할 수 있다는 민주주의의 환상과 닮은꼴이다. 문학적 '반영' 과 정치적 '대의' 는 실현 불가능한 근대의 기획이 아니었는가.

60%가 넘는 여론의 반대에도 불구하고 여당인 한나라당은 언론악법의 핵심인 미디어법을 통과시켰다. 대의가 실현되지 못하는 의회는 정의가 아닌 폭력의 온상이다. 입법은 폭력의 정당화를 위한 형식적 절차가 되고, 법과 원칙은 지배와 통치, 추방과 배제의 유력한 수단이 된다.

대의의 민주적 환상이 깨어질 때 시민은 대의되지 못한 그들의 정치적 의사를 거친 육성으로, 노골적인 문구의 피켓으로 직접 표현하려 한다. 그러나 정의롭지 못한 권력에 대한 저항이라도, 정의로운 신념과 혁명의 뜨거운 열정일지라도, 시민의 대항폭력은 신중하게 판단해야 한다. 적대의 폭력이 상대화시킨 도덕적 우월성이란 상대의 부도덕이 불러온 착시효과일 수 있기 때문이다. 마찬가지로 9 · 11 이후의 미국이 드러낸 것처럼, 대항폭력의 정당성이란 분노의 열정이 만들어낸 일종의 자기합리화일 수 있음을 주의해야 한다.[1]

1968년 "신좌파의 정서와 열정, 그들의 진실성은, 말하자면, 현대 무기의 섬뜩한 자멸적 발전과 밀접히 연관되어 있다"[2]고 했던 한나 아렌트의 비판적 통찰을 기억해야만 한다. '민주적 공공성'에 반하는 저항은 또 다른 폭력으로 기울기 쉽다. "폭력은 정당화될 수 있지만, 결코 정당성을 가질 수 없다."[3] 1980년 5월의 광주와 2009년 1월 용산의 그 주검들, 그리고 역사의 그 숱한 원혼들을 애도하는 것이 그 자체로 우리들의 울분과 대항적 폭력을 정당화하는 조건이 될 수는 없다. 어쩌면 그 애도에 담긴 타협과 해결의 불온한 욕망마저도 우리는 반성할 수 있어야 한다. "애도로부터, 애도와 함께 머무르기로부터, 폭력을 통해 애도를 위한 해결책을 찾으려 하기보다는 피할 수도 견딜 수도 없는 애도에 노출되는 것으로부터 뭔가 얻을 수 있는 것이 있지 않을까?"[4]

쌍용자동차 노동자들의 힘겹고 외로운 투쟁이 계속되고 있다. 이것

---

1) 그렇다고 대항폭력에 대한 반폭력의 주장이 권위적인 통치의 폭력을 정당화하는 논리로 전도되어서는 곤란하다. 벤야민의 표현을 빌리자면, '법제정적 폭력과 법보존적 폭력'의 변증법으로 드러나는 '신화적 폭력'을 넘어, 다시 말해 '신적 폭력'만이 우리에게 허용될 수 있는 유일한 폭력이라고 할 수 있을 것이다. 탄압하는 폭력에 대한 저항은 신적 폭력으로서의 혁명적 폭력으로 구성되어야 하는 것이다.
2) 한나 아렌트, 김정한 옮김, 『폭력의 세기』, 이후, 1999, 38쪽.
3) 위의 책, 85쪽.
4) 주디스 버틀러, 양효실 옮김, 『불확실한 삶』, 경성대학교출판부, 2008, 59쪽.

은 전지구적 내전의 한 양상이다. 2009년 여름의 폭염 속에서 경찰 권력과 대치 중인 노동자들의 저 절망적인 투쟁은 변화하고 있는 세계체제의 한 가지 증상인 것이다. 지금 세계는 새로운 자본축적 단계로 이행하고 있다. 전지구적 이행기의 혼란은 우리 사회에 심각한 정치적 퇴행을 불러올지도 모른다.[5] 지금 그 퇴행의 조짐들이 우리 삶의 도처에서 드러나고 있다. 늘 그래왔던 것처럼 문학은 그 조짐들을 형상화함으로써 문학의 위기론에 응답할 수 있을 것이다.

언제나 법과 원칙을 앞세우는 부덕한 통치권력은 시민들의 울분에 찬 목소리를 폭력적으로 묵살한다. 공적인 공간으로부터 추방된 '파리아(pariah)'와 법의 보호로부터 배제된 '호모 사케르(homo sacer)'들의 울부짖음, 그 소란스런 절규의 언어들은 오늘날의 문학 안에서 어떻게 드러나는가.

2. 악몽과 현실

우리 시대의 추방당한 자들, 그들의 비루한 목소리는 존재하지만 인정받지 못하는 소음과 같다. 불편한 진실을 담고 있는 이들의 불결한 녹소리는, 시끄럽지만 들리지 않는 것처럼 의도적으로 무시된다. 재현 불가능한 현실의 모호함과 불확실함을 있는 그대로 표현하려는 예술적 고투는, 저 들리지 않는 목소리에 귀 기울이는 것으로부터 시작되어야 할 것이다. 그러기 위해선 먼저, 문학의 낡은 습속, 현실 인식의 안

---

5) 자본주의 세계경제에 "쇠퇴기나 파국이 오면 자본은 '실질적 포섭'에서 '형식적 포섭'으로 전환하여 상대적 잉여가치 창출 이외에 절대적 잉여가치 창출을 위한 새로운 형태의 '원시적 축적' 체제를 가동하게 되며, 이를 위해 이데올로기적 국가장치(ISA)보다는 억압적 국가장치(RSA) 중심으로 통치수단을 바꾸기 십상이다."(문화과학 편집위원회, 「역사적 파시즘과 '파시즘 X'」, 『문화과학』, 2009년 여름호, 101쪽)

이한 태도로부터 멀리 달아나야 한다.

한유주의 소설은 그 벗어남 자체를 글쓰기의 전부로 삼는다. 그의 글쓰기는 진지한 성찰과 즐거운 놀이 사이의 위태로운 묘기다. 흡연과 끽연, 소모와 소비, 소진과 탕진, 삼킨다와 뱉는다, 토한다와 토로한다……. "나는 이 단어들을 본래 사용되던 맥락과는 관계없이, 내 뜻대로, 내 것으로 했다. 내가 보고 싶은 것은 하나의 언어 체계가, 아니 어떤 문장들이, 그리고 그러한 문장들을 구성하는 단어들이 도축되는 풍경이었다." (한유주, 「농담」, 『한국문학』, 2009년 여름호, 85쪽)[6] 지금까지 그래왔듯 한유주는 언어의 공리적 사용을 무시함으로써 언어의 기호적 규약을 의도적으로 배반한다. 그것은 기의의 구속으로부터 해방된 기표의 발랄한 힘을 표현하는 것이다. 언어적 규범은 현실의 질서와 관계들에 대한 은유다. 질서와 관계를 거부하는 것은 홀로 외로운 사업에 골몰하는 짓이다. 이 사업에 골몰하다 보면 '나'를 잊고 사건의 구체성을, 타자들의 낯설고 생생한 모습을 문득 볼 수도 있다. 한유주에게 '나'는 존재의 부담스러운 압박 그 자체이기에 '나'는 벗어나야 할 일종의 굴레다.

> 다른 많은 사람들처럼 나 역시도, 내가 나인 것이 불편했고, 내게도 존재라는 단어가 존재한다면, 내가 존재한다면, 그 존재를 증명하는 일을 영원한 답보 상태에 머물게 하고 싶었다.(86쪽)

'나'는 세계의 질서를 내면화하고 사물과의 관계를 일방적으로 정의하는 폭군이다. 폭압적 세계로부터의 해방은 '나'로부터의 해탈과

---

6) 이 글은 『내일을여는작가』 2009년 가을호의 소설 계간평 원고를 수정한 것이다. 논의대상은 2009년 여름 여러 계간지에 실린 소설들이다. 앞으로 인용할 때는 따로 연도와 계절은 밝히지 않는다.

닮았다. "한 번 쓴 문장은 고칠 수 없다."(91쪽) 이것이 사건의 특이성이다. '나'라는 고착의 주체를 해체하면 사건의 특이성을 감각하는 전혀 다른 '나'를 구축할 수 있는 기회가 온다. 하지만 그 기회를 놓치거나 등한시하면, 해체된 '나'는 텅 빈 암연으로 남게 된다. 나와 세계의 화해라는 테마는 진부한 소설처럼 재미없지만, 그 화해가 없는 사건의 일회성, 존재의 특이성은 공통적인 맥락을 상실한 기괴한 암호가 되고 말 것이다. 현실의 질서에 대한 거부가 새로운 세계의 구축에 대한 희망을 포기한 것에 지나지 않는다면 이런 따위 소설이란 무슨 '의미'가 있겠는가.

> 처음부터 모든 문장들을 지워버리고 싶다. 처음부터 모든 문장들을 먹어치우고 싶다. 그리고 문장들이 모두 사라지고 난 뒤의 풍경 혹은 백지 위의 폐허를, 지우다 남긴 한줌의 문장부호들과 모음들을 보고 싶었다.(102쪽)

한유주의 소설을 '백지 위의 폐허'에 대한 탐닉이라고 쉽게 비난할 수는 없다. 하지만 주어로부터의 해탈에 대한 욕망이 실은 주어에의 집착을 반영하는 것처럼, 폭력적인 세계에 대한 일탈의 욕망은 언제든지 그 폭력의 반복으로 되돌아올 수 있다. 나는 한유주의 글쓰기가 위악이 아니라 폐허의 세계에 대한 정직한 표현이라고 믿고 싶다.

서준환의 「해몽」(『작가세계』) 역시 문학의 자기성찰을 담은 이야기다.

> 어쩌면 모든 이야기들은 천국의 상상력이 재갈 물린 이 연옥의 체험에서 생겨났을지도 모른다. 또한 해몽의 언어들로부터 사람들이 살아가는 현실의 밑자리는 연유했을지도 모른다. 하지만 서로는 서로에게 각자의 체험과 이야기들을 덧대고 보태며 서로에 대한 이야

기의 퇴적층이 될 뿐 아무도 그 자리에 그 누구로 남아 있을 수 없다. 그러므로 이야기의 끝은 죽음일 것이다. 다채로운 이야기들을 통하여 해몽에 매달리자마자 우리는 아득한 죽음의 늪지에서 결코 헤어나오지 못할 것이다.(161쪽, 밑줄 친 문장은 176~177쪽에서 다시 반복된다.)

세헤라자데의 우화가 암시한 것처럼 이야기의 끝이 죽음이라는 명제는 오랜 내력을 갖고 있다. "아무도 그 자리에 그 누구로 남아 있을 수 없"는 이야기는 모든 현실의 구체적 형상들을 추상화시킴으로써 실존의 죽음을 완성한다. 이야기는 아무리 그럴듯하더라도 결코 현실 그자체일 수 없는 것이다.

재현 불가능한 현실 대신에 오늘날의 문학은 꿈—특히 악몽—의 그 무질서한 혼돈, 기억과 단절의 불완전한 스토리를 담아낸다. 현실의 잔해인 꿈은, 이 세계를 악몽으로 체험할 수밖에 없는 시대의 공포와 우울을 표현한다. "어쩌면 꿈은 내가 뒤집혀 나타나는 타인의 이야기지만 해몽은 또 하나의 타인이 그 이야기에 틈입하여 덧입힌 목소리의 이야기거나 그 흔적일지도 모르는 일이었다."(164쪽) 꿈과 해몽 사이에서 '나'와 타자는 서로의 흔적으로 남아 하나이면서 둘인 관계로 맺어진다. 서준환의 소설 속에서 꿈과 현실의 관계는 나와 너의 관계만큼이나 가까우면서 멀고, 이들은 모두 혼잡하게 뒤섞여 있어, 그 '차이'를 변별하기란 결코 쉽지 않다. "사람들의 꿈은 누군가의 이야기가 되고 누군가의 이야기는 다시 사람들의 꿈이 되며 이야기가 된 꿈이나 꿈이 된 이야기의 후미에는 언제나 해몽의 이야기가 또다시 또 다른 목소리로 엇물려 그 꿈과 이야기들을 가로지르는 법이지."(168쪽) 이 혼란스러운 고백처럼 꿈과 이야기는 마치 우로보로스처럼 서로의 꼬리를 물고 이어진다. 현실이란 결국 이와 그리 다르지 않은 일종의 허구이거나 무서운 악몽일 수 있다. 그래서 서준환의 「해몽」은 죽음의 분위기로 어두운 것이다.

그렇다면 배수아의 「올빼미의 없음」(『문학동네』)은 어떤가. 이 소설 역시 "세상과의 관계가 사실상 거의 대부분 날카롭게 조각난 익명의 암시로 이루어져 있었다는 생각"(204쪽)으로부터 출발한다. 세계와의 불편한 관계는 한 페이지(205쪽)가 한 문장인, 소설 문장의 파격을 통해 암시된다. 그것은 세계의 익숙한 관습에 대한 일종의 일탈이기 때문이다. 배수아의 소설에서 꿈과 이야기, 그리고 현실이 맺는 관계의 의미는 서준환의 소설에서보다는 좀 더 분명하게 드러난다. "나는 꿈이 상상과 문학이라고 굳게 믿는 반면, 너에게 꿈은 자신의 누설이자 철저한 분석의 대상이었다."(207쪽) 여기서 '나'와 '너'의 존재론적 다름은 꿈에 대한 전혀 다른 인식을 가져오는 근거가 된다. 이 소설은 하나이면서 서로 다른, 나와 너의 이야기를 병렬적인 배치로 전개한다. 여기서 '다름'의 '구분'은 모든 것이 뒤섞여 경계를 지웠던 서준환 소설의 혼돈과 다르다.

> 나는 언제나 시간이 장소에 따라 다른 흐름과 성격을 갖는다고 느껴왔다. 그러므로 이곳과 그곳은 늘 다르다. 이곳의 우리와 그곳의 우리도 다를 수밖에 없다. 나는 이곳과 그곳에서 필연적으로 다른 문장을 쓴다. 하나의 시간은 우리의 오른쪽 바깥으로 사라지고, 다른 하나의 시간은 우리의 왼쪽 귀를 관통한다.(212쪽)

'마르틴 발저'와 '배수아'가 실명으로 등장하는 이 소설은, 문학적 허구와 현실의 복잡한 관계를 '다름'의 차이 안에서 탐구한다. 「올빼미의 없음」은 '다름'을 통해 차이와 동일성을, '없음'을 통해 있음을, '죽음'을 통해 삶을, '부재'를 통해 현존을 이야기한다. "이 없음이란 무엇인가, 없음이란 어디서 오는 것인가. 그리고 없음이란 도대체 왜 있어야만 하는 것인가. 나는 질문하고 또 질문한다."(225쪽) 이 치열한 물음들은 "견디기 힘든 이 엄청난 부재를 어떻게든 이해하고 싶다"(224쪽)는, '죽음, 부재, 없음'에 대한 해명의 열정에서 나온 것이다. 바로 이 지점에서 한유주와 서준환의 소설에서는 보기 힘든, 세계에 대한 배수아의 어떤 긍정을 느낄 수 있다. 이런 긍정의 시선은 관념과 추상, 감상과 고백으로 채워진 그의 문장들이 자폐가 아닌 내면의 깊이에 대한 건강한 욕망일 수 있음을 예감하게 한다.

3. 일상과 역사

문학의 공공성에 대한 지나친 기대는 작가의 개인적 상상력을 제약한다. 반대로 작가가 문학의 사회적 공공성을 의식하지 않을 때, 그 작가의 사적인 상상력은 폐쇄적인 쇄말주의로 떨어질 수 있다. 양극단의 파탄으로부터 거리를 두고 개별적 가치의 이질성을 옹호하는 진정한 공공성의 경지를 열어간다는 것은 말처럼 쉬운 일이 아니다. 그럼에도 오늘날의 문학은, 다른 무엇으로 환원되지 않는 차이의 활력인 '특이성'과, 소통과 협력의 창조적 네트워크인 '공통성'의 가치를 동시적으로 표현할 수 있는 방법의 창안에 몰두해야 한다.

공통된 것의 개념이—미리 구성된 총체로서가 아니라, 그리고 민족적 공동체 혹은 게마인샤프트(gemeinschaft)의 부산물인 하나의 유기적 실체로서가 아니라 오히려 다중 안의 특이성들의 생산적 활동으로서—나타날 때, 그것은 근대 국가 주권의 연속성을 파괴하고 삶권력의 신성한 핵심을 탈신비화함으로써 그 심장부를 공격한다. 일반적이거나 공적인 것들은 모두 다중에 의해 재전유되고 관리되

어야 하며, 따라서 공통적이 되어야 한다.[7)

　지금 한국의 작가들은 공공성과 개별성, 공통성과 특이성, 다시 말해 공적 세계와 사적 세계의 생산적인 상호교섭의 과정을 생생하게 표현하기 위해 얼마만큼 분투하고 있는가. 한유주, 서준환, 배수아의 소설들은 유기적 총체라는 환상을 가로질러, 이 저주스런 세계를 특이성의 차원에서 위악적으로 표현하고 있다. 이들은 세계에 대한 낙관적 기대보다는 암울한 절망의 감수성에 기울어 있다.

　세계의 비루함과 현실의 비리함에도 인간에 대한 사랑, 부정적 세계의 변혁에 대한 진보적 낙관을 옹골차게 지켜나가는 작가들은 주로 문학의 사회적 공공성에 천착한다. 그들에게 이 세계는 무엇보다 '함께' 사는 세상이다. 이상섭의 「생각하니 점점」(『리토피아』)과 같은 작품이 바로 그렇다. 언제나 우리 주변의 비루한 삶에 뜨거운 애정의 눈길을 보내온 이상섭에게 "세상은 이래저래 씨부랄이다."(74쪽) 가난한 사람들에게 이 세상은 너무 잔혹하다. 사회적 공공성이 결여된 우리의 현실은 가난한 이웃의 비루한 삶에 냉담하다. 그래서 소설 속 누군가는 이런 욕지기를 내뱉는다. "이런 세상을 한마디로 말하면 좆같다는 거지." (86쪽) 그렇지만 이상섭의 소설 속 인물들은 쉽게 좌절하지 않는다. "다른 곳으로 딜아나는 것과 다른 곳을 꿈꾸는 것은 다르다고"(90쪽) 말할 줄 아는 이들에게, 지금의 비참한 현실은 '다른 세계'에 대한 희망의 부푼 꿈으로 언젠가는 극복될 것이다. 종만이 좋아하는 '무지개 송어'는 바로 그 희망과 동경의 메타포다.

　　저거 먹으면 진짜 마음에도 무지개가 솟는 기분일까? 그럼요, 아

---

7) 안토니오 네그리 · 마이클 하트, 조정환 · 정남영 · 서창현 옮김, 『다중』, 세종서적, 2008, 255쪽.

마 그 어떤 풍랑도 헤쳐 나갈 수 있을 걸요?(89쪽)

그렇지만 이런 식의 희망은 좀 싱겁지 않은가. 세상은 그렇게 유기적이지도 않고, 도덕적이지도 않으며, 또 공동체의 감각 안에서 행복하게 충일하지 않다. 서사의 기율에 있어 '나쁜 새것' 보다야 '좋은 오래된 것' 이 더 낫겠지만, 정말 필요한 것은 건강한 주제의식(정치적 전위)만큼이나 이 씨부랄 세상을 '좋은 새것' 으로 표현할 수 있는 서사의 형식적 실험이 아닐까. 그런 의미에서 이상섭에게서 아쉬운 것은 미학적 전위다.

그렇다면 윤이형의 「바이올렛」(『한국문학』)이 그려낸 현실은 어떤가. "세상은 내가 생각하는 것보다 훨씬 풍부하고 다채롭게 얽혀 있었으며, 내가 상상하기 힘든 고차원적인 원리에 의해 맞물려 돌아가고 있었다."(131쪽) 괴롭고 힘들지만 그래도 삶은 아름답다고 믿는 순진함보다, 세계의 '고차원적인 원리' 를 알아채는 영악스러움이 이 우악스런 현실에서는 더 필요할지 모른다. 세상에 대한 이런 영악한 인식은 "서로 관계없는 것들을 잘못 연결하고 세상의 모든 것, 사람들, 서로 다른 상황들 사이에 어떤 인과관계가 있다고 믿는 것은 옳지 않은 생각이라는 걸 배"(133쪽)움으로써 가능하다. 의사와의 상담 형식을 빌린 한유주의 「농담」과 마찬가지로, 클리닉(정신병원) 환자의 일기형식으로 쓰인 윤이형의 「바이올렛」도 정신분열증(schizophrenia)의 언어를 통해 세계의 우울한 현실을 드러낸다. 이상섭의 소설 언어가 직선이고 평면이라면 이들의 언어는 곡선이고 4차원의 입체라고 할 수 있다. 오늘의 한국 소설이 직선과 곡선, 평면과 입체의 언어로 뒤섞여 전개되는 것은 세계에 대한 인식론적 차이의 다양성을 드러낸다. 사건의 특이성은 직선보다는 곡선으로, 평면보다는 입체로 표현되어야 마땅하다. 현실의 복잡성은 날 것의 울퉁불퉁한 형상 그대로 드러나기 때문이다. 이념으로 추상화된 현실―직선과 평면으로 재단된 현실―은 가짜다.

어느 통조림 공장 공장장의 실종을 다룬 편혜영의 「통조림 공장」(『문학동네』)이 전혀 진부하게 느껴지지 않는 것도, 현실을 평면적으로 드러내지 않는 그 입체적인 상상력 때문이다. 아내와 자식을 외국에 보낸 기러기 아빠는 이 시대의 전형적 가장의 모습이고, '성실한 알코올 중독자'로 살아온 그 가장의 실종은 빤한 스토리다. 하지만 이야기는 그의 실종에 초점을 맞추기보다 그의 부재가 드러낸 숨겨진 진실을 향한다. 늘 반복되는 일상, 그 따분함은 미래에 대한 우울한 절망으로 드러난다.("미래는 아직 시작되지도 않았는데 이미 지나버린 것 같았다.", 259쪽) 통조림 속에서 나온, 누구의 것인지 알 수 없는 인혈처럼, 우리의 미래도 그 검붉은 핏빛처럼 암울하다.

지금 한국소설의 주된 정조는 우울이라고 할 수 있을 정도로, 많은 소설들이 생활의 고단함, 돌파구를 찾기 힘든 일상의 권태를 묘사하는 데 집중하고 있다. 김애란의 「너의 여름은 어떠니」(『문학동네』)도 그렇다. 서미영은 친구의 장례식 날 케이블 TV 녹화장에 나가, 마른 몸매의 여자 푸드파이터가 돋보이도록, 꽉 끼는 레슬링복을 입고 옆에서 함께 핫도그를 먹어치우는 알바를 하고 있다. 케이블 방송사에서 일하는 선배의 간곡한 부탁으로, 죽은 친구의 장례식에도 가지 못하고 창피한 모습으로 녹화를 하고 있는 미영. 부탁을 한 그 선배는 대학시절 멋진 말들로 얼마나 매력적이었던가. 멋진 젊은 날을 뒤로하고, 후배에게 무례한 부탁을 하는 그 선배의 초라한 현실. 변해버린 그 선배의 모습이 바로 우리 시대의 우울한 표정이다. 경쟁사회의 냉혹한 현실은 청춘기의 뜨거운 열정, 꿈과 낭만의 그 풋풋한 감상마저도 간단하게 말소해버린다.

회사의 부도로 모든 것을 날려버리고 이제는 아내와 떨어져 팔십삼세의 노모와 함께 사는, 마흔여섯 한 남자의 구차한 일상도 이 시대의 우울한 초상이기는 마찬가지다.(우영창, 「외출」, 『문학동네』) "그가 알아본 바론 웬만한 일자리는 거리로 쏟아져 나온 청장년 구직자들이 진작 차지하고 있었다. 그는 그들과 경쟁해야 한다는 사실에 서글픔을 넘어 두려움까지 느꼈었다. 여기저기서 생존의 좁은 틈을 파고드는 인파이터들의 노숙하고 강인한 대시가 느껴졌다. 그는 그들이 일으키는 바람을 피해 인적 없는 거리를 거닐었다."(307쪽) 직장인들은 쫓겨나지 않고 살아남기 위해 그들의 삶을 소모하고, 직업을 갖지 못한 패자들은 오로지 취업준비를 위해 그들의 생활을 탕진한다.

'보잘것없는 취업 사수생' 최석호는 꿈을 이루지 못하고 쓸쓸하게 죽은 대학 선배의 죽음을 생각한다.(김미월, 「모자 속의 비둘기」, 『작가세계』) 죽음은 안개처럼 우리 삶의 곳곳을 가득 채우고 있다.[8] 사업에 실패하고 자살한 남편(이상섭, 「생각하니 점점」), '평생 고물 장수로 고물처럼' 살다 후진하는 트럭에 치여 그 자리에서 죽은 아버지(박원, 「내가 사랑하는 모자」), 어린 시절의 추억을 남기고 너무 일찍 세상을 등진 친구(김애란, 「너의 여름은 어떠니」), 임종 직전에 이젠 누구도 그처럼 다정하게 불러주지 않을 자식의 이름을 애타게 불러주던 어머니(김유진, 「바다 아래서 Tenuto」, 『문학과사회』)……. 어쩌면 우리 시대의 가장 흔한 삶의 풍경은 죽음일지도 모른다. 죽음으로 가득 찬 삶의 세계란 우리 현실의 불모성에 대한 가장 노골적인 표현이다.

편혜영의 소설처럼 기발하고 서준환의 소설만큼 환몽적인 염승숙의 「당신과 악수하는 오늘」(『문학과사회』). 이 소설은 곧 손이 떨어질 한 남자의 이야기다.

꽉 찬 나이 서른에, 학벌도 외모도 뭐 하나 변변치 못한 취업 재수

---

8) "어딜 가나 죽는 얘기들뿐이야. 티브이도 인터넷도 신문도 전부." … "죽는 얘기가 안 나오는 건 식당 메뉴판밖에 없다니까."(203쪽)

생이 손까지 없다면 대체 어째야 하는 걸까. 불현듯 숨이 턱 막혀왔다. 손이 떨어지는 이 마당에 면접과 예비군 훈련 걱정을 해야만 하는 내 처지라니 나로서도 내 자신, 영 머쓱하게만 느껴졌다.(138쪽)

취업준비생인 이 남자에게 '손'은 일하고(자본권력에의 복종) 나라 지키는(국가권력에의 복종) 일종의 도구고 수단이다. 그러나 이 시대의 청년들은 국가의 부름에 동원되기는 해도 일할 권리는 얻지 못한다. 쓸모를 다하지 못하는 그런 손은 차라리 떨어져 없어져도 좋다는 발상은 일종의 과격한 반항인 셈이다.

역사와 일상, 현실과 내면은 기계적으로 구분되지 않는다. 그럼에도 문학은 역사와 이념의 거대서사로 비약하거나 파편으로 조각난 일상으로 분열하는 가운데 자주 극단으로 치우치곤 했다. 하지만 이제 그런 분별적 사고는 따분하다. 삶의 무거움은 역사의 가벼움 위에 부유하고 일상의 가벼움은 이념의 무거움 아래로 침잠한다. 전성태의 「로동신문」(『창작과비평』)은 영정사진(죽음), 태극기(국가), 로동신문(이념)이라는 무거운 사물들을 통해 일상의 가벼움 이면을 탐구한다. 늙은 한국남자와 결혼했다가 창녀로 전락한 이주여성 호아의 상처와 치유를 그린 함정임의 「꿈꾸는 소녀」(『한국문학』) 역시 이주라는 무거운 설정 안에서 한 여성의 섬세한 내면을 파고들었다. 이처럼 소설은 사소하고 구체적인 사건의 특이성 속에서 삶과 죽음, 역사와 현실의 보편적 문제들에 개입할 수 있다.

아무튼 우리가 휘둘리는 것은 죽음처럼 거대한 것일 수도 있지만 기껏 복숭아 한 알처럼 사소한 것일 수도 있다고 그녀는 커다랗고 물 많은 복숭아의 껍질을 살살 벗기는 상상을 하기 시작했다.(하성란, 「여름의 맛」, 『작가세계』, 35쪽)

사소함은 그 자체로 위대하거나 비루한 것이 아니다. 그 사소함의 주변에 복잡하게 맞물려 있는 이질적인 전체의 거대한 의미 속에서 갠지스 강가의 모래알 하나에도 부처의 심오한 뜻이 깃들 수 있다. 특이성 속에서 공통된 것의 추구란 이처럼 세속의 저 밑바닥에서 신성을 염원하는 지극한 소망이라고 할 수 있을 것이다.

4. 혈맹의 공동체

영화 〈폭력의 역사〉(데이비드 크로넨버그, 2005)에서 한 남자는 불행한 과거를 기억 속에 묻어두고 평화로운 가정을 이루어 살고 있다. 그는 다시 찾아온 과거의 위협에 맞서 가정을 지키기 위해 끔찍한 살육을 저지른다. 내부의 평화와 번영을 위해 외부의 적과 크고 작은 전쟁을 벌이는 미국에 대한 비판의 알레고리로도 읽을 수 있는 영화지만, 무엇보다 가족이라는 폭력의 기원에 대한 냉정한 시선이 인상적이다. 양준익 감독의 〈똥파리〉(2009) 역시 피로 얽힌 사람들의 공멸의 폭력, 그 격정적인 슬픔의 기원으로서 가족의 섬뜩한 모습을 보여준다. 봉준호의 〈마더〉(2009)는 그야말로 그 아름답고 고귀한 모성이라는 것의 무서움, 그 이기적이고 폐쇄적인 모성의 관념이 얼마나 잔혹하고 징그러운 집착일 수 있는가를 절묘하게 표현했다. 그러니까 가족은 폭력의 온상이고, 핏줄은 잔혹하게 낭자한 피의 기원이다.

가족은 모진 현실의 바람막이로, 몸과 마음의 위안과 평화를 얻을 수 있는 최후의 공간으로 여겨진다. 하지만 인류의 문화적 구성물인 가족은 그처럼 낭만적인 동경의 처소가 아니다. 지금과 같은 경쟁사회에서 가족은 가장 쉽게 부서져 내릴 수 있는 연약한 경제단위다.

부르주아지는 가족 관계에 쳐져 있던 심금을 울리는 감상적인 장막을 찢어버리고, 가족 관계를 순전한 화폐 관계로 돌려놓았다.[9]

가족을 위해 뼈 빠지게 일하다가 어느 날 돌연히 사라진 편혜영 소설의 공장장과 같은 아버지를 보라. 이런 아버지는 도처에 깔렸다. 박원의 「내가 사랑하는 모자」(『리토피아』)에서 아버지는 왜소하고 능력 없어 비참한 인간이다.("가족들은 당장 무능한 가장을 가장의 권좌에서 밀어냈다.", 95쪽) 가장의 경제적 무능력은 '가족의 사랑'이라는 신화의 본질을 쉽게 폭로한다. "무능한 아버지, 모든 가족에게 무시당하는 그런 아버지를 볼 때마다 장남인 나는 몇 번이고 이렇게 부르짖곤 했다. 오로지 부자 아빠가 되는 것만이 나의 남성男性을 보장해 줄 유일한 구원의 메시지였다."(95쪽) 시장은 능력에 따라 기회가 보장되고 자유로운 경쟁에 의해 작동하는 합리적 체제로 정의된다. 하지만 그것은 모든 가치를 유용성의 차원으로 환원하고 쓸모없는 무능력자는 잉여존재로 추방하는, 폭력적이고 비열한 체제에 지나지 않은 것이다.[10] 시장의 비정한 논리는 가족이라는 예외를 인정하지 않는다.

유애숙의 「바람의 집」(『리토피아』)은 가족을 책임지지 못하고 홀로 떠나버렸던 한 남자의 방황과 속죄, 그리고 귀환과 화해의 이야기다. 결혼한 지 "단 하루 만에 책임이라는 문제에서 기겁을 하고 몸을 빼내려 했던"(59쪽) 그 남자는, 긴 방황의 끝에서 "인생은 누구라 할 것 없이 져야할 짐이 있다는"(70쪽) 착한(?) 깨달음을 얻고 다시 가족의 품으로 돌아온다. '책임'은 가족의 구성 원리다. 따라서 책임의 능력이 없는 인

---

9) 칼 마르크스 · 프리드리히 엥겔스, 김태호 옮김, 『공산주의 선언』, 박종철출판사, 1998, 7쪽.
10) "아렌트는 많은 인간을 끊임없이 '잉여자'로 만드는 '공리주의적 사고'의 침윤을 문제 삼았는데, 그러한 공리주의적 사고는 쓸모없는 자를 즉시 잘라버리는 것이 '정답'으로 여겨질 정도에까지 이르고 말았다."(사이토 준이치, 윤대석 · 류수연 · 윤미란 옮김, 『민주적 공공성』, 이음, 2009, 40쪽)

간은 가족에게 있어 내부의 적이다.

이화경의 「초식(草食)」(『문학들』)에서는 수배와 수감의 세월을 보내고 돌아와 남편, 아들로서 어떤 책임도 지지 못하는 형에게 이렇게 모진 생각을 품는다. "형수에게, 핏줄에게, 형은 죄를 짓고 있지 않은가 말이다. 형의 삶은 가난한 처의 애처로운 호흡에 빚진 것이고, 형의 목숨은 늙은 부모의 눈물에 빚진 것이고, 형의 저 잘난 허세는 동생의 뼈저린 좌절감에 빚진 것이라는 것을, 형만 모르고 있었다." 무능력과 무책임은 빚이고 또 죄다. 취업을 못 하는 것도, 결혼을 못 하는 것도, 애를 못 낳는 것도 모두 다 빚이고 죄다. 우리가 흔히 생각하는 것과는 달리 가족은 못난 인간을 절대 용납하지 않는다. 그러니까 그 못난 인간들에게 가족은 부채감과 죄책감의 발원지다. 그것은 어머니가 남긴 개를 키우면서 젊은 날의 방탕과 잘못을 후회하며, 속죄의 삶을 사는 한 남자에게도 마찬가지다.(조헌용, 「개 키우는 남자」, 『문학들』)

폭력의 역사에서 가족은 그 기원의 자리를 차지한다. 가족은 자본과 국가의 모순을 압축적으로 재현한다. 그 재현의 정치학을 끝장내기 위해서는 혈연이라는 피의 동맹을 깨뜨려야 한다.

> 아버지는 다정하고 자애로운 친구일 뿐 자식의 공인된 친척은 아니다. 아버지는 혈통(lineage)에서 자신이 차지하는 사회적 위치를 통해서가 아니라, 인간적인 관계를 통해서 아이에게 권위를 행사할 수 있을 뿐인 이방인이다.(박정규, 「갈림(The Parting)」, 『작가세계』 2009년 여름호, 160쪽)

말리노프스키의 문화인류학을 원용하고 있는 박정규의 「갈림(The Parting)」은, 불임의 남자가 아내의 AID(비배우자간인공수정)를 동의하고 겪는 마음의 흔들림을 다루고 있다. 그 흔들림이 구속이 아닌 해탈을, 즉 고착과 집착을 낳는 혈맹의 가족주의로부터 벗어나는 것으로 귀결되고 있음은 주시할 만하다.

혈통으로부터의 분리, 우리의 삶에 얼룩진 피의 자국을 씻어내기 위해서는 '나'를 그 폭력의 기원으로부터 떼어놓을 수 있어야 한다. 하지만 우리 삶의 모순과 질곡, 소외와 비탄, 그 모든 폭력의 기원으로부터 떨어져나오는 '갈림'의 길은 소박한 일탈일 수 없다. 그렇다고 적대의 대상을 향한 테러(대항폭력)를 옹호할 수도 없다. 저항의 진정한 방법은 아마도 아렌트가 예루살렘의 아이히만을 바라보며 떠올렸던 '무사유', 즉 타자의 입장에서 생각하지 못하는 무능력으로부터 벗어나는 것일지도 모른다. 그러므로 세계와의 적대를 환대로 역전시키는 힘은 바로 그 타자의 입장에서 사유할 수 있는 힘을 기르는 것이다.